三島由紀夫の出発

三島由紀夫研究 ①

〔責任編集〕
松本　徹
佐藤秀明
井上隆史

鼎書房

刊行にあたって

ことしは三島由紀夫の生誕八十年、没後三十五年に当たり、さまざまな行事がおこなわれているが、三島研究に従事するわれわれは、研究誌「三島由紀夫研究」（当面、年二回刊行）を創刊することにした。

三島由紀夫の存在がいまやいかに大きくなっているか、言うまでもなかろう。今後、ますます大きくなり、昭和文学ばかりでなく、明治、大正の文学、今日およびこれからの文学を考える上でも、重要さを増すに違いない。それとともに、日本の古典、その底に横たわる思想、海外の文芸との係わりを考察する上でも、欠くべからざる存在となっている。

このような三島の文学と取り組むことは、文学がひどく疎かにされている今日、とくに重要な意味を持つと信ずる。ただし、そうであればあるほど、さらに視野をひろげ、多角的、柔軟に、恣意に陥ることなく、考究することが必要である。一定の立場に囚われず、いわゆる作家研究の枠からも自由に、各国の言語、文化の違いを深く認識したうえで、その障壁を越え、推し進めなくてはなるまい。

また、没後三十五年ともなれば、同時代を生きた人々が年々少なくなり、貴重な証言、生きた記憶が失われつつあり、それらを可能な限り記録し、新たに掘り起しておくことも、研究の基礎固めのための緊急課題となっている。その一方では、年々研究論考の数が増え、それらを把握、見渡し、活用するのが難しい状況になっている。

こうした今日のさまざまな問題に応えるためには、雑誌形式で、少なくとも年二回刊行して、継続的に努めることが必要と考えた。微力なわれわれであるが、『三島由紀夫事典』『三島由紀夫論集』全三巻の成果を踏まえ、出来る限りのことをして行きたいと思っている。その意図するところをご推察の上、ご協力、ご支援を広くお願いする。

平成十七年十一月

松本　徹・佐藤秀明・井上隆史

目次

寺田　博氏

座談会

雑誌「文芸」と三島由紀夫
——元編集長・寺田博氏を囲んで

■出席者
寺田　博
松本　徹
井上隆史
山中剛史

■平成17年8月2日
■於・池ノ上—壺庵

■「英霊の声」の背景

松本　先日、神奈川文学館で開催された「三島由紀夫展」に展示されていた、三島由紀夫から寺田博さん宛の手紙を拝見して、驚きました。「英霊の声」の執筆に際して、寺田さんが編集者として深く関与、三島から感謝されていたんですね。今日は無理を言って持って来ていただいたので、その一節を読みます。「何でも青写真みたいに計画を立ててゐる人間にも、時折鬱屈があり、爆発があつて、そこをうまくつかまへて書かせて下さつた御厚意に感謝してゐます。出来栄えはともかく、イキの合つた仕事とは、かういふのを言ふのでせうね」。編集者に対する最高のほめ言葉ですね。そのあたりのところから、三島とのかかわりをお話しいただければ、と思うのですが。まず、「英霊の声」ですが、寺田さんが、執筆のきっかけを作ったわけですね。

寺田　きっかけというようなことではないです。とにかくこっちは三島さんの原稿が欲しくて順番を待っていた。私が「英霊の声」の腹案を詳しく聞いて、「じゃ、それで行きましょう！」といったような感じは無いんですよ。ただ、「天皇の人間宣言について、小説にしたいことがあるんだよね」というような程度のことを言われて、「それはもう是非書いて下さい」と言ったぐらいですよ。

松本　そのとき、すらっと「それで結構です」おっしゃったわけですね。三島さんとしては、その前に「風流夢譚」事件がありますね。護衛の警官がつけられたりした。

寺田　それとこれとは、全然違うと思っていました。「英霊の声」は三島さんの観念の中の出来事だから、そんなことは絶対に起こらないと思っていたんです。

松本　だけど、三島さん自身は心配していたんじゃないですか？

寺田　どうでしょうか。私はあまり気にしなかった。編集会議でも、特別そのことを気にするような発言を私はしなかったはずです。「こういう作品があるけど、書いたから載せる」と言ったくらいでね。

松本　例えば発売前に、「これはちょっと」と、問題になるようなことは無かったですか？

寺田　無かったですね。一種の三島さんの美学として一貫しているものだし、天皇をとやかく言っているわけではないので。寧ろそれとは違う考え方ですね。天皇の人間宣言を呪詛してはいるけれど。三島さんという人は、戦前体験と戦後体験を結びつけることを考えていた人ですから。人間宣言への呪詛も、ちっとも不思議じゃなかった。特別右翼的な考え方というかそういうことじゃなくて、もっと論理の上で自分にとっての戦後論をやりたいんだという受け止め方の方が強かったですね。

山中　手紙では、鬱屈とか感情の爆発があったとか書いてありますが、そういった様子をお感じになりましたか。

寺田　よく覚えてないんですよね。そのとき何を喋ったか。色々言いますからね、編集者は原稿欲しいから。

井上　やはり「英霊の声」は、どういうふうに受け止められるかわからない、爆弾を抱えた作品だと思うんですよ。で、寺田さんが編集者をなさっていた時に、その辺を上手く引き出して、はっきり言えば、「新潮」ではなかなか出せないような作品を「文芸」に出した。その一つに「英霊の声」があった。その辺の実際の呼吸というものがございましたでしょうか？

寺田　それは私のほうでも、多少の意識はありましたね。三島さんが自衛隊に体験入隊した時に新潮社の菅原国隆さんが怒ったんですよね。そういう話は三島さんとはしませんでしたけど。まあ不愉快だろうと思って。でも、文壇的な出来事としては耳に入ってましたけど。その後、新田敞さんが間に入ったような事があって、小島喜久江さんに担当が変わったわけだけれども、圧倒的に三島さんの原稿を押さえていたのは新潮社なんですよ。この頃、河出は戯曲しかもらっていないんです。戯曲は全部貰うと私は表明していた。当時、戯曲を載せる雑誌は全然無かったんです。坂本一亀さんが「文芸」を復刊した時から戯曲を大事にしていこうという姿勢を出していたし、私自身学生演劇を体験して、戯曲をやりたかったということがありましてね。で、ずっと戯曲を貰ったわけです。「近代能楽集」の「源氏供養」は「文芸」に載ったけれど、出来が悪いといわれてますね。

井上　「文芸」が復刊した時（昭37・3）に掲載したのが「源

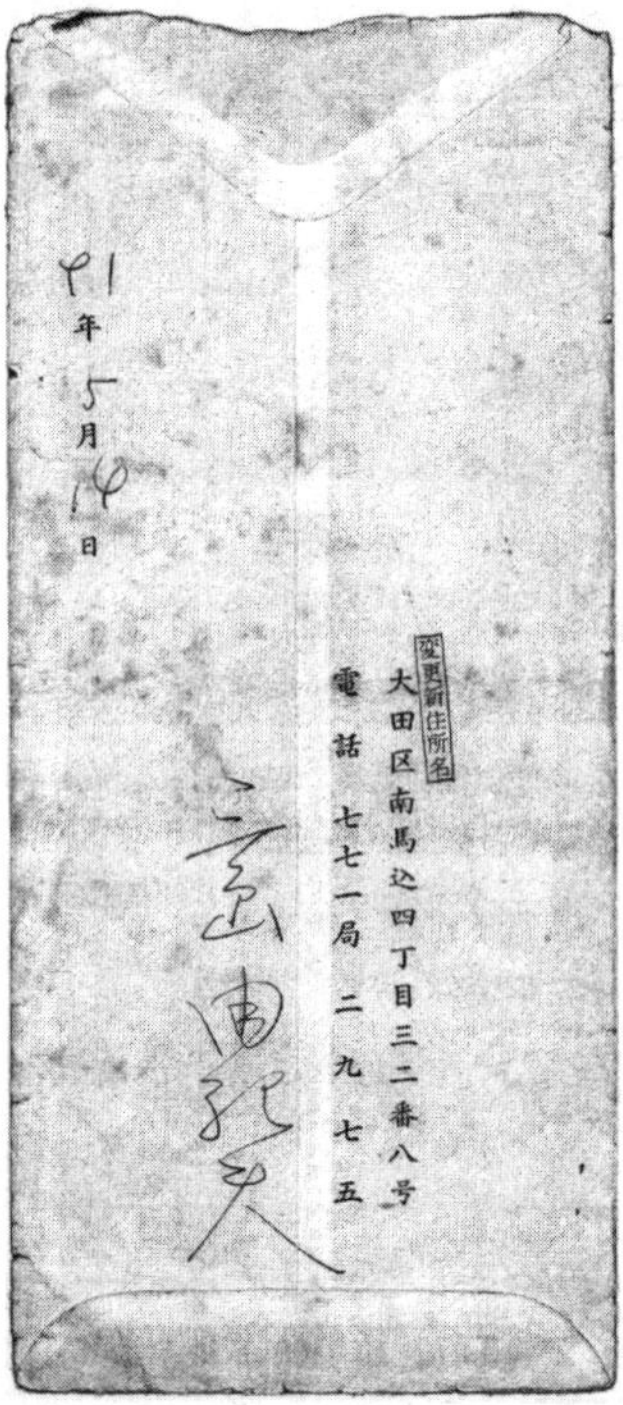
41年5月14日
変更新住所名
大田区南馬込四丁目三二番八号
電話 七七一局 二九七五

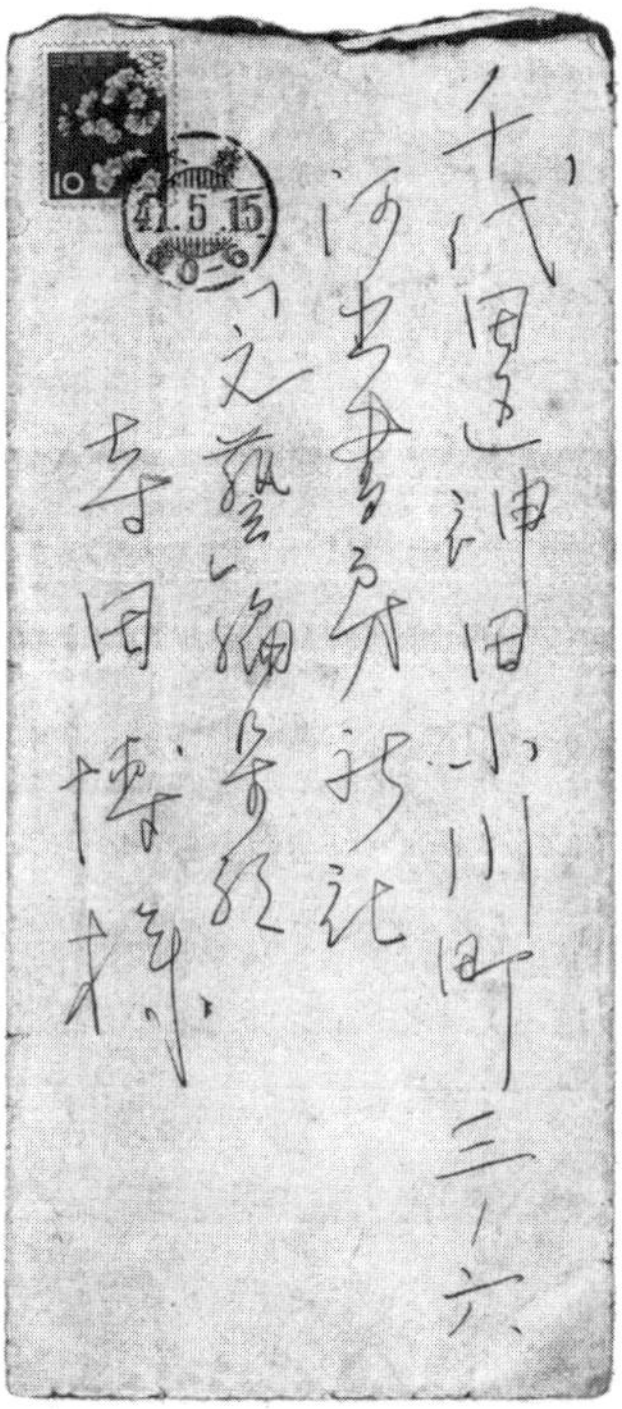
10
41.5.15
千代田区神田小川町三ノ六
河出書房新社
「文藝」編集部
寺田博様

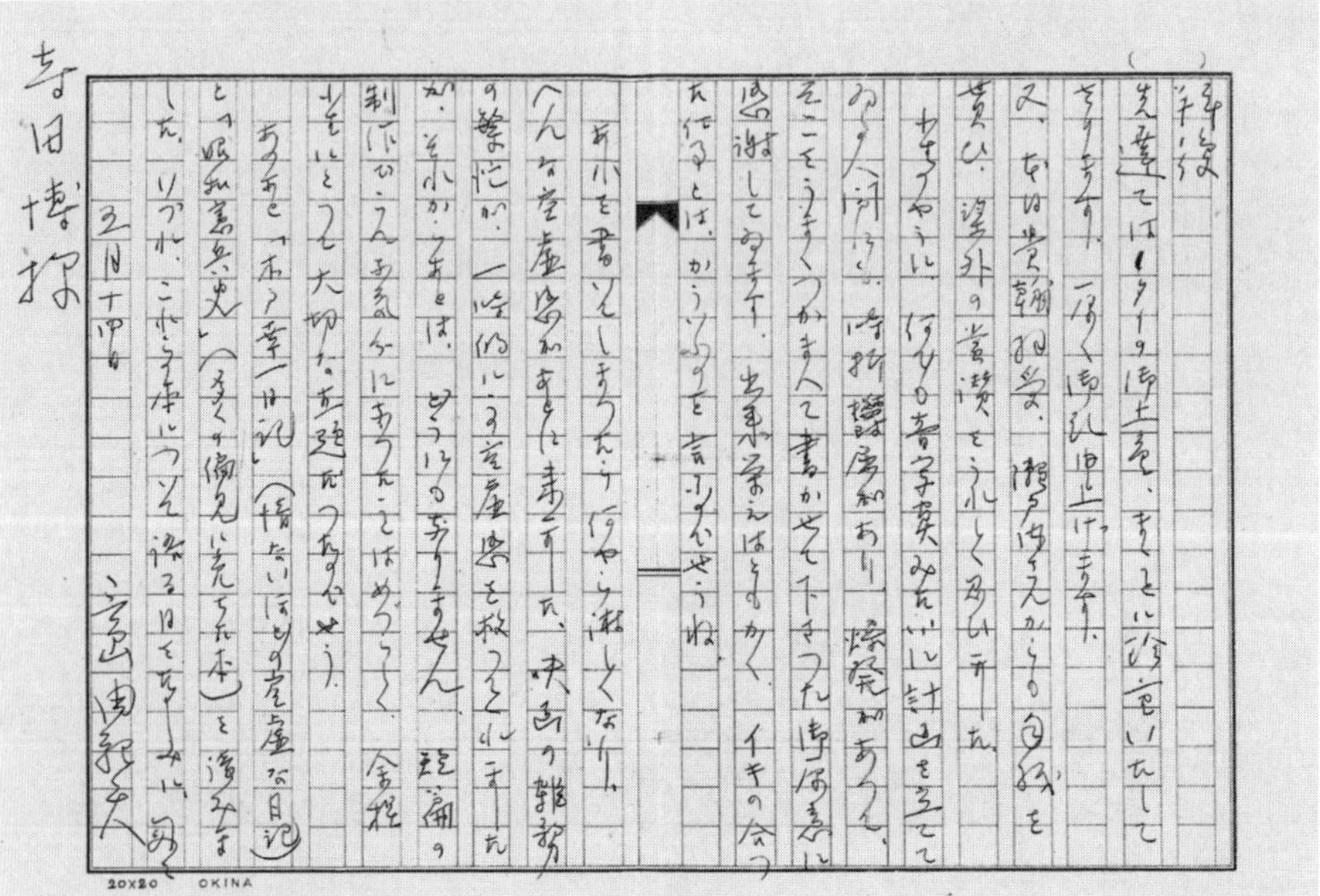
寺田博様
五月十四日
20X20 OKINA

■封筒表面■消印（大森・昭和41年5月15日）

千代田区神田小川町三ノ六
河出書房新社
「文藝」編集部
寺田博様

■封筒裏面■

＊（「変更新住所名」のゴム印押印）
大田区南馬込四丁目三三一番八号
電　話　七七一局　二九七五
三島由紀夫

41年5月14日

■本文■ＯＫＩＮＡ製四百字詰原稿用紙1枚・ブルーブラックインク

拝復

先達ては〔一文字抹消〕タイの御土産、まことに珍重いたしてをります。厚く御礼申上げます。

又、本日貴翰拝受、瀬戸内さんからも手紙を貰ひ、望外の賞讃をうれしく思ひました。

小生のやうに、何でも青写真みたいに計画を立ててゐる人間にも、時折欝屈があり、爆発があつて、そこをうまくつかまへて書かせて下さつた御厚意に感謝してゐます。出来栄えはともかく、イキの合つた仕事とは、かういふのを言ふのでせうね。

あれを書いてしまつたら何やら淋しくなり、へんな空虚感があとに来ました。映画の雑務の繁忙が、一時的にこの空虚感を救つてくれましたが、それからあとは、どうにもなりません。短篇の制作でこんな気分になつたことはめづらしく、余程小生にとつて大切な主題だつたのでせう。

あのあと、「木戸幸一日記」（情ないほどの空虚な日記）と「昭和憲兵史」（多くの偏見に充ちた本）を読みました。いづれ、これらの本について語る日をたのしみに。匆々

五月十四日　　三島由紀夫

寺田博様

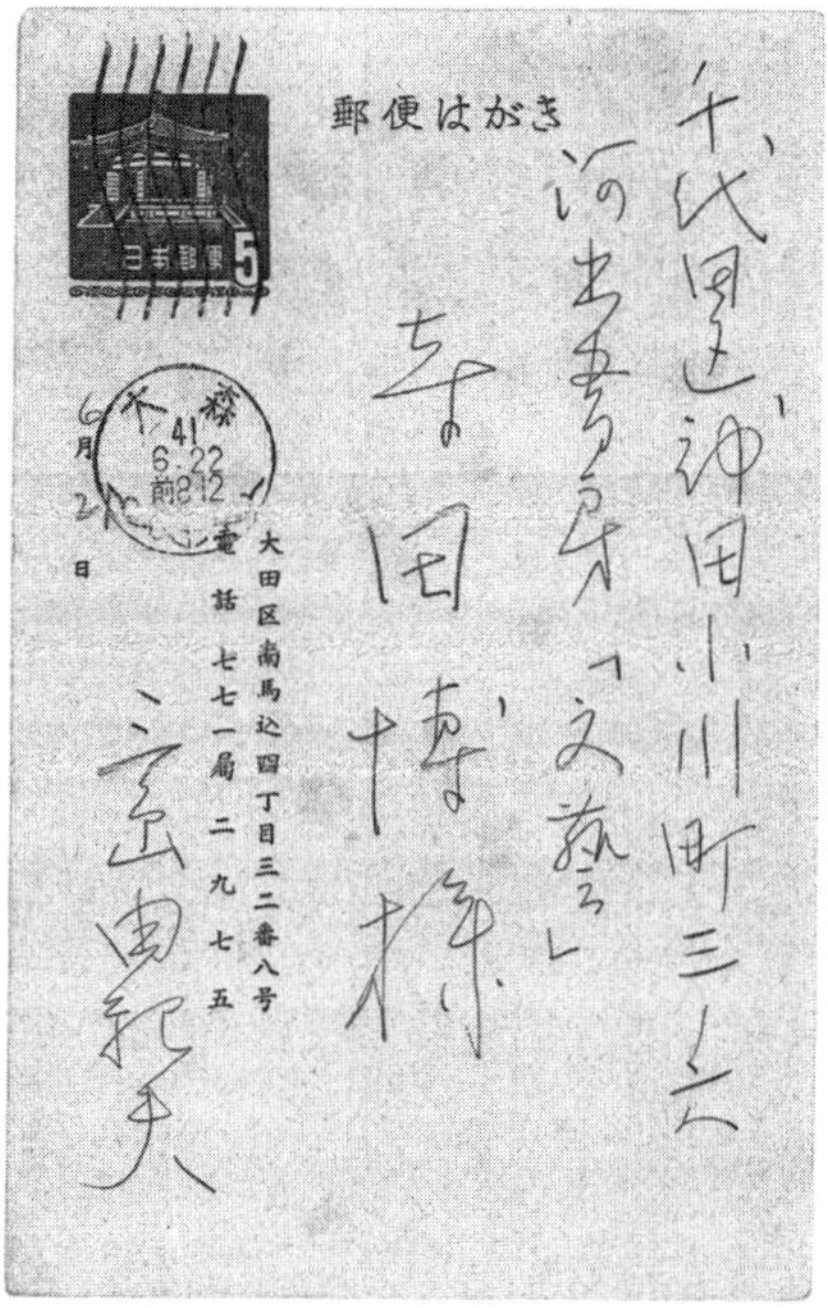

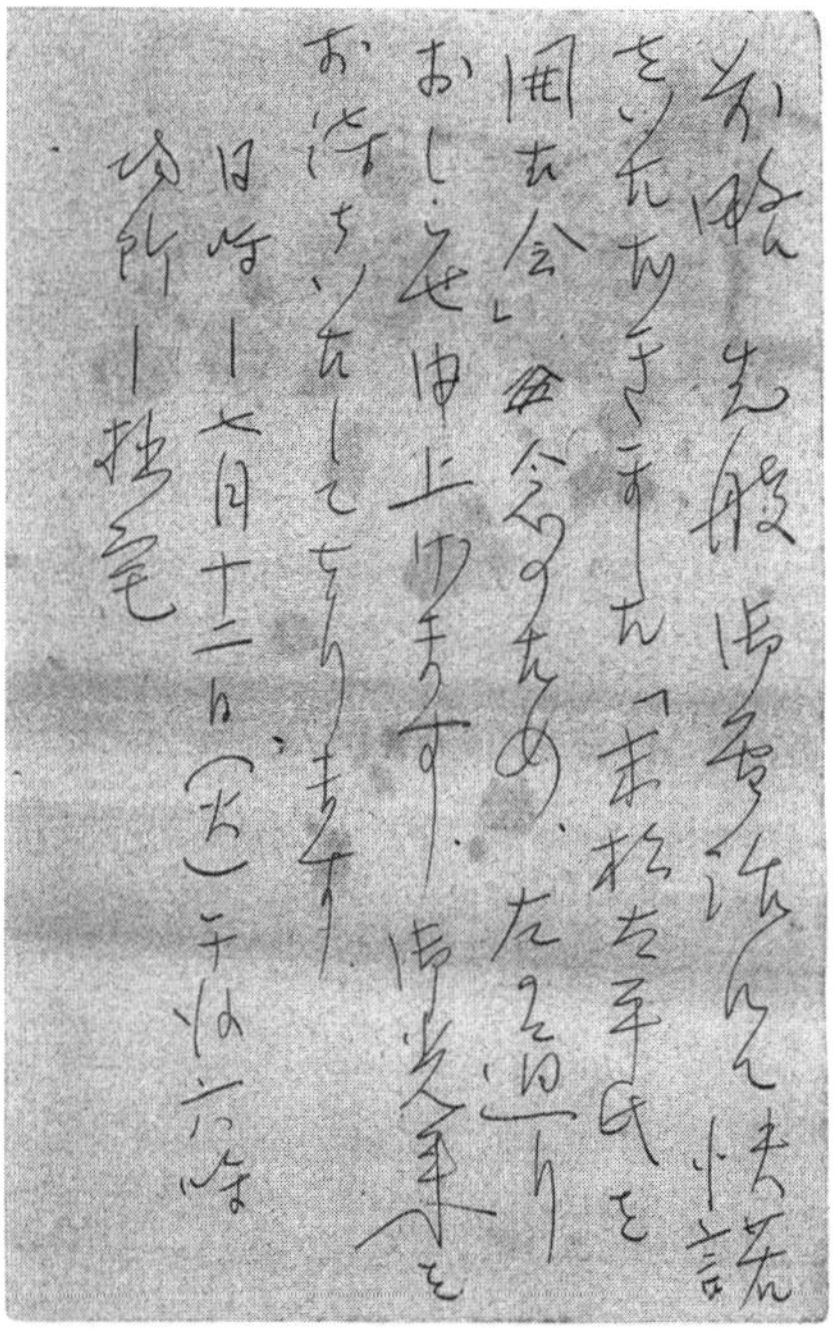

■葉書表面■ 消印（大森・昭和41年6月22日）

千代田区神田小川町三ノ六
河出書房「文藝」
寺田博様

大田区南馬込四丁目三二番八号
電　話　七七一局　二九七五
三島由紀夫

6月21日

■葉書裏面■

前略　先般御電話にて快諾をいただきました「末松太平氏を囲む会」（二文字抹消）念のため、右の通りおしらせ申上げます。御光来をお待ちいたしてをります。

日時——七月十二日（火）午後六時
場所——拙宅

氏供養」ですね。
寺田　ええ。そうです。
井上　じゃあ、その時に戯曲で行こうという流れが？
寺田　いや、戯曲なら貰えるんじゃないかという発想が坂本一亀さんにはあったんじゃないですかね。小説に関しては、安部公房と大江健三郎と三島由紀夫について新潮社が押さえていた。
松本　しかし三島としては、自分の書きたいものを載せてくれる雑誌が、「新潮」以外に欲しいということがあったと思いますよ。
寺田　結局、何よりも先に三島さんの原稿をとりたいから、テーマに限定をつけるとか、こういうテーマで書いてくれとかそういうところまではとても行ってないということです、私たちの意識が。とにかく三島さんが書くものなら何でも貰うよ、という姿勢です。
井上　結果として三島は「文芸」に割合自由に書いて、お芝居も「サド侯爵夫人」とか「喜びの琴」とか……。

■「喜びの琴」の掲載号を増刷

松本　「喜びの琴」も寺田さん？
寺田　いや、田辺さんだったと思います。私じゃありません。
井上　あれはもともと「文芸」に出ることになっていたんですか？
寺田　文学座がスケジュールを発表しますね。その時点で約束が出来ていました。
井上　じゃあ、文学座分裂のトラブル以前ですね？
寺田　ええ。だから、トラブルになって宣伝してもらったようなもんです。こっちは。
山中　かなり売れたんですか？
寺田　あの時の「文芸」はね、石原慎太郎さんの「行為と死」と一緒でしたからね。これは私が担当していたんですけれど。増刷したんですよ、珍しく。あんまり売れるものだから。
山中　雑誌の増刷は珍しいですね。雑誌なのに「緊急増刷！」という帯のようなものをつけましたね。

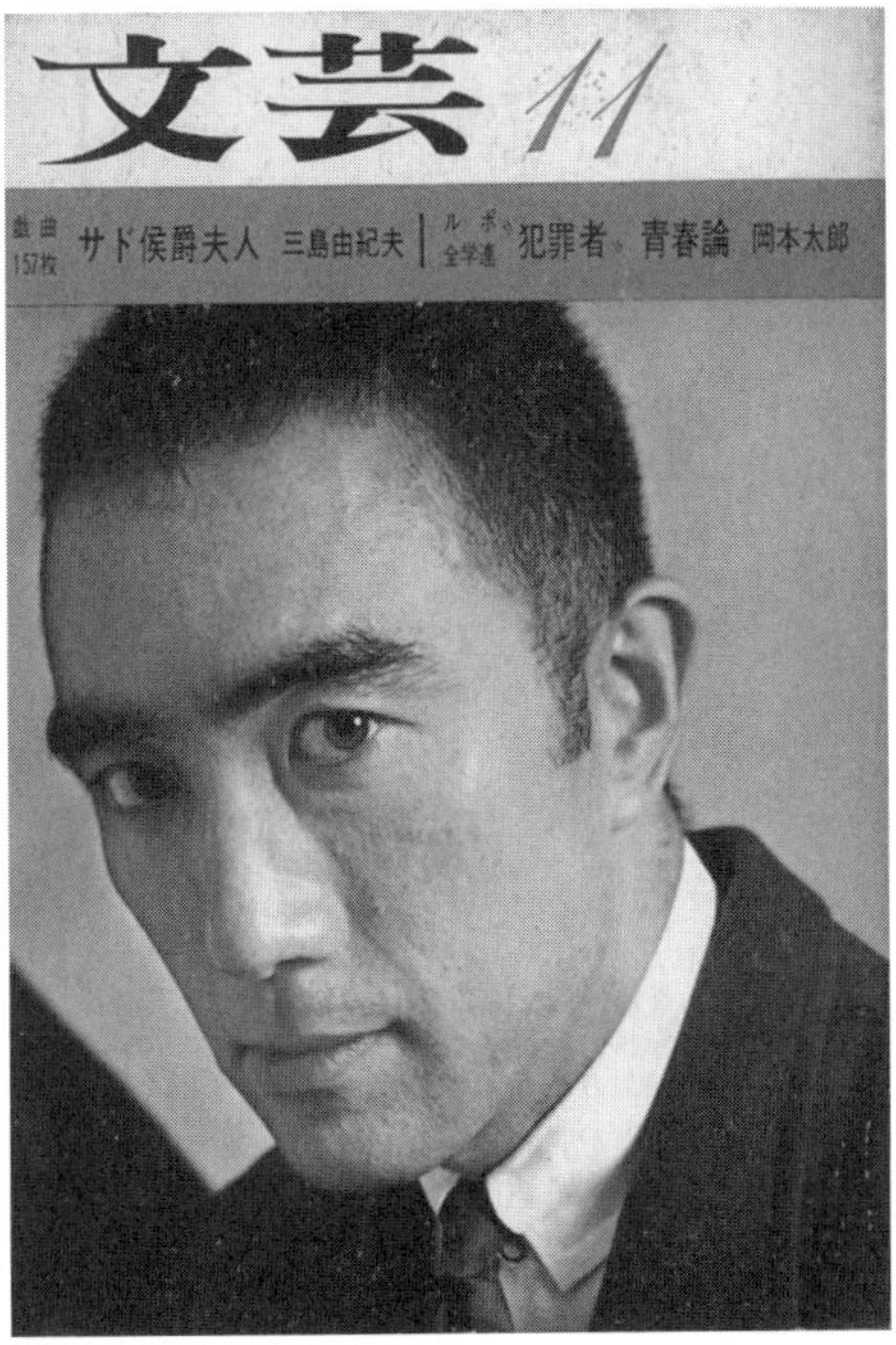

寺田　あの時はもう社長や営業部が「売れ、売れ！」ってうるさくてね、それで結局、坂本一亀さんと意見が対立しましてね。竹田博さんに編集長が変わった直後でした。

井上　「喜びの琴」に対する坂本さんのお考えなんかもあったんですか。

寺田　いや、それは無かったと思いますよ。坂本さんは自分で編集してても「喜びの琴」は載せていたと思うし。

井上　評価は色々あるとは思いますけれども、三島由紀夫の水準から行くと、「喜びの琴」はちょっと「？」というところがありますよね。「サド侯爵夫人」になると、レベルは上がるけど、「喜びの琴」や昭和三十年代後半の三島作品は、ちょっと沈滞しているところがありますね。

寺田　沈滞してますね、三島さんもね。

井上　それが「英霊の声」を書く以前の鬱屈した状況とか、屈折した心境というものに結びつくのかなというふうに、考えたりするんですが。実際のところはどんなふうにお感じになりましたか？

寺田　そこまでは感じませんでした。

松本　もしかしたら、寺田さんが意識せずして、鬱屈した三島に火をつけたというようなことが……。

寺田　ないと思います。ただ、僕が三島さんのどういう面に関心があったかというと、やっぱり一種の観念とか美意識とかで、だから、アクチュアルな出来事とかは無関心で。体験入隊とか、ジェット機に乗るとか、そんなことはどうだっていいことだと思っていましたからね。三島さんもそのことはわかっていたと思います。私もどっちかと言うと菅原さんと同じような考えだった。もうちょっと三島さんは作品で頑張らなきゃ駄目だよという気があった事は確かですけどね。

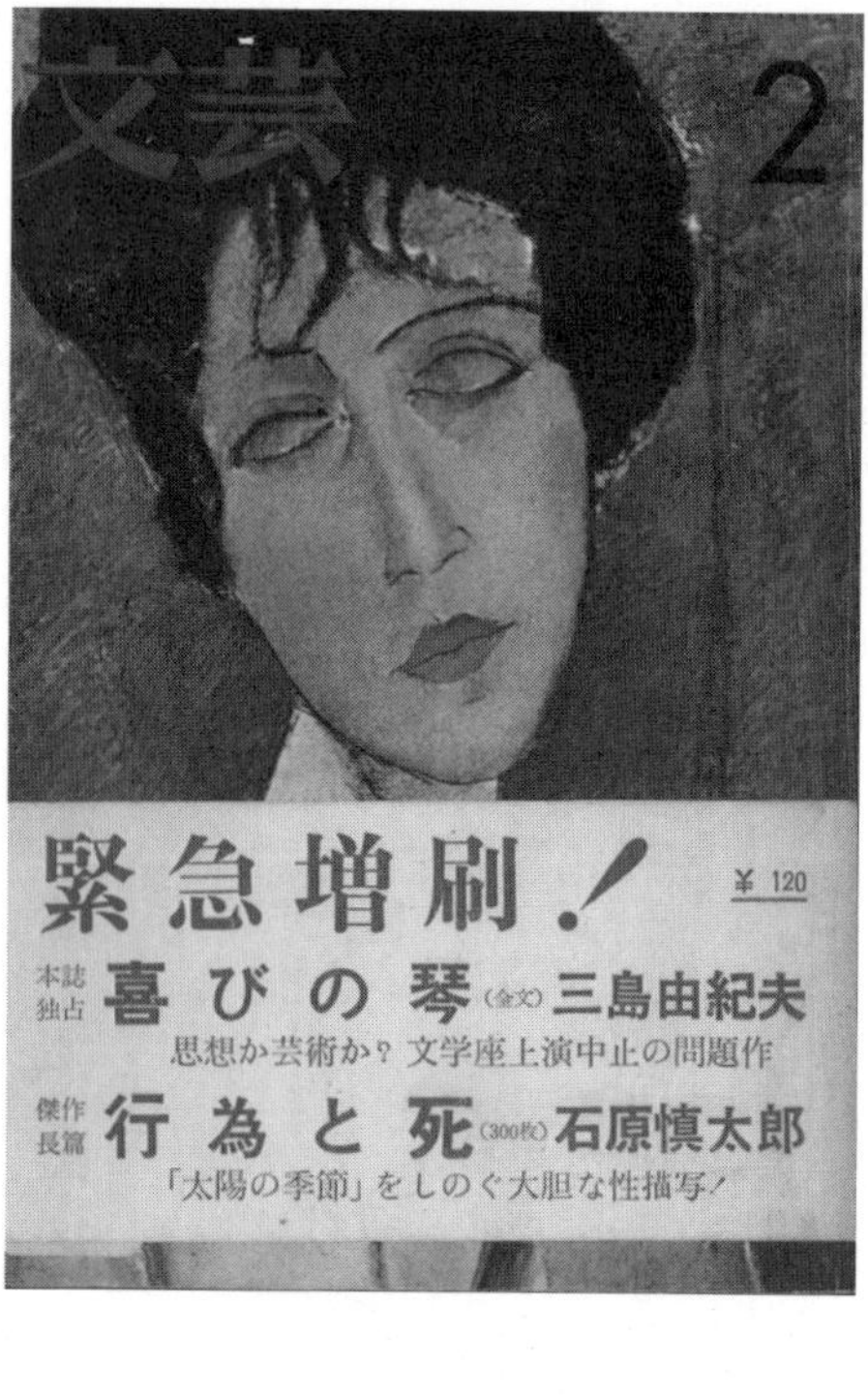

■「悪臣の歌」と「仲間」

松本　「英霊の声」の前身と思われる「悪臣の歌」については？

寺田　いや、知らなかったんです。後で知ったんです。

松本　「英霊の声」の原稿は、母親の倭文重さんが、一気に書いたと証言していますが、やっぱり一気に？

松本　徹氏

寺田　二回か三回に分けて貰ったかな。その原稿をね、長い間自分で持っていたんだけど、退職するとき、夫人に返却しました。「これは記念に君にあげるから」と言われたんで、新潮社から全集出すんで生原稿を出してくれと言われたときも、「サド侯爵夫人」だけ出して、これは渡さなかったんですけど。その詩みたいなところね、そこだけ別に書いた紙を渡されました。

井上　「などてすめろぎは人間（ひと）となりたまひし」というリフレーンのある詩ですね。

寺田　その詩のところを挿入するようになっていた。小説の体裁にするために。だから清書する時に、どういうふうに推敲したか、ちゃんと当たってみれば面白いかもしれんと、後で思ったことはあったんですけど。

井上　「悪臣の歌」と「英霊の声」の詩の部分とは、ちょっと違うんです。おそらく、まず「悪臣の歌」がインスピレーション的に出来て、後にこれを小説の形に整えた。そのどこかの過程で寺田さんのサジェスチョンがあった。

寺田　内容から考えると、何か私も応答はしていたとは思うんですけど、どういう応答をしたか、記憶が無いんですよ。ただ、詩がある、と。それを入れて小説仕立てにしようという程度の打ち合わせがあったということは考えられます。

松本　原稿が全部揃ったのはいつ頃でしたか？

寺田　覚えてないです。時差はあまりありませんでした。

井上　これを小説にする時には友清歓真の「霊学筌蹄」とか神道の文献を読んでますよね。ああいう小説の構成については、いつ頃からどういうふうに考えていたのかな？

寺田　詩を帰神（かむがかり）の会と結びつけることに関しては、僕もちょっと「あっ！」と思った。私がヒントを出したんでもなんでもないです。何かの機会に三島さんが知ってたのかな？

井上　最初は、帰神の会のことは言ってなかったですか？

寺田　ええ。そういう話はされてなかったように思うけど。

松本　コックリさんとか、ああいうのが好きだったんですね。だからごく自然にこういう所に行ったのかもしれない。

寺田　まあ、自然だったでしょうね。

井上　「鏡子の家」に神道系の神秘主義の話が出てきますね。あそこで、友清歓真がもう三島の目に触れているので、帰神の会というのはその延長かなと思っていました。「悪臣の歌」という詩が先にあったので、最初から「英霊の声」のような構成を考えていたわけではないんですね。

松本　倭文重さんが言っていたように、まず「悪臣の歌」を一晩でぱっと書いいちゃったんでしょうね。それからいろいろと……。

寺田　私が「小説を、小説を、今度は小説がどうしても欲しい」と三島さんに言ってましたから、小説にしてみようという気になられたのかもしれません。

井上　「文芸」掲載の小説はこれが初めてですか？

山中　いや、「仲間」（昭41・1）ですね。

寺田　ああいうものをそっと出してくるんですね。「これ使える？」とか言って。

井上　「文芸」の昭和41年1月号が「仲間」で、6月号が「英霊の声」か。「仲間」というのは舞台はロンドンで、坊やとお父さんと不思議な男の話で、最後にお父さんが「今夜から私たちは三人になるんだよ、坊や」って囁く。ミステリアスな短篇ですね。英国旅行の経験を踏まえた話で、ちょっと深読みかもしれないけど、旅に出ていた男が帰ってきて、男の家で三人が一緒に暮らすようになるわけで、何か失われた過去や無意識の中にあったものが戻ってきて、そういう世界に足を踏み入れてゆく。そのことと、「英霊の声」のような作品を書くこととは、どこかつながりがあるかなと思ったりします。「憂国」の映画化も同じ時期ですが、それまで一歩手前にいたのに、一線を超えたというようなところがあると思うんですね。

寺田　ああ、あるかもしれませんね。でも、新作と言うより古いものかもしれません。私があんまり「小説を下さい、小説を」といつも言うものだから。新年号ぐらいにと言うと、三島さんは待ってましたとばかりにね、「これ使えるかね？」と出したんですよ。私はその場ですぐ貰っちゃったんですよ。督促に行ったらその場で出してくれたから、勿論、書いてあったわけですけど、それ程新しいとは思えないですね。

松本　あれはいつ書いたとしても不思議はないですね。

寺田　武田泰淳との対談を頼んだ時はね、「豊饒の海」の限界を自分で感じていましたね。対談日は9月……？

井上　9月14日ですね、昭和45年の。自衛隊の体験入隊から帰って来た後です。

寺田　ということは、私はこの対談を頼みに大体一月半くらい前に行っている筈ですから、7月には行ってますよね。ちょっと待ってください。対談の出てる11月号が出るのが10月8日なんです。すると、8月ごろかな、頼みに行ったのは。でも、「暁の寺」（昭45・7）がね、出たばっかりだったんですよ。「暁の寺」を書いた時はもう、この小説は駄目だと思っていたと思います、三島さんは。文学に対する空虚感とか、あんなに自信のないことを言ったのは初めてだった。愚痴みたいなことを言ってたな。この対談はね、あまり問題にされないんだけれども、私は本当に重要な対談だと思っているんですよ。

井上　苦しんでますよね。最初の構想通りになかなかうまく進まないということもあるし、あれだけの長篇で熱心にやればやるほど袋小路に入っていくことがある。三島由紀夫もそれは自分でもわかっていたでしょう。

寺田　この時、三島さんはインドに行ったという話をしきりにしてましたが、すでに決意していたと思うし、武田さんは文武両道というようなことで、盛んにからかっていました。

松本　「暁の寺」はそのとおりだと思うけど、「春の雪」と「奔馬」は成功作ですね。その「奔馬」と「英霊の声」はつながっていると僕は思うんですが。

寺田　気分的にはつながってますね。

松本　ええ。だから、「英霊の声」を書いたことが「奔馬」を書く上で随分大きな役割を果たしているんじゃないかな？それから、「『道義的革命』の論理」ですね。この二つが「奔馬」を書く上で大きかったように思いますね。

寺田　ああ、そうでしょうね。

松本　その意味で「文芸」は、「新潮」の連載に協力したことになる（笑）。

井上隆史氏

寺田　そういうことは、よくあるんですよ。他誌の編集者に、取材もしてもらうということもよくありますからね。

■二・二六事件とのかかわり

松本　寺田さんが今日持って来て下さった書簡が、ここにもう一点あります。昭和41年7月12日、三島宅に末松太平氏を招いて、囲む会を開いた、その案内状です。

寺田　この会には村松剛さんと伊沢甲子麿さんが見えましたね、私の他に。

井上　村松氏の「三島由紀夫の世界」の中に、この会のことが出てましたね。

松本　どのような様子でした？

寺田　格別面白いようなことはなかったですけどね。僕はもう黙って聞いていただけで。末松さんも伊沢さんも割合寡黙でしたね。その日によく喋ったのは村松さんと三島さん。お互いによく喋っていた。勿論、村松さんが合わせていた感じですけれども。末松さんに関しては三島さんは何か書いてますでしょ。

井上　「私の昭和史」（昭38・2）を、最近で最も印象に残った本として挙げてましたね。それから「文芸」（昭42・3）に磯部浅一の獄中手記が掲載された時、「『道義的革命』の論理」を寄せましたね。

寺田　これは私が手がけたわけじゃない。その時は出版部にいて。杉山さんがやったと思うんだけど。

井上　杉山正樹さん？

寺田　ええ。杉山さんだったと思います。

井上　これ面白い企画ですよね。三島だけでなく、竹内好やいいだ・ももも文章を寄せてますが、どういう経緯でこういうふうになったのでしょう。

寺田　それはまあ、三島さんからの話だと思うんだけど、最初はどうだったかな。河野司さんに会うようにとかなんとか示唆を受けて、それで資料があることを、三島さんから教えられたんじゃなかったかな。そこがはっきりしないんですよ。河野司さんが、別の人に言ったのが耳に入ったのかもしれない。杉山さんに聞けばわかりますけどね。

井上　「文芸」に少し経緯が書いてありますね。これを見ると三島からの話という感じでもない。「二・二六の磯部浅一、村中孝次の未発表の手記を手にして、これを掲載すべきかどうか、編集会議の席上、幾度か議論が展開された」というように書いてあります。

寺田　杉山さんが書いてるんですね。

山中　単行本「英霊の声」が出たのは、「奔馬」の執筆を始める少し前ですね。「憂国」と「十日の菊」を加えて二・二六事件三部作とするのは、寺田さんの方から出されたのですか？

寺田　私ではありません。でも、河出側から案は出したと思いますね、藤田君の方から。藤田君がなんか書いてるでしょ。

山中　藤田三男さんの「榛地和装本」を読むと、「『英霊の声』は『文芸』四十一年六月号に掲載されたが、編集担当の寺田博さんによれば、短期間に一気に書かれた」と。「雑誌掲載と同時に三島さんをお訪ねし、旧作『憂国』『十日の菊』を併せ『二・二六事件』三部作として刊行する約束をとりつけた。といっても、書き下ろしエッセイをつける、という以外の作品構成は、三島さんの提案であって、私（藤田）の考えたことではない」と。

寺田　エッセイを出版部では頼んだんじゃなかったかな？

井上　三部作でまとめたいというのは、三島の気持ちの中に……。

寺田　あったんですね。

井上　これは意味のあることで、「憂国」はもともと「スタア」（新潮社、昭36・1）に収録されていて、「二・二六事件三部作」がコンセプトとしてあったわけではなかったですね。それが単行本「英霊の声」に収められ、初めてそうなった。ただ、河出の清水康雄さんは、この企画は通りそうに無いと考えた。そこを坂本一亀の後押しで、清水さんが粘りに粘って会議を通過したそうですね。

寺田　ああ、そうですか。もう殆ど記憶が無いんだけど。

山中　初版五千部ということで、藤田さんとしては随分がっかりしたようです。

寺田　その頃の河出はとにかく「儲けろ、儲けろ」だったんです。営業も社長も。三島さんはそれ程売れる人というふうには認識されていなかったのかなあ……。長篇小説だけですよね、短編集はあんまり売れていないんですよ。だからそういうことが起きたんですよ。

松本　じゃあ、戯曲なんかになると、余計……。

寺田　とくに戯曲は売れないですから。その前に「サド侯爵夫人」を出していたわけです。あ、「サド侯爵夫人」も売れなかったのかな。

山中　売れなかったんですか？　単行本が？

寺田　ええ、単行本。

山中　雑誌の方は表紙に三島の顔写真を使ったりして印象的でしたが。

寺田　雑誌はそれなりに売れ、芝居も成功したんじゃなかったかな？　稽古も観に行って、初日に観に行きましたけれども、結構入っていました。

井上　なるほどね。その都度その都度、出版の事情とか流れで、それが結果としてどう出てくるかわからないんですね。

寺田　やっぱり波に乗っている時と、そうでない時がありますからね。三島さんはこの時は波に乗っていない。むしろ、楯の会を作ったとか、自衛隊体験入隊した、そういう事件的な話が多かった。

井上　「金閣寺」や「潮騒」のような売れ方はもう……。

寺田　もうなかったですね。売れなくなったから、ああいう色々なことをやるんだと言う人もいたくらいだから。三島さんは週刊誌ダネになるようなことも、次から次へと。

松本　戦闘機に乗った体験を書いた「F-104」も「文芸」(昭43・2）掲載ですが、これもそういう思惑がある程度あったのかな？

寺田　あったと思いますね。

井上　オリンピックがあったりして、ジャーナリズムの時代、週刊誌の時代でしたしね。

寺田　週刊誌がその頃、三島さんを材料にする雰囲気が出てきてましたからね。

井上　それが良し悪しで、そういうもののために三島由紀夫もペースが乱されたというか、利用された面もあるのでは？

寺田　利用され、ある意味では三島さんの方も利用したというか。

井上　お互いそうなんでしょう。少なくとも落ち着いて何かをやるという環境ではなかったし、週刊誌に書けば、それなりにお金を稼げるし、というちょっと困った悪循環に入って

山中剛史氏

いる雰囲気はあったんですよね。

寺田　そういう状況を、菅原さんとか坂本一亀さんとかが苦々しく思っていたし、私もそうだった。だから「ちゃんとした小説を書いてください」ということを僕は三島さんに言ったと思います。

松本　だけど、「豊饒の海」四部作を書いている最中ですからね。ちょっとそれは過酷な要求じゃなかったですか？

寺田　それはそうですが……。何年もかかる作品で、作家としては本が出ない時期です、長篇にかかっている時期は。その間に、つなぎの仕事をゴチャゴチャやるというのが普通の流行作家のあり様です。ただ、やっぱり「原稿を書くだけ」では寂しいという時期に三島さんは入っていたと思うんですよ。そこは、いつももてはやされている作家生活をしている人たちは、長篇をずっと書いている時間の長さにちょっと耐え切れなくなっちゃうところがあります。あの頃は長篇を書くというのは相当辛く、凄いことだったわけです。

松本　三島のような性格の人には、殊に辛い面があったんでしょうね。

井上　それは自覚もしてますね。アメリカでずっとひとりで生活していて、日本に帰ってくると、途端にちやほやされますよね。その時三島は、自分は文壇のスポイルド・チャイルドで、やっぱりちやほやされていないと寂しくてやっていられないと言ってます。それに、長篇を書いている時というのも、皆の反応が良く見えなくて寂しくて、そういうのはちょっと耐えられない。地下鉄で暗闇の中をずっと走り続けているような気分だということを言っていますね。

寺田　常に反応を見たい人でしたね。そういう生活に入っていましたからね。だから、「なんかしないといかんのだけど」としょっちゅう言ってた。「文芸」という雑誌は非常に好きだと言ってくれていました。それで、「F104」を出してくれたりしたんだろうと思います。

松本　今から振り返ると、「豊饒の海」を除けば、この時期、一番大事な仕事を「文芸」でやっていると言えるんじゃないですか？　「喜びの琴」とか「サド侯爵夫人」に始まって。

寺田　うーん。それはどうでしょうか。

松本　結果的にはそう言えるでしょう。意図はしていなかったかも知れないけれど。

■三島との出会い

松本　ところで、寺田さんが三島に最初にお会いになったのはいつ頃になりますか？

寺田　昭和37年かな？　直接、面と向かって話をしたというのはずっと後です。私は三島担当ではなかったんです。まあ編集長になって、「サド侯爵夫人」の時でしょうかね、面と向かって貰いに行ったのは。

松本　じゃあ原稿を直接……。

寺田　ええ。貰いに行きましたね、自宅だったかな。

松本　帝国ホテルで書いて、賀原夏子に渡したという話があるけれど。

山中　確か賀原夏子がそう書いていたと思います。

寺田　それはコピーを渡したんじゃないかな？　私は現物を貰いましたから。

山中　劇団の場合、そのままガリ版で刷って、すぐ台本にするというのがあるので、おそらく出版社に回す前にそういうことをしたのかな。

寺田　それは考えられます。

井上　賀原夏子が原稿をもらったのは確か8月31日ですよ。

山中　喫茶店ア・マンドかなんかで、出来た原稿を朗読したとか……。

寺田　そっちの方が先行していたかもしれませんね。

井上　「喜びの琴」とか「朱雀家の滅亡」の時はいかがでしょう？

寺田　それは私じゃないんですよ。田辺さんか杉山さんかどっちかだと思います。「朱雀家の滅亡」は42年の10月号ですね。これは9月7日に出ますから、8月20日くらいには貰っているわけですね。

井上　寺田さんは編集長時代というのは、何年から何年くらいになりますか？

寺田　昭和40年の春からですね。人事としては4月1日から編集長になったんじゃなかったかな。4月号は3月7日に出るから、その前かもしれない。

松本　それまでは坂本さんの？

寺田　竹田博さんの次でした。

山中　河出書房は43年6月に……。

寺田　倒産しました。

山中　藤田さんの本を読むと、その時に三島由紀夫の代理人が債権の取立てに来たというのですが、何かその辺で覚えてらっしゃることは？

寺田　竹田さんか藤田君が相手をしたと思います。ただ、ちょっと話は聞きましたね。あの時は、もう、とにかく大騒動ですから。

井上　作家が代理人を立てて「取立て」に来るというのは……？

寺田　そりゃあ、少ないと思いますが、あったとしてもおかしくない。

山中　その取立てに来る債権というのは印税？

寺田　印税です。だけど三島さんの場合はたいしたこと無かったですけどね。文学全集がありましたから、そっちの方が大きい。

山中　河出の文学全集はカラー版とか豪華版とか、色々……。

寺田　カラー版、豪華版、グリーン版と、三種類も全集を出していて、三島さんは全部入っていましたから。単行本よりそれが大きい。私はグリーン版だけはタッチしましたけど。

山中　カラーの挿絵とか色々入って、豪華な感じでしたね。かなり売れたのですか？

寺田　ええ。第一回配本は三、四十万刷りましたから。あの頃の全集は皆三十万とか二十万とかですからね。

山中　グリーン版を担当された時、月報の文章なんかも頼みに行かれたりしたのでは……。

寺田　私が行ったかな。後輩に行ってもらった可能性が高いですね。電話で頼んで、取りに行ってもらう。

山中　ああいう文学全集の口絵やなんかの撮影で、何か覚えてらっしゃることがあれば。

寺田　「文芸」の表紙にね、三島さんに頼むことにした時、撮影が細江英公さんだったので、一も二も無く引き受けてくれましたね。嫌がる人も結構いましたけど。作家の写真を使うという方針は私が出したんだけど。一等最初は石原慎太郎でね、その次は開高健でしたかね。河野多恵子も。

松本　小さな版でしたね？

寺田　ええ、小型版の。最初、石原慎太郎に頼んだ時から細江英公さんが撮影したんです。もう全部細江さんにやって貰おうと。だから三島さんに関しては、赤坂あたりで落ち合ったことを覚えてますね。喫茶店で三島さんと会い、細江さんがそこへ来て、細江さんが借りたスタジオだったのか、とにかくスタジオに行って撮影をしました。

山中　そういう時は、やっぱり凝った衣装を着てきましたか？

寺田　そうです。「ああ、やっぱり」と思った。

山中　葡萄色かなにか珍しい色使いの背広を着て、黄色いバックに、顔がアップで写っている。

井上　「サド侯爵夫人」を掲載した「文芸」の表紙？

寺田　そう。とにかく沢山撮りましたよ、その時。作家の顔写真を使う前は、泰西名画だったんですよ。それがつらくてね。坂本一亀時代からずっと私が表紙担当だったんです。

松本　寺田さんが三島に最初に会われた時と、最後までこう見ていて、何か感じたこと、思われたことは無いですか？

寺田　前にも松本さんに言ったかもしれないけど、日沼倫太郎さんが「夭折」ということを言っている。四十五歳までに死んだ人間のことを「夭折」というと。それを三島さんに話したら、「ああ、日沼君そう言っているか。俺はもう駄目だなあ。もう四十過ぎたしなあ」とか言ってましたね。「本当は夭折したかったんだよ、俺も」とか言ってましたから。すると、本当に四十五歳で亡くなりましたね。それを思い出して暗然となりました。

松本　話を戻しますが、倒産の時の三島のことをもう少し……。

寺田　三島さんの方から絶縁されたって思ってますけどね。第一次倒産のときも「仮面の告白」など新潮文庫に入りました。そういう作家は何人もいましたね。倒産というのはそれほど大きな出来事なんです。

松本　原稿料で食っているわけだから、原稿料を貰えなかったら困りますからね。

井上　そういう生活の、まあリアリズムの苦労というか、三島由紀夫は「風流夢譚」事件だとか、「宴のあと」裁判とか、

「喜びの琴」の文学座分裂とか、三十代の後半以降、ずいぶん現実の苦労をしたと思うんですね。もともとそういう苦労とは無縁の筈の人が、どうしても巻き込まれる。それが沈滞の状況というのと微妙に絡んでいると思うんですね。

寺田　微妙に絡んでますね。

井上　寺田さんのご覧になっている範囲ではそういう、現実の苦労に直面して、特に「苦労しているな」とか「落ち込んでいる」とかいうような印象はいかがですか。

寺田　それは全然ありません。三島さんという人は、いつも演技というか編集者の前に出る時はそれなりの構えがあったと思いますよ。

井上　寺田さん宛書簡の文面だけを見ると、何か三島が精神的に上下するとか、鬱になったり躁になったり、起伏が激しいように思いますが、直に付き合っていると、必ずしもそうではない……。

寺田　そうですね、一対一だと。

井上　その辺の呼吸というのがなあ……。

寺田　ただ、編集者というのは他社の事情に常に目を光らせて、自分が原稿を取れるか取れないかが勝負です。他で忙しい思いをしている作家の原稿は、絶対取れないことはわかりますからね。だから、井伏鱒二先生の場合などは本当に何十年も通って、頂いたのは八十五歳になってからですから。井伏先生は「君、俺の所になんか来てもしょうがないよ」「新潮社が出入りの旦那だから」なんておっしゃって。要するに、小作人と地主の関係のようなものだと言っているんですね。井伏さんは小作人で、「原稿はどうしても年貢を納めるように、地主のところに納めなければいけない」と。なるほどねと、その時思いました。その時六十代ですよ、私が先生に最初にお目にかかったのは。それから二十五年くらい、原稿は頂けなかったんですよ。ただ、対談には何度も出ていただきましたけどね。

松本　「海」も三島作品を割合載せましたね。「文芸」とほぼ同じような位置に、三島の中ではあったんですかね？

寺田　「海」はちょっと後で出てきましたでしょ。だから「海」も戯曲を載せるという方針を出したんでしょう。

井上　おいしい小説は「新潮」とか「群像」とか……。

寺田　後発の雑誌が辛いのはそういうことでしょうね。文芸ジャーナルの中枢にはなかなか辿りつけない。じゃあどうすればいいかというと、結局自分がそういう作家を出すしかないわけです。だから「文芸」は新人に集中していた。

■安部公房と武田泰淳

井上　だから寺田さんは次々と新人を送り出した……。そうか。話はちょっと飛ぶけど、島田雅彦は三島由紀夫を相当意識してましたでしょう？　最初からそんな感じが強かったですか？

寺田　意識してましたね。最初から興味があると言っていましたね。

松本　だけど育っちゃえば、他の雑誌に行ってしまいますね。

寺田　それはいいんですよ。でも、四作ぐらい続けて「海燕」に書きました。何かの時に、いい作品を貰えればいいわけですからね。

井上　三島は、野間宏のことなんかも案外意識してましたね。そんな印象というのは受けましたか？

寺田　そりゃあ、戦後派全体に対する関心は深かったですよ、三島さんは。

井上　「豊饒の海」だけじゃなくて、昭和40年代ぐらいから戦後派の人たちがライフワークと言っていい長篇を次々と書きますね、武田泰淳もそうでしたけど。そういった流れがあったと思うんですが、編集をなさっていた立場としてもお感じになられていましたか？

寺田　ええ、感じていましたね。

松本　三島が強く意識していた同時代作家は誰でしたか？

寺田　やっぱり泰淳さんを一番意識していたと思いますね。後は、安部公房でしたね。だから対談をやりました、安部さんと。

山中　安部との対談「二十世紀の文学」（昭41・2）ですね。

寺田　ええ。私が司会というか、進行係のようなことをやって。自分の発言は大体消しちゃっていると思うんですけれども。

山中　かなり深いところまで突っ込んでいて、面白い対談ですね。

寺田　全く呼吸が違うんですよね。二人の息遣いみたいなものが。しかし、演劇や海外文学への関心の強さは同じで、これは面白かった。安部さんというのは、お喋りがちょっと不得手な人ですからね。

山中　いつやったか覚えてらっしゃいますか？

寺田　僕の手帳を見ればわかるかもしれません。昭和四十年の暮れだったと思うんですが。

山中　三島の方から安部公房と対談をしたいという話があったのですか。

寺田　この企画は私が持って行きました。すると、三島さんは「まあ、いいだろう」という感じで。三島さんと安部さんだったら、すでに幾度も対談やっているだろうと思っていたら、あんまりしていないんですね。まあ安部さんはね、対談というものがあまり好きではなかっただろうと思いますけれども。

松本　泰淳との対談も寺田さんが？

寺田　そうです。いつ聞いたかよく覚えていないんですけれども、三島さんは「俺が一番尊敬している作家、現代作家は誰か知っているか？　泰淳なんだよ」っていう話をするんです。それを覚えていました。石原慎太郎さんもそうなんです。泰淳を一番尊敬している。心の支えだって。人前では言わないだけですよ。編集者には漏らすんですよ。そういうことはこっちが覚えておけばいいわけですし、いずれ対談をやっていただいたりということになるわけですけど。

井上　泰淳が、三島のことを早くから良く見ていたなと思うのはですね、例えば「禁色」でもね、物凄い才能を武田泰淳は認めるわけです。けれども、人間の掘り下げるべきところを掘り下げて描いていない。それは、文壇というか自分たちがそう要求しているようなところがあって、それを思うと胸が痛む、というようなことを言っているんですね。

寺田　三島が死んだ時の泰淳さんのエッセイね、やっぱりもう……。これは酔っ払って書いてるなということわかるんですよ。後半が乱れてくるんです。本当に泰淳が惜しんでいるんですよね、三島さんを。三島がね、「仮面の告白」の原稿を坂本一亀に神田のランボオで渡すんだけど、それを泰淳さん、見てるんですね、側で。やっぱり泰淳さんが特別な人だったのは、そういう現場も見られているということもあって、三島さんとしてはずっと泰淳さんのことが頭から離れなかったのかもしれない。ライバルというよりも、どういうのかな、温かい先輩としてね。

松本　そうか。そういえば、武田泰淳が「愛のかたち」という小説を書いている。あれとね、「盗賊」だとか「仮面の告白」とか関係があるんじゃないかな？

井上　そうですね。性の問題にしても意識の問題にしても、確かに通じるところがある。

松本　素材の上で張合ってるというか、色々なものを、泰淳さんから三島が貰っているという意識があるのかもしれないですね。泰淳さんにも二・二六事件を扱った「貴族の階段」があるでしょう。「富士」では天皇。こんなふうにテーマや題材が重なっている。

井上　ただ、同世代の作家がいないというか、皆先輩になってしまう点で、三島はある意味で不幸ですね。

寺田　そうなんです。先輩か後輩ですね。同年輩の第三の新人といわれる人たちとは全然違ったですからね。

松本　芥川龍之介もやっぱりそういうところあったでしょ。仲間はいるんだけど、文学的な仲間はいないですよね。

■編集者としての付き合い

松本　編集者としてのお付き合いはどういう風でしたか？三島ほどジャーナリズムを上手く操った作家はいないと思うんですけど。ある面では編集者としてはやられっ放しというような感じは無かったですか？

寺田　私なんかは晩年だけですから。三島さんの初期の頃の一番最盛期にいた編集者は大変だったでしょうね、原稿の取り合いが。

山中　寺田さんの場合、原稿を貰いに行く時の決まり事、何時くらいとか、日光浴しているとか、そういったことありましたか？

寺田　私の場合はちょうど日光浴中でしたね。だから、ベランダへ行く。裸になっているんですよね。だからなんとなく見ないようにして。

井上　三島は見て欲しいわけでしょう、でもね。

松本　何時頃でした？

寺田　お昼頃。一時だったと思いますね。食事を終えた後だったかな。

山中　原稿を渡す時は、「はいっ！」って渡して終わりじゃなくって、やっぱり色々話したり。

寺田　一時間くらいは話しましたね。

井上　夜から朝にかけて原稿を書いたとして、書いた直後という感じが強かったですか？　今朝出来た、というような。

寺田　いや、あの人は、きちんと一日くらい置いてから渡す人だったんじゃないでしょうかね。

井上　「この日」と決めたことは、崩すようなことは全然なかった？

寺田　それはもう、見事に。この日に渡すといったらこの日。

井上　三島の年譜を今作っていて、手帳なんかを見ると予定が書いてあるわけですよね。「この日、誰々に会う」って。しかし、普通だと実際どうなったか分りませんよね。でも、確かめてみると、やっぱりその日に会っている。三島の場合は予定は決定なのですね。

松本　さっき「英霊の声」は、分けて原稿を渡したとおっしゃいましたね。締め切りとは関係なしに原稿を渡すわけですか？

寺田　いえ、やっぱり、締切日を電話か何かで連絡して、その日に行ったら一部分ちょっと待ってくれ、というようなことだったと思います、詩の部分ですね。

井上　すると、そうか。原型となる「悪臣の歌」でも推敲の跡がありますが、「英霊の声」として形を整えた後もやはり詩に関しては手を入れていた……。

寺田　そういう感じですね。

松本　だから分けて渡すんじゃなしに、一旦渡して、後でちょっとこう直したりして……。

寺田　そこがちょっと記憶が曖昧なんですけれども。とにかくね、二綴りになっていたんですよね。いや、いっぺんに貰ったかなあ。いっぺんに貰って、これをここに挿んでくれとか、そういうやり方だったかもしれませんね。まあ、詩を挿入することの問題だったと思うんですけど。挿入する場所が気になっていたのか、詩そのものをもっと手を入れたかったのか、その辺が記憶が曖昧なんですけれど。

井上　過激というか、なんと言うんでしょう。今こういうものを誰かが書いたら、受け止め方が違うと思うんですけれど。

松本　やはりかなり衝撃があるんじゃないかな？　今の方がもしかしたら大きいかもしれない。

井上　私もそんな印象がありますね。ともかくこれは天皇批判であることに変わりないですからね。

寺田　批判と言ってもね、天皇制維持の為の一種の論理的な公正さということを言っているわけですから。三島さんって人はね、そういう意味で戦後派だと思うんですけどね。つまり原理的なものを追求するという立場がね、ずっと一貫してあった。それと美意識との結合みたいなものがあったように思うんで。戦後派全体がそうですからね。

松本 発表された時は、あまり評判が良く無かったですね。

寺田 もう、全然良くないですよ。本多秋五さんはこれ以後三島は読まないって書きましたからね。

松本 だけど、これを書いたことが、あのような最後への道筋をつけることになった。本人は「憂国」と言うけれども、やはり「英霊の声」でしょう。とんだ作品を書かせてしまって、良かったのか、というようなお気持ちは無いですか？

寺田 当分……当分というか、亡くなってしばらくの間は三島さんの事は考えたくなかったですね。

井上 「憂国」はある意味では三島由紀夫の観念と美意識の中に閉じこもることが出来るんですけれども、「英霊の声」はやはり、そうはいかないところがある。責任というか、これを書いた以上はどうなるかという、自分なりの生き方が問われてきますよね。

松本 三島の小説をずっと読んで来ていて、こんな小説が出て来るとは予想していなかったなあ。そういう感じは無かったですか？

寺田 それは私はありませんね。交霊会のようなものを、あくまでもゲームとして作ってあるのですからね。小説とはそういうものだと思うので。政治的なメッセージをその中に含んでいたとしても、それはあくまでも小説の中の一要素に過ぎない……というのが私の小説観ですから。

松本 だけど結局、これを書いたために彼は死んじゃった、ともいえる……。

寺田 私はそんなこと全然思ってないですよ。それは全然違う。私は大体そういう小説観と戦うためにも、「英霊の声」を載せたかった。

松本 だけど本人は、書いた当時はメッセージを、と思っていたでしょ。

寺田 いや、それだけではないと思うな。

井上 つまり、これは「悪臣の歌」として発表されているとなると、話は違ってくると思うんですけど。実際には詩の部分は小説の中に組み込まれているわけで、その分、相対化されるわけですよね。松本さんが言うこともわかる気はしますが。

山中 でも「英霊の声」の詩の部分ですか、あれを後に、レコードで朗読するんですよ。楯の会の歌のB面が「英霊の声」の詩のところの朗読なんです。音楽をつけて。だからその頃になると、確実に詩の部分がやっぱり三島の中で特化してきたんじゃないかなと。

井上 うん。それを、レコードとして売ってしまうというところもね。また二重三重の……。

寺田 やっぱり演技をする人でもあるわけで、二重性三重性の中で生きているわけですよ。だから三島さん自身のどこに本音があったかといったことは、掘り起こしてみてもあまり意味が無いと思うんですね。つまりその、二重性・三重性を生きている生自体に意味があると、私は思うわけで。だからその、演技説みたいなことを非常に言う人がいて、どちらが本当の三島由紀夫かとか言う人がいますけれどもね。どちらも本当の三島なんですよね。演技というのは言葉の綾でね。

井上　それで私が面白いと思うのは、例えば「太陽と鉄」の中で、国立競技場で早朝、トラックを一人で走り、駈けることもまた秘儀とかいって、独特の肉体論のようなことを書いてますよね。ところがあれは「週刊新潮」のグラビア企画で、「鍛える作家たち」というテーマで何人かの作家を取り上げた、その中の一つですよ。すると、「太陽と鉄」で何か本質的なことを語っているようでいて、それは同時に雑誌の企画だという、ちょっと不思議な感じではあるけれども、ああ、それがやっぱり三島由紀夫なんだなという。

寺田　そうですね。

井上　今思い出しましたが、「F‐104」の最後に「イカロス」という詩がついてますね。草稿が残っているんですけれど、そこに擱筆日が書いてありまして、「1967年3月14日即興」と書いてあるんですよ。

寺田　ああ、本当だ。

井上　これを見た時から不思議に思ったんですけれど、この3月14日が正しいとすると、この時はまだF‐104に乗っていないんですよ。

寺田　乗ってないですね。

井上　すると、飛行機に乗るより前に「私はそもそも天に属するのか？」「そもそも私は地に属するのか？」という詩を書いていたということになるんですけれども。これはどういう風に思われますか？

松本　三島自身、「俺は半分天に属している」という強烈な意識が早くからあったんじゃないかな。

井上　それが先にあって、実際に飛行機に乗って「F‐104」を書いてから、この詩を後から付ける、と。

松本　例えば「雨の中の噴水」とかの中に、これに非常に似た発想がある。そして、それをきちんと表現してもいる。

井上　ただこれを見ると、「私を地上に満足させるものは何一つなく……」

松本　だから三島の中ではもう既に飛んでいたのよ。

井上　そうだとすると、実際に飛んだことの体験としての意味がなくなってしまう。観念が先にある。これは、かなり深刻な問題だと思う。

松本　想像力が先にあるのだろうね。

寺田　どっちかというと、三島さんはそういう、後から実証してみるという様なところもあったんじゃないですかね。

井上　自然に「F‐104」を読めば、飛行機に乗って、あ、この詩が出来たんだなと思いますよね。でもこの原稿を見ると半年以上前に詩だけ出来ている。

■観念の作家

松本　常識的にはそういうふうに考えるね。だけど三島という作家は違うんだね。彼の男色体験だってね、どうも先に書いて、あらゆる事態を想像した上で体験に入っているんじゃないかな。女性との体験だってね、実際に交渉を持ったのはかなり後でしょ。だけどその前にちゃんと書いている。

寺田　三島さんは、小説を書く時は最後まできちんと出来上がってから書き始めるというようなことを言っていたでしょ？　内面的な衝迫に駆られてものを書き出すというようなタイプの作家ではなかったんでしょうね。内面的な衝迫で書く逆をやっていた、三島さんは。

井上　その内面的な衝迫だけど、三島の中では観念の衝迫というか、やはりそういうものは物凄くあって……。

寺田　観念の作家だと思いますね。

井上　それが現実をどんどん通り越していくというか、掘り崩していくというか。一度その流れに入ってしまうと、その衝迫はそれはそれで、物凄いものがあったと思うんですけれども。

松本　寺田さんのおっしゃること、もうちょっと詳しく……。

寺田　いや、それほど深く考えてるんじゃないんです。小説家というのは大別すれば二種類あってね、一つはとにかく書いてしまう、砂上の楼閣というか、要するに設計図を引くように小説を初めに設計してしまう。それも衝迫が無きゃ出来ないじゃないかと言われれば、それまでなんですけれど。他方、そういうんじゃなくて、その時受けた衝迫で一気にウワーッと書いていく。今でも二種類あるわけですよね。

松本　「英霊の声」でも彼が衝迫で書いたのは、あくまで「悪臣の歌」であって、それを基にああいう構成を作って、その中に嵌め込んだ、そういうことなんですね。

寺田　ええ。そうもいえると思います。

井上　そうでもあるし、あるいは、その衝迫も今おっしゃった最初の方の衝迫で、観念の衝迫とでも言いましょうかね。やっぱりそういうタイプの人だろうなと思いますね。

寺田　だから戦後派作家というのは私は観念の作家だったから惹かれたと言えるんですよ。我々の世代は多いですけどね。今、現代文学に不満なのは観念が介在しないことなんですよね。全然無いとはいいませんけどね。

松本　僕は「金閣寺」までと「金閣寺」以降は全然違うんだという考え方をしているんですけど。だから「金閣寺」まではいわゆる衝迫といえる動きはある程度ある。だけどそれ以降はほとんど無いところで書いているんだという、ごく大雑把な分け方をしているんです。「金閣寺」が終わった以降はね、結局観念の枠組みとかで作らざるを得ないところで悪戦苦闘し続けた。

寺田　と言うより、変えてみようと思ったのかもしれませんよ。三島さんは。

松本　なるほど。彼の言い方をすれば、いわゆる「自己改造」が一応完成して、そこからまた別の何かを、と考えたんでしょうね。

井上　やっぱり普通の感覚と違うんですね。「金閣寺」以前でも、衝迫があったとしても、それが身体の衝迫でもあるけど、観念の衝迫でもあるというようなところで、ものを書いている。何て言うのか、ホモセクシャルにしろ何にしろ、身体的な衝迫には観念の要素というのが混ざり合っているけど、それが自分の中で上手く位置づけられないと、不安定な状況になる。三島はそれをずっと抱えていた人だと思うんです。

松本　「金閣寺」まではね、セックスの問題が一番基本にあってね、それをどうにかしようという気持ちが作品の一番基本としてあったと思う。ところが「金閣寺」以降はね、それが一応達成できたわけでしょ。

井上　そうとも言えますけどね。まあ難しいなあ、この問題は。

松本　だからね、「金閣寺」とか「沈める滝」。あれなんかとんでもなく観念的な作り方をしている。あんなとんでもない観念的な作り方が出来るということは、逆に彼の中になんかあったんでしょう。

井上　なんて言うかな、セックスが解決したとしても、無理に観念的に解決しようとしたところがあって……。

松本　いや、現実的に解決しているわけです。

井上　いや、現実的なものを観念の導きによって無理に解決したようなところがあって、それが不自然ですよ。そのことの負債を三十代以降に負っていかなければならない。現実の解決は現実ですべきであって、観念の導きで解決するのはやはり何か不自然なんじゃないですか？　つまり女性とも経験が出来なければいけないと思ってその通りやっていくし、結婚もしなきゃいけないと思ってその通り結婚するわけですけれども、その時点ではそれで良いかもしれませんけれども、話はすまないですよ、それでは。結局、観念先行で現実を捻じ曲げてきたのではないか。二年三年経っていくと、ボロが出てくる。それが不幸にも三十代後半の諸々のプレッシャーと重なってきたということもあるんじゃないでしょうか？

松本　寺田さんは奥さんにお会いになってますか？

寺田　いや、一度くらいですね、ちゃんとお会いしたのは。

松本　家庭人としての三島をご覧になってない？

寺田　私は見てないですね。それを見ているのは講談社の川島勝さん。一番出入りが長い。

井上　この間もちょっとお電話で近藤信行さんとお話したけれども、近藤さんは「文章読本」の口述筆記をしてますね。編集者の方のそういう体験談というのは実に面白いな。

寺田　近藤さんは付き合ったかもしれませんね。『日本の文学』（中央公論社）という叢書もやっていますから。

井上　その『日本の文学』に松本清張を入れるなら編集委員を辞退すると三島は言ったんですね。実際はどんなものなのかなと思っていたら、高見順の日記に結構詳しく出ているんですね。三島がこう言ったとか、ああ言ったとか。高見も編集委員に入っていたので。

寺田　河出の『現代の文学』の編集委員会でもそのような話があったみたいですね。

山中　ありましたね。松本清張も編集委員で。

寺田　交渉の段階で編集委員を断るとかそういう話もあったみたいですね。それは竹田博さんがやっていたみたいですけど。

井上　三島の考えは良くわかるんですけれども、一般的に言うと、清張をそこまで排除するのは何でかなと思う方もいらっしゃると思います。その辺はどうお考えですか？

寺田　エンターテイメントと今は言いますけれども、まあ昔は大衆文学と言っていたわけで。大衆文学と純文学は、はっきり分かれていたんですね。一緒になること自体がおかしいというオーソドックスな考え方。三島さんはそういう意味では頑なだったかもしれませんね。

井上　ただし、三島由紀夫もエンターテイメント的な物を書くわけですね。そこをどう……。

寺田　だから、三島由紀夫が生きていれば、『三島由紀夫全集』にはエンターテイメント作品は入れないと言った筈ですよね。

井上　ところが三島由紀夫は自分の全集を出す時には「何から何まで全部入れてくれ」と、新潮社の新田敞さんに言ってます。

山中　実際には清張はかなり売れていた。出版社的には目玉として「第一回　松本清張」とやりたいわけですよね。

寺田　なぜ清張さんをあんなに嫌うのか。ある意味では、でもやっぱり三島さんの生い立ちから来る気質みたいなものとか、そういうものがそういうふうにさせたのか。だから太宰を嫌っていたというのも有名な話だけれども、太宰の嫌い方と清張の嫌い方は全く違っているんですよね。そこには三島由紀夫の美意識が関係しているんでしょうか。

松本　厳しい美意識と、それからジェラシー。「俺より売れてるやつは許せん！」とか。

寺田　エンターテイメントということで言えば、今、文芸雑誌に載っているものは、ほとんど純文学という種類のエンターテイメントになってるんですよ。全く皮肉なことだけど。つまりそれがないと、商業出版が成り立たなくなってしまう。出版企業と関係ない文学というのは、もともとないわけだから。我々近代以降はね。エンターテイメントの一ジャンルとして純文学が残るということにならなければいいんですが。ところで新潮社の全集は田中美代子さんと一緒にやってるのですか？

井上　田中さん、ここにいる山中さん、それと今日は来られませんでしたが佐藤秀明さんです。

寺田　田中さんは若い頃面白かったですね。

松本　この間、お会いしましたけれど、三島由紀夫が唯一惚れた、「女」とは言いませんけれど、女流評論家だって、からかいましたよ。

寺田　ああ、そうでしたね。

井上　しかし、今度の全集を編集してゆく過程の中で、田中さんも三島に対する受け止め方がちょっと変わったみたい。私もそうですが。

松本　ところで、寺田さんは三島の作品で何が一番お好きですか？
寺田　「仮面の告白」に尽きますね。あれを超えていないと思うなあ、どの作品も。
松本　やっぱりあれが一番いいですね。
井上　その「仮面の告白」が、身体的な衝迫と、観念の衝迫との拮抗関係が凄いんですね。
松本　そういう物凄いドラマが、一番高まった状態で書いているね。「金閣寺」くらいになると、観念の方が大きくなっちゃってる。
井上　ただ、観念的であることの三島の魅力というのもあるので。そういった点で見ると「金閣寺」も充分魅力があるんじゃないですかね。
寺田　そう思います。
松本　そういった作品群の中に出現したから、「英霊の声」って一体なんだろうなあと思うんだけどね。
寺田　小品ですよ、やっぱりね。適当な長さはあるけれども、極論すればアイデアで書いた小説でしょう。文章力はさすがですが。
松本　実がないというか手応えがないというか。
寺田　非常にアクチュアルな反応を自分がしているということを示したかっただけじゃないでしょうかね。「憂国」とかに続いて。「憂国」は映画でも評価されなかったんですか？
山中　評価されました。
寺田　この時期、あんまり面白くない経験をしていたわけでしょう？　そういう時期だから、もう一回アクチュアルなことを……。
山中　寺田さんは映画の「憂国」はご覧になられました？
寺田　見ました。普通に券を買って、新宿文化で見ました。
山中　混んでましたか？
寺田　混んでました。
松本　僕は大阪で観ましたけれど、結構混んでいました。
井上　私は「英霊の声」に中身がないとは全然思わないので、「憂国」はサドマゾヒスティックな衝動と観念の問題だとして、「英霊の声」の場合には、戦後ずっと自分が生きてきたことに対する底知れぬ違和感というものがある。それは凄くエネルギーとして出ていると思う。
松本　それはそうですが、ただその出方がね、非常に観念的抽象的な出し方をしていると思う。だから三島の才能は「英霊の声」にはあまり感じないですね。
寺田　才能というより才気でしょう。
松本　「憂国」なんかはそれがあるけどね。「英霊の声」の場合は、小説を無理やり作ったというとこがありますね。霊媒なんか使って、ちょっと安易な作り方ですよ。
寺田　だから、「悪臣の歌」をそういうふうにしか処理できなかったということでしょうね。
松本　「寺田がうるさく言うからしょうがない」なんて言って。

寺田　「どうしても小説でなければいかん」と言うから。

井上　じゃあ、詩で良ければ「悪臣の歌」のまま出した可能性もあったんですね。

寺田　あったかもしれないですね。

三島由紀夫の取材感覚

山中　「英霊の声」は巻末に色々参考文献が出てますが、例えば編集者に三島の方から「この辺の資料が欲しいから集めてくれ」とか、そういったような指示や依頼なんかは……。

寺田　全くありません。

井上　三島は自分にとって必要な資料を本当に上手く見つけ出しますね。あの才能は何なんでしょうかね。

寺田　いや、それはよくわからない。

山中　神保町の古書店なんかにも、よく行っていたようですね。

井上　例えば神秘主義といったって色々あるわけだし、神道といっても色々あるわけだけれども、これを小説にする時には友清歓真の「霊学筌蹄」がぴったり来るわけですよね。そこへスッと入って行く。「絹と明察」を読んでも面白いと思ったのは、ハイデガーが出てきますが、あそこでも小説の筋を展開するのに一番都合の良い箇所を、「存在と時間」なら「存在と時間」から拾い出してくるんですよね。「存在と時間」はそんなに短い本じゃないですから、どうしてそこを、一番良いところを探し出せるのかな、不思議な才能だなと、前からよく思っていたんですけれども。

松本　やっぱりそれは、ずっと前から読んでいるんじゃない？　何の本だって、前々から読んでないとそう簡単に出てこないでしょ？

井上　そうも思ったけど、やはりそうでもなくて、なんか匂いを嗅ぎつけて……。

寺田　私もそっちの方のような気がしますね。

井上　あるいは誰か、「そういう話だと、こういうところが良いよ」というようなことを教えてくれるような友人関係が……。

寺田　あ、それもあったと思います。

井上　一人で地道にやっていたら、ああいうふうに一番大事なところにすぐには辿りつかないですよ。

松本　神道関係では誰か、ブレーンがいたんじゃないかな？「奔馬」でも、「神風連史話」は彼の創作でしょ。

井上　紹介してくれる人もいるんでしょう。唯識だと山口益とか専門家に聞いたり。ただそれも良し悪しで、ずっと年譜的に遡っていくと、子供の時からそういうふうにやっている節があって、つまりラディゲならラディゲの良いところを、ワイルドならワイルドの良いところを取ってくるというふうに来ちゃってるところがあるんですね。だから普通だったら、自分の創作が上手くいかなくなった時に、そこで停滞して、悩んで、考える時間というのがある程度あって、それが肥やしにもなると思うんですけれども、そこで悩むよりも前に、何かこう上手い方法を鼻で嗅ぎ付けてしまう……。

寺田　どう言ったらいいんですかねぇ。編集者的な感覚もあったのかもしれませんね。

松本　僕は色んなものを巧く盗んでいるんじゃないかという気がしますね。

寺田　それはあるかもしれませんね。

松本　盗んで、それをわからないように上手く使っているんじゃないかな？

山中　それはあると思いますね。盗むというより、うまくネタとして取り込む。よく新聞記事やなんかを使ったり。「憂国」は「朝日新聞」の記事をそのまま使っていますね。夫婦の写真がちゃんと出ていて、小さく写っている。このあいだ人から聞いて初めて知ったんですが、遺書もほぼ記事の通りですね。

井上　私は和田克徳の「切腹」という本がネタかと思ったら、新聞があったんだね。

山中　二・二六の号外で、腹を切った青島中尉の続報でそういうのがあります。

井上　「禁色」だと、今東光の「稚児」から取ったり。

山中　話が変わるんですが、三島から用件や何かで電話や手紙があると思うんですが、電話がご自宅にかかってくるというのは？

寺田　私の場合はなかったですね。戦後派作家は皆担当しましたけど、三島さんとはそこまで親しくなかったですね。泰淳さんや大岡昇平の方がずっと親しかったし。

山中　三島宅に原稿を取りに行って、他に誰か客がいたとか……。

寺田　それもないですね。

山中　それもないですか。じゃあきちんと空けていたわけですね。

寺田　ええ。

松本　大岡さんは三島のことで、なにか言っていたんじゃないですか？

寺田　まあ、ぼやきとか皮肉とかですね。三島さんに対しては。

松本　なにかあんまり愉快じゃない気持ちを……。

寺田　いや、そんなことはないですよ。大岡さんというのはそんなに狭量じゃないですからね。

井上　でもやっぱり三島の晩年は、交流が途絶えますよね。

松本　晩年は冷ややかに見ていたという気配はないですか？

寺田　それは、あるかもしれません。三島さんの話はついぞ出なくなってしまっていたしね。

松本　誰か作家で、三島さんのことについて面白いこと言った人がいるんじゃないですか？

寺田　うーん、やっぱり三島さんて人は特殊だという思われ方を色々な人にされていたから。私たちが喋るのは要するに文壇内の、文壇ゴシップというかその枠内の中にある。その中に三島さんはあまり入ってこないですね。

松本　週刊誌や新聞というレベルでは、三島さんが一番ゴシップを作っているわけですけれども、文壇ゴシップの中では……。

寺田　あんまり関係ないですね。そういう意味では、文壇人ではなかったかもしれない。

松本　文壇人じゃなかったら、どういう人だったんでしょうね？

寺田　知識人じゃないですか？　いや、これは冗談ですけど。寧ろ知識人の方に近いあり様だったんじゃないかな？　埴谷さんなんかも最初そうですからね。

松本　例えば鉢の木会のメンバーは、どっちかというとそういう印象だろうと思うんですけどね。そうでもないですか？

寺田　そんなことはないでしょう。だって、福田恆存さん、中村光夫さん、吉田健一さんたちが親しかった河上徹太郎さん、小林秀雄さんは文壇人じゃないですか。

井上　だからあそこから三島が抜けてしまったというのはやっぱり後々大きかったと思いますよ。うん。本当に仲間がいなくなりますよね、接点が。

松本　吉田健一さんとの喧嘩が一番大きいんですかね？

寺田　色々噂では聞いたけれども、実際はどうだったんでしょう？

井上　色んな問題がありますよね。吉田健一と喧嘩、っていうこともあるけど、「宴のあと」の裁判と時期が重なってしまうんで。で、吉田健一が有田八郎との間を、仲介するようなことをしたものですから。すると裁判は継続してますからね。鉢の木会で三島由紀夫がペラペラ喋っちゃうと、吉田健一から有田側に行っちゃうというようなこともあるし。そういう計算も一方ではあったんじゃないかな？

松本　ああ、そうか。だから席に出なくなったのか。

井上　あの時はあの時で結構大変だったと思うんですよ。負ければ損害賠償もあるし、三島だけの問題じゃなくて新潮社の問題でもあるだろうし。ただ事じゃないですよね？

寺田　ただ事じゃないです。

松本　吉田健一は「文芸」に書いてますね。小説のようなものを。

井上　「金沢」も「文芸」でしたね。あれは寺田さんが担当なさったんですか？

寺田　ええ、担当です。吉田さんはほとんど担当しました、私が。「金沢」は私は傑作だと思っているんですけど。文学賞を狙っていたのに貰えなかった。非常に悔しい。

山中　そういえば文芸賞の選考委員みたいなことを三島は一度だけやっていたようですが。

寺田　小型版の時ちょっとだけやってもらいましたね。

井上　一年だけですか？

寺田　ええ、一年だけです。あの時は誰だったかな？　泰淳さんがいたかな？

松本　座談会「源氏物語と現代」（昭40・7）はどうでした？

寺田　三島と瀬戸内晴美に竹西寛子さん。竹西さんに司会をしてもらったような気がしますね。それは私がやりました。

山中　対談の場所はどこでしょう？　安部公房との時もそうですか、よく使う場所などありましたでしょうか。もし覚えてらっしゃったら。

寺田　どこかなあ。大体その頃使っていたのはね、赤坂の菊亭という料理屋と紀尾井町の福田家のどっちかですね。泰淳さんとの時は福田家だというのははっきり覚えてます。

井上　福田家も三箇所くらいありましたよね？　番町ともう一つどこだっけ？　虎ノ門か。虎ノ門とかでやることもありましたか？

寺田　虎ノ門でやってませんね。私は全部紀尾井町で。一回だけ谷崎さんが番町がいいと言われたんで、谷崎さんが出る座談会を番町でやった記憶があります。

井上　紀尾井町の福田家というのは、例えば川端なんかはそこにそのまま泊まったりなんか……。

寺田　そういうこともあったでしょうね、割烹旅館ですからね。

山中　テープで録音して、それを起こして、双方に手を入れてもらう……。

寺田　ええ、そうです。

■三島由紀夫の原稿

松本　寺田さんは雑誌を随分やられたけれど、一番愛着あるのは「文芸」でしょうねぇ。

寺田　それはそうです。

松本　最近の文芸雑誌をご覧になっていて、なにか思うことはありませんか。

寺田　そうですね。今はコンピュータ社会に入ったでしょう？　私は全くそれができない。ワープロの原稿が来ただけで、もう嫌だったんですよ。生原稿を読まないと、僕らは読めないというか。要するに、生原稿のペンの跡で、融合するんですよ、文学的な内容と肉体を備えた人間とが。原稿を読むというのはそういうことだと思ってましたんで。つまり相手の肉体も読み込んでしまうくらいに、その小説に迫らないと、その作品が自分のものにならない。つまり、読者ではあるけれども、編集者は同時に、作者の側に半分同化しなくてはならないところがあるわけですね。その同化する為の媒介は、肉筆の痕跡。

井上　筆勢ですね。

寺田　ええ、筆勢にあるわけです。でもそれが途絶える。ワープロ原稿になると、私はその時、「ああ、もう私は読めなくなった」と思った。そうしたら、新人賞の応募原稿でどんどんワープロが増えていくわけです。その問題の方がもの凄く大きい。つまり、自分はもう編集者としては通用しない、と。

松本　じゃあ、もしかしたら文芸雑誌の衰退は実はその辺りに……。

寺田　少しはある、と思っています。その話は安部公房さんとしたことがある。安部さんは一等最初に、ワープロを使った人間なんで。酒場で論争したんです。「君、そんなことないよっ。そんなのは君の錯覚だよっ!!」と大分言われましたけどね。私自身はそうは思ってなくて、やっぱり肉筆から来るものを重要視していたんですよ。

松本　じゃあ、例えば三島なんかの原稿はどうです。非常に綺麗に書いてあります。

寺田　三島さんの場合は、まあお家流の楷書で有名な字なんですけど、ある意味ですごく多面的な字で、あまり肉体化できない原稿ですよね。

井上　メモにしたって綺麗過ぎますよね。

寺田　ええ。ものすごく綺麗です。

松本　だから寺田さんのようなタイプの編集者は、この原稿見たら少し違和感があったんじゃないですか?

寺田　苦手でした。綺麗過ぎますよ。だから、そういう意味で肉体が希薄なんです。大岡昇平さんなんてぐちゃぐちゃな原稿でね、真ん中消して欄外に書いてみたり、小島信夫さんみたいに鉛筆が途中で芯が折れているのを続けて書いてみたり、掠れてたり、原稿用紙を引っかいていたり……。そういうのを読み込むことで、僕らはその人たちの衝迫を、つまりモチーフがこの作品はどういうふうに働いて、どういうふうにこの作品は出来ていったんだな、とあれこれ想像する……。編集者は、そういう想像をするのが仕事の内なんですね。そういうことを体験して、やってきた人間だから。

松本　原稿を見て、「ここで酒を何杯飲んだな」とかね、そういったこともわかってくるわけですね。

寺田　わかってきます。

松本　そういった意味では、三島には個人的な親しみとか、興味をそんなに感じなかった?

寺田　希薄ですね、ええ。最も癖のある、そういう肉感的な印象を与えた原稿は、大岡昇平、小島信夫、丹羽文雄のもので、三大悪筆と呼ばれた。殆ど読めない、普通の人は。

松本　丹羽文雄なんていうのは、新聞社を困らせた。

寺田　丹羽文雄はね、まだ読めたんです。やっぱり大岡昇平、小島信夫でしょう、一番大変だったのは。中村光夫もなかなか読めない。綺麗に書こうという意識がないんだから。そういう人は本当に内面的な衝迫で書いているということが読み取れるわけだけれども、こういう綺麗な原稿は、それを一回遮断した後で再構成しているわけですよね。再々構成ですよね。作品の出来方というのは、勿論人によって色々あっていいわけだし、まあどんな作品であってもそういう過程を経ているわけですけど、それを活字面だけで同じ土俵で論じなければならないのが評論家でしょう? それが私なんかがいつまで経っても評論家になれない部分なんですね。

松本　じゃあ今の編集者は……。

寺田　初めから評論家のようなものですよ。まったく肉筆を見ないわけだから。

松本　いや、とても面白い話だ。そこまで肉筆というものに拘ることができるとは僕ら思ってなかった。

井上　三島由紀夫に関して言えば、初期の反古原稿とか、創作ノートの中には本当に読めないというものがあったり、それからストーリーとは関係のない書き込みが結構あったりするものがありましてね。するとここで色々困難に陥っているなということが実感としてわかる。しかし最終稿はあまりにも整然とし過ぎていて……。

松本　三島はそういうところを見せたくなかったんでしょうね。

寺田　勿論そうです。だから太宰を嫌ったわけでしょ。そういうことを表沙汰にしている太宰は絶対に許せない、と。

松本　だから彼は山の手のいい家のお坊ちゃんというところがずっとあるわけですね。

井上　ただ、その創作ノートにしろ、原稿にしろ、残っていて我々が見ることが出来るのは、つまり三島由紀夫が「見てもいい」というふうに結局は判断したんですよね。

寺田　そうでしょうね。

松本　いや、整理し切れなかったのと違う？　膨大で。

山中　捨てたものもありますけど、それは最後の最後ですね。

松本　本当はね、やっぱり見せたくなかったんだと思うよ。だってそうじゃないとこんな字書かないと思うよ。

井上　でも、想定していたような気がするけどな。

松本　してないなあ、やっぱり想定外は彼だってあるんだよ。締めくくりに「これだけは言っておきたい」というようなことがあれば。

寺田　段々思い出してくるんですよね。こうやって話していると、延長線上で。やっぱりね、三島さんが文芸誌の目次に入るか入らないかというのはかなり大きい問題になる時期だったですよね。それを言っていなかったんで、付け加えますとね。やっぱり文芸誌のビッグネームなんですね。当時のビッグネームというと勿論小林秀雄、それから別の意味で松本清張。川端康成とか井伏鱒二とかも。そして、戦後派の中ではやっぱり三島さんは一番商業的にビッグネームだったんですよ。そうだ、吉本隆明との対談をね、三島さんとの対談を、本当にやりたかったですよね。二人ともやりたがっていたんですよ。

松本　いつ頃のことですか？　最晩年？

寺田　違った場所で私は二人から耳にしていて、実に残念だったですね。私がやらなきゃいけない仕事だった。江藤淳と吉本さんをやったのだって、他の雑誌じゃ実現出来なかったのにアタックしたんですからね。もう一歩突っ込んで、三島さんと吉本隆明との対談というのをやらなければいけなかったですよね。

松本　惜しかったですね。

寺田　これは実に惜しかった。これやっていればね、そこでちょっとまた別の何かが開けた可能性があります。三島さんが死ぬことをやめたかどうかまでは言えませんけど。

松本　その頃はもう決めてたんでしょうけどね。泰淳さんと会った時はもう決めていた。

寺田　決めてますね。
松本　その時の言葉になっていない三島の態度で、何かありましたか?
寺田　うーん。僕は三島さんの最後で思い出すのは、新年号の原稿を頼みに行ったんですよ、もう直前ですね、決行の。
松本　昭和46年の新年号ですね。
寺田　そうです。その時に三島さんは別れの挨拶的なことはしませんけれども、顔にやっぱりそういうものが出ていたような気が後でしました。というのは、「君に児童文学あげるよ」というふうにね、言ってくれたんですよね。「じゃあ、少年時代をいずれ特集でいただきます」と言わなきゃいけなかった。しかし、私は死ぬ覚悟しているとは思わないから、「やっぱり新しいもの書いてくださいよ」っ言って簡単に言って引き下っちゃった。それを実に後悔しています。
松本　後悔の種が多いなぁ。
寺田　その時のニュアンスでは、「君にはあんまり何もして上げられなかったから、これを記念にあげようかな」というような気持ちが少しはあったんじゃないかと思います。そういう表情がちょっと読み取れたんですよね、後で考えるとね。

■解　題

寺田博氏は昭和八年長崎県島原市生まれ。北原武夫のスタイル社、「若人」編集部などを経て、昭和36年9月、河出書房新社に入社。「文芸」復刊に際しては、坂本一亀編集長のもと編集に携わり、坂本編集長後の竹田博編集長時代を経て、昭和40年春から「文芸」編集長に就任。その後、昭和55年には友人等と作品社を設立し「作品」を創刊、続けて福武書店の「海燕」創刊に参加、多くの作家を育てた。「文芸」編集長時代には、座談会でも語られているように、三島作品では「仲間」「英霊の声」などを担当。編集者時代の回想として、連載「文芸誌編集覚え書き」(「季刊文科」平17・6〜)がある。

座談中登場する杉山正樹氏は、「短歌研究」、「ユリイカ」(書肆ユリイカ)等の編集を経て、「文芸」編集に携わり、後に編集長となった編集者。近年では、郡虎彦や寺山修司の評伝作家としても知られる。また、「英霊の声」が単行本として刊行される際のエピソードに出てくる藤田三男氏とは、榛地(しんち)和(かず)という名義でこの本の装幀をも手がけた担当編集者。その著『榛地和装本』(河出書房新社、平10・2)には、この時のことを含め、河出書房新社倒産時の三島のエピソードなどにも触れられている。

なお他に、寺田氏在籍当時の「文芸」編集者として三島の回想を執筆したものに、田邊園子氏の『女の夢男の夢』(作品社、平4・10)があることを付け加えておく。（山中剛史）

神の予感・断章

田中美代子

1　「サーカス」と特攻隊

「思ひかへせばかへすほど、愚かな戦争でした。僕には日本人の限界があまりありありとみえて怖ろしかつたのでした。もうこれ以上見せないでくれ、僕は曲馬団の気弱な見物人のやうに幾度かさう叫ばうとしました」（「M・H氏への手紙——人類の将来と詩人の運命」昭22・2『午前』）

特攻隊の同世代として、生き残った若者にはどんな総括がありえたか？

祖国の屋台骨がゆらぎ、その瓦解を目前にするかに思われた戦争末期、短篇小説「サーカス」が書き始められていた。この童話めいた愛らしい作品は、夜の巷の少女が差し出す菫の花束のように、一瞬私たちの胸をどきりとさせる。

「昭和廿年二月。私の頭には当然来る筈の幻があつたのであらう。それは詰らない種明しにすぎぬだらうか。しかし確実な予感が、屢々物語の律調に作者が意識しない動悸を伝へてくることがある。そのころ末世といふ古い思想が、動物的な温味を帯びて私の心に甦つてゐた」（昭23・12　短編集「夜の仕度」跋に代へて）

しかしこの佳品は、少年少女のキッス・シーンがあったというので編集者に斥けられ、戦時中の雑誌には掲載されなかった。発表に至ったのは、敗戦後三年目、昭和二十三年一月号の「進路」誌上だった。当然のことに大幅な改稿があったらしく、落ち散らばった花束のように、作品の周辺には種々の断片やら異稿やらが遺されている。

決定稿は、サーカス団をめぐる、妖しくも心蕩かすくさぐさの挿話の中から、ひときわ選りすぐられた、哀愁あふるる、その顛末記となった。破局に到る、単純な一挿話の主題は何か？

駈落ちからつれもどされ、悍馬から振り落とされる少年、大天幕の一角から落下する綱渡りの少女、サーカス団の終りを演出する団長とその腹心、その来歴、その憧憬、全存在を賭けて破滅へとなだれゆく至上の興奮、……このとき観客もまた声を合わせ、「きちがひじみた嗚咽をあげて喝采」する。小学生も熱狂し、ポケットの溶けかけたキャラメルを投げると、それらは少女の髪にぶらさがり、彼女は、まるでアマゾンの女兵か、と見まがうばかりに、猛々しい美しさを加へる。……挙国一致の、祭りさながらの大悲劇。それは、目交いに繰り広げられつつある、祖国壊滅のシナリオでなくて何だったか？

敗戦の四日後、「昭和廿年八月の記念に」と題して、三島由紀夫は数枚のエッセイを遺した。この時、人々は神国降伏のショックをどう受け止めたのか、一億玉砕の憑きものはいつ落ちたのか、今日私たちはそれを想像することができるだろうか。

彼は、つい昨日の、我らの内なる特攻隊に思いを馳せる。特攻隊が飛び立つ日、人々のうちにはやくも兆した頽廃の諸現象、巷に氾濫する浮ついた悲壮趣味、楽天的な神話引用の数々に、祖国は何と沸き立ったことだろう！

ことに要路の人々は、死に直面した若者らの、比類を絶した人間性の発動から目を逸らせ「国家の勝利（否もはや個人的利己的に考へられたる勝利、最も悪質の仮面をかぶれる勝利願望）を声高に叫び、彼等の敬虔なる祈願を捨てゝ、冒瀆の語を放ち出した」のではなかったか。戦術と称して神の座と称号を奪い、「彼等は特攻隊の精神をジャアナリズムによつて様式化して安堵し、その効能を疑ひ、恰かも将棋の駒を動かすやうに特攻隊数千を動かす処の新戦術を、いとも明朗に謳歌した」ではないか。

荒鷲だとか、軍神だとか、この時とばかりに栄光と称賛を浴びせかけ、特攻隊はたちまち安易に日常化されようとした。孤絶せる、究極の自由の拠点たるべき「死」は弄ばれ、若者は空虚な美名に屈従し、人形のように転倒する。

それというのも文人詩人が、己れの使命を自覚せず、人間存在の「最後の反語」として、内に不壊なる絶対の城塞を築くことを怠った報いではなかったか？……何たる為体（ていたらく）。

「日本の文運は長く萎靡して振はなかつた。支那事変当初に勃興した浪漫主義は何ら見事な開花と結実を示さずして分裂して行つた。それは不吉な兆しであつた。日本の現代文芸の水準は軍事と拮抗するまでに至らず、それに追従し或ひは沈黙を余儀なくせしめられた。この不均衡に日本の一敗因があつた」

いつも後になってから、痛ましい事の真相が、伏せられていた挿話が、伝えられる。

「時を略々同じうして特攻隊も亦人間たる所以が屢々新聞紙上に報ぜらるゝに至つた。神を一概念として手軽に所有しがちな世人の手に、見馴れざる重たき新たな所有をわかち与へた。これは敗戦後の一将軍の述懐であるが、特攻隊が出撃の前夜、宿で女中の白粉と着物を借り女装して戯れ興じたといふ逸話の如き類例は、更に更に夙く、有識者の手によつて国民の覚醒のために提示せらるべきではなかつたか」

しかし後年、三島由紀夫は、崩壊に瀕した祖国との千載一遇の機会を、「自分一個の終末感と、時代と社会全部の終末感とが、完全に適合一致した、まれに見る時代」（「私の遍歴時代」）と呼ぶにいたる。

それはどんな悪時代にも「一切の価値判断を超越して、人間性の峻烈な発作を促す動力因は正統に存在せねばならない」（「昭和廿年八月の記念に」）からである。少年たちはある日垣間見た天空の奈落を、次々と蒼穹に吸い込まれていった仲間たちを、忘れることはできないだろう。それがあってこそ、「たゞ我々の所在の只ならぬことを知り、自己が軈て容易ならぬ開花を遂ぐべき植物の予感に似たものを感じた」のであり、「我々は非業な、冒瀆的な、自己に決定権をもたしめる詩人のメカニズムについて思考しはじめた」（同）のだから。

それは断じて敗北の論理ではない、と彼は主張する。「たゞその行ふ処によってのみ生き、その行ふ所以によつて行ふ自己に於て廻転し輪廻する宇宙図を、（非業にも！）意図」（同）するに到ったのだから。

こうして、戦後世代は反撃を開始した。彼らは、「成長期をその中に送つた戦争時代から、時代に擬すべき兇器を」（「重症者の兇器」）つくりだすほかはない。「丁度若き強盗諸君が、今の商売の元手であるピストルを、軍隊からかつさらつて来たやうに。そして彼らが自分たちの生活をこの一挺のピストルに託してゐるやうに、私たちも亦、私たち自身の文学をこの不法の兇器に託する他はないだらうから」（同）

それは名高い戦後派宣言となった。

神風特別攻撃隊がいつ犯罪者の群れに投じたのかを思ってもみるがいい。「盗人にも三分の理といふことは、盗人が七分の理を三分の理で覆はうとする切実な努力を、つまりはじめから十分の理をもつてゐる人間の与り知らない哀切な努力を意味してゐる。それはまた、秩序への、倫理への、平静への、盗人たけだけしい哀切な憧れを意味する」（同）

秩序は、倫理は、平静は、大義は、空のかなたに去って帰らぬ特攻隊とともに、とっくに地上に失われていた。……

そして彼らの記憶もまた、今六十余年を閲して、雲霞のごとき後続世代の襲来に呑みこまれようとする。生き残った人々の多くは、自分等を捲きこんだ時代の激湍を凝視(みつ)めながらその秘蹟について、決して言挙げしなかった。が、人跡未踏の世界にあって、彼らは一種の見神体験を得たのではなかったか？

橋川文三は、中学時代に級友であった、ある特攻隊体験者の姿を、こんな風に描いている。

「Kは、戦後、何かに恥じらうように生きている。しかしそれは、たんに死におくれた者のうしろめたさなどではない。この一種説明しがたい感情は、およそあの戦争の時期に、その同輩の死を次々と経験した人々には通有のものではないかと私は思う。それはこの世の諸関係に対する含羞というものではなく、人間の相互関係につきまとう感情や思想というものでもない。それはほとんど存在としての羞恥であり、いわば知られざる神の前におかれた無の意識である。戦争がもし彼らにとって可視的な絶対者であったとすれば、その終焉は彼らにとって明らかに神の喪失であり、しかも彼らは神の不在を信じきるには、あまりに生々しくそれを見たのである。彼らは、こうして、たえずいまは隠された者の眼ざしを意識しながら、戦後の生という不条理の試練にたえねばならない。彼らは人と世に対してはむしろ気にしないのである」（「戦争世代を支えるもの」）

彼はそこに現代流行の心理学などではなく、「神学と形而上学を学んだ」（同）のだった。失われた時にはじめて、神は活き活きと彼の身近にあったとでもいうように。

2　扮装と仮面

ノオトⅣ

能ふ限り神のみ名を呼ぶまいとする。神への狎邪（かふじゃ）を哀しむが故である。

ノオトⅤ

眩暈や定着され得ぬ云ひがたい形象を僕は定着しようと力めるのではない。僕はそれらをそのままに浮游せしめる。標本をつくるのでなく飼養するのだ。アルチュウル・ランボオとちがふ点は此処にある。従つて僕の世界観は多種多様な秩序の相撞着した織物にすぎぬ。併し雑踏も亦秩序の一型式ではあるまいか。

――「廃墟の朝」

忘れられた民族の記憶を掘り起こすと、そこから奇想にあふれる諸々の霊、さまざまな物の怪たちの姿が露わになる。それは覆えされた玩具箱のようだ。

先日、偶々（たまたま）深夜のＴＶをみていたら、長距離トラック運転手が集うイベントの取材番組があった。彼らはみな自分の愛車を満艦飾のようにかざり立てている。昼をあざむくネオンサインやら豆電球やら、幟旗やらを張りめぐらせ、さらに目も綾な看板絵よろしく、鬼神や天狗や龍虎、また逆巻く炎、滝夜叉、金時、義経の八艘とび、と意匠を凝らし、ねぶた祭の山車さながらに仕立て、……それは、おのおの自慢の趣向や考案を競う大会なのだった。運転手達はそんな風にして、日々の苦役を、カーニバルに変容させているらしい。

「街道の真っ暗闇を、独りで突っ走るんだ。孤独な男のロマンだね」と、なかの一人が述懐していた。

そこで私は、ゆくりなくも「仮面の告白」の幼い主人公の、偏愛と奇癖の数々に思い到ったのである。何ぞ計らん、その偏愛と奇癖こそ、男のロマンの精髄なのだと。

敗戦の一年ほど前、三島由紀夫は「扮装狂」なる作品を擱筆した。これはどうやら、のちに展開される「仮面の告白」の祖型であるらしかった。

だが一億玉砕の国難に臨んで、この小っぽけなエッセイから、突如噴きあげる馬鹿笑い、その悪戯小僧めいた諧謔の精神は、全体どこから来たものだろう？　いずれにせよそれだけが、目前に迫った大崩壊の予感、ぐらぐらと揺らぎ出した国家の屋台骨を支える精神なのだと、小説家の卵は、とっくに学んでいたのかもしれない。どこで？　無論、あの夜の女王・天勝の舞台から。……

物心ついた頃、「僕」は天勝の奇術を観て、「夢のなかで不意に愕ろかされたやうな愕き」にとらわれた。さて、それに連らなる、奇態な逸楽の光景の数々。……その場面の一つ一つに心を蕩かされ、遠い呼び声を反芻しつつ、「僕」は、胸迫る感動のファイルを繰ってみる。幼時、屋敷に雪崩こんできた祭神輿の若者たち、白銀の鎧に身を固めた馬上のジャンヌ・ダルク、活動写真「フラ・ディアボロ」からは、袖口の長いレエスの宮廷侍従の鬘姿、輦台上の埃及女王クレオパトラ、女手褄師を囲む薔薇の騎士、サーカスの団員たち、……それら彼方を飛翔する異形のものたちを思って「僕」は独言する。こうした眷族は「音楽のやうに果敢で自分の命を塵芥かなぞのやうに思ひ、浪費と放蕩の影にや、面窶れし、粗暴な美しさに満ちた短い会話を交はし、口論に頬を紅潮させながらすぐさま手は兇器に触れ、平気で命をやりとりするであらう。彼らは浪曼的な放埒な恋愛をし、多くの女を失意に泣かせ、竟には必ずや、路上に横はつて死ぬであらう」（「扮装狂」）

何やらいかがわしく、甘い胸騒ぎ、……曰く、男のロマン。もしかすると、これこそ戦場の秘儀につながるもの、隠匿された爆薬、突然捲起る擾乱の発火点なのではなかろうか？

（誰にも告げず、太平の日本を脱出し、久しく外人部隊に、さらに凶悪なイラクの戦線に身を投じた、命知らずの若者の身の上を、私は思い起こす。何故か快活な、彼の天心爛漫な表情を。……）

「僕」はひそかに、そんな夜宴の美酒に酔い痴れた。それこそ、個人的な終末観と、社会全体の終末観とが完全に適合一致をみた、稀有な時節の巡り合せであり、その恩寵の形見は、のちのち永く手許に遺された。

が、やがて戦争は終る。彼にとってそれは、意想外の偶発事だった。平和とは、あの「知られざる神」の退場を意味していたらしかった。

敗戦の翌日、当時学習院学徒隊に属していた文芸部の後輩・神崎陽に宛てて、平岡公威はこんな葉書を書いた。

「絶望せず、至高至純至美なるもののために生き生きてください。軍人の使命は一旦終りました。文人の真の使命は今はじまります。

我々はみことを受け、我々の文学とそれを支へる詩心は個人のものではありません。今こそ清く高く、爽やかに生きて下さい。及ばず乍ら私も生き抜き、戦ひます」

この切迫した心情吐露は、敗戦の翌日だったからにしても、決意は秘められて生涯続いた。彼は生き抜くべく、身を潜めた。残置諜者のように。……

同じ日、恩師宛に、

「玉音の放送に感涙を催ほし、わが文学史の伝統護持の使命こそ我らに与へられたる使命なることを確信しました。気高く、美しく、優美に生き且つ書くことこそ神意であります。たゞ黙して行ずるのみ」。さらにその端し書きには、「たわやめぶりをみがきにみがかむ」とある。

ついに〃手弱女ぶりの倣び〃の時節がやってきたのだった。だがそれは大方の仲間たちがすぐさま習い覚えた手放しの自由や解放を意味しない。彼はこのとき確かに、轡地に乗り込む少年英雄・倭健命の〃女装〃のことを想い起こしていただろう。

彼にとってそれは、別の意味で、久しく待たれた異変の到来であり、真の出番ではなかったか？　凶変が、椿事が、彼を招く、とは？　それは、狂瀾を既倒にめぐらし、未聞の王国を建設すべき秋ではないか？　密命は夙に発せられ、仮面劇の幕は上がろうとしていた。

猥雑な生の季節が復活した。どんなに不恰好で興ざめでも、彼はそこで生き抜かねばならなかった。神の悲劇に代って、人間喜劇が始まる。今こそ、本卦還りして、得意の扮装術を披露すべきときである。そこで彼が小説を書くとは、仮装によって主人公と合体し、内緒のうちにその運命を生きる術にほかならない。乱世に乗じ、自在に、快活に、その鏡面を滑走する。一層きらきらしく、千変万化して。……

「仮面の告白」とは、素面もまた仮面の一種だ、という独自な発見だった。それは神話を私小説に変装させ、私小説を英雄伝説と等価交換する、尖鋭な方法論的な試みだったのである。かくて神話の不死の英雄と、私小説の告白とのアマルガムが合成された。彼はそれを戯れに〃若き日の芸術家の肖像〃と呼んでみたりする。いずれにせよ、仮面と扮装は必需品だ。何故なら、扮装と仮面によってしか、神はこの世に姿を顕すことができないのだから。

そんなわけで少年は敗戦間近か、じっと繭に籠って出番を待っていた。「僕は一人のこされた。やがて僕はふしぎな病気が繭のやうに僕を包んでゐるのをみて一寸愕く。でもすぐ忘れて了ふ。思ひ出すと一寸愕く。そんな風にしてたうとう床に着く。僕は毎晩極彩色の夢をみる。そこには熟れた果実や南国の大都会がある。治りぎはに僕は一つの窓から往還を見るのを好むやうになつた。何か凶事が、何か椿事が起こりはせぬか。日もすがら僕はそれを念じた」（「扮装狂」）

このエッセイの締め括りには、突然彼の愛してやまぬ歌舞伎の老優・沢村宗十郎の顔が浮かび出てくる。守護霊さながらに。……それは「江戸文明の駘蕩と贅沢と、中世の暗鬱な諸侯の心理とを、撰りに撰つて築き上げたやうな偉大な記念碑的な顔」「怪奇な壮大な一脈の妖光を放つた畏怖すべき顔」「ふしぎな広がりの上にいかなる高貴も淫逸も無意味な一条の翳となつて漂ふやうな幽玄きはまりない形成力をもつた顔」である。

さらに奥行のあるこの重層的な顔は「年と共にすべてを包括したスフィンクスのやうに不死の、——そして泰西の人が『東洋』と呼んで意味するところの、あの悒鬱な不可解な混沌たる暁闇の象徴としての顔」なのだった。

実はそれこそ、我ら同胞の若者らが、壮絶な死のオルギアの果てに、必ずやその復活を主宰する、不死の王の顔ではなかったのか。二十世紀の戦場は、近代に簇生した、様々な理想主義的イデオロギーが潰滅し、一切が御破算となる異様な暗黒世界だった。

顧みれば、祖国日本は、新参の西欧文明など及びもつかぬ、圧倒的な幻術の国、底知れぬ古層に根を張り、すぐれて宏大な夜の空をいただくアジアの一角を占めている。それは人間主義（ヒューマニズム）をはるかに超え、遠く冥界にある偉大な祖先たちの霊――死の不滅の力への呼びかけだったのかもしれない。神は、時を超越せる黒い天の殻竿（からざお）だった。また疾風のように往還を駆けぬける殺戮者だった。

時代は新たな饗宴のために、一つの大きな空白の席を設け、珍客を迎え入れるべく準備していた。そこに胡乱な「招かれざる客」が紛れ込んだことを誰が知っていたろう？

だが、堂々と主賓席に着くために、人は結局、自分で自分を招くほかはない。「いかに孤独が深くとも、表現の力は自分の作品ひいては自分の存在が何ものかに叶つてゐると信ずることから生まれて来る。自由そのものの使命感である。では僕の使命は何か。僕を強ひて死にまで引摺つてゆくものがそれだとしか僕には言へない。そのものに対して僕がつねに無力でありただそれを待つことが出来るだけだとすれば、その待つこと、その心設け自体が僕の使命だと言ふ外はあるまい。僕の使命は用意することである」（「招かれざる客」）

こうして、彼の戦後は始まった。

3　テロルの心理
――「夭折者の禁欲」をめぐって

橋川文三は、三島由紀夫の依頼によって、昭和三十九年刊行の集英社版「三島由紀夫自選集」の解説を書いた。それは三島の自決の六年前のことであり、読者を眩惑させる謎めいた文言にあふれている。題して「夭折者の禁欲」。

そんな解説を引き受けたのは、三島文学への関心が、芸術批評より以前に、「戦中戦後の青年の血腥い精神史」として、その背景への強烈な思いから出発しているからだ、と橋川は弁明する。

まず三島文学の成立ちと方法論とが、伝統的な日本人の思考や自己認識の方法と、どれほど異質なものか、それは従来の私小説と比較してみればよい。

すなわち私小説が「いわば個々の告白によるそのつどの決済、きわめて人間的で自然なその日ぐらしの清算という意味をもっている」のにくらべると、「三島のそれは、一定の生活体系に組織化された近代的個人の予定された意味に関する、一種終末論的な非人間性をおびた合理的自己検証」という特色をもち、むしろ「告白の拒否を原則とする自己表現」に結実する。

日本人の生活圏に、突然変異的な断層が生じた。それまでは、ごく自然発生的な、あなたまかせの生活者が群居していたのに、ある時思いもかけぬ、奇怪な観念的生活者がわりこんできた、というところか。厳密に設計、統括された観念的生活者が。……この新奇なる世代は、いつ何処から来たのか？

同時に、重層し、ねじれ、錯綜した橋川の文章の、どこか黙示録的な奇怪な魅力も、読者の心に絡みつく。それこそ、戦中世代の隠れた共感に裏打ちされたものにちがいなかった。

敗戦時、三島の言い草によれば、当今強盗の大多数を輩出し、いたるところで珍奇な獣のように眺められている自分たち戦後派青年（アプレ・ゲール）、その一種意地の悪い、つつましやかな誇りの感情は、他の世代には通じようがない。

「みだりに通じてくれては困るのである」（「重症者の兇器」）と、彼は大見えをきったものである。

橋川文三もまた、覆面の共犯者として、たえず三島由紀夫に思いを馳せつつ、発言してきたのではなかったか。

それにしても〝夭折者の禁欲〟とは、一体何のことだったか。驚くことに、このささやかな解説文は、あの丸善の本棚に仕掛けられた檸檬の爆弾さながら、すでに遠からぬ爆発を予告している。つまり相手の〝夭折〟を予告しているのだ。もっぱら存在自体の論理的帰結として。……

ここに語られた事柄の異様、唐突さは（単に比喩であっても）長らく平和な日常に慣れた人々には、なかなか理解できない。仲間たちが次々に戦場に駆り立てられ、日夜その訃報にさらされ、瓦解に瀕した祖国の最前線に立たされた若者たちの内的体験は。

橋川はかまわず、さらに精緻に、三島文学の基礎構造の解析をすすめる。

「彼の自己審査は、あたかもあの『資本主義の〈精神〉』の担い手たち、カルヴィニストのペシミズムと畏怖にみちみちた自己審査に似ている。彼らは己れの救済と幸福のためにその「仕事」に努めたのではなく、『知られざる神』によって、自己が永遠の昔から救いに、もしくは亡びに予定されているという絶大な恐怖感から免れるために、その非人間的な禁欲と孤独の組織化を行ったのであるが、三島の一見華麗きわまる芸術的行動もまた、まさにそのような恐怖の影に包まれており、人生や芸術の栄光のためにではなく、ある『知られざる神』のためにする営為という印象を与える」

核心は、無論この「知られざる神」の突然の顕現であろう。神の絶対的権威と救いの予定説を説き、市民生活を、厳格な神政政治の下におき、救済の確証として、俗世における実践活動を強調したカルヴィニズム。

三島が幼い頃より、自ら天寵と信じた日々の芸術活動は、人類の福祉や幸福、楽天的な人間主義（ヒューマニズム）などのためではなく、もっぱら恐怖にみちた「知られざる神」のための営為にほかならず、ゆえに、彼は「非人間的な禁欲と孤独」に運命づけられ、自らこれを服膺しなければならなかったこと。……

では、この特異な芸術家の生涯を支配した、「見知らぬ神」の素姓、来歴とは？　その名こそ「戦争」だった、と橋川は断言して憚らない。そして戦時下の人々の共通感情は、何と思いがけぬものだったか。「戦争のことは、三島や私などのように、その時期に少年ないし青年であったものたちにとっては、あるやましい浄福の感情なしには思いおこせないものである」

　それは秘跡に似た一種の宗教体験であった。「それは異教的な秘宴（オルギア）の記憶、聖別された犯罪の陶酔感をともなう回想である。およそ地上においてありえないほどの自由、奇蹟的な放恣と純潔、アコスミックな美と倫理の合致がその時代の様式であり、透明な無為と無垢の兇行との一体感が全地をおおっていた」

　この全能感は、遠からぬ破局の予感と引換えに得られたものだった。近代文明の膨脹と、衝突と、その矛盾の頂点としての不可避的な爆発・戦争！　神はかつて論理的整合性の体系の要（かなめ）であったのに、肝腎のピンが弾けとんでしまったのだ。

　天地に漲る終末の予感が、静謐な日々の自然と綯い合わされ、現実と幻覚とが貼り混ぜられた、ダリの蒼空「内乱の予感」が、ある日地上に降りてくる。……人々が共にしたのは、そんな夢魔的な時間だった。〃一億玉砕〃とは、多分このように予感され、生活されたのにちがいない。

「それは永遠につづく休日の印象であり、悠久な夏の季節を思わせる日々であった。神々は部族の神々としてそれぞれ地上に降りて闘い、人間の深淵、あの内面的苦悩は、この精妙な政治的シャーマニズムの下では、単純に存在しえなかった。第一次大戦の体験者マックス・ウェーバーの言葉でいえば、そのような陶酔を担保したものこそ、実在する『死の共同体（トーデス・ゲマインシャフト）』にほかならない。夭折は自明であった。『すべては許されていた。』」

　この世代は、もはや卑近な政治的スローガンや、為政者の思惑など、常凡な社会的顧慮を遠く超えて、「隠された神」と目くばせを交わし、素早く契約を取り結んでしまったらしい。額に見えない刻印を押された、巨大な秘密結社のメンバーとして。

「そこではいかなる意味でも日常性は存在しなかった。それはいわば死の恩寵（カリスマ）によって結ばれた不滅の集団であり、したがってまたいかなる日常生活の配慮（ゾルゲ）にも無縁であった。すでに生の契機が無意味であった以上、罪や告白ということもありえなかった」

　不吉な指令。天の哄笑。無差別殺戮者の真昼の空間への投身。（滅尽争――ある人はここに、目睫に迫った、原爆投下の予感をみるのではあるまいか？）

　かくて「戦争」は神話化される。彼等ともども聖別されて。（その記憶は後に、「残置諜者」の、さらに仮面をつけた錬金術師の仕事となる筈だ）

　そして、突然「戦争」終結の日がやってくる。まさに青天の霹靂だった。からくりの舞台は一転、恐怖の偶像は転げ落ち、かわりに薄ぼんやりの「平和」が登壇して、吝嗇な市民生活が復活し、「死の恩寵によって結ばれた不滅の集団」は、あっけなく四散した。……だが、爾余の人々が歓び迎えた戦後世界は、彼らに限っては、失寵と楽園追放であり、新たな出発は、道標を失くした、あてどない砂漠の旅となった。

「そしてそれは、あの日常的で無意味なもう一つの死——いわば相対化された市民的な死がおとずれるまで、生活を支配する人間的な時間である。それは曖昧でいかがわしい時代を意味した。平和はどこか『異常』で明晰さを欠いていた」

以来、人々が営々と励んだのは、見せかけの復興であり、幻の都市建設ではなかったのか？

しかも一層奇怪なことが起る。少年たちが純潔な死の時間から追放され、労働と忍辱の時間に引渡されたこと、それはただ「『平和』というもう一つの見知らぬ神によって予定された『孤独と仕事』の時間」へ移管されたにすぎなかったことである。

本題はそこから始まるのだ。平和的時空間、この「在り得べからざる生」を、彼らはどのように裁量したのか？

「微妙な、危険な推移があった。三島の中に、血まみれの、裏がえしの自殺が行われ、別の生が育まれたのはこの時期であった」

かつて「死の共同体」を司祭したあの「知られざる神」の反影のように、ここに再び、「『平和』というもう一つの見知らぬ神」が君臨しはじめる。ひとたび太陽の光に目を焼かれた者が、到る処にその残像を見るように。

三島は以後、おのれの青春を「不治の健康」と名づけて出発せねばならない。なぜなら、「およそ生きるものが病み、死んでゆくという有機的自然の過程こそ、三島たちにとってかつて許されたことのない世界であった」から。「死は、無機物との出会いにおいて、夭折においてしか不可能だったからである。通常の意味における『死』がありえなかったように、日常の生もまた拒まれていた」のだから。この奇怪な生。彼らに残されたのは、結局「戦争」によって、不可逆的に変質した生活にすぎなかった。あの「隠された神」の網は永劫のダブル・バインディングとなり、どう足掻いても、抜け出すことはできないかのよう。……

そして「三島美学」が立ち上がる。

「もしなお生一般を生きるとすればそれは仮面による生、たえず変貌する日常性を仮装した、永遠の問いかけという形でしかありえない。それはあの禁欲者たちが、自分の生の確証のためにではなく、隠された決断者の恣意の確証のために行動したのと同じように、不断に生を拒否するために行われる組織的な自己規制という意味をもつ。三島の文体の人工的な華麗さは、実は生の不在の精緻なアリバイを構成しようとする禁欲的な努力をあらわしている。彼は生の此岸からではなく、いわば反世界の側から様式を作り出そうとする。三島の日本精神史における意味は、この点にもっとも鮮明にあらわれているといえよう」

いつか私たちは、見知らぬ街衢に案内される。別世界へと穿たれた細い通い路は、ブラック・ホールのように、やがてすべてを吸引してしまうかもしれない。

ゆえに、その謎めいた文章は、今日いよいよ遠く、消えなんとする戦中派世代のメモリアルとして、私たちの心を呪縛してやまないのだ。小さな解説文は、泰平の御代、経済繁栄の真っ只中の、一閃の亀裂となる。それが、巨大帝国の脅威の翳、民族滅亡の恐怖の幻想ではなかったと誰に言えよう。

橋川は、こうして、三島文学にただならぬシンパシーを送り、影の形に添うように口寄せしながら、しかし無条件な同意は示さず、一抹の不安の陰りとともに、つねに遠慮がちな、曖昧な留保をつけるのを忘れなかった。

後年、三島は橋川に向かって、こんな野次を飛ばした。

「いつも思ふことですが、貴兄の文体の冴えや頭脳の犀利には、どこか、悪魔的なものがある。悪魔的といふより、どこか、悪魔に身を売つた趣があつて、はなはだ失礼な比喩かもしれないが、もつとも誠実な二重スパイの論理といふものは、かういふものではないかと思はれることがある。なぜなら、貴兄は、いつも敵の心臓をギュッと甘美に握ることを忘れず、さうして敵に甘美感を与へてゐる瞬間だけ、貴兄の完全な自由と安全性を確保してをられるやうに思はれるからです。」（「橋川文三氏への公開状」）

確かに橋川は、人間存在の根源にかかわる〝詩人のいかがわしさ〟、その危険について熟知した叡智にあふれる政治学者だった。

時を得て幾度でも蘇える、その魂の原型はどこにあったのか。もしかすると、それは、「戦争」の結果ではなくて、その遠因であったのかもしれない。近代史の極限状況において露出し、ここに著く刻印されているのは、やはり日本の精神の原型なのであろう。

戦中派世代の携行したといわれる「葉隠」について——

『葉隠』は、戦国武士の死にぞこないが、太平の世にその失われたユートピアへの哀切な憧憬を託した倫理書であった。それは動乱の世にではなく、平和の時代にこそその真価を発揮する一箇の教典である」（「夭折者の禁欲」）

平時における「戦士共同体の作法」への親炙にせよ、「様式化された倫理への哀切なあこがれ」にせよ、彼らは紛うかたなく戦後世界の流亡者であり、生き残りの精神の同族なのであろう。

そのせいだろうか。三島事件の直後に、意見を求められた橋川の姿を、私は忘れることができない。TVカメラの前で、この篤実な政治学徒は、少女のように面を伏せ、口ごもり、傍からは歯がゆく思われるほどだった。むろん何か気の利いた感想などを期待する場面ではない。けれどもその極度の困惑と羞恥は、何を語っていたのだろう。彼を揺り動かしていたのは、「相対化された市民的な死」「生活を支配する人間的な時間」が爆破され、ついに夭折者の禁欲が解かれた、ありうべからざる一瞬の到来の愕きではなかったろうか。

（文芸評論家）

特集　三島由紀夫の出発

小説家・三島由紀夫の「出発」

井上隆史

1「世界の驚異」

三島由紀夫は十歳の時、「世界の驚異」と題する〝紙上映画〟を作った。子供の遊び心から作られた絵コンテもどきの〝作品〟だ。

当時三島は、両親とは別の借家で祖父母とともに暮らしていた。わが子の生活について書き記した母・倭文重の手記を、三島はのちに「椅子」という小説の中で紹介しているが、例えば昭和三年の手記には次のようにある。

朝から午後まで、うす暗い八畳の祖母の病室にとぢこめられて、きちんと坐つて、一心に絵を画いてゐるこの子供。それをじつと見てゐなければならない若い母親が私だ。思ひきり駈け出したいだらう。大きい声で歌も歌ひたいだらう。さう思ふとこつちの手足がむずむずして来る。

この時三島は三歳。よく知られているように、生後間もなく祖母によって両親の手元から奪い取られた。母はそれを悲しんでいる（悲しみに酔っているようにも見える）。ところが同じ「椅子」の中で、三島は母の考えを次のように否定した。

母のさまざまな感情移入には誤算があつた。私は外へ出て遊びたかつたり乱暴を働らきたかつたりするのを我慢しながら、病人の枕許に音も立てずに坐つてゐたのではない。私はさうしてゐるのが好きだつたのだ。（中略）祖母の病的な絶望的な執拗な愛情が満更でもなかつたのだ。

「世界の驚異」は既に十歳になっているがまだ祖母と暮している少年が描いた〝作品〟の一つで、「決定版三島由紀夫全集37」の口絵写真で紹介されているが、海の彼方の極楽島の話である。三島は海、帆船、極楽島の花や鳥の絵を描き、「胡蝶は花に舞ひ小鳥は梢に歌ふ。楽しき島のうららなる春。今宵も唄ふ夜鳴鶯」と書き添える。だが島に秋が訪れる。「すゝきのゆれるも物悲しき、むせびなくヴァイオリンの音のやうにかなでゆく秋の調べ」。そしてすべてはかげろうのように消え去るが、三島は最後に灯りの消えた蠟燭を描き、火は消えてしまった、目の前は何もかもまっ暗だと記す。

この結末は衝撃的だ。もっとも、ユートピアとその消滅というアイデアや、ヴェルレーヌの「落葉」(Chanson d'automne)の引用は、十歳という年齢を考えると驚きではあるが、ユニークなものとは言えない。炎の中に現れる幻という着想も、「マッチ売りの少女」などの一変奏と考えて良いだろう。けれども、あえて火の消えた蠟燭を描き、それまでのストーリーを全否定してしまうエンディングは、やはり異様である。それは、三島文学の本質に通じるものと言って良いかもしれない。なぜなら、遺作「天人五衰」においても、それまでの転生譚の全否定という異様な結末が用意されているからだ。

しかし、いきなり「天人五衰」まで話を広げなくても、三島由紀夫がはじめてその筆名によって発表した「花ざかりの森」を読む者は、そこでも孔雀や鸚鵡の遊ぶ南の島への憧れが、単なる幻に過ぎなかったとして消滅してしまうプロットが用いられていることを知るだろう。ただしこのプロットは、「花ざかりの森」という小説の中に置かれることによって、「世界の驚異」の場合とは異なる意味を帯びている。

「花ざかりの森」の執筆は昭和十六年なので、「世界の驚異」から六年ほど経過している。この六年間に何があったのか。その軌跡を辿ることで、三島が小説家として「出発」する瞬間に立ち会うことが出来るのではないか。本稿では初期作品を読みながら、作家生誕に秘密に迫ってみたい。

2 「酸模」から「館」へ

年譜的事実として重要なのは、昭和十二年に学習院中等科に進学したことだ。これを機に、三島は祖父母の家を離れ、父母兄弟と暮らすようになった。まもなく、農林省に勤務する父・梓が大阪に転任したこともあり、三島ははじめて濃密な母子関係を体験する。母はわが子が詩人になることを夢見るような文学好きの女性で、昭和十五年には三島を川路柳虹宅に連れてゆき、詩作の指導を頼んだ。三島も何冊ものノートに詩を書き連ねるが、のちに自ら語るように、自分は「にせものの詩人であり」(「十八歳と三十四歳の肖像画」)、「私の中には、ほんたうにオリジナルな詩人の魂が住んでゐなかつた」(「母を語る」)。もっとも、のちに見るように三島の内面には表現されることを待っている存在が潜んでいた。しかし、当時多作した丸山薫風の模倣詩では、それを捉えることは困難だったと言える。三島は、自身の内面の声よりも、母の求めるイメージに囚われ過ぎたのかもしれない。彼にはむしろ、詩とは別の器が必要だったのだ。

学習院中等科では、岩田九郎が国語を担当し作文を指導した。このことが、三島に新しい器を用意する。それまで三島の作文はつい童話風になりがちだったが、初等科六年間の主管(クラス担任)だった鈴木弘一は、現実の生活体験に基づく文章を良しとする立場から、三島の作文を評価しなかった。しかし岩田は三島の才能を認め創作を促す。さらに昭和十三年に学習院に赴任し、三島の終生の師となる国文学者・清水文雄も、「輔仁会雑誌」(昭13・3)に掲載された三島の作品に目を見張る。それは小説第一作と呼ぶべき「酸模」であった。

「酸模」は、少年の心に触れることによって脱獄囚の男が悔悛するという筋のメルヘン風の掌編で、文章も構成も中学生の域をはるかに超える出来栄えである。しかし、岩田や清水が何処まで明確に意識していたか定かではないが、単に傑作、秀作と言うだけでは足りない不気味な要素がこの作品にはある。第一に、脱獄した刑務所が灰色の建物であることが繰り返し強調される点、第二にその灰色の刑務所の中に、脱獄囚が正体不明の兇器を置き忘れてきたという点である。囚人はそれを取りに戻ろうとする途上で少年に出会って悔悛し自首を決意するが、兇器は警察によって発見され破壊されてしまう。それがいかなる兇器であったか、作中で明かされることはない。この二点は「酸模」の本筋とは直接関係のないエピソードだが、それだけにかえって、何かわけの分らぬ不吉な影を感じさせるのである。

この影を追ってゆくと、一年半後の「輔仁会雑誌」（昭14・11）に掲載された小説「館」に辿りつく。「館」は、ぷろすぺる侯の嫡子で今様ねろと呼ばれる残虐な公爵に仕える扈従（こしょう）が、人に請われて不本意ながらも主君について語るという体裁の小説である。不本意と言うのは、扈従にとってそれがあまりに恐ろしく、また哀しい話だからで、例えば公爵は扈従に向かい、こんなことを言う。

　わしはおのれのこの手で、とぎすましたするどい刃を握（にぎり）、相手に近付、わしの手がなまあた、かい血潮でぬれそぼるのを見たいのだ。

その後公爵は、領内の盗人を捕えては、奇妙な刑具を用いて自ら処刑し、扈従を犠牲者の前の柱に縛り付けることもある。彼は自分も処刑されるものと覚悟するが、その時恐ろしい快楽が訪れ、犠牲者から「目を移さうといたしながらも、不図みてしまひましたり、すさまじいにほひをかいだりいたしましたりしておりますうちに、いきがだんだんにはやうなつてくる」。結局扈従は助けられるが、公爵の行為は止まらず、謀反に関わった女を「王妃の椅子」の上で刺殺したところで扈従の語りは終わる。

ところが、「館」には未発表の続編原稿が未完のまま残されていた（「決定版三島由紀夫全集15」収録）。それによれば、心密かに謀反を待ち望むようになった公爵は、絵師を呼びつけ淫らで残虐かつ美しい絵を四面の壁に描かせ、さらに赤一面に塗り潰された大広間での宴会を企画する。しかし、扈従は公爵の心の空白を見抜き、うら寂しく気の毒なことだと思うのである。宴会の場面は書き残されていないが、話の流れからすると、謀反により大広間が血みどろの場と化すのであろう。これを三島は書けなかったのか、あるいは書いたものの反故として破り捨てたのか、ともかく「館」は未完に終わった。

「館」は十四歳の時の作品である。既にワイルドの「サロメ」を愛読していたので、その影響も認められるが、少年の心が抱えるには重過ぎる何ものかが、表現されることを待ちきれずに噴出しようとしている。三島はそれを何とか小説の世界に封じ込めようとした。しかし果たさずに終わる。彼がのちに「わが魅せられたるもの」というエッセイで、「自分の日常生活を脅かしたり、どつかからじつとねらつてゐてメチャクチャにしてしまふやうなものへの怖れが私を文学へ駆り立ててゐた」と述べているのも、同じ事態を指すものであろう。

少年の心が抱えるには重過ぎる何ものか――、それは一言で言えばサドマゾヒスティックな衝動であるが、三島文学における本質的なものという文脈において見るならば、蠟燭の炎が消えると同時に全て消滅してしまうという虚無↓灰色の刑務所の中の正体不明の兇器↓残虐さと美と快楽↓心の空白、という流れを見て取ることが出来るであろう。この公式の第一項に、うす暗い病室における絶望的な愛情、を置くことも出来る。すると、そこでは愛情、虚無、残虐さ、美、快楽という、常識的には異なる次元に置かれるべきものが、分かちがたい形で絡み合ってしまっていることに気付く。十四歳は祖母・夏子が亡くなった年でもあるが、十四歳と言わず大人にとっても、こういう状況に囚われてしまうことの精神的負担は、ただ事ではあるまい。

3　ラディゲ

三島由紀夫は、小説創作の方法論ということに大変意識的な作家である。しかしその原点は、単に小説の問題というよりも、右のような状況の中を生きる術を自分で探ってゆかねばならぬ必要性の中に存するのではなかろうか。後年三島は、早稲田大学における学生とのティーチ・イン（昭43・10・3）において、こんなことを言っている。

私は人に同情なんかできる身じゃない。自分が一番心配だ。これはどうなるだろう、自分という人間は。放っといたらバラバラに壊れちゃう。何とか観念世界に自分というものを維持しなければ自分がバラバラになっちゃうという危険を感じたから、人に同情している余裕なんかまったくありませんでした。これが文学一所懸命という可憐な姿……。

右は、作家としての自分と、自分以外の人間との関係についてどう考えるかという学生の質問に答えたもので、冗談交じりの口調ではあるが、十四歳の三島を襲った精神的危機を、かなり忠実に言い表しているように思える。では、この危機に対処する方途を、三島は何処に見出したのであろうか。

ここで重要なのは、ちょうど「館」執筆が行き詰まるのと前後して親しみ始め、やがて憑かれたように傾倒するに至るレイモン・ラディゲである。のちの三島の回想によれば、「私はこの夭折の天才とその作品に憧れて、憧れて、どうしても彼と自分を同一化しようとしてゐた」（「わが青春の書」）。

三島はラディゲの何処に惹かれたのか。堀口大学の訳文の魅力、夭折への憧れ、作中に描かれる西洋の生活への興味等については三島自身も言及しており、確かにその通りなのであろう。しかし、それだけの理由で、ラディゲへの傾倒の全てを説明出来るとは思えない。これだけ徹底的な同一化を志向するからには、もっと本質的な、三島の自己存在の根幹に関わる要因が存するのではないか。考えてみれば、若き三島がラディゲに魅了されたことは一つの常識のようになっていて、その内実が改めて問われることは少ない。今、三島がラディゲに見出したものをもう一度考え直すために、先にも引用した「わが魅せられたるもの」を見てみよう。これは若い女性を読者層とする雑誌《新女苑》に掲載されたエッセイで、今まであまり注目されたことはないが、三島とラディゲの関わりを考える上で欠かせない文章である。

少年期にわれわれが急に哲学的な本を読みたくなつたり、知的なものに憧がれを感じたりするのは、私にいはせればやはり一種の衝動なのであつて、ニキビの出盛りの少年が自分の中に衝動の不安と性の不安を感じることによつて、それを制御しかつ操る術を自得しなければ人生が破滅するであらうといふ恐怖を持つに至る、時期の目覚めだと思はれるのである。(中略)さて私にもさういふやうにして、自分の不安に対する闘ひとか、自分の不安を制御する知恵とかいふものに対する本能的な憧がれが湧いてきたのであるが、レイモン・ラディゲの小説がさういふものに実に完全に答へてくれたのである。つまり二十歳の少年がそんなにも自分の衝動を整理し、よけいなものを排除し、それほど平静に作品の抽象世界を築き上げてゐるといふ成功した一例は私にはまるで奇跡であり、驚きであり、一種の神秘であつた。

「そんなにも自分の衝動を整理し」とあるが、「衝動」とは何のことだろうか。創作過程における心理的葛藤やフラストレーション、あるいは青年を襲う衝動一般などに止まるものではあるまい。そうではなく、「館」に現われた三島固有と言うべき「衝動」、あるいは異なる次元に置かれるべき要素が分かちがたく絡み合っているために生じる「存在の危機感」のようなものを想定しなければ、右の文章を理解することは出来ないと思う。この場合、三島は自分の問題をラディゲに投影していることになるが、それには相応の理由がある。三島が愛読したラディゲの「肉体の悪魔」を念頭に置くと、ことははっきりする。

「肉体の悪魔」はラディゲが十六歳から十八歳の時に書いた小説で、空白感、残酷さ、理不尽な情熱などを抱えた早熟な少年と若い人妻の不倫の恋の話である。サドマゾヒスティックな場面が「館」のようにあからさまに描かれることはないが、そこには確かに、前節で見た三島文学における本質的なものの流れと重なり合うテーマが認められる。投影は、単なる三島の思い込みではないのだ。ただし「館」における三島とは違い、ラディゲは冷静な筆致でストーリーを展開し、精緻な小説世界を作り上げることに成功した。

さらにラディゲは、二十歳で死去する直前に小説「ドルジェル伯の舞踏会」を完成させた。主人公の貞淑な伯爵夫人マオと青年フランソワは、互いに相手に対する恋心を素直に認め合うことが出来ない。認めれば不倫関係になってしまう。それゆえ彼らは深刻な葛藤と困惑に見舞われることになるが、ラディゲはそんな心理の起伏を、小説の緊密な構成を保ちつつ冷静に描き切る。またエンディングで、マオは自らの恋を夫の伯爵に告白するが、彼は真面目に取り合おうとしない。それを見たマオは、一段高い位置から夫を冷ややかに見下ろす。ここには、それまでのマオとフランソワとの恋愛のストーリーが伯爵によって相対化され、さらにその伯爵の立場がマオにより相対化されるという、二重否定の構造が認められる。この大団円も小説的記述が容易ではない場面だが、やはりラディゲは見事に書き上げたのである。

右の点を踏まえるなら、三島にとってラディゲは、制御困難な「衝動」や「存在の危機感」を抱えながらも、これを完璧にコントロールし、そういうものに左右されたり混乱させられたりすることのない作品世界を構築する能力の持ち主として、三島の前に現われた存在だったと言えよう。実際にラディゲがどの程度までそのような「衝動」や「危機感」に襲われていたのかどうかは、今は問わないが、少なくとも作品を通して三島が認めたのは、右のような存在であった。その「能力」は、三島にとって創作の問題であると同時に、自己存在の安定のためにどうしても必要なものだった。だからこそ、ラディゲとの徹底的な同一化を志向したのであろう。こう考えると、当時三島がジョイスやプルーストに冷淡だったことも納得がゆく。三島は中等科四年の課題文章「ラディゲ」（「決定版三島由紀夫全集26」収録）のなかで、「哲学的な、無解決な、無意識を無意識といふ名にのみ止めておく、世界の描写に終始した」「ユリシーズ」と、「所謂『無構成の構成』、長い距離をおいて星の光のやうに照射し合ふ『呼応』によつて形づくられた」「失われた時を求めて」に言及し、いずれもラディゲより低く評価した。というのも、単に無解決、無構成というだけでは、自分がバラバラに解体してしまうという切実な危機に対して、何の助けにもならないからであろう。

4 「心のかゞやき」と「公園前」

しかし、十五歳の三島が、自分の置かれた状況をどこまで正確に把握出来ていたかは、また別問題である。なぜなら、三島はラディゲを模倣し自身を救う方途を探ろうとしたが、そこには考え違いがあったからだ。

昭和十四年秋から翌春にかけて執筆した習作のなかに、「心のかゞやき」と「公園前」がある（いずれも「決定版三島由紀夫全集15」収録）。清水文雄宛未発送書簡（昭16・9・17付）によれば、いずれもラディゲを意識して書かれたものだ。しかし、「心のかゞやき」は中断してしまう。「公園前」は一応完結するが発表には至らず、のちに三島自身、「この作品の『上』は、まだお見せ出来ますが、「下」にいたつては考へるだに恥かしさの為めに死にさうになります」（前出清水宛未発送書簡）と述べた。三島はこれらの作品において、何を試みようとしたのか。なぜそれは失敗に終わったのか。

「心のかゞやき」の主要登場人物は、二十八歳の未亡人、亡夫の知人の子息、亡夫の別の知人の子女、秋原子爵の四名。

「公園前」も、社長夫人、社長の友人の男、社長に雇われたタイピスト、彼女の恋人の専門学校生の四名。両作とも、四人の錯綜した恋愛を描こうとするものである。「肉体の悪魔」や「ドルジェル伯の舞踏会」では、男―女―女の夫の三人の関係が問題になるが、三島は四人の関係を描くことにより、ラディゲの上を行く恋愛小説を書こうとしたのであろう。また、「公園前」の「上」は社長夫人の語り、「下」は専門学校生の語りで、タイピストの語りによる末尾の「附」においてはじめて、社長の友人と彼女が交際していることが明かされ、小説中の個々のエピソードが互いに照応する。この点に、構成上の工夫を凝らし複雑な恋愛関係を表現しようとする努力が認められる。

だが、恋愛小説としての「心のかゞやき」と「公園前」は、失敗作と言わざるを得ない。ラディゲの小説におけるような男女の情念の高まりが、全くと言って良いほど見られないのだ。逆に恋愛が生れそうになりながら、その都度流産してしまう空白感が現われ出ている。登場人物たちは、恋愛という観念を背負って彷徨う影絵のようだ。これは三島も自覚していたことで、それゆえに作者みずから失敗作の烙印を押すことになる。どうしてこういうことになったのか。理由の一つは、「肉体の悪魔」のヒロインにはモデルがあり、それはラディゲのよく知る女性であったのに対し、三島には小説の素材となるようなモデルや自分自身の経験が欠けていたことであろう。

けれども、より根本的な問題がある。三島はラディゲに対して、単に彼が恋愛小説を書いたから同一化しようとしたのか。そうではあるまい。三島にとってラディゲは、「衝動」や「存在の危機感」を巧みに制御することに成功した人物として重要なのだ。そうだとすれば、奇を衒うような構成に腐心したり登場人物数を増やしたりして見かけ上ユニークな恋愛小説を書こうとするより先に、三島にはやるべきことがある。それは「衝動」や「危機感」を制御する方法をラディゲに学び、それを「館」にたち帰って実践してみることではないだろうか。本来三島はそうすべきであった。この点において、三島には考え違いがあったと言えよう。もっとも、十五歳の少年にとり、「館」の孕む問題は深刻過ぎる。だから、そこに正面から切り込むことを避けずにはいられなかったと言うべきなのかもしれないが。

ただし、三島にはもう一つの選択肢もあった筈だ。恋愛小説の創作が思うように行かないのであれば、その理由について、もっと踏み込んで追究するという方法である。理由については、小説の素材となるべき経験が三島に欠けていたということを先に指摘したが、さらに一段深く見ると、ニヒリスティックな空白感、不能感、恋愛を成立させるような情念に対する不信感を三島が抱えており、それが登場人物に反映したためと考えることが出来る。この点を見据えることによっても、三島は自分自身の本質的なテーマに迫っていけたであろう。しかし当時の彼にとって、この選択肢も荷が重かったようである。

5　古今の世界

しかし、このままでは「館」が未完に終わった時点での問題は、そのまま残されることになり、「これはどうなるだろう、自分という人間は。放っといたらバラバラに壊れちゃう。何とか観念世界に自分というものを維持しなければ自分がバラバラになっちゃう」という危機は少しも解決されない。ところが、三島にはまた新たな選択肢が与えられた。

彼の生涯を見渡して感じるのは、ある追い詰められた状況からの転身の早さである。実のところ、本質的な問題は手つかずのまま残される場合が少なくなく、その意味で彼の振舞いは「軽率」とも言えるのだが、素早い転身は、そもそもそれを可能とする抜きん出た才能が無ければ不可能である。その意味で、三島はやはり天才なのであろう。他方、転身には新たな環境や出会いも不可欠である。ラディゲについで三島が出会ったのは古典文学の世界であった。導き手は清水文雄、および清水を同人の一人とする雑誌「文芸文化」である。

もっともラディゲの魅惑はあまりにも大きいものだったので、三島はまず、ラディゲと古典をつなぐ枠組みを構築した。あるいは、そのような枠組みは自然に三島の脳裏に浮かんだのかもしれないが、その成果が昭和十七年一月擱筆で、学習院の図書館懸賞論文に入選した「王朝心理文学小史」（「決定版三島由紀夫全集26」収録）である。

王朝心理文学とは、ラディゲのような心理文学と日本の古典とをひと繋がりのものとして考えようとする概念として三島が案出したもので、例えばこの論文中で三島は、「万葉集は地上に噴出した大きな火山であるのに較べて、古今集の歌は海底に噴出した、前者より数倍大きい海底火山であり乍ら、わづかにつゝましい小豆粒ほどの島になつて海面に突出してゐる」と言っている。これは具体的にはどういうことであろうか。「文芸文化」（昭17・7）に発表した「古今の季節」で、三島は実際に歌を挙げながら詳述している。やや難解な箇所、未整理な部分もあるが、敷衍すれば次のようになろう。

　五月待つ山時鳥うち羽ぶき今も鳴かなむ去年の古声

右は夏歌の三首目。山時鳥は、夏を代表する鳥である。その鳴き声はまだ聞こえないが、羽ばたきをして今すぐにでも鳴いて欲しい、去年の古い声のままでも良いから、というのが主意である。

ところで、この歌における現在とは何かと考えると、本格的な夏はまだやって来ていないという空白感や鬱情である。しかし、歌はそういう事態に囚われていない。それよりも、夏の訪れを待つ思いと、去年の鳴き声を懐かしむ追憶の思いこそが重要だと三島は言う。つまり、未来への期待と過去の回想に力点があるのだ。

さて、夏がまだやって来ていないという空白感や鬱情は、先述の「衝動」や「存在の危機感」と同じものではないが、いずれも不如意な事柄には違いない。この不如意なるものこそ、歌の原質であり母体である。海底火山はその比喩であろう。これを踏まえて三島の考えを整理すると、二つの方向が見えてくる。第一に、作品世界をかき乱しかねない不如意なるものに正面から取り組んでこれを統御した上で、結晶度の高い文学作品を生み出すこと。三島にとって、ラディゲの小説も古今集もそのようなものであり、特に古今集の作品について、「わづかにつゝましい小豆粒ほどの島になつて海面に突出してゐる」と述べているのである。しかし、第二の考え方もある。「館」においても「心のかゞやき」「公園前」でも、自身の切実なテーマと正面から向き合うことは、三島には荷が重過ぎた。そうだとすれば、そのようなテーマ（＝海底火山）との直面は避けるべきではないか。第一の考え方に比べれば欺瞞かもしれないが、テーマが重過ぎる以上致し方ない。引用歌に即して言えば、現在における不如意にはあえて触れずに、もっぱら未来と過去に力点を置く作品空間を生み出すべきである。三島は古今集の歌を、このような意味において評価したのかもしれない。

右の二者は、相反するベクトルを備えている。この点について、三島は本当のところどのように考えていたのだろう。あるいは彼の中にも迷いや混乱があったのか。そこのところを考えるには、三島が古典文学と出会うことによって構想した小説を実際に精読するのが一番である。「花ざかりの森」こそ、そのような小説である。擱筆は「王朝心理文学小史」より半年早い昭和十六年七月で、同年九月号から十二月号まで「文芸文化」に連載されたこの作品について考えてみたい。

6　「花ざかりの森」

「花ざかりの森」は、序の巻とその一、その二、その三（上）、その三（下）の四回にわたり分載された。はじめに内容を確認しておこう。

序では語り手が、「この土地へきてからといふもの、わたしの気持には隠遁ともなづけたいやうな、そんな、ふしぎに老いづいた心がほのみえてきた。もともとこの土地はわたし自身とも、またわたしの血すぢのうへにも、なんのゆかりもない土地にすぎないのに、いつかはわたし自身、さうしてわたし以後の血すぢに、なにか深い聯関をもたぬものでもあるまい」と語り始める。わたしは「追憶は『現在』のもつとも清純な証」だと述べ、「わたしたちには実におほぜいの祖先がゐる。かれらはちやうど美しい憧れのやうにわたしたちのなかに住まふ」こともあると言うが、実際にその祖先に出会った時、木漏れ日をぬって近付いてくる彼らは、急に日の光の中に溶け入ってしまう。

その一では、幼時のわたしが汽車の汽笛を聞きながら寝付かれずにいたこと、よく電車の夢を見たことが回想される。また、母屋には神経痛の祖母、固い人となりだが幾らかアメリカナイズされた母、およびわたしが住み、父は温室の脇の庵に住んでいたことが語られる。秋のある日、空を仰ぐ父の姿は貧弱ではあるが飛鳥時代の仏像のようで、「その時、紫の幔幕のやうにうつくしい秋空いつぱいに、わたしはわたしの家のおほどかな紋章をちらと見た」という。

その二では、わたしの遠い祖先でキリシタンの熙明（ひろあき）夫人のことが語られる。彼女は海の近くの城に住んでいたが、その日記によれば、山の中腹の百合の叢に、胸に十字架をつけた「おほん母」の幻を見る。幻が消えた後で夫人は祈る。幻は、彼女が抱いていた憧れの具現したものであろう。その憧れは川の流れのようにしてわたしにまで続いているのだ。

その三（上）では、平安末期の女人が、わたしの祖先である殿上人に捧げた物語が話題となる。物語によれば、殿上人への満たされぬ思いから、彼女は幼馴染の修道僧と紀伊の浜へ駆け落ちし、そこではじめて海を見る。その瞬間「殺される一歩手前、殺されると意識しながらおちいるあのふしぎな恍惚」に囚われる。「それはうつくしく孤立した現在である」。「そこではあのたぐひない受動の姿勢がとられる」。その後、彼女は海を怖れ、男を捨てて都に帰り剃髪する。しかし海への怖れは、海への憧れの変形に他ならないようにわたしには思われる。

その三（下）では、幼時から海に憧れていた祖母の叔母のことが語られる。年経ても、海や海の彼方の孔雀や鸚鵡が遊ぶ島への憧れは続いたが、「海なんて、どこまで行つたつてありはしないのだ。たとひ海へ行つたところでないかもしれぬ」という勤王派の兄の言葉が気になっていた。彼女は伯爵家に嫁ぐが、夫に満ち足りたものを感じず、あえて仏間でポートレートを撮ったところ、六日後に夫は亡くなる。豪商と再婚し南の島で暮らすが、「夫人のくるほしいあこがれはつひにみたされることなく」、「あのいのちの泉は涸れ、あこがれの夜 鶯（ナイチンゲール）はうたふ折すくなくなつた」（ここで、本稿冒頭で触れた「世界の驚異」のプロットが用いられている）。彼女は再び離婚して帰国し尼のように過ごす。わたしは海の話を聞こうとしてその家を訪ねるが、夫人は海に対する思いなどもう何もないと答え庭を案内する。わたしは苛立たしい不安を覚える。それは「死」が迫っているからかもしれないが、「死」とは、「生（いのち）がきはまつて独楽の澄むやうな静謐、いはば死に似た静謐」のことかもしれぬとわたしは思うのである。

以上が梗概だが、三島は東文彦、徳川義恭との同人誌「赤絵」（昭17・7）に「花ざかりの森」の序とその一を転載した際、「その二やその三には大へん意にみたない点が多く」転載を見送ったと書き添えた。確かに、この作品はその二を境にしてトーンに変化が見られる。このことを踏まえて、「花ざかりの森」の特質を考察してみたい。

まず序だが、冒頭の語りでは、現在無縁なものも未来において関わりを持つに至るとされる。「追憶は『現在』のもつとも清純な証」という箇所では、現在は過去の追憶によってはじめてその存在が保証されると言われる。また、祖先は憧れのように存在するとされるが、憧れの対象は、現存しないからこそ憧れられるわけで、事実、現実に祖先に触れようとすると、その姿は消えてしまう。このように見てくると、序は現在よりも未来と過去に力点を置く作品空間の開始を宣言するものと言える。

　そしてその一で、わたしの過去（幼時）が語られるが、それは三島自身の過去と重なり合うようでいながら微妙に異なる。祖母や母に対するより、父に対して心理的近さを感じさせる表現になっていることは、実際の意識とはむしろ逆であるようにも思われる。その二以降の熙明夫人や殿上人ら祖先のことは完全に創作なので、作者の三島は、実際の過去[1]から出発して少しずつ架空の過去を仮構していったと言えるだろう。また、その二では、祈りと憧れということが描かれる。どちらも、現実には未だ存在しない事態や事柄、事物が未来において出現することを期待する行為なので、ここで展開しているのは、現在よりも未来に力点を置く作品空間だと言える。

　右のように考えると、三島は古今集から学んだ創作方法として、前節で触れた後者の考え方を実践しているように見える。しかし、実は事態はそれほど単純ではない。

　というのは、その二で微かに現われる海のイメージはサドマゾヒスティックな衝動を象徴していることが、その三の上で明らかになるからである。そして、その衝動に囚われる瞬間を、三島は「孤立した現在」と呼ぶのだ。ただしその一方で海を憧れの対象とも規定しているので、三島の姿勢は、前節で述べた二つの考え方の間で揺れていると見ることが出来る。あるいは、「花ざかりの森」を後者の考え方に従って執筆しているうちに、思いがけず「衝動」や「存在の危機感」といった本質的テーマが現われ出てしまったと言うべきか。そのことに三島自身戸惑っているようだ。それゆえに三島は、その二やその三には意にみたない点が多いと述べたのだろう。では実際にその三の下は作品として失敗しているのか。

　私見では、その三の下においてはじめて三島は、サドマゾヒスティックな衝動、虚無、愛などの要素にそれとして向き合い、これを制御した上で、精緻な小説世界を生み出すという水準に最も近づいたと思う。とりわけ、作中の相矛盾する要素を鮮やかに昇華し、単なる生死の差異を超える次元にまで高めたエンディングには目を見張るものがある。三島自身は、東宛書簡（昭16・8・5付）でも、その三の出来栄えに対する不満を述べており、確かにこのテーマから出発して、さらに結晶度の高い文学作品を創作することは可能であろう。だが、少なくともこれまでの作品の中では抜きん出て高い水準に達している。

　〝紙上映画〟の「世界の驚異」のプロットに関して言えば、それはここでは単に虚無というテーマだけを現わしているのではない。そうではなく、作品全体の流れの中に位置づけられることにより、六年前よりも大きな意味を帯びている。即ち、「衝動」や「存在の危機感」も含め、全ては一旦死滅するかもしれない。しかし、その死滅を超えて一段高い次元に再生することも出来る。そのようなプロット展開のための跳躍台ないし転換点という役割を担っているのだ。

7「夜の車」

こうして三島は小説家として「出発」したと言えば本稿の務めは終わるのであるが、残念ながら、事態はそう簡単には進まない。この点について、最後に触れておく必要があろう。

最大の問題は、その三が高度な作品世界に達していたとしても、「花ざかりの森」という作品を全体としてみれば、捩れがあることだ。三島もこの点について困惑したと思われる。序とその一が掲載された「文芸文化」（昭16・9）後記で、蓮田善明は「花ざかりの森」を次のように絶賛した。一見、三島にとって喜ぶべきことであるかに見える。しかし、実のところその困惑を一層深める評でもあったのではないか。

> 「花ざかりの森」の作者は全くの年少者である。どういふ人であるかといふことは暫く秘しておきたい。それが最もいいと信ずるからである。若し強ひて知りたい人があつたら、われわれ自身の年少者といふやうなものであるとだけ答へておく。（中略）
>
> 私達は整はないながら七月号を出してから更に志の新たなるものを感じると共に何かを期待した。池田の前号の「建速須佐之男命」なども分る人にはその果敢さがはつきり分ると思ふ。又私達はその期待のための試みとして、同人の執筆署名を、その文章の傍から消すことを申合せた。（一応は後記で、執筆者名だけは掲げる）これは何かを待つためである。（中略）「よみ人しらず」といふことは、昔あったことである。ところが、そんな申合せをした直後に「花ざかりの森」が現れてきたのであった。

ここで蓮田は、文芸の歴史の中に身を置くことによって個性を消すという価値観を提起している。これは「文芸文化」の基本姿勢であり、三島が後年に至るまで共有する考え方でもある。だが、蓮田は個性の消失と現在からの逃避を同一視していたわけではない。結果としてそうなることがあったにせよ、少なくとも最初からそのように意図していたわけではない。ところが、後記が連載初回に書かれたために、この同一視が成立し、その方が現在に向き合った上でこれを制御、昇華してゆくことより望ましいという見方が生じてしまう。この見方は、三島を強く束縛したのであろう。実際、三島は「青垣山の物語」（未発表。「決定版三島由紀夫全集15」収録）、「みのもの月」（「文芸文化」昭17・11）、「玉刻春」（「輔仁会雑誌」昭17・12）、「世々に残さん」（「文芸文化」昭18・3〜10）、「祈りの日記」（「赤絵」昭18・6）などを続けて執筆するが、これらは基本的に「花ざかりの森」前半の系譜に連なるものなのである。

だが、現在から逃避するということは、おのれの切実な問題との直面を避けることである。そのようなことを続ければ、違和感やフラストレーションが次第に昂じて来るであろう。しかも、年齢と共に三島の「衝動」は一層高まる。昭和十九年になると戦局も予断を許さなくなるが、こうした緊張感のもとで再び本質的問題が噴出し、三島は改めてこれに正面から向き合わざるを得なくなるのだ。

戦争中、私の洗礼(バプテイスマ)であつた文芸文化一派の所謂「国学」から、どんなにじたばたして逃げ出したか、今も私はありありと思ひ返すことができます。文芸文化終刊号にのせた奇矯な小説「夜の車」は国学への訣別の書でしたが、それを書いたときは胸のつかへが下りたやうでございました。

右は昭和二十一年三月三日付川端康成宛書簡である。戦後新たに川端の庇護を求めるため、かつて依拠した「文芸文化」との距離をあえて強調してみせたという側面も無いではないが、それを差し引いても、三島が「花ざかりの森」前半の系譜の作品を執筆しながら満たされぬ思いでいたことを窺わせる重要な書簡である。同書簡には、「浪曼派的饒舌と浪曼派的恣意」、あるいは「形式主義に陥り、いつか本来の内面的衝動は霧散して人工的な無内容の文学となります」などという記述も見えるが、いずれも「青垣山の物語」以下の作品についての自戒を込めた注と見做して差し支えない。この経緯を踏まえなければ、後年三島が新潮文庫「花ざかりの森・憂国」の後書きで、「花ざかりの森」には「何だか浪曼派の悪影響と、若年寄のやうな気取りばかりが目について仕方がない。(中略) 因みに言ふが、本短編集の題名をどうしても『花ざかりの森』としたい出版社の意向によつて、私はやむなくこれを選んだ」と述べた真意も理解されないであろう。一般に、「花ざかりの森」と「文芸文化」が、小説家としての三島の出発点であり原点であるかのように言われている。

しかし、それほど図式的に割り切るわけにゆかないことが、以上の考察からわかるであろう。(2)

さて、「文芸文化」最終号(昭19・8)に発表され、後に「中世に於ける一殺人常習者の遺せる哲学的日記の抜萃」と改題された「夜の車」には、三島にとっての本質的テーマである「衝動」や「存在の危機感」をめぐる問題がふんだんに書き込まれている。同じテーマは、英国公使パークスの一行が参内途上に襲撃された事件に取材する「縄手事件」(未発表。「決定版三島由紀夫全集16」収録)などにも窺われる。ところが、この問題をさらに深く追究し、これを文学作品として結晶させてゆく前に戦局は厳しさを増し、その果てに日本は終戦を向かえて状況が一変する。そのため三島は、次なる「出発」に向けて、改めて転身を迫られることになるのである。

注1　三島が自作で幼時を語るようになったのはプルーストの「失われた時を求めて」の影響である。ラディゲの方法を上手く生かせなかったため、改めてプルーストに目を向けるようになったものか。これについては清水文雄宛未発送書簡(昭16・9・17付)を参照。

2　三島にとっては日本浪曼派的イロニーや一時傾倒したリルケの「ドゥイノの悲歌」の詩的で重層的な表現も、文芸文化一派の「国学」と同系統のものとして、乗り越えられるべき対象とされることになる。

(白百合女子大学)

『愛の渇き』の〈はじまり〉——テレーズと悦子、末造と弥吉、そしてメディア、ミホ——

細谷　博

〈おわり〉は〈はじまり〉を知るが、〈はじまり〉は〈おわり〉を知らない。〈はじまり〉は〈おわり〉の出現によってつねに凌駕（りょうが）されるが、〈おわり〉にとって〈はじまり〉はなお不可欠の淵源である。〈はじまり〉の悪遺伝をかこつ者も、〈おわり〉の蛇尾に歯がみする者も、ひとしく前者から後者へと向かう流れの中にあるのだ。そして、それこそが生の方向だと思い知った者は、滔々（とうとう）たる流れに抗して、過去を想起し、未来に問いかけ、あわよくば流れを変えようとする企てをやめない。あるいは、生の時々において、逆らわんとしつつもなお流されつづける己れを見出すのだ。

小説中の〈はじまり〉と〈おわり〉は、むろんたくらまれ仕立てられたものである。そこでは、〈はじまり〉も〈おわり〉も見通し得るものとなり、作者による流れの中断さえもが可能となる。しかし、われわれ読者がそこで欲するのは、決してこの世離れした因果の倒立ではない。依然として、あの不断の流れとそれに向かう人間たちのあらがいであり、陸続と継起する事物、とりわけ事件であり、ドラマ（劇的葛藤）なのだ。

とはいえ、この特別仕立ての限定された世界では、区画されるのはどの地域か、〈はじまり〉と〈おわり〉は事件のどの範囲にまで及び、その間にいかなる動線が引かれ、どのような図柄があらわれるのか、等々が何よりの関心事となるだろう。ところで、いま私は「事件の」と書いたが、読み手は、あたかも小説中の言葉の向こうに〈何か〉があるかのように読むだけだとすれば、「事件」といえども読みとりの最中にしばしの間あらわれるイメージに過ぎず、そこでは、誘導され促されつつも想い描くわれわれ自身が、また〈つくる〉者となるのだ。すなわち、読むとは、小説というあらかじめ限定された所与を〈はじまり〉から〈おわり〉へ向かうものとして受容しつつ、なお、みずからもそれを〈動かす〉ことなのである。

1、テレーズと悦子

テレーズ・デスケイルゥは、まさに事件を想起し、過去を問う者として出現する。一方、杉本悦子は、「妊婦のような歩き方」で、事件へと向かってひたすら歩む者と見える。なぜなら、前者にとっては事件が〈はじまり〉となり、後者では事件が〈おわり〉となっているからである。

　モーリヤックの『テレーズ・デスケイルゥ』（一九二七）冒頭では、事件はすでに終わり、予審もたった今終了したばかりである。弁護士とテレーズが裁判所の裏口から出て、テレーズの父・ラロックに「免訴」の決定を伝えるところから、作中世界がいわくありげに動き出すのだ。

　では、そもそも彼女にとって事件の〈はじまり〉とは何だったのか。それは、〝大先輩〟エンマ・ボヴァリーの場合にも似た、夫や結婚生活に対する月並みな幻滅だろうか、あるいは、父祖の地アルジュルーズの地所や松林に対する執着か――。だが、何よりここで明確な〈はじまり〉は、実際にテレーズが夫に砒素を盛ったという行為にあったはずだ。たんなる幻滅や嫌悪をこえた〝犯行〟の着手、それこそが事態を動かしたことは間違いない。ゆえにこそ起こった裁判騒ぎであり、夫の許への帰還、そして決定的な別居へとつづくのである。

　テレーズは、アルジュルーズへと帰る途上、蜿蜒と自問を続け、ついに小説の末尾、パリで、夫・ベルナールに向かってその〝名高い〟台詞を吐くに至る（三島由紀夫が全共闘の学生を前にして、「諸君のもとめているものは体制の目のなかにこの不安の色を見ることだろう」と言い放ったというそれである）。

《――私はあなたに「なぜあんなことをしたのか自分でもわかりません」と答えようとしていました。しかし、いまでは、どうやら、そのわけがわかりましたわ、ほんとうに！　あなたの目の中に、不安の色を、好奇心を見たいためだったかもしれないわ、――つまりあなたの心の動揺をね、ちょっと前から私があなたの目の中に発見しているものをね。》

（杉捷夫訳、新潮文庫、以下同様）

　この妻のただ一度の〝犯罪動機の説明〟は、夫の「声をあらゝげ」させるに充分だった。いかにも人を食った、反省のかけらもない挑発的な物言いと聞こえるだろう。それは、夫の目に「不安の色」を見たいという願いが、たった今みごとに成就したのだ、と豪語するのである。カフェの片隅で田舎出の夫婦の間に愚かしくもにがい会話が交わされた後で、テレーズは一人取り残される。『テレーズ・デスケイルゥ』という仕立てられた世界の〈おわり〉は、このようにしてやって来るのである。

　むろん、テレーズの犯行自体にも〈はじまり〉と〈おわり〉があった。松林の火事騒動にまぎれて夫が倍量の砒素を服用したことを黙過した時、彼女の心中で密かに発火し、後日、夫がくり返し発症した時点で辛うじてやんだ行為がそれである。それは、発覚し、告訴され、ついに免訴となった後、本人自身によって問い直され、反芻されるかたちでやっと、読者の前におもむろに現れるのだ。

　一方、三島由紀夫の『愛の渇き』（昭25・6、新潮社刊）ではどうか。悦子の場合も、事の起こりは見方によってまちまちだろう。それは、夫・良輔の浮気に対する嫉妬とも、良輔の急病死とも、また、舅・弥吉の愛人となったこととも考えられ、使用人・三郎への恋慕、加えて女中・美代への嫉妬も考えられる。だが、そもそも夫の浮気と死とがなければ、さらには、悦子の烈しい嫉妬と執着がなければ、あれほどの犯行もなかったはずと見えるのだ。悦子自身も、まだ事件に至らぬ時点で、かつての夫との苦悩の日々と、米殿村到着から今日までを想起し、問いかけている。すなわち、悦子もまた淵源を見ようとしているのである。

ただし、ここで〈はじまり〉をたんに心理的な要因でなく、小説世界の現象の発端とその顕現を指すものとすれば、悦子の場合、それはただちに小説冒頭に見つかるだろう。

《今なら何事もできさうな気がする。あの交叉点をわたつて、まつすぐに、跳込台の上を歩くやうにして歩いて、あの街の只中へとびこむことも出来さうな気がする。》(第一章)

大都市の殷賑を恐れつつ密やかな買い物をした後で、雷鳴と突風にあおられて「頬が燃える」のを感じたとき、悦子の心中にわきあがった思いである。彼女はたしかに、そこから一人で歩き始めるのだ。ただし、大都市大阪のただ中へではない、ふたたび米殿村へ、弥吉と三郎の許へ、さらには己れの亡夫・良輔の方へと向けて、「踵を返」すのである。

悦子の犯行も〈はじまり〉と〈おわり〉を持っている。が、急激なそれは瞬時に発現し、遂げられたものと見えるだろう。つづいて弥吉が主導する屍体隠蔽も、飼い犬マギの鳴き声のごとく「須臾にして止」(第五章)み、あとに残ったのは寝床に慄える弥吉と、しばしの「恩寵」のような昏睡から目ざめた悦子のすがたである。夜明け前の世界はそこで、「しかし、何事もない。」(同前)という断言によって切断されてしまうのだ。

すでに述べたように、テレーズの場合と最も異なるのは、悦子の犯行がここでは〈おわり〉に置かれていることである。何のことはない、『テレーズ・デスケイルゥ』のたくらまれた書き方に比べて、『愛の渇き』はごく当たり前の仕立てなのだ。作者・三島は、モーリヤックの試みたごとく、女の内面によって一貫して過去が再現されるといった結構を採らず、時の動きを模して、徐々に終末へと向かう平凡な書き方を選んだのである。しかも、末尾では、その後の展開や後日談など一切を明かすことなくあっけなく作品を閉じてしまう。一方のテレーズは、最後に事件後の全てをかかえて、悦子とは逆方向に、パリの雑踏のただ中へと歩き出すというのに、である。

三島由紀夫が、みずから「モオリヤックの敷写し」(「あとがき」—『三島由紀夫作品集2』昭28・8新潮社)と語ったように、『愛の渇き』には、女主人公に対する〈語り手〉の姿勢、その内面の描出、回想の動きなどに、まさにモーリヤック的な小説作法の影響を見ることができる。なかでも、『テレーズ・デスケイルゥ』の〝名調子〟ともいうべき熱っぽい問いかけを引き継いでいると見えるのだ。だが、なおそこには相違があり、三島独自のたくらみがあることも間違いない。

もし、遠藤周作が伝えるように、三島が『愛の渇き』で『テレーズ・デスケイルゥ』を「ひっくり返そうとした」（『私の愛した小説』昭60・7）のだとすれば、その第一の仕立ては、すでに述べたように事件の〝配置転換〟にあると考えられよう。三島は、事件をいわば〝本来の位置に戻した〟のだ。つまり、それでも充分、自問する女、殺す女を魅力的に描くことができるぞ、というわけである。

しかし、他にも「ひっくり返」しのたくらみが考えられる。例えば、〈その後〉の扱いである。モーリヤックは、予審後のテレーズに寄り添って過去を内観的に描き出し、さらに末尾には夫との会話を置いて、読み手の関心をテレーズの後日へと向けている。実際、作者によって短篇数本と続篇『夜の終わり』までが書かれているのだ。一方『愛の渇き』では、悦子の回想による過去への遡行も限られ、末尾は、事件の後で唐突に閉じられ(1)、あたかも一瞬にしてすべてが凍りついたかのようである。すなわち、ここでは逆に〈その後〉は封印されたと見えるのだ。

話の範囲や流れについてだけでなく、犯した行為自体にも差違がある。テレーズのおずおずとして目立たぬながらも陰湿な犯行と比べて、悦子のそれはあまりに派手々々しく、おぞましい凶行である。しかも、その対象となるのは、テレーズの場合にはまさに厭悪の的たる夫・ベルナールその人であるのに対して、悦子にあっては夫・良輔はすでに亡く、〝敵役〟の舅・弥吉も見逃され、なんと〝代用〟ともいうべき田舎青年・三郎が不運にも標的に選ばれるのである。あるいは、末尾に至って突如異様な行為を見せつけられるわれわれ読者の驚きこそが作者の狙いであったのだ、とすべきか（それも「ひっくり返」しの一つといえるだろう）。弥吉の口を通して「お前は本当におそろしい女だ」（第五章）という声が、われわれ自身のそれの如くしばし辺りに響きわたるのである。

そういえば、『金閣寺』（昭31・1～10「新潮」）でも同様に、最後に金閣放火が置かれ、直後に小説世界の幕引きがなされていた。それは、ある完遂であり、破壊による〈おわり〉として、まさに「カタストローフ」（「あとがき」―前出）が仕立てられたのだといえよう。『愛の渇き』も同様と見える（「生きようと私は思った。」で終わる『金閣寺』の末尾については後でまたふれなければならないが）。では、はたしてそれは悲劇の名に値するものであるか、それがここで私の考えてみたいことである。

2、悦子の孤立

作中で悦子の煩悶は、夫への愛と嫉妬、その死の看取りを経て、舅との同衾（どうきん）、さらには、三郎への恋情などとして継起するが、中でも目につくのは、夫・良輔に対する執着である。そこでは悦子の愛と嫉妬のありようが、ある異様さをおびてあらわれているのだ。

《良人の死と共に、悦子は印度の寡婦のやうに、殉死をねがつた。彼女の空想した殉死は奇怪なものであつた。良人の死に殉ずるのではなくて、良人への嫉妬に殉ずる殉死であつた。》（第二章）

悦子がこう考えたのは、「嫉妬はむしろ良人からうつされた病毒のやうなもの」（第二章）であり、「嫉妬を焼かうとすれば、彼女自らも、あの溶鉱炉のやうな建物〔焼場〕の奥深く柩について歩いてゆくほかはない」（同前）と思ったからだという。こうした、「奇怪な」烈しい情念あるいは意志が、終始悦子をつき動かすのである。「醜い骨格だけになつた夫婦関係」のただ中で、すでに背を向けてしまった夫に対し、なおも執着しつづけた妻がここにいる。彼女は、チフスで倒れた夫との十六日間が「最も幸福であつた短い期間」であり、「良人と死の地方へ旅をしたのだ」とまで思うのである。

《『かうして私は良人がたうとう私のところへ、私の目の前へ還つて来るのを見た。膝の前へ流れ寄つて来た漂流物を見るやうにして、私はかがみこんで、仔細に、水のおもてのこの奇異な苦しんでゐる肉体を点検した。漁師の妻のやうに、私は毎日浜辺へ出て、たつた一人で待ち暮らしたのだ。さうしてたうとう、入江の岩のあひだの澱んだ水のなかに漂着した屍体を見出だした。それはまだ息のある肉体だつた。私はすぐにそれを水から引きあげたらうか？　いいえ、引き揚げはしなかつた。私は熱心に、それこそ不眠不休の努力と情熱とで、じつと水の上へかがみ込んでゐただけだつた。そしてまだ息のある体が、すつかり水に覆はれ、二度と呻きを、叫びを、熱い吸気をあげなくなるまで見戍つた。……私にはわかつてゐた。もしよみがへらせれば漂流物は忽ち私を捨てて、また海の潮流に運ばれて無限のかなたへ逃げ去つてゆくに相違ないことを。》（第二章）

たとえ「奇怪」ではあっても、強く思いつめた心内語の調子には、他人の心をじかに見たいと願う読者の欲望を刺激し、読むことの快楽を駆り立ててやまぬ力がある。その自問自答の持続は、まさに問いつづけるテレーズを語る〝名調子〟に通じるものだ。しかし、それにしても、あらわれたのは何と救いがたい愛憎であり、無惨な自己認識であることか。「熱心に、それこそ不眠不休の努力と情熱とで、じつと水の上へかがみ込んでゐただけだつた。」――女主人公がかくも酷薄で辛辣な認識を持ちつづけていることは、読む者の神経を逆なでしてやまぬだろう。むろん、これは作者が主人公に付加した〝悪趣味な衣装〟に過ぎぬと見てもよいのだが、強烈な自己言及の昂進が読者を刺激する限りにおいて、すべてを「ひっくり返」そうとするかのごときその〈解釈の力〉が読み手の裡でもはたらきつづけるのである。まさに世界を読み替えようとする不断の観念の運動――世界解釈の欲望こそは、三島作品の重要な要素であった。

現世につよい違和を感じ、さらには現身の己れにもなじむことの難い者には、三島作中にきわだつ言葉の動き、そのあらゆる事物へと向かい得ると思わせる〈言及性〉、いわば世界解釈の明示と破壊の力こそが魅力的と映るだろう。読み手は、決して現実には〝適用〟できぬと知りつつも、已れの裡の社会通念がむりやり引き剝がされ、赤くふるえる生身に強いられた衣をまとわされるかのような痛覚と快感とを、しばしのあいだ味わうことができるのである。三島の文体にあっては、知的解釈がその明識と破壊力の誇示によって、まさに官能的ともみまごう刺激となって読者を襲う。読み手はそこで、孤立者の恣意のままに解釈し直され、異様な意義づけによって覆われようとする世界をかいま見ることができるのだ。

そして、ここでは、他ならぬ悦子がひとり〈孤立者〉となって佇（た）っているのである。「人間が出来てゐた」（第一章）とは、悦子の孤立の深さをさりげなく示す言葉と聞こえるのだ。

3、悦子の「幸福」

悦子は愚かしいほどに「幸福」に固執する女とされる。「およそ幸福に対する想像力しか発達してゐない」（第一章）という悦子は、「私は幸福だ」（同前）と終始自答しつづけるのだ。

《レースの終末にちかづいたマラソン選手のやうに、良輔は鼻孔をふくらませて喘いでゐる。寝床のなかで、彼の存在は懸命に走りつづけてゐる一種の運動体に化身してゐるのだ。悦子はといえば……悦子は声援してゐる。》（第二章）

こうして、喘ぎつつ死へ向かう夫を「声援」しつつ、看取った妻の「幸福」とは何か。そこでは「嫉妬」の苦しみまでもが「独創的な何ものかであつた」（第二章）と語られるのである。作中の諸処で、悦子の嫉妬と愛は過剰なまでに事物に反応し、拘泥し、昂進していく。亡夫への思いが根深い執着としていまだにくすぶりつづけるだけでなく、取ってつけたような三郎への愛も、あれよあれよという間にいびつに肥大していくかのようだ[2]。それはあるいは、発表時いまだ二十五歳に過ぎなかった作者の人間理解の限界ともいえようか。

もっとも、四十二歳のモーリヤックの生んだテレーズの姿も、お世辞にも自然なものとはいえまい。何よりその夫への嫌悪には、身も蓋（ふた）もないような頑なさと過剰さが溢れている。

《このばか者が生きている人間の数の中から消えたとしても、何の意味も持たないだろうではないか。テレーズは、ふるえている紙の上に、手いれの悪い夫の爪を見る。カフスさえつけていない。自分の穴から外へ出たらこっけいで目もあてられない田舎者、それが夫なのだ。その生命が、いかなる主義にとっても、いかなる思想にとっても、いかなる存在にとっても、何の意味ももたない人間。》（『テレーズ・デスケイルゥ』九）

あたかも癒えることのない腫れ物のように夫への反感は妻の胸中に深く巣くい、いったん露呈すれば、それは妻を動かしてやまない〈はじまり〉となるのだ。同様に、悦子の嫉妬も愛も、頑なさやふてぶてしさの強度にこそ価値があるといってもよいだろう。それこそが、夫や三郎の全存在と拮抗する力となって彼女を支えているとも見えるからである。

あるいはまた、悦子の煩悶が夫婦間の愛憎の記憶へと傾いた分、一方の三郎に対する恋情は影が薄くなり、さらにまた、三郎への愛が付加された分、〃敵役〃である弥吉の存在も薄れたのだといえるかもしれない。悦子の苦悩が、亡夫と三郎、亡夫と弥吉、三郎と弥吉の中のどれか一つにしぼられていたとすれば、より単純ではあるが、焦点の定まった愛憎の対比構造となっただろう。ともあれ、三島の仕立てたかたちから自ずと浮かび上がるのは、悦子の三郎への愛と弥吉の悦子への愛という二様の〈若年に対する恋情〉の対照であり、またその不如意感の通底であると私には見えるのだ。が、その検討は後まわしにしよう。

ところで、かくも苦しみ、今もなお受難する者であるはずの悦子が、一方で執拗に自分を「幸福」と言い張りつづけるのは、どうしたことか。

《この楽天的な女は、不幸といふものを空想する天分に欠けてゐた。彼女の臆病はすべてそこから来るのだ。》

(第一章)

冒頭まもなくのこの〃悦子解説〃はどうだろうか。「臆病」を「楽観」に置き換えてみれば、あるいはいっそ「楽天」を「悲観」と変え、「不幸」を「幸福」としてしまえば、抵抗なく通り一遍の理解で済ますこともできようものを、無理にひねった断言と見えるのである。だが、またそれゆえにこそ、何か特別なヒロイン像があらわれたかと思わせる力もここにはある。「楽天的」で「不幸」を空想できない女が意外にも「臆病」であるという組み立て、それが今、たった二足の靴下を買ったばかりに「勇気」を得たというのだ。しかも、そのいじらしいほどの小心が最後に向かった先は、「勇気」の源だったはずの青年に対する凶行ということになるわけである。

よく見れば、『愛の渇き』冒頭の悦子の動きも微妙である。百貨店の売場で三郎にやる靴下は買いながらも亡夫の好物の朱欒(ざぼん)が手に入らず、外へ出てまで買う気のなかった悦子が雷鳴とともににわかに街中へ出て行こうとする。〈語り〉はそれを「良心の咎(とが)め」によるのか「暗黙の衝動」にかられてかとぼかしたまま、その矢先「雨に遮(さえぎ)られた」のだ、というのである。しかもそこには、「それだけである」、「それ以外の何事もあらう筈がない」、「何事もない」といった断言が貼りついている。それは末尾の結語「……しかし、何事もない。」に至るまで何度も繰り返される文言であり、いわば〈語り手〉が悦子にかぶせた透明な覆い——つよい保護膜とも呪縛とも見えるのである。

それに対して、「幸福」とは、悦子自身が握りしめ、ひたすら身にまとおうとしている言葉である。悦子は、米殿村にできた府営住宅のつつましい生活を見てさえも苛立つのだ。

《およそ幸福に対する想像力しか発達してゐない彼女の心

　は、それらに貧しさを見ず、幸福だけを瞥見した。》
（第一章）

　これは、ごく普通の生活というものが分からず、たとえ貧しいそれを見ても「幸福」と思い、自分にはそれがないと脅かされるということか。「不幸」を想像できぬ悦子は、己れにおいても「不幸」が見えぬはずであろうに。否、実際の「不幸」の何たるかを知らぬだけに「不幸」をより大きなものと仮想して恐れているのだと解すべきか。舅・弥吉に愛玩される未亡人・悦子は、いまや戦後の窮乏を脱し、しかもなお孤独の極みを生きているはずなのだが、作中の語りは彼女をなお「楽天的」とし、「物事をまじめに考へすぎないこと」を「信条」とする女なのだと規定するのだ（第一章）。「歩くためには靴が要るやうに、生きてゆくためには何か出来合ひの『思ひ込み』が要つた」（同前）というのである。悦子は呟く。

《『それでも私は幸福だ。私は幸福だ。誰もそれを否定できはしない。第一、証拠がない』》
（第一章）

　すなわち、「幸福」とは悦子のオブセッションであり、「幸福」でなければならないという強迫の裏側で、ますます「不幸」を嫌悪し「生活」を怖れる心がつのるというわけである。

　作者の「ノオト」には、「彼女は救済を欲しなかつた。目をつぶつてゐた。彼女は凡てがこのままであれと祈つた。彼女は己れの幸福を自称した。」とある（「あとがき」）。さらに作者は、「この主題は、反ボヴァリイ的、反テレエズ・ゲケイルウ的といふことができよう」と記す。つまり、悦子は、エンマやテレーズのごとく現状を変えてまで、無理にも脱出しようとなどとはしない女であるとされるのだ。その今を生きる決心はかたいと見える、まさに「人間が出来てゐた」というのだ。だが、本当にそうだったのか。

《生活といふこの無辺際な、雑多な漂流物にみちた、気まぐれな、暴力的な、そのくせいつも澄明な紺青をたたへた海。》
（第一章）

　無秩序や偶然性は、まさに「生活」の素面であり、また、現実そのものの本質でもあるはずだが、悦子にとって「幸福」とは、そうした「気まぐれな、暴力的な」現実を凝固させる力の謂である。これまで自分が「幸福」をたしかに味わったのは、死にゆく夫と共に入った避病院だった、と彼女は頑なに考える。「ここ（避病院）では幸福が支配してゐる。つまり、幸福といふ腐敗のもつとも早い食物が、完全に喰べられない腐敗の状態で。」（第二章）。いわば、そこで見出された「幸福」はすでに死臭を帯びていたのだ。

《何か不可解な、でぶでぶした、真暗な、暗澹たる軽気球のやうな「明日」にぶらさがつて、何処へ行かうとするのか考へない。考へないことが悦子の幸福の根拠であり、生存の理由であつた。》
（第二章）

　こうした倒錯した幸福感は、まさに消毒された死の床のように清潔に静まって見える。だが、そんな悦子が、いまひとたび頬が「火のやう」になって、生きた三郎の背中へ「身を投げたい」と思い（第三章）、夫の思い出をかかえてなお、「烈しい渇き」（第四章）や嫉妬に狂うのである。それらは、「どうかして私は、良人の死の際に味はつたやうなおそろしい烈しい是認をまた味はひたい。あれこそは幸福といふものだ。」（第三章）という「幸福」への衝動と通じ、何も望まず、考えない、今を生きるのみという悦子の裡にも、「想像力」となり「衝動」となってわだかまっている。

すなわち、「幸福」とは、悦子にとって、みずからの衝動を意識しつつもそれを凝固させる観念であり、呪文である。同時期の三島の短篇「幸福といふ病気の療法」（昭24・1「文芸」）では、不幸を純化しようとし、「幸福を試すため」人殺しをしそうだと訴える男が出てくる。まさに幸不幸とは、他を殺しかねないまでに人を脅かす観念というべきか。すなわち、それはただ現状維持を願うのみにとどまらず、さらに過剰な衝動や意志につらなるものとして想起されているのだ。

悦子の毅然とした姿勢は、こうした頑固さや自己へのとらわれによってこそ支えられている。三島は作中で〈語り手〉に悦子を批判させ、長男の謙輔夫婦によってはじめから見抜かせてもいるのだが、決して悦子像は滑稽なものとはならない。「是認をしか知らない」という「魂」（第二章）をもって、彼女は「それでも私は幸福だ。誰も今私が幸福だといふことを、否定する権利はもちはしない」（第三章）と呟きつつ、なお人目を気にせず「妊婦のよう」に歩きつづけるのである。

さらに検討すべきは、悦子と弥吉における二様の恋情である。

4、末造と弥吉、そして悦子

杉本弥吉は、悦子についでよく描けている人物である。実業界を退き大阪近郊の田舎に隠棲する弥吉は、中流出の老妻の死後「百姓の血」が気兼ねなくよみがえり、戦争中は「軍部を悪しざまに」（第一章）言いもしたが、戦後の農地改革以降意気阻喪し、悦子を迎えた今はさらに「卑屈なほど謙虚さ」（同前）を見せるに至ったという老人である。とはいえ、その「内側から白蟻に蝕まれた剝製の鷲のやうな老い」（第四章）にもかかわらず、なお亡き息子の嫁に対する愛欲に迷う姿には、あたかも、同時期に同じく舅と嫁の間を描いた川端康成『山の音』（昭24・9～昭29・4）の〝上品さ〟[3]に対するアンチ・テーゼと見まがうほどの生々しさがある。

弥吉にはなおも、「何もかも見かけの世の中」（第三章）に対する慷慨があり、いまだ「希望と絶望とにかはるがはる傷つ」（同前）く初々しい心があり、ときに悦子との事で亡き次男に対する「罪」（同前）の意識さえ芽生えるのだ。その存在感の重さは、森鷗外の傑作『雁』（明44・9・大2・5「スバル」）の〝敵役〟末造のそれを思わせるだろう。

森鷗外『雁』の、「高利貸」に成り上がって妾を持とうという末造の形象にはいきいきとした味わいがあり、そのたしかな手応えが『雁』をたんなるすれ違いの才子佳人小説に終わらせていない。すでに別の場所で書いたことだが[4]、作中で末造の世渡りの様は、「一匹の人間が持つてゐる丈の精力を一時に傾注すると、実際不可能な事はなくなるかも知れない。」（肆）と〈語り手〉によって真正面から受けとめられ、さらに、「何事にも注意深い性質」（同前）を持つ末造が、お玉を妾として入手するに至る過程の描出は前半の見どころとなっている。それはまさに『愛の渇き』において、弥吉が悦子を〝入手〟するくだりのリアリティとかさなるだけでなく、また一方で、悦子が三郎を思い、その一挙手一投足に注目し、心動かす様にも通じるのだ。

《弥吉にも悦子の熱中が碁のためかどうか怪しまれることがある。彼は自分の目の前で、羞づかしげもなく、はしたない放心の愉楽に耽つてゐる一人の女の、薄くあけた口もとを、そのすこし蒼ざめてみえるほどに白い犀利な歯を見た。／彼女の碁石は時折音高く盤上を打つた。まるで何かを打ち据ゑるやうに。おそひかかる猟犬を打ち据ゑるやうに。……さういふ時、弥吉は胡散くさそうに嫁の顔をぬすみ見ながら諭すやうに穏和な差し方をした。》（第一章）

ここには年長の男の心の生々しい感触をとおしてあらわれた女の美があるだろう。さらには、「諭すやうに穏和な」年長者の風格さえもあらわれている。それはまさに、悦子が三郎を見て愉悦を感じる部分と並べることが可能である。

《何といふことだ！　今まで想像もできなかつた。こんな風に勝ち誇つた気持で、貪るやうに、このうつむき加減の浅黒いしなやかな頸を、そのさはやかな剃りあとを、眺めてゐることができるとは。……悦子の語調には愛撫の調子がしらずしらず籠つた。》（第三章）

悦子もまた、ここで年長者であり上位者である身の愉楽とおののきを感じているのだ。

すなわち、『愛の渇き』には、悦子の三郎への愛と弥吉の悦子への愛という〈若年に対する恋情〉の二様が描かれていることに注目したいのである。そこには、両者に共通の配慮と気後れ、倨傲と愚かさ、そして滑稽さがあり、さらにそこでは不如意感の通底を経て、相互に「親愛の情」までもがいだかれるのである。

弥吉は悦子に官能をくすぐられ、悦子は三郎に恋情を刺激されて、その結果まさに二人はすれ違うのであるが、悦子は老いた弥吉の耳を「ふと親しいもの」（第二章）と感じ、かつて同輩だった大臣の来訪予告を反故（ほご）にされた弥吉の失意に「奇妙な親愛の感情」（第三章）をおぼえ、また弥吉も三郎へのかなわぬ恋に迷う悦子に対して「共犯のやうな親密感」（第四章）をもつに至るのだ。それは「奇妙な親愛の情」であり「逆説的な『友愛』ともいへるもの」であり、悦子は弥吉にとって「罪か悪習のやうな欠くべからざるもの」（同前）となるに至ったのだという。

《悦子は美しい疥癬（かいせん）だつた。弥吉の年齢では、痒さを感じるために、疥癬が一種の必需品ともなるのだつた。》（第四章）

何とも意地の悪い皮肉な文句だが、生理的な必要の指摘とすれば肯けもしよう。しかも、周囲には〈若年に対する恋情〉に翻弄される年長者の二様のエロスの様態が散りばめられてあるのだ。むろん、それはいささか滑稽な対比と見える。だが、だからこそ、『愛の渇き』は他でもない〈夫婦〉を描いたものといえるのである。

三島由紀夫は「あとがき」で、「弥吉は王である。悦子は王妃である。三郎は王子である。美代は女中だが、いはば王女に該当する。」と述べる。奥野健男のように、母（悦子）と息子（三郎）の「母子相姦」とする読み方もあるが(5)、そこまで解釈を先走らせずとも、いかにも弥吉と悦子とは夫婦らしい一対と見えるのだ。すなわち、互いにその苦しみの様態を知りつつも愛の合致はのぞむべくもなく、だが、すでに生活の細部までが調整合体され、ついには犯罪までもが共有されるに至るほどの男女の関係というわけである。

ここでは、悦子が三郎との関係で〈女コキュ〉となると同様、悦子との間では弥吉が〈コキュ〉となり嫉妬に苦しむのである。それはまさに『雁』の末造の場合と相似である。鷗外の『雁』では、目前の娘・お玉の美を「吸ひ込むやうに見」る男・末造の渇いた心裡と、末造の「上品」さにかろうじて「刹那の満足」を得ようとするお玉の心裡の双方を、まずは均等に並べようとする語りの姿勢があり、そうした語りの定まりを、私は鷗外作品の美しさであり、いわばもどかしさの味わいとして考えてみたのである(6)。だが、三島作品『愛の渇き』には、はたしてそうした美が見出せるだろうか。

『雁』では、傍系の末造の話は尻切れとんぼのままで終わってしまう。『愛の渇き』でも、悦子の事件自体の展開が断たれたために、弥吉の隠居話はそこで頓挫するのである。いまの弥吉にはもはや主役たるべき強靭な意志は望むべくもないのだ。ただしなお、弥吉の支配欲、功名心の燃えがらは悦子に感化を与えている。悦子の中にたしかに響き合うものがあるのである。さらによく見れば、そこでは燃えがらであるはずの弥吉が悦子を案じ、いたわろうとまでするのだ。そしていわばそうした老いた弥吉の目を通して、悦子の強さと危うさとがいっそう危機的なものとして、あるいは秀でたもの——美としてきわだってくるのである。

5、「解しがたい文字」悦子
——メディア、さらにミホ

悦子の生は、傍目には惨憺たるものと見える。悦子自身がそれを「幸福」と捉えようとすればするほど、悲劇的なものと映るのだ。すなわち、悦子の拒みの強さが彼女の劇的性格をきわだたせ、そのぶん破局（カタストロフ）への予感がたかまるのである。テレーズによる夫殺害未遂はデスケイルゥ家の一大事としていささか大仰に語られているが、ありそうでもあり怖い話でもある。それに対して、悦子の三郎殺しはいかにも残酷で異様な事件と見えるが、およそ唐突で作り物臭いのだ。しかし、そうした破局の突飛さ、激しさこそがその劇的性格をあかしているのだとすれば、どうか。近代小説中の主人公と思われた悦子が、あたかも古代劇に〝先祖返り〟を果たした者とも見えてくるだろう。

悦子は千恵子に「どうしてああ不幸なんでせうね」（第四章）と言われるように、外からみればいかにも悲惨であるが、それは千恵子や謙輔には及びもつかない「悲劇を仕立てて着る人」（同前）――まさしく劇的人間のあり方なのであり、われわれ現代を生きる者にとってはついに「解しがたい文字」（同前）であるのだ。

三島由紀夫は、すでにエウリピデスの「メディア」によって短篇「獅子」（昭23・12「序曲」）を書き上げている。三島自身、「ギリシャ劇のアダプテーションを試みた」と言い、『獅子』は、作品としてよりも、エウリピデースを読んだ私流の『読み方』として意味を持つてをり、女主人公のメーディアの奇矯な論理は、後にいたつて、『愛の渇き』の女主人公の論理にその自我の積極面を（中略）貸与してくれた」とも述べているのだ（「あとがき」―『三島由紀夫作品集4』昭28・11）。たしかに、松本徹氏の指摘するように、「獅子」の主人公・繁子は「恐ろしく果断」であり、エウリピデスの「原作によるところは大きいものの、別の世界を創り出している」[7]といえるほどである。しかし、それは短篇小説中に封じ込められた分、ぶっきらぼうな硬直さが目立ち、「メディア」の劇的たかまりには及ばぬものと見えるのである。「獅子」の最後の、「繁子、それでも私が心から愛してゐたのはお前ただ一人だつたといふことに気がつかなかつたのか」――「あたくしもそれを知つてをりました。一度たりともあたくしはそれを疑つたことはなかつたのです」といった巧みなやり取りによる幕引きも、どこか不消化なままで終わっている。

二年後の『愛の渇き』では、翻案でなくより自由に「女主人公」の「自我」を描こうとしたわけだが、そのへだたりをこえてあらためて「メディア」を重ねてみれば、悦子はある光を放つ劇的形象と化すだろう。すなわち、その嫉妬と愛はくっきりと縁取られ、炸裂するかと思われるのだ。「戦国時代の名将の血を引く」（第二章）誇り高き女で「階級意識」（第三章）を持つとの設定も与って力があるだろう。作者の「ノオト」には、「彼女は己れの幸福を自称した。幸福といふこの危険な物質を保持した。これを破壊し、禁断を破らんとする男を彼女は殺した」（「あとがき」）とある。いかにも、三島自身が言うように、メディアの「論理」を悦子は生きていると見える。悦子自身、なぜ三郎を殺したのだと弥吉に聞かれて「私を苦しめたからですわ」と事もなげに答えるのである。

考えてみれば、こうした嫉妬のたかまりこそは、『テレーズ・デスケイルゥ』に欠如するものであった。従姉妹の恋愛に対するテレーズの嫉妬はいわば未発に終わっていたはずである。しかしながら、なお、あらためて眺めやれば、はたして嫉妬の激しさという一点で悦子はメディアに及ぶであろうか。ここでさらに思い浮かぶのは、島尾敏雄の『死の棘』（昭35・4～昭和51・10）である。

あえて結論的に言ってしまえば、私には、『死の棘』のミホの嫉妬の強靭さと比べて、『愛の渇き』の悦子のそれがいささか見劣りするように思えてならないのである。あるいは、『死の棘』と比べて足りないのはまさに恋情であるというべきか。裏切られた妻・ミホの夫・トシオへの愛は限度を知らない。夫婦揃っての精神病院入りに至るまで、その愛と嫉妬は已むことなく発露され続けるのである。悦子の場合、亡夫・良輔に対するそれと比して、三郎に対する愛はいかにも浮き足立ち、ひとたび「幸福」を犯されたとなると、瞬時に反撃へと転化してしまうのだ。

悦子と三郎を見る「弥吉の嫉妬はいかにも貧しかつた」（第四章）というが、その弥吉の貧しい感情と「嫉妬にもとづく同盟関係」（同前）に置かれたという悦子の嫉妬も、メディアやミホのそれに比べればやはり不甲斐ないものにとどまると見えるだろう。後半中でもっともおかしみを響かせ、かつリアリティのあるのは、「『何といふこつた。家ぢゆうが悦子の恋に気がついて持て余してゐるといふのに、当の小僧つ子だけはそれに気がつかないのだ』」（第五章）という弥吉の心内語である。そこには人と人との間の優しささえもがただよってしまっているのだ。

だとすれば、『愛の渇き』は結局、作品自体が語るように「永い苦悩は人を愚かにする」（第四章）といった話に終わったのだ、というべきか。たしかに、悦子は弥吉の影響を受け（愛を受け！）、老いた治者の保護の下に収まっている。弥吉もまた、悦子のそばを「寸時も離れてゐるのが不安に思はれる」（同前）とまで思い、悦子の火傷を救うのだ。こうしたすぐれて人間的な弥吉像のふくらみが、いわば、悦子の嫉妬物語を減圧させてしまったのだというべきだろう。作品の語りも、そこでは「嫉妬の情熱は事実上の証拠で動かされぬ点においては、むしろ理想主義者の情熱に近づくのである」（同前）といったこざかしい注釈を付すのみで済ましている。

こうしてたどり直してみれば、まさに『愛の渇き』に足りないのは、題名どおり愛であったかと見えてくるのである。だが、そこで突如、愛に代わる強烈な劇的動因が露呈するのだ。他でもない、狂的ともいうべき破壊衝動である。悦子自身がすでに、「銅貨の裏側が表側に達しようとする努力ほど辛い苦しいものがどこにあらう。一番簡単な方法は穴のない銅貨に穴をあけてしまふことだ」（第一章）と日記に記したごとく、そこでは、「一番簡単な」恐るべき行為がなされるのである。作中世界において、まさに事件は起こるべくして起こったのだ。

事件後の静まりをもう一度見わたそう。そこには、『テレーズ・デスケイルゥ』の末尾と同様、悦子と弥吉の間に、〝夫婦の会話〟さえもが見つかるのである。そこで、悦子は、自分が三郎を殺したきっかけは弥吉の「逡巡」だった、となじるのだ。

《「嘘です。あなたは殺さうとなすつたんです。わたくしは今それを待つたのです。あなたが三郎を殺して下さるほかに、わたくしの救はれる道はなかつたんです。それだのに、あなたは躊躇なすつた。慄へていらした。意気地もなく慄へていらした。あの場合、あなたに代つて、わたくしが殺すほかはなかつたんです」》（第五章）

すなわち、眼前の弥吉に刺激を受け、悦子の裡の破壊衝動がいわば狂的なものとして発現したのである。

ソフォクレスのオイディプスはただ殺すこと、犯すことでなく、それを〈知る〉ことで悲劇の頂点に至ったが（テレーズも同様である）、メディアはひたすら殺すこと、犯すことでそれをする。そして、われらが悦子も、殺し、捨て、眠ることで、何ごとかをあらわすのだ。いわば、そこに何ごとかの〈はじまり〉を感じさせるのである。それは、はたして〈知る〉ことに及ぶのか否かはわからない。どちらにせよ、もはや生とも死とも想像もつかぬ場での〈はじまり〉である。

メディアは夫に苦しみを与えるために子らを殺めたのだが、悦子にはもはや夫はいない。また、現下の伴侶たる弥吉は到底そのような相手足りえないとすれば、悦子の撃とうとしたものは何か。それは、他でもない、あの生と死を貫いて陸続と続く物象の流れ、〈はじまり〉から〈おわり〉へと動く時の流れではなかったか。

銅貨の裏と表とが貫通されるごとく、ここに至って、悦子の〈おわり〉はいったん毀たれ、再び〈はじまり〉へと直結したかと見えるのだ。すなわち、悦子は、はげしく己れへと帰還を果たした者として迫ってくるのである。あの、決して「自分以外のものにはなりたくない」（三島が「あとがき」でジイドの指摘として言及）というギリシャ悲劇の人物達のごとくに。ただし、それはみずからの全ての可能性と引き換えであったか、とも思わせるのだ。先ほどふれた日記中の銅貨貫通の比喩は、まさに「自殺」を意味していたのである。

作品というたくらみの上では、最後にすべては〈おわり〉として封印される。だが、あらためてそれを読みという〈はじまり〉へと〈動かす〉のが、われわれ読み手に与えられた喜びとなるだろう。

テレーズはすでに歩き出していた。しかし、末尾の彼女に欠けているのは事件当時の昂揚である。すでに、彼女はあまりにも事件そのものから隔てられてしまっているのだ。それに比べて悦子は、あの金閣を焼き、直後に「生きよう」と思った青年のごとく、いまだ生々しい〈渦中〉にいるのである。

そして、気がつけばわれわれ自身も、いまや「かくてわれ――緋色の獣に乗れる女を見たり」[8] と証言しうる場にあり、かく「解しがたい文字」の行方へと目を向けていると思えてくるのだ。

再び、あの〈はじまり〉が聞こえてくる。

《今なら何事もできさうな気がする。あの交叉点をわたつて、まつすぐに、跳込台の上を歩くやうにして歩いて、あの街の只中へとびこむことも出来さうな気がする。》（第一章）

「何事もない」という呪いをこえて、ここから何度でも、われわれの裡で悦子は歩き始めるだろう。なぜなら、「作品」とは読み手にとって、つねに〈くりかえされる〉ものだからである。

注1　本論末尾でふれるように、実際そこには〝夫婦の会話〟さえあるのだが、それにしても、いかにも急激で唐突な終わりと見えるのである。

2　大岡昇平が、一方的なところが「男色」ではないか、と問うたのを三島は認めている。大岡に「『愛の渇き』も男色小説でしたね。主人公は女ですけれども、あの場合は確かに男ですよ。男色というのは、相手がなくて、こつちから一方的に行くということでしよう。それが男色の楽しみでもあるが、どうしても『愛の渇き』になるんですよ。『愛の渇き』の女主人公は男だつえのは違つてますか。」と聞かれて、三島は「ぼくはそのつもりで書いたんです。」と答えているのである（「創作合評」・「群像」昭25・10）。

3　『山の音』や大岡昇平の『武蔵野夫人』と比べて、『愛の渇き』の弱点はむしろ息子・謙輔にあるといえるだろう。

4　拙論「『雁』の〈もどかしさ〉」（「森鷗外研究」第八号、平11・11）

5　奥野健男「三島由紀夫論・偽ナルシシズムの運命」（「文学界」昭29・3）

6　注4に同じ。

7　松本徹『三島由紀夫　エロスの劇』（作品社、平17・5刊）。松本氏はそこで、「獅子」の繁子や『愛の渇き』の悦子は、「女という存在を、殊にこころ優しい、清純な女性像を完膚なきまでに破壊しようと望んだ」三島自身の欲求から生まれたヒロインとしている。「血に飢ゑてゐるんだ。血が見たくてしやうがない」と発言していた当時の三島は、そうした強烈な女を描き出すことで「自らの中途半端な愛とそれゆえの自責の念、そして、裁ち切り難い清浄無垢な麗しい女への夢を、ほぼ打ち砕いたのだ」と説いている。注2に引いた大岡昇平の見解と共に、示唆にとむものと思われる。

8　エピグラフ、「黙示録」第十七章。「緋色の獣」とは、新潮社編集部によって、「愛の渇き」とされる前の原題であったという。

本稿は二〇〇五年度南山大学パッヘ研究奨励金I－A－2による研究成果の一部である。

（南山大学教授）

特集　三島由紀夫の出発

ジャン・コクトオからの出発

山内由紀人

1

ジャン・コクトーは、三島由紀夫が十代の文学的出発以来、生涯にわたって私淑した芸術家である。三島にはラディゲとともに、コクトーに熱中した時代がある。ラディゲが夭逝の星なら、コクトーはデカダンスの美の探求者だった。澁澤龍彦は「三島由紀夫とデカダンス」（「国文学　解釈と鑑賞」昭和五十一年二月号）のなかで、三島のヨーロッパ・デカダンス文学の素養にコクトーの影響があったことを指摘している。たとえばローマの少年皇帝ヘリオガバルスに対する関心は、ギボンの『ローマ帝国衰亡史』とコクトーの『わが青春記』（堀口大学・訳）によるというのである。澁澤は三島の勧めで、「狂帝ヘリオガバルスあるいはデカダンスの一考察」（「聲」昭和三十四年秋号）を書くことになるが、その皇帝の名はすでに『仮面の告白』にみることができる。『仮面の告白』の冒頭に、幼少年期の「私」が扮装欲に凝るエピソードがある。その扮装欲は映画を見ることで昂進し、「十歳ごろまで顕著につづく」ことになる。『フラ・ディアボロ』という映画の場合には主人公の華美な宮廷服や鬘に憧れ、『クレオパトラ』ではその「超自然な衣装」と「琥珀いろの半裸の姿」に魅惑された。『仮面の告白』に先立つ、十九歳の時の未発表エッセイ「扮装欲」には同様のエピソードが語られている。のちにコクトーの映画に魅了される、ささやかな欲望の萌芽がここにはある。映画の主人公に対する「私」の自己同一化の欲望を、三島はヘリオガバルスに見出したと書く。

私は、今度は祖母や父母の目をぬすんで、（すでに十分な罪の歓びを以て、）妹や弟を相手に、クレオパトラの扮装に憂身をやつした。何を私はこの女装から期待したのか？　後になつて、私は私と同様の期待を、羅馬頽唐期の皇帝、ヘリオガバルスに見出だした。

三島はヘリオガバルスを、「史上最高のデカダンスをその身に体現した少年皇帝」と評した。また「ジャン・コクトオの遺言劇―『オルフェの遺言』」（「芸術新潮」昭和三十七年五月号）のなかでは、若き日のコクトーがヘリオガバルスに仮装した逸話にふれ、こう書いている。

あれほど青春を愛したコクトオが、老いさらばえた姿をはじめて永々と画面にさらすこの映画を見て、私は、かつて彼が若かりし日に、ヘリオガバルスの仮装をしてド・マックスと共に社交場裡に現はれた一挿話を思ひ出し、彼のこの映画を作つた企図を察した。あの羅馬頽唐期の頽廃皇帝と同様に、彼は自己聖化、自己神話の欲望に憑かれたのだ。

澁澤はこの一節を引用し「この文章のなかから、コクトーのそれに仮託された、三島自身の悲痛な告白を読みとるのは私ばかりではあるまい」と書いているが「自己聖化、自己神話の欲望」は三島の根源的な表現衝動の一つといえるだろう。

三島が最初に発表したコクトー論は、「ジャン・コクトオへの手紙―『悲恋』について」（「キネマ旬報」昭和二十三年四月十五日号）である。敗戦からわずか三年後のエッセイである。これからおよそ半年後の九月に、三島は大蔵省を退職して、『仮面の告白』の執筆に入る。このコクトー論は、コクトーに宛てた手紙という形式による映画評論だが、三島自身の敗戦からの出発をテーマにした興味深い文章でもある。

三島のコクトー論は以後、断続的に昭和四十一年まで書かれることになるが、昭和二十八年と昭和三十七年を中心にしたの二つの時代に集中している。昭和二十八年には「ジャン・コクトオと映画」（「文芸」六月号）、「『双頭の鷲』について」（「スクリーン」七月号）という二本の映画評を書き、ラディゲに関する「死せる若き天才ラディゲの文学と映画『肉体の悪魔』に対する私の観察」（「スクリーン」一月号）のエピローグにコクトーを登場させている。また短篇小説『ラディゲの死』（「中央公論」十月号）では、コクトーを主人公にラディゲとの生活を回想的に描いた。

昭和三十六年には、前年の十二月十五日、瑤子夫人を同伴した世界一周旅行の途上、パリで舞台稽古中のコクトーを訪ねた時の様子を書いた「稽古場のコクトオ」（「芸術新潮」三月号）を発表。昭和三十七年には、「ジャン・コクトオの遺言劇―『オルフェの遺言』」を発表した後、十一月には「ジャン・コクトー芸術展」のパンフレットに「軽金属の天使」という文章を寄せている。翌年の昭和三十八年十月十一日、コクトーは七十四歳で死去する。三島はその四日後の十月十五日付「毎日新聞」に、「コクトーの死―天使と獅子」と題する追悼文を書いている。そして三島が最後に書いたコクトー論は、昭和四十一年二月九日付「朝日新聞」に掲載された、「世界前衛映画祭を見て―『詩人の血』」である。

こうしたコクトーについて書かれた文章を追ってみると、そこに二つの特徴があることに気づく。一つはラディゲとともに語られていること。ことに昭和二十八年のエッセイにはそのことが顕著にあらわれている。もう一つは文学作品より、むしろ映画を中心に語られていること。ラディゲとの比較でいうなら、コクトーの作品については冷静かつ客観的に論じ、距離を置いた批評の対象としている。それは二十歳で『ドルジェル伯の舞踏会』を書いたラディゲに対する感情とは、ほとんど正反対のものである。しかもラディゲがすぐそのあとで夭逝したことで、三島の嫉妬と羨望は決定的なものになる。ラディゲは文学上のライバルだった。三島は『ドルジェル伯の舞踏会』をテキストとし、文体模写をして、小説の修練をする。もちろん原文ではなく、堀口大学の翻訳によってである。「自己改造の試み―重い文体と鷗外への傾倒」（「文学界」昭和三十一年八月号）では、『盗賊』（昭和二十三年十一月刊行）がラディゲの影響のもとに書かれたことを告白している。また「ラディゲ病」（「婦人朝日」昭和二十七年一月号）と題する文章があるほど、少年時代の三島はラディゲに憑かれた。「ラディゲに憑かれて―私の読書遍歴」（「日本読書新聞」昭和三十一年二月二十日）のなかにこんな一節がある。

　ラディゲの夭逝、あの小説を書いた年齢も、私にファイトを燃やさせた。私は嫉妬に狂い、ラディゲの向うを張らねばと思って熱狂した。小説の反古作りに一段と熱が入ったのは、ラディゲのおかげである。私はしばらくラディゲの熱からさめなかった。ただ、だんだんに、ラディゲの小説の源を探りたい気がしはじめた。

やがてラディゲを克服するために、三島が鷗外に傾倒していったことはよく知られている。「鷗外は私のラディゲ熱をさましてくれた。私はラディゲの魔力を脱け出した」。

しかしコクトーに対しては、こうしたラディゲのような熱狂はない。コクトーは彼方の憧れであり、芸術家としての一つの理想だった。その様式において、自己表現の方法において、三島はコクトーのようになることを夢みた。あるいは詩において、小説において、戯曲において、さらに映画において、コクトーはすべての芸術の源泉だった。

追悼文の「コクトーの死」のなかで、三島は好きなコクトーの作品をあげている。

　コクトーの小説では私は「山師トマ」をもっとも愛する。私小説的な意味では「大股びらき」も重要だ。戯曲では、擬浪曼主義の「双頭の鷲」や、プウルヴァール劇の体裁の下に古代悲劇を隠した「怖るべき親たち」よりも、八方破れの「オルフェ」を愛する。映画ではやはり初見の「美女と野獣」が忘れがたい。詩では、原語に親しまぬ私には何ともいひやうがないが、わかりやすい「人さらひ」（詩集オペラ）などが好きだ。

コクトーの活動は多岐にわたるが、そのどれにも三島は愛着をもっていたようだ。

三島が学習院高等科一年の時に書いた、「輔仁会雑誌」一六八号（昭和十七年十二月）の編集後記には、すでにコクトーの名がある。その十代の文学少年の時代から、青春期の敗戦後へ。そして小説家としての地位を確立した以後にも、三島はコクトーの作品を愛し、コクトーその人に魅了されつづけた。

2

思春期をテーマにした「文学に於ける春のめざめ」（「女性

改造」昭和二十六年四月号）というエッセイにおいても、三島はコクトーにふれている。

コクトオは創造力の源泉として、生涯思春期を内部に保つてゐるかのやうである。コクトオの「悲恋」といふ映画を見た人は、炉辺のラヴシーンで、パトリスのいふセリフを心にとめてゐるであらう。稲妻が光る。するとパトリスがいふ、

「僕は子供のころエヂソンが鞭をもつて雷を追ひ出してゐる絵が好きだつた」

コクトオの映画には、思春期の少年の考へつきさうな無数のいたづらが鏤められてゐる。いらいらした、自分で自分をどう扱つていいかわからない時期の、暗緑色のビー玉のやうな詩情が鏤められてゐる。思春期は彼の創作衝動がたえずそこから汲みとられてくる泉のやうなものになつてゐる。「怖るべき子供たち」のポオルは、「怖るべき親たち」の一人息子の中によみがへる。コクトオにあつては、思春期が何度もよみがへつて、それが彼の作品にいつも新鮮な不安を興へてゐる。

このエッセイで、三島はコクトーの他にラディゲや谷崎潤一郎の作品をあげているが、面白いことにコクトーだけが映画を中心に語られている。たとえばラディゲの場合には抒情詩と『肉体の悪魔』。谷崎では『少年』や『神童』といった小説である。戦後の三島はコクトーについては、文学作品よりむしろ映画に深く傾倒していく。少年時代から映画好きで、青年時代には「映画狂」を自認するほどの三島には、コクトーの映画がよほど趣味にあったのだろう。後年、コクトーが自らの原作を監督、主演するに及んで、三島のコクトー熱はさらに高まっていく。

実はここで取り上げている『悲恋』という映画は、コクトーの監督作品ではない。監督はジャン・ドラノワで、コクトーは脚本だけを書いている。コクトーはドラノワから多くの映画技術を学び、やがて映画人として独立することになる。しかしこの映画は、三島にとってはコクトーの作品だった。「ジャン・コクトオへの手紙」がそれをよく物語っている。

敬愛するＪ・コクトオ氏よ、敗戦後の日本の首都に再び貴下を見出すことは、あなたの「見知らぬ友」、若い私たちにとつてどれほど大きな喜びでせう。あなたの「美女と野獣」あなたの「悲恋」が私たちに一つの覚せいをもたらしたことを、そもそもどういふ言葉でお伝へしたらよいでせう。私たちはこれらを通じてヨーロッパになほ生きてゐるギリシヤを、欧羅巴（ヨーロッパ）の芸術家たちが必ずいただいてゐるあの憂はしい王冠「悲劇精神」を見出しました。敗戦後の私たちの責務も、止にその失はれた壮麗の復活にあるのです。悲劇の復活。ニイチェの言葉を借りるならば「強さの悲劇主義」「豊饒その物による一つの苦悩」の復活、もつと端的にいへばこの虚無と汚濁のなかからの生の復活にあるのです。

タイトルからみてもわかるように、このエッセイはコクト

ーに宛てたラブレターなのである。おそらく三島は『わが青春記』の第一章の見出しにある、「詩人はラヴレター以外の手紙は受け取らない」というコクトーの言葉にならったのだろう。そのためかひどく気負いと衒いにみちた文章になっている。それは世代的な責務感によるものだが、三島には敗戦後の文学的出発に向けてのたしかな自覚があった。つまり敗戦前の「日本浪曼派」の流れをくむ「文芸文化」の世界との訣別を考えていたのである。三島が恐れていたのは、時代遅れの文学青年になることだった。十代の思想との訣別。戦後派の若い世代の小説家として出発するには、それが必要だった。「ジャン・コクトオへの手紙」はその一つの布石であり、戦後宣言でもあった。三島の戦後はここからはじまる。コクトーからの出発である。

　十代にコクトーから文学的洗礼を受けていた三島にとって、敗戦から三年目にコクトーの映画が二本も公開されたことは僥幸だった。三島はこの機会を見逃さなかった。映画を通して語ることも、手紙という形式で語ることも新しく、しかも告白的に語ることができた。

　あなたの作品にはいつも一つの苦悩がさん然とかがやいてゐます。この二つの活動写真にも、苦悩は歴然とかがやいてゐます。それは生の根底にあつて、生に秩序あらしめてゐるところの苦悩です。アポロたらしめてゐるディオニュゾースの苦悩であります。これなしにアポロはありえません。

「苦悩」からの「生の回復」こそがコクトーの「悲劇の精神」であると、三島はいう。三島が『悲恋』と『美女と野獣』という「二つの活動写真」にみたのは、コクトーの「ギリシア運命悲劇の作者たちの王者のやうな冷酷無残な眼差」である。とりわけ『悲恋』に愛着を示す三島はこう語る。「芸術とは正（まさ）しく死の作業でもあるのです。パトリスと共にあなたは死んだのです。かぎりなく悲運な死を」。「生の回復」とは「死」からの回復でもあるのだ。これはほとんど「『仮面の告白』ノート」の次の一節と照応する。

　この本は私が今までそこに住んでゐた死の領域へ遺さうとする遺書だ。この本を書くことは私にとつて裏返しの自殺だ。飛込自殺を映画にとつてフィルムを逆にまはすと、猛烈な速度で谷底から崖の上へ自殺者が飛び上がつて生き返る。この本を書くことによつて私が試みたのは、さういふ生の回復術である。

　ここにコクトーの影響をみることは早計だろうか。「ジャン・コクトオへの手紙」と文脈的にほとんど同じなのである。映画が比喩として使われていることも決して偶然ではないだろう。三島は『悲恋』の場面の一つ一つを細く観察して、「脚本の戯曲的構成の見事さ」に感心しているのである。『悲恋』、原題は『永却回帰』である。コクトーは脚本のまえがきに、「この映画のタイトルはニーチェから借りている」と書いている。『美女と野獣』が「中世のおトギバナシをモダンな奔放な構成で縦横にアレンジした」作品であるなら、

『悲恋』は「厳格な古典的構成のなかに現代人の物語をとぢこめること」を試みた作品であると、三島は指摘する。コクトーが『悲恋』を「伝説の現代化」ではなく「現代の伝説化」といった言葉を受けて、さらにこうつづけている。

伝説ないし古典は、人間性の根底に横たはる悲劇の素朴な表現であり、表現の様式が一つの永遠不変の思想にまで高められ、また人間の美的倫理的思惟の普遍性が一つの無言の様式、純粋無垢な様式にまで高められた姿です。そこでは言葉が沈黙にまで高められ、動作が不動にまで高められると同時に、沈黙が千万言の雄弁のかがやきを発してゐます。日本では能楽が生き、ヨーロッパ人の心にはギリシア悲劇が生きてゐます。運命といふ主題でさへ、そこでは透明で晴朗な一つの様式にすぎないのです。トリスタンとイズウの伝説上の悲恋は、一つの永遠の様式・純粋不変の様式として、あなたを魅したのでありませう。

これは三島の芸術論であるばかりか、ここにはすでに映画『憂国』の演出的な方法論が語られている。三島は昭和四十年四月、自作の短篇小説『憂国』（「小説中央公論・冬季号」昭和三十六年一月）を映画化するが、一人で原作、製作、脚色、監督、主演の五役を兼ねた。この作品にはコクトーの大きな影響があると思われるが、たとえばコクトーに対する次のような評言。

コクトオが形象によつてものを考へ、形象の構築によつて思想に到達する型の詩人であることを考へると、彼が映画に魅力を感じたのは至極自然な成行に思はれる。コクトオが詩や散文の中で駆使する比喩には、ふつうの状態では化合しえない元素を強引な電流を通じて化合させたやうなものが数多くあるが、コクトオの世界では、かかる比喩によつて、物と物とは裸かの状態で出会ふのであり、通念は剝ぎとられ、イメーヂはこの変様のうちに自己の純粋さを発見するのである。（「ジャン・コクトオと映画」）

映画『憂国』の自作解説とも読める文章である。コクトーと三島は、ほとんど気質的に相似形に近い。三島はこのエッセイで、「コクトオが映画に関心を抱くにいたつた最初の動機は、どういふものだつたか私は詳らかにしない」としながらも、『阿片』からコクトーの言葉を引用して次のように書いている。

一九二九年、彼は「阿片」の中で、「偉大なフィルムといふのはまだ三つしか見たことがない。即ち、バスタア・キイトンの『シャーロック・ホームズの息子』とチャップリンの『黄金狂時代』と、エイゼンスタインの、『ポテムキン』である」

コクトオは更に、「エイゼンスタインの、『戦艦ポテムキン』は、ゲエテの次の言葉を現はしてゐるものである。『真実の極に到達するため、現実に反対なるものを』」と書いてゐる。

この言葉は、映画に対するコクトオの技癢（ぎやう）を現はしてゐる。二三年後、彼は「ある詩人の血」を、「真実の極に到達するため、現実に反対なるものを」ゑがいた作品を作るにいたる。一種の宿命である。

これもまた映画『憂国』の製作動機ともいえる文章である。私は最後の一節をこう書きあらためたい。

「この言葉は、映画に対する三島の技癢を現はしてゐる。十二年後、彼は『憂国』を、『真実の極に到達するため、現実に反対なるものを』ゑがいた作品を作るにいたる。一種の宿命である」

コクトーの映画に傾倒していた三島が、やがて自作を映画化し、自ら主演、監督することこそ、まさに一つの「宿命」であった。コクトーの映画に関する三島のエッセイは、自らの芸術家としての未来を予言しているのである。

3

「ジャン・コクトオへの手紙」の主題である「現代の伝説化」とは、三島が『仮面の告白』で試みた文学的な方法論であった。「現代」を「伝説化」するとは、三島にあっては小説の効用であると同時に仮面の効用であった。「伝説化」とは自己を隠すことである。後年、三島は回想する。「自己をいかにあらはすか、といふことよりも、いかに隠すか、といふ方法によつて文学生活をはじめた」(『太陽と鉄』)。いわば〈文学の仮面〉を被ることによって、戦後という「現代」を伝説化することが、三島の文学的出発だったといえる。戦後派の若い世代の作家の一人として、本格的に現代小説に取り組もうとする意欲が、このエッセイにはよくあらわれている。

あなたの言はれる「現代の伝説化」とは現代人がこのやうなギリシヤ的な生に目ざめることへの誘(いざな)ひであり、一個の簡素な思惟の様式へ無理矢理に現代人をはめこむことによつて、現代の美的悲劇的救済(宗教的救済と反対の)をはからうとすることであつたでせう。この救済とは正に、様式にまで高められた生の純粋な苦悩、人類普遍の苦悩の触知に他なりません。かうしてあなたは現代人をあらゆる「諦念」から追放しやうと試みたのです。まづ生きてあれとあなたは教へてゐるやうに思はれます。生のみが生に耐へうるといふ一つの頑(かたく)な酷薄な信念を、あなたの作品から私が読みとつたにしても、それはもはや逆説ではありますまい。

この文章は、戦後の出発期の三島文学の思想的核ともいえる時代精神を、象徴的に物語っている。三島はここで、コクトーの生きた第一次世界大戦の〝戦後〟と、現代の〝戦後〟とを重ね合わせている。三島がラディゲやポール・モーランなどの、いわゆる「第一次戦後フランスの新文学」に深く傾倒していたことはよく知られている。「ジャン・コクトオへの手紙」のはじめには、「余人はしらず、第一次戦後の狂乱の美術——ダダ・シュールレアリズム——に対して私の抱いてゐたあこがれと嗜好は、あくまでもこのやうな苦悩にみちた生の回復と、その回復の途上であまりにも清澄な自然の・

古代の・伝説の『生』へ投げかけられる呪詛とにあつたのです」と書いている。一九二三年にラディゲの『肉体の悪魔』は発表されたが、同じ年にコクトーの『大胯びらき』と『山師トマ』も発表されている。三島は、ラディゲが実写で登場する『狂った年輪』の映画評のなかに、次のように書いている。

　それはさうと、私が戦争中ラディゲに傾倒していたときは、それは全く私の孤独な嗜好であつて、第一次戦後フランスの新文学は、とつくの昔に、日本でも流行おくれになつていた。しかし私は一種の反時代的な好みから、ラディゲの「ドルジェル伯」や、ポオル・モオランの「夜とざす」などの中の、戦後的雰囲気、その絶望と背徳と狂おしいリリシズムに充ちた社会的背景に、大きな魅力を感じてゐた。それとそつくりな時代が、やがて日本に来るなどといふことは、少しも予感せずに。（「『狂った年輪』をみて」「スクリーン」昭和三十六年十月号）

「戦後的雰囲気、その絶望と背徳と狂おしいリリシズム」とは、『仮面の告白』の戦後の物語にもあてはまる。『仮面の告白』の主題の一つを暗示的に語る言葉があるとすれば、それは「現代の美的悲劇的救済」ということになるだろう。主人公の「私」の同性愛の苦悩もまた、「様式にまで高められた生の純粋な苦悩」としてみることができる。三島がここでコクトーに仮託して告白しているのは、戦中から戦後を連続して生きねばならなかった悲痛な青春体験であった。「私」の苦悩は、この体験と二重化されているのである。

「まづ生きてあれ」。だからこの言葉ほど三島を勇気づけたものはない。夭折することなく、戦後を生きのびてしまったことの悔い。その悔いを「『諦念』から追放しよう」という決意こそ、三島の新たな生の出発だった。コクトーの教えが「生の純粋な苦悩」からの救済となるのである。そこから戦後という時間へ一歩を踏み出した三島は、「生のみが生に耐へうるといふ一つの頑な酷薄な信念」を信じようとする。『仮面の告白』にそのことを象徴的に描いた場面がある。

　私と園子はほとんど同時に腕時計を見た。
　――時刻だつた。私は立上るとき、もう一度日向の椅子のはうをぬすみ見た。一団は踊りに行つたとみえ、空つぽの椅子が照りつく日差のなかに置かれ、卓の上にこぼれてゐる何かの飲物が、ぎらぎらと凄まじい反射をあげた。

敗戦後、かつての恋人であり、今は人妻になった園子と再会した「私」が、二人でダンスホールを訪れ、別れる場面である。何と視覚的で、映画的な描写であることか。「私」はここから、敗戦によってはじまった「怖ろしい日々」、その「人間の『日常生活』」を生きる決意をする。「まづ生きてあれ」と呟くように。

『仮面の告白』に描かれた悲痛な青春体験は、三島文学のなかで繰り返し変奏され、主題化される。その代表的な作品が『翼』（「文学界」昭和二十六年五月号）である。三島は死のわずか四ヵ月前に、『真夏の死』を表題作とする自選短篇集を新潮文庫で編むが、その自作解説にこう書いている。

「翼」には「ゴーティエ風の物語」といふ副題がついてゐるが、ゴーティエの、リアリズムとははつきり袂を分つた短篇小説を模しながら、実は戦中戦後を生きのびなければならなくなつた青年の悲痛な体験を寓話的に語つたものである。私はこの程の短篇で、むしろあらはな告白をしてゐたつもりであるが、当時この告白に気づいた人はゐなかつた。「告白なんぞするものか」といふ面構へを売り物にしてゐた罰であらう。（昭和四十五年七月）

『翼』は、もし三島の脚本、監督で映画化されていたら、さぞかしコクトー的な世界が展開されていただろう、と思わせる作品である。「まづ生きてあれ」とは、偽りなく当時の三島の正直な告白であっただろう。だが戦後の三島が選択した文学的方法論とは、自分を隠すことによってしか語れない真実を虚構化することだった。「『仮面の告白』ノート」には、「私は無益で精巧な一個の逆説だ。この小説はその生理学的証明である」とも書いた。しかし戦後を生きようとした三島にとって、小説を書くという行為が逆説的ではあっても、小説そのものが逆説であるはずもなかった。逆説とは作品世界の時間のことなのであり、逆説を生きるのはフィクションの〈私〉なのである。〈文学の仮面〉の意味はそこにある。そして〈文学の仮面〉が〈私〉の不在証明であることの意味も。

「ジャン・コクトオへの手紙」は、敗戦を体験した三島の悲痛な叫びであった。

4

「ジャン・コクトオへの手紙」からおよそ五年後に発表された『ラディゲの死』は、ラディゲへのオマージュであると同時に、コクトーへのオマージュでもある。プロローグに「これは、真らしいいつはりの自伝である」という、『仮面の告白』を思わせるラディゲの言葉を置き、この小説が三島自身の一つの「自伝」であることを暗示している。三島自身はそれを「自分の或る心の歴史」と表現した。

全体の題にした「ラディゲの死」は、この集の中の代表的な作品でもないし、出来のよい作品でもない。しかしこの題をして、私は自分の或る心の歴史を暗示させた。ラディゲは、永いこと私の中で暴威をふるひ、私に君臨しつつ、生きてゐた。しかし今では、ラディゲはそれほど私をおびやかさない。彼はすでに、私より十歳も年下の少年である。私を威嚇してゐたラディゲは、やうやく、私の中で死んだのである。（「『ラディゲの死』あとがき」昭和三十年七月）

『ラディゲの死』は、三島の青春の詩であり、追憶である。感傷的で、メランコリックな青春記である。コクトーの『わが青春記』の言葉を借りるなら、思い出の「記念写真」である。三島が描いたのは、ラディゲ体験によって刻まれた「心の歴史」、いわば心のデッサンであった。そしてこの小説を書かせたのは、ラディゲとの訣別である。〝ラディゲの死〟

とはラディゲその人の死であるとともに、三島のなかでの死をも意味している。つまり内面の青春の死と、その死からの生の回復が、この小説の主題である。コクトーを主人公とし、コクトーの思い出のなかのラディゲを描くという手法をとったのは、そのためである。エピローグにはコクトーの『阿片』のなかの言葉を置いた。「一番賢明なのは、事情がそれに価する時にだけ狂人になることだ」。

ラディゲの言葉ではじまり、コクトーの言葉で終わるこの小説は、美しく透明なポエジーの結晶体を思わせる。系列からいえば、翌年に発表される『詩を書く少年』(「文学界」昭和二十九年八月号)に連なる。主題的にはこの二つの小説は一対のものである。たとえばラディゲの死によって傷悴したコクトーの描写。

レイモン・ラディゲが死んでから、コクトーの心は不断の危機に在つた。もともとこの詩人の精神は、軽業師のやうな危険な平衡を天性にしてゐたのであるが、はじめて平衡を失しさうな危機に立ち至つたので、軽業師にとっては、このことは直ちに死を意味する。

十代には詩を書く少年であった三島も、かつてはこんな精神的危機を経験したに違いない。コクトーとラディゲは、三島にあっては一心同体なのである。しかしこの小説ではラディゲへの思いはかなり抑制され、コクトーが三島の分身である。コクトーの身を案じ、パリから訪れたマックス・ジャコブを迎えるコクトーを、三島はこう書いている。

パリに生まれ、パリに名をなし、パリに作品を售りながら、いつも明晰なパリからのがれて、野蛮で強烈で、幼年期そのもののやうに混沌とした自分の精神的故郷を探しまはつてゐるこの詩人にも、パリの最上の要素だけがここへやって来るのを迎へることはいやではなかった。

第一次世界大戦の終わり近く、少年のラディゲをコクトーに紹介したのは、マックス・ジャコブだった。かねてからコクトーのファンだったラディゲは感激し、ラディゲの詩を読んだコクトーは感動した。こうして二人の間には恋のような感情が芽生える。この作品はコクトーの愛の物語なのだが、小説は単純な結構にとどまることなく、「年長の詩人と年少の小説家」との一つの文学的な「奇蹟」へと止揚された、一種の芸術家小説になっている。

「ラディゲが生きてゐるあひだといふもの……」とコクトーは呟いた。「……僕たちは奇蹟と一緒に住んでゐた。僕は奇蹟の現前のふしぎな作用で、世界と仲良しになつた。世界の秩序がうまく運んでゐるやうに思はれた。(中略)僕は『奇蹟』と一緒によく旅行に出た。『奇蹟』は何と日常的な面構へをしてゐたらう!」

これは〝詩を書く少年〟の時代へのノスタルジーである。「『奇蹟』」は、気質と一つになり、言葉の楽園に住んでいた自らの十代の投影である。

私は自分の気質に苦しめられてきた。はじめ少年時代に、私はこんな苦しみを少しも知らず、気質とぴつたり一つになつて、気質のなかにぼんやり浮身をして幸福であつた。私はにせものの詩人であり、物語の書き手であつた。（「詩を書く少年」1954―「花ざかりの森」1941―「彩絵硝子」1940）

「十八歳と三十四歳の肖像画」のなかの一節である。『ドルジェル伯の舞踏会』のような傑作を書き、二〇歳で夭折することの夢。それはまさに「『奇蹟』」への期待であった。しかしこの「『奇蹟』」は儚く、脆く、危うい。喪失の美しさを合わせもった残酷な夢でもあった。ラディゲにとって、『ドルジェル伯の舞踏会』を完成させることは、死に近づくことであった。『暁の寺』を脱稿した三島は、「私は実に実に実に不快だつたのである」と語った。『小説とは何か』のなかでこの感情にふれ、それは作品の完成と同時に「『廃棄』」される二つの現実の問題と関係していることを説明している。つまり作品世界の現実と現実世界の現実という、二つの現実の対立と緊張を創作衝動とする自分のような作家にとって、作品が完成するということは、そのどちらか一方の現実を「『廃棄』」させるというのである。この「恐ろしい予感」は、作品世界の現実の前に、現実存在である作者の自分が消滅してしまうのではないかという不安である。三島はここで〝詩を書く少年〟の時代を振り返る。

　思へば少年時代から、私は決して来ない椿事を待ちつづける少年であつた。その消息は旧作の「海と夕焼」に明らかである。そしてこの少年時代の習慣が今もつづき、二種の現実の対立・緊張関係の危機感なしには、書きつづけることのできない作家に自らを仕立てたのであつた。

『ラディゲの死』ではこのことが暗示的に描かれている。コクトーもまたラディゲに「怖ろしい予感」を抱くのである。三島は『海と夕焼』（「群像」昭和三十年一月号）の自作解説に、「奇蹟」という言葉を使っている。

　「海と夕焼」は、奇蹟の到来を信じながらそれが来なかつたといふ不思議、いや、奇蹟自体よりもさらにふしぎな不思議といふ主題を、凝縮して示さうと思つたものである。この主題はおそらく私の一生を貫く主題になるものだ。（中略）「海と夕焼」は、しかし、私の戦争体験のそのままの寓話化ではない。むしろ、私にとつては、もつとも私の問題性を明らかにしてくれたのが戦争体験だつたやうに思はれ、「なぜあのとき海が二つに割れなかつたか」といふ奇蹟待望が自分にとつて不可避なことと、同時にそれが不可能なこととは、実は「詩を書く少年」の年齢のころから、明らかに自覚されてゐた筈なのだ。（『花ざかりの森・憂国』新潮文庫解説／昭和四十三年九月）

また他の自作解説では、『海と夕焼』について「芸術家小説の変型」であるといい、「『詩を書く少年』の絵解きとみるべき作品」と語っている。『ラディゲの死』は『詩を書く少年』と『海と夕焼』の先駆的な「半ば自伝的な作品」なのである。三島のいう「おそらく私の一生を貫く主題となるもの」とは、戦争体験がもたらした死に対する親密感だった。

十五歳の詩『凶ごと』は、それをもっともよく表現している。この詩で、少年が待っている「椿事」「凶ごと」は、「奇蹟」と同義である。それは終末感への期待であり、夭折への希求だった。戦争という現実のなかで、自己破壊的な夢想に戯れている少年は、自己陶酔的な死を夢みている。それが〈詩を書く少年〉だった。

　彼は詩人の薄命に興味を抱いた。詩人は早く死ななくてはならない。夭折するにしても、十五歳の彼はまだ先が長かつたから、こんな数学的な安心感から、少年は幸福な気持ちで夭折について考へた。（『詩を書く少年』）

『ラディゲの死』はもう一つの『詩を書く少年』の物語である。コクトーがラディゲに抱いた不安は、「奇蹟」と裏返しの死への恐れだった。

　「舞踏会」であれほど人間の心を明晰にゑがいてみせた作者にとつて、この明晰さをおびやかすものは我慢がならない。ラディゲが理解した生命は、生きてゐるといふ意識の極度の明晰さがその特徴であつた。その背後から水晶のやうな生命をおびやかしてかかる不明瞭な影は、死のほかにはない。

　この小説で戦争が直接に描かれることはない。しかし三島のラディゲ体験が戦争の時代と一つのものである事を考えると、この作品の成立は「海と夕焼」に近いのである。むしろこの小説こそ、戦争体験の寓話化かもしれない。あるいは「私の問題性を明らかにしてくれた」「戦争体験」をメタファーとした、純粋な体験小説ともいえるだろう。ではその「私の問題性」とは何か。それこそ三島の創作衝動の源泉に潜む、文学観念の母胎である。「死の観念はやはり私の仕事のもつとも甘美な母である」（「十八歳と三十四歳の肖像画」）。

「死」という病に憑かれた三島はやがて敗戦を迎え、「死」から遠ざかるかにみえた。しかしそこで待っていたのは、妹の死と許嫁となるべく女性との別離という、絶望的な体験だった。再び「死」へと近づく。「年齢的に最も潑剌としてゐる筈の、昭和二十一年から二・三年の間といふもの、私は最も死の近くにゐた」（「終末感からの出発」）。しかしこの二つの事件が、「私の以後の文学的情熱を推進する力になつた」こともたしかなのである。「死」はやはり創作の「もつとも甘美な母」なのである。

　この時代に、三島は『悲恋』と『美女と野獣』に出会った。コクトーとの再会は生の活力になった。だがもとより「死」を文学の母胎とする三島にとって、それは見かけの生でしかなかった。後年、三島はコクトーの最後の映画『オルフェの遺言』について、こう語った。

　「詩人は見かけの死しか死ぬことができない」

と。これが『オルフェの遺言』の主題である。

　戦後の二十五年間を、見かけの生によってしか生きることのできなかった三島は、見かけの死によってしか、失われた青春の時間を取り戻すことができなかったのである。

（文芸評論家）

特集 三島由紀夫の出発

〈日本〉への出発
——『林房雄論』と『アポロの杯』をめぐって——

柴田勝二

1

三島由紀夫が本格的な〈日本への出発〉をおこなった時期として、これまで挙げられることが多かったのは昭和三〇年代後半であり、とくに昭和三八年（一九六三）に刊行された『林房雄論』がその転換点として見なされがちであった。野口武彦は三島の生前に出された『三島由紀夫の世界』（講談社、一九六八）でつとに、この評論において「あらゆる思想の相対性を主張し、ただ「心情」のみが絶対であるとしていたはずの三島氏が公然と天皇制と自己とを結びつけはじめる」と述べ、それまでの基調であったはずの、何事にも本気にならないロマン的イロニーからの転調を見て取っている。磯田光一も『林房雄論』を、三島の「内部に宿る「日本」の原型を、最もよく示している」言説と見なし、「政治思想や転向、さらには右翼思想を支える土着的観念に至るまで、見事にとらえることに成功している」という評価を与えている。(1) こうした視点は現在においても受け継がれている。三島の日本回帰の過程を問題化しつづけている宮崎正弘は『三島由紀夫『以後』——日本が「日本でなくなる日」』（並木書房、一九九九）の叙述を、やはり林房雄をめぐる挿話によって始め、一方『三島由紀夫はいかにして日本回帰したのか』（清流出版、二〇〇〇）では、『林房雄論』に触れることなく、「昭和三八年、三島の日本回帰は顕現する」と断言し、『葉隠』や陽明学への傾倒の開始をその根拠として挙げている。もっとも三島の『葉隠入門』が刊行されるのは昭和四二年（一九六七）であり、宮崎が昭和三八年を三島の「日本回帰」の年とするのは、やはり『林房雄論』を念頭に置いた上での判断であることが推察される。

確かにこの評論では「右翼」を任じるに至る林房雄の軌跡が提示されており、この転向文学者への三島の共感を汲み取ることは容易である。しかし論評の対象である林房雄の「右翼」への転換を、安易に三島自身の内面の問題に重ね合わせることはできない。この評論の中心をなすのは、幕末から維新への推移を論じたものを扱った部分であり、そこに描出された「日本」は、「日本を心情の奥底に於て、夢み、左翼的志向から見れば極端に「非歴史的」になり、のちに精神主義の悪名を以て呼ばれるにいたつた、心情そのものによる変革の原理に酔つてゐた」とされる。「変革の原理」という言葉に示されるように、三島が林に見ているものは、あくまでも「非歴史的」あるいは非イデオロギー的な「変革」への志向である。

けれどもそうした把握は林自身の主張というよりも、三島の眼差しによって強く色づけされた「右翼」観というべきものだ。三島が言及の力点を置く『勤皇の心』（創元社、一九四三）に所収された「勤皇の心」「維新の心」の二編を貫流しているものは、「維新の心といふのは我が国体を一点の曇りなからしめようとする精神、そのことのためには我が生命を捧げる心、一言にして申せば、勤皇の心であります。天皇の道、すめらみことの道をますます光あらしめるために身を捧げる、これが維新の心であります」（傍点原文、「勤皇の心」）という素朴な天皇至上主義であり、その精神によって覆されるべきものは、「神の否定、人間獣化、合理主義、主我主義、個人主義」といった、西洋の感化によって近代日本に根を張っていった趨勢であるとされる。もっともこうした言説が世に出されたのは、昭和一八年という戦時下であり、そこに時局に合一化しようとする論者の身振りを見ないわけにはいかない。またそうした身振りを取りうるところに、林の〈転向者〉としての所以があった。少なくとも三島が『林房雄論』で語っているような、現行の社会体制を相対化する「変革の原理」を林の言説に見出すことは困難である。それはあくまでも昭和三〇年代後半を生きる三島の感慨によって捉えられた主題である側面が強い。

『林房雄論』で引用されている、「『維新の心』といふものは非常時の心ではありません。日本人の平常心であります」という一行にしても、三島はそれが「現代日本の泰平の息苦しさと、その不安のすべてを、民族心理の深層から説き示す」ものとして挙げているが、林の文脈ではこの一文は、先に引用した「天皇の道、すめらみことの道をますます光あらしめるために身を捧げる、これが維新の心であります」に至るくだりにつづいている。さらにその前段では「英、米、仏、露、蘭、これ等の勢力の前に、その頃の為政者と指導者共は慌てふためいて為すことを知らなかった。それほど弱くなつてをつたのです」という状態が、「維新の心」の喪失として言及されている。こうした文脈のなかに置けば、林のいう「維新の心」が〈外敵〉の脅威に動揺することなく立ち振舞うことのできるという意味における「平常心」を指していることが分かる。それを三島は「維新」という言葉のもつ「変革」のイメージに重きを置き、原文に忠実とはいえない形で祖述することによって、「現代日本の泰平の息苦しさ」を覆すべき「変革の原理」という、〈左翼的〉といっても誤りではない方向性を浮び上がらせているのである。

それが三島由紀夫自身が、昭和三〇年代後半から表現活動と現実行動の両方において、強く押し出すことになる姿勢であることはいうまでもない。重要なのは、三島においては〈日本〉への志向と、現実への批判がつねに拮抗して現われることである。いいかえれば三島の〈日本〉は戦後の現実に背を向けるための回路ではなく、所与としての現実を相対化するための外部的な装置にほかならない。その意味でそれは彼岸的な価値であり、その志向のなかで〈天皇〉の存在が浮上してくることになる。三島の天皇が「ザイン」と「ゾルレン」の間で二極化される性格をもち、凡庸な肉体を備えた「ザイン」としての現実の天皇が相対化されつつ、同時にそれを起点として「ゾルレン」としての天皇が仮構される機構については、すでに述べたことがある。[2]それは三島的な想像力のあり方でもあり、『金閣寺』の金閣が現実にはみすぼらしい三階建ての木造建築でありながら、語り手の想像力のなかで美の化身へと変容を遂げていくように、現実世界の凡庸な事象は、嫌悪や侮蔑の対象でありながら、そこから美的な表象を紡ぎ出すための素材として同時に求められていた。

こうした三島的な想像力は、それがまさに現実世界の「泰平の息苦しさ」に対する「変革の原理」であることを示している。けれども三島は想像力が現実世界を変容しうるのが、あくまでも表象の次元においてであることを当然了解していた。そのため『金閣寺』の語り手は、自己を行動者とするために、金閣の美的な表象を紡ぎ出す自身の想像力を憎悪するに至る。それは三島が最終的にみずから選び取る経路でもあったが、昭和三〇年代から四〇年代にかけて、観念としての〈日本〉は三島の想像行為と現実行動の両面において、現実世界に向かう姿勢の基底をなすことになる。つまり「葉隠」的な〈死の美学〉が、三島の現実行動の指針となっていく一方で、〈ゾルレンとしての天皇〉に収斂される彼岸的な価値観が、現実世界を相対化する意識の拠点となるからである。

2

三島由紀夫の現実批判においてむしろ重要であるのは、彼岸的な視点が仮構されること自体であり、現実世界に対して距離を取るための地点は、彼岸性を帯びた自然の表象でもよかった。『林房雄論』においても三島は、「青空と雲とによる地上の否定は、林氏の心を魅し去つた」と述べているが、そこでもやはり林に仮託する形で、三島は自己の内心を語っている。「青空と雲とによる地上の否定」とは、三島が天皇のゾルレン性に求めたものと連続するのであり、この時期の創作にそのモチーフが繰り返し姿を現している。たとえば『林房雄論』と同じ昭和三八年に発表された『午後の曳航』は、彼岸的世界としての海を信奉する少年たちが、そこから脱落した人間を断罪する寓話であった。洋装品店の女主人房子と恋に落ち、海を棄てようとする二等航海士龍二を少年たちが罰しようとするのは、龍二が浪漫的な光輝を失って地上世界の「泰平」に埋没していこうとするからであったが、彼らは決して海そのものを愛しているわけではなく、「ごく少数の許しうるもの」として「海」を挙げるように、地上世界を反転させた位相として、海という空間の記号性を尊重しているにすぎない。けれども現実的な空間としての海が浪漫的な世界ではないことを龍二は船乗りの経験によって知っており、彼にとって海の住人から陸の住人になることに本質的な落差はない。その意味では龍二は非地上的世界からの失墜者ではなく、少年たちの彼に対する断罪は空疎さを帯びることになるのである。

この作品でより彼岸的な位相を付与されているのは、むしろ龍二と房子が情事を交わす部屋に響いてくる「汽笛」である。この光景を隣室から覗き見ていた息子の登は、汽笛を耳にして「月、海の熱風、汗、香水、熟し切つた男と女のあらはな肉体、航海の痕跡」といった「散らばつた歌留多の札」が、汽笛によって「宇宙的な聯関を獲得し、彼と母、母と男、男と海、海と彼をつなぐ、のつぴきならない存在の環を垣間見せた」ように思う。地上のばらばらな事物同士を再び結びつけることによって焦点としての意味をもつ「汽笛」に仮託された力が、三島が〈ゾルレンとしての天皇〉に求めた機能と重ねられることはいうまでもない。

この〈彼方〉からの視線によって地上の現実を相対化する着想は、平凡な中年男が、自分が「宇宙人」であることに目覚め、地球を救済する行動に立ち上がるものの、より極限的な〈彼方〉としての「白鳥座六十一番星あたりの未知の惑星」からやって来たと称し、地球の滅亡を主張する男たちと対立し、論破されてしまう前年の『美しい星』（一九六二）にも明瞭に示されていた。けれどもこの作品のアイロニカルな表題に含意されるように、こうした批判的な眼差しは、むしろ現実世界の〈美しさ〉を回復することを目指して作動している。『午後の曳航』の登も、母と龍二が交わる姿が「汽笛のひびき」によって「完璧な姿」に変貌する様を覗き見つつ、「これを壊しちやいけないぞ。これが壊されるようなら、世界はもうおしまひだ。さうならないために、僕はどんなひどいことでもするだらう」と思うのだった。

三島由紀夫が〈日本〉に回帰していったとされる昭和三〇年代後半の作品に見られるこうした様相は、三島が本当に志向していたものの姿を示唆している。この時期の創作において、古来の文化的伝統の在り処としての〈日本〉を扱っているのは短篇の『剣』（一九六三）くらいであり、主要な長篇の作品においては、むしろ地上の現実を相対化することとすくい上げることのせめぎ合いが表象されているのである。それが林房雄の言説に三島が見ようとした「変革の原理」と響き合うことは明らかだろう。つまりこの時期に三島は〈右翼〉へと傾斜していったのではなく、心性における〈左翼〉的な傾斜を強めていったのであり、林房雄の軌跡を「一つの思想を離脱して、心情の側へ寝返つただけではないのか?」（『林房雄論』）という転換として眺めようとするのも、その実情とは別に、林が〈思想的左翼〉から〈心情的左翼〉へと転じていったという把握の表現にほかならない。

したがって我々が昭和三〇年代後半のこうした表現に見るべきものは、三島の思想的営為に生じた転換ではなく、むしろ二十代半ばから三島の内で次第に強度を強めていった流れの帰結である。敗戦によって、当初生きていくはずではなかった時間である〈戦後〉の世界を生き始め、そこで自己を確立することを強いられていた二十代前半の三島にとって、その眼を外に向ける余裕をもつことは困難であった。昭和二四年の『仮面の告白』の執筆によって「内心の怪物」（『私の遍歴時代』一九六三）に決着をつけ、作家的な名声も得ることになった三島の眼差しは、次第に外の世界に向けられるようになる。それとともに三島の意識は戦後世界への批判の度合いを強めていき、同時にその意識のなかで、拡散していく〈日本〉の像を収斂させる方向性の模索が始められるのである。今眺めてきたような、現実世界を相対化するとともに、その焦点をなしうるような彼岸的な視点が仮構されるのはその現われであった。

こうした方向性が三島の世界に浮上してくるのは、昭和三四年（一九五九）に刊行された『鏡子の家』においてであったと思われる。終戦後十年余を経過して安定期に入った日本社会を背景として、四人の男たちと彼らが出入りする家の女主人である鏡子を中心として展開していくこの作品の基底をなすのは、鏡子の夫が彼女によって家から放逐されている状況と、その夫が最後に帰還するという帰結である。鏡子が終戦後のアナーキズムを託された人物として表出される以上、この設定と帰結は明らかに戦後の〈民主主義〉の流れにおける〈天皇〉の否認と、その浮上を物語っている。娘の真砂子が父親を呼び戻すためにおこなう秘儀めいた行為を鏡子が嫌うのはそのためだが、最後に鏡子の夫が彼女の家に――〈戦後日本〉に――帰還するのは、三島が現実世界を捉えるための視座としての〈天皇〉をあらためてその営為に導き入れることの宣言にほかならなかった。鏡子の夫が家から追いやられる要因となり、また彼が家に戻ってくる時にも伴っている犬の群れは、戦死者の霊の暗喩として見なすことができる。だからこそ彼は鏡子によって嫌われたわけだが、その夫が最後に帰還することによって、戦前、戦中の体制を引き連れた形での天皇を、現実世界を相対化するための装置とするという志向が押し出されているのである。

昭和三〇年代の三島の表現に見られる、〈彼方〉からの眼差しによって現実世界を相対化する流れは、この『鏡子の家』における志向が強められた地点に成り立っている。それは必ずしも〈日本〉という形を取らねばならない必然性はないが、同時代の日本の社会的、文化的状況への批判的意識が起点にある以上、天皇に収斂される文化的固有性としての〈日本〉が、三島の内でせり上がってくるのは自然な傾斜であった。こうした現実への対し方は、保田與重郎が標榜していたイロニーの精神を想起させるかもしれない。けれどもここで捉えてきた三島の〈外部〉へ超出していこうとする意識と、保田的なイロニーの間には明確な差異がある。つまり保田が奉じようとしていたイロニーは、何よりも「高踏的な反俗流の態度」(『日本浪曼派の時代』一九六九)であり、西洋化と産業化としての近代の流れのなかで自己を差別化するための方策であった。そこで保持されていた自己完結的な姿勢は、自己と現実世界との距離を測ることはしても、外界を積極的に相対化しようとする側面は希薄である。

一方この時代における三島的なイロニーは、現実世界に対して距離を取ろうとしながら、それは外界と絶縁するためではなく、その蘇生を願いつつ、批判するための足場としての意味をもつ。こうした眼差しはむしろ、明治期の日本社会に向けられた夏目漱石のそれと近似している。漱石も『坊っちやん』(一九〇六)の主人公の呼称に端的に示されるような、未熟な近代国家にとどまっている明治日本が、西洋諸国に侮られないだけの成熟を獲得することを願いながら、それを達成するのとは逆の方向に日本が動きつつあることへの批判を作品に盛り込みつづけた。『坊っちやん』以降も漱石は繰り返し主人公を近代日本の寓意として対象化しつづけるが、『三四郎』(一九〇八)に描出されるように、田舎から都会へ、つまり前近代から近代へと移行しつつも、十分な成熟の契機を見出すことのできない状態が、漱石の捉えた同時代の日本の姿にほかならなかった。けれども漱石は近代日本の進み行きに批判的な眼を向けると同時に、未来に向かう肯定的な展望をもとうとしていた。たとえば『こゝろ』(一九一四)の先生が明治天皇、乃木大将につづいて自死する展開には、彼に託されていた〈明治〉という時代への批判が込められていたが、先生が若い「私」に遺書を託すのは、「富国強兵」に明け暮れるのではない別個の時代として、大正という新しい時代が進展していくことへの漱石の希求の表出として受け取られるのである。

3

夏目漱石と三島由紀夫は通例対照的な思想的立場を担った文学者として眺められがちだが、自身が生きる日本という国家に対する批判的意識と、その刷新への希求を抱いていた点では、共通した地平を分けもっている。むしろ同時代の日本に対してよりペシミスティックなのは三島の方であり、彼岸的な焦点を仮構することによってそこに統一的な像をもたらそうとするのは、現実世界の分裂や拡散がそれだけ深刻な次元に至っているという認識が基底にあることを物語っていた。三島の眼が外部世界に向けて開かれていくにつれて、こうした認識が三島の内で強まってくる。そして戦後社会の混乱のなかで自己を作家として定位させようとしていた苦闘の時期を経て、その眼差しが〈外〉に向かうことになる重要な機会として挙げられるものが、昭和二六年(一九五一)一二月から二七年(一九五二)五月にかけての世界旅行である。この五ヵ月間にわたる旅行において、三島は憧れていたギリシャをはじめとしてアメリカ、ブラジル、フランスなどを見て回り、文字通り自己と自国を〈外〉から見る眼差しを得ることになった。

興味深いのはこの旅行が結果的に三島を〈日本〉へと導いていく契機になったことである。その経緯は夏目漱石における〈日本〉の発見との近似性と異質さをはらんでいる。外国での滞在が人間を多少ともナショナリストにすることは常識だが、見逃せないのは漱石がイギリス社会との違和感から周知のノイローゼ状態に陥り、〈イギリス嫌い〉になりながらも、国際社会における日本の位置を客観的に見定めようとしていたことである。滞英中の日記を見ても、新しい世紀を迎えた明治三四年（一九〇一）には「往来ヲ歩クト何レモ小悪ラシイ顔許リダ愛嬌ノアル顔ヲシテ居ルモノハ一人モ居ラヌ」（一九〇一・二・一八）という嫌悪を書きつける一方で、「日本ハ三十年前ニ覚メタリト云フ然レドモ半鐘ノ声デ急ニ飛ビ起キタルナリ其覚メタルハ本当ノ覚メタルニアラズ狼狽シツヽアルナリ（中略）日本ハ真ニ目ガ醒メネバダメダ」（一九〇一・三・一六）という自国への戒めを書きつけている。この四年後から始められる漱石の創作は、すべてこうした〈日本〉への批判と希求の混淆を核として成り立っているといっても過言ではない。この〈日本〉に意識が向かうことが、それを相対化の対象として浮上させることになるという関係性は、三島においても基本的に同一である。これまで眺めてきたように、三島が日本固有の文化的伝統を志向したのは、あくまでも現況としての日本を相対化するための足場を求めてのことであった。漱石と同じように、三島も政治的、文化的な西洋追随の流れのなかで、日本人の「目ガ醒メ」ることを希求していたのであり、自決に至る晩年の政治的行動は、自己をあえて奇怪な異物に化することによって、それを日本人に知らしめるための演技にほかならなかった。

また同時にその点で、三島の日本批判には漱石のそれと対照的な側面がある。漱石は現況としての日本を批判的に眺める立場を〈未来〉に置きがちであり、肯定的な方向に進んでいるであろう未来を仮構することによって、そこから現在時の日本を相対化しようとする傾向が見られる。先に触れた『こゝろ』の末尾はそのことを物語っていた。こうした未来志向的な意識は三島にも認められるが、時代を追うごとに希薄になり、逆にペシミスティックな時代意識が強まっていく。漱石とは対照的に、三島が〈現在〉を眺めるための〈外部〉は、時間的に過去に仮構される度合いが高まっていく。そして二十代半ばに赴いた世界旅行が、迂遠な形でその端緒をなすことになったと見なされるのである。

西洋への追随が至上命題であった明治時代にあって、同時代の日本と西洋という以外の比較の軸をもち難かった漱石に比して、復興しつつある戦後社会に生きる三島にとって、〈西洋〉は憧れの対象であると同時に、距離を置いて眺めうる対象であった。現実にヨーロッパに渡ってからの見聞によって、三島はその二重の眼差しを発動させることになる。それがもっとも明瞭に浮上してくるのが、この世界旅行での中心的な目的であったギリシャ訪問においてである。アテネの地を踏んだ三島は古代の遺跡を眼前にして、「私は今日つひにアクロポリスを見た！　パルテノンを見た！　ゼウスの宮居を見た！」という興奮を書きつけているが、ここで三島は西洋文化の源流に出会うとともに、その〈外部〉を見出すことになる。「希臘人は外面を信じた。それは偉大な思想である。キリスト教が「精神」を発明するまで、人間は「精神」なんぞを必要としないで、矜らしく生きてゐたのである」（傍点原文）と三島は記し、非西洋的世界としての古代ギリシャの像を描いている。古代ギリシャがキリスト教以前の世界である以上、それがキリスト教を基盤とする精神文化との異質さを刻みつけているのは当然だが、ギリシャにつづいてローマを訪れた際にも、三島は次のような考察に導かれている。

希臘の精神は、日本ではあやまって「壮大」な精神だと考へられてゐる。さうではない。希臘は大きくて不完全なものよりも、小さくても完全なもののはうを愛したのだ。過剰な精神性の創りだす怪物的な巨大な作品は希臘のあづかり知らぬところだつた。彼らの国家さへ小さかつた。羅馬は東方に及ぶその世界的版図の上に、メソポタミヤの文化以来一旦見失はれてゐた東方の「壮大さ」の趣味を復活したのであつたが、この趣味を、ほとんどそのまま基督教が継承したのは、理由のないことではない。（中略）私はまだヴァチカンを訪れるにいたつてゐないが、そこでも途方もない大きなものにぶつかることだらう。

三島にとってのギリシャとは、こうした可視的な等身大の世界であった。『私の遍歴時代』でも三島はギリシャの精神風土について、「信仰はそこでは、キリスト教のやうな、「人間的問題」ではなかつた。人間の問題は、此岸にしかなかつたのだ」と述べ、それが客観的なギリシャ観ではないにしても、「当時の私の見たギリシャとは正にそのやうなものであり、私の必要としたギリシャはさういふものだつた」と概括している。確かに三島が述懐するように、こうした古代ギリシャ観は、オルフェウス教のような秘教的な側面を欠落させており、あまりにも明快に割り切られすぎている。けれどももともと三島がこの世界旅行に求めたものは、「太陽」と出会い、感受性を「すりへらして、使ひ果たしてしま」う（『私の遍歴時代』）ことにあったのであり、知的な晦渋さと無縁な明瞭な輪郭をもった外部世界に自己を交わらせる場所として、当初からギリシャが念頭に置かれていた。そしてその地で三島は見るべきものをぬかりなく眼にすることになったが、それが〈反・西洋〉的な様相を帯びていたことは、三島にとっても意想外の発見であったかもしれない。

4

アテネの地で三島が過剰な昂揚を覚えた背景には、その前に一ヵ月余を過ごしたパリでの経験がある。三島はパリで旅行者用小切手の盗難に遭い、思いがけない長逗留を強いられることになった。この出来事によって気を滅入らせていたことが、ギリシャに移った三島の気分を一層昂揚させることになったであろうことは容易に推測される(4)。けれどもパリでの滞在を三島は無為に過ごしたのではなく、そこで三島の眼差しは、キリスト教精神に支えられたヨーロッパ文化の精華を捉えることになった。古代ギリシャ文化の〈反・西洋〉的な性格の認識は、それを前提として明確化されている。気候面においてだけでも、ギリシャはそれまでいたパリとは別種の日光を降り注がせる地として映っている。

　今日も絶妙の青空。絶妙の雲。夥しい光。……さうだ、希臘の日光は温和の度をこえて、あまりに露はで、あまりに夥しい。私はかういふ光りと風を心から愛する。私が巴里をきらひ、印象派を好まないのは、その温和な適度の日光に拠る。
　むしろ、これは亜熱帯の光りである。現にアクロポリスの外壁には一面に仙人掌が生ひ茂つてゐる。

そして様々な建築物の意匠にも、三島はパリで眼にしていた、理性主義の暗喩としての左右対称的な均衡に逆行するものに印象づけられている。

　巴里で私は左右対称に疲れ果てたと言っても過言ではない。建築にはもとよりのこと、政治にも文学にも音楽にも、戯曲にも、仏蘭西人の愛する節度と方法論的意識性（と云はうか）とがいたるところで左右相称を誇示してゐる。その結果、巴里では「節度の過剰」が、旅行者の心を重たくする。

それに対して三島がアクロポリスよりも惹かれた建築物として挙げている「ゼウスの宮居」では、二つの別れた部分として残された柱の群れが、「左右非相称の限りを尽してをり、私ははからずも竜安寺の石庭の配置を思ひ起した」という印象を記している。もっとも三島は古代ギリシャと日本古典の素朴な結合を連想したのではなく、「希臘人は美の不死を信じた」のに対して、「日本人は美の不死を信じたかどうか疑問」であり、「石庭の不均衡の美は、死そのものの不死を暗示してゐるやうに思はれる」という感慨を覚えている。しかし少なくとも、三島が日本文化に固有の特質と考えるものが、西欧のキリスト教文化よりも、古代ギリシャ文化に近接性を示していたことは否定しえない。たとえば三島が「希臘の精神」として挙げる、「大きくて不完全なものよりも、小さくても完全なものを愛した」という嗜好が、和歌や俳句の小宇宙を生み出す精神と類縁をもつことは明らかだろう。また同じく古代ギリシャを特徴づけるとされる「此岸」的な精神は、同時に日本文化を通底するものである。たとえば三島は「唯美主義と日本」（一九五一）で、「万葉集や王朝文学では、現世的なものが、文学的発想の中心にある」と記している。もっともここでも三島はこの現世志向を古代ギリシャのそれとつき合わせて、「希臘劇のやうな現世の悲劇的肯定はどこにも見られ」ないという差異があることを指摘している。けれどもこうした比較が、日本の古典文化と西欧のキリスト教文化の間ではそもそも成り立ちえない以上、日本とギリシャの迂遠な近似性が三島の発想のなかで生まれていたことは十分忖度しうる。

　加えて三島がギリシャで見出した「夥しい光」の源としての〈太陽〉は、三島に生活者としての転機をもたらすと同時に、やはり〈日本〉に振り向かせるもう一つの間接的な契機となった。もちろん〈太陽〉と出会うことは三島が世界旅行に抱いていた企図の中心であり、ヨーロッパに赴く前に滞在したブラジルでは、季節的に真夏であるこの地の二月の烈しい太陽を浴びている。けれどもブラジルで三島が惹かれたのはあくまでも陶酔の祭りとしてのリオのカーニバルであり、太陽や日光に関わる目立った記述は見られない。四月の終わりに赴いたギリシャで、三島はまさに自身を包んでいる太陽の光そのものに向けて、自身の感受性を解き放っている。そしてかつては人格神たちが息づいていた〈神々の地〉に光を注ぐ太陽は、同じく〈神々の地〉としての日本を照らす太陽を三島に想起させることになる。すなわち太陽神であり、天皇家の皇祖神である天照大神（アマテラスオオミカミ）への志向は、この西洋文化の源流の地への旅行によって喚起されていると考えられるのである。

　三島の戦後における〈日本への出発〉は、こうした日本の対極にあるように見える世界との出会いによってなされている。夏目漱石がロンドンで遡及的に見出したものは、規範としての西洋との距離を刻まれた未熟な近代国家としての日本であったが、三島がギリシャで出会ったものは〈日本〉そのものではなく、西洋の源流であると同時に外部である二重性をはらんだ空間であった。そしてその二重性のなかであらためて日本の像が、三島の想像力の裡で構築されていくのである。ザインとゾルレンの二重性のなかで構築されていく三島的な天皇観も、この営為のなかで、天照大神をゾルレンの起点に置くことによってもたらされている。それによって現存する天皇は批判されるザインとして定位されることになるが、『英霊の声』（一九六六）で繰り返される、「人間（ひと）」としての昭和天皇に投げかけられる呪詛は、それを集約的に示している。

　三島が天皇のゾルレン性を担保する原点としての天照大神を尊重していたことは、多くの言説に見て取られる。『文化防衛論』（一九六九）では三島は「オリジナルとコピーの弁別を持たぬこと」が日本文化の特質であるとし、その端的な例として、二十年ごとにおこなわれる伊勢神宮の式年遷宮を挙げている。それはそのまま現在の天皇と天照大神の関係に照応するのであり、「このやうな文化概念の特質は、各代の天皇が、正に天皇その方であつて、天照大神とオリジナルとコピーの関係ではないところの天皇制の特質と見合つてゐる」

と述べられている。林房雄との対談でも三島は「いま見る天皇がまた大嘗祭のときに生まれ変られて、そうして永久に、最初の天照大神にかえられるのですね」と語っており、晩年の古林尚との対談でも「天皇の御子様が次の天皇になるかどうかといふ問題ぢやなくて、大嘗会と同時にすべては天照大神と直結しちやふんです」という発言が見られる。[5] こうした評論や対談はいずれも昭和四〇年代に入ってからのものであり、その十年以上前におこなわれた世界旅行で三島が〈天照大神〉を見出していたことの証左にはならないと見られるかもしれない。けれども〈神々の地〉であるギリシャで見出した太陽を介して、日本の〈太陽神〉としての天照大神と、その在り処としての〈伊勢〉という土地への関心が三島の内で高まっていったことは否定し難い。それを強くうかがわせているのが、昭和二九年（一九五四）に発表された『潮騒』である。

三島がギリシャ経験の「昴奮のつづきに書いた」（『私の遍歴時代』）この作品は、周知のように鳥羽の離島を舞台として、漁師と海女の若い男女が結ばれるに至る出来事を描いた牧歌的な物語であり、作者が意識的主体としての自己を盛り込まない世界として成り立っているように見える。けれどもこの物語には、終戦後十年近くを経た日本に対して三島が寄せる思いが、様々な形で織り込まれている。たとえばすでに指摘されているように[6]、「新治」と「初江」という主人公たちの名前は、戦後日本の新たな出発を含意している。また彼らが〈始まり〉をはらんだ存在であることは、この物語が神話的世界に類縁をもつことを示唆している。その神話的世界とは必ずしも作者に創作の動機を与えた古代ギリシャを指しているわけではない。作品の舞台となる「歌島」のモデルが、鳥羽の神島であり、冒頭に近い箇所で八代神社の「二百段の石段を登つた場所から、古代さながらの伊勢の海が眺められた」と述べられているように、この物語はむしろ日本の〈神々〉の世界との連繋のなかに成り立っている。作中で「綿津見命（わたつみのみこと）を祀つてゐた」と記される八代神社は現実に神島に存在するが、重要なのはこの神社が天照大神を祀る伊勢神宮と深い縁をもつことで、伊勢神宮で二十年ごとにおこなわれる式年遷宮は、ここでも執りおこなわれている。また神島の正月の祭りでは木の枝を束ねて作られた輪が、太陽を象るものとして奉納されるのである。

神島に赴いて調査をおこなった三島は当然こうした島のもつ宗教的文脈を了解していたはずである。この作品には〈海――太陽〉を介してギリシャと伊勢という、二つの〈神の地〉を重ね合わせるという着想が底流している。ギリシャ経験を通過した三島が太陽神としての天照大神を視野の内に捉え、そこからあらためて古代から現代に至る〈天皇〉の通時性を意識化していくという経路を想定することができるのである。そして『潮騒』を書く時点では、三島はこの日本の仮構的な同一性を、未来を志向する積極的なヴィジョンへと転化させていこうとしていた。二人の主人公の名前が端的にそれを示していたが、それだけでなく、この牧歌的な物語は、戦後の重要な政治的局面の展開と呼応する側面をもっている。つまり『潮騒』が発表されたのは、昭和二六年（一九五一）九月のサンフランシスコ講和条約が結ばれた約三年後であり、日本がアメリカを中心とする連合国軍の統治から脱して〈独立国〉として歩み始めていこうとしていた時期に、三島はこの作品を執筆しているのである。

〈独立〉以降も安全保障条約の下でつづけられる対米従属的なあり方に対する批判意識を三島が強く抱き、それが多くの作品のモチーフをなすことになるのは述べるまでもない。一見牧歌的に見える『潮騒』においても、アメリカとの関係に対する意識が影を落としていることが見て取られる。展開の後半で、新治は沖縄の海で嵐に遭遇した船が流されないように、ブイと船をロープで結びつけるために、荒れた海に飛び込み、その困難な仕事をやり遂げる。この勇敢な行動によって新治は初江の父親にも認められるが、ここには三島がこの作品に託した政治的なヴィジョンが浮上している。つまり本土の〈独立〉にもかかわらず、沖縄はアメリカの統治下に置かれつづけたが、その様相が作中にも、米軍のトラックや車の行き交う「只ならぬ風情」として描出されている。その海で新治が流されていこうとする船をブイに繋ぎ止めるのは、明らかにアメリカの政治的圧力に抗して〈日本〉の自律性を確保することを寓意しているからである。後に「私は未来といふものはないといふ考へなのです」（「日本の歴史と文化と伝統に立つて」一九六八）と語ることになる三島だが、『潮騒』を書いた時点では〈戦後〉における新しい出発を切った政治的状況と相まって、固有の同一性をもちうる自律的な国として日本が歩んでいくことを三島が希求していたことをうかがわせる。しかしそれ以降の時代の様相は、その三島の希求を裏切る形でしか進行していかなかった。ギリシャ——伊勢の照応のなかに見出された〈日本〉の原点は、そこから限りなく隔たっていく距離のなかで、日本の状況を鞭打つ彼岸的な装置として機能することになるのである。(7)

註

1　磯田光一『パトスの神話』（国文社、一九七三）所収の「三島由紀夫論Ⅰ」。磯田は『殉教の美学』（新装版、冬樹社、一九七九）でも「日本人の根源的意識における「美」と「悪」とのメタフィジックをユニークな形で定着した」点で『林房雄論』を評価している。一方奥野健男は『三島由紀夫伝説』（新潮社、一九九三）で、林の「文学者、浪漫主義者としての志の高さ、文学の洞察の深さを敢えて論じ絶賛した」評論として『林房雄論』を捉えている。

2　磯田光一も『殉教の美学』（前出）で、『林房雄論』が「三島由紀夫の随一の「私評論」である」という見方を示している。それは三島が林の言説に「人間における死への情熱、現実否定の超越的志向」を見ているからだが、三島が実際に林の言説をどのような偏差のなかで把握しているのかという分析はされていない。総じてこの評論を論じる人びとが、林自身の論考と三島の評論との落差に注意を払っていないのは奇妙に思われる。

3　拙著『三島由紀夫　魅せられる精神』（おうふう、二〇〇一）。

4　ただ三島は盗難事件とは別に、もともとパリには強い関心をもっていなかったようである。「パリにほれず」（一九五二）では三島は「もともとパリは、絵の勉強のために何年もゐるつもりで行くか、さもなければ毎日湯水のやうに金を使つて数週間遊んでさつと引揚げるか、どつちかの町である」と断定している。

5　対談の引用は、林房雄とのものは『対話・日本人論』（番町書房、一九七〇）により、古林尚とのものは新潮社『三島由紀夫全集補1』（旧版、一九七六）所収の「三島由紀夫　最後の言葉」によっている。表記は前者が新仮名、後者が旧仮名だが、そのままの形で引用した。

6　羽鳥徹也「『潮騒』の話法と夢」（『國文學』一九九三・五）。

7　『潮騒』のはらむ寓意については拙著『三島由紀夫　魅せられる精神』（前出）ですでに言及している。小論ではそれを踏まえて〈ギリシャ――日本〉の反転性に重きを置いて論じた。

（東京外国語大学）

特集　三島由紀夫の出発

ある「忠誠」論
―「昭和七年」の『奔馬』―

佐藤秀明

はじめに

体を鍛え「肉体改造」に成功し、自衛隊の訓練を受けた三島由紀夫は、やみくもに行動に駆られるという行動的な人たちに見られる体質を、少しずつだが会得していったように思える。『太陽と鉄』には、暖炉の傍らから引き出され、四月の冷雨の中を泥濘にまみれた任務につかされた出来事が書かれているが、そのときの心境を三島が「至福」と呼ぶのは、自身の体質にある変化を発見したためであろう。しかし三島は、意識より前に勘と反射神経で体を動かしてしまうタイプの人だったとはやはり思えない。彼の行動には目的があり、その効果も測定されている。行動が行動として最も生きる状況を想定する計画性が、三島には強くあったように見える。それは行動を裏づける観念が行動を促していたからにほかなるまい。

「激越な行動小説」(「『豊饒の海』について」)と三島が呼ぶ『豊饒の海』第二巻『奔馬』は、行動の究極的な目的として「忠義」という心情が据えられている。「忠義」は行動によって全うされ、行動は忠義に一直線に向かうことで「純粋」になる。『奔馬』の飯沼勲には、三島が本質的にもたなかった行動家の体質があったようである。勲は「忠義」と「純粋」を信じ、それだけで行動に移れる人であった。しかし、勲の行動は、財界の巨頭蔵原武介を刺し殺し自刃するテロルである。テロリズムがなぜ「純粋」という倫理を獲得できるのか。『奔馬』の結末は、「正に刀を腹へ突き立てた瞬間、日輪は瞼の裏に赫奕(かくやく)と昇つた」となっている。最後の思いを遂げたとき、暁(あかつき)前に「日輪」が昇るという背理は、勲の行動がこのテクストでは肯定されたことを意味していよう。それは三島が意図したことである。だが、テロリズムは、ある場合には狂信的で極度に独善的な行為となるか、あるいは卑劣な行為として受け止められる。飯沼勲の場合はどうして肯定されるのか。「テロというのは『力』をもたないものが『力』を圧倒的にもっているものに対して取る、非常用の攻撃の武器だ」と言う松本健一は、「強者が『力』によって自らの意志を押し通そうとするとき、『力』によって苦しめられる多（大衆）を救う手段としてのテロリズムは、未来永劫（えいごう）とはいわないまでも当分はなくならないだろう」と述べている。(1) イスラム過激派のテロルを指してのこの見解は、テロリストにも一分の理があるとするものだが、では、勲の場合はどうなのか。勲のテロルに肯定される十分な理由がなければ、彼の「忠義」自体が瓦解することになり、そうなれば彼の言う「純粋」も全く意味をなさなくなるはずである。

勲のテロリズムが肯定されるとすれば、さしあたり二つの理由が挙げられる。一つは、松本健一が言うように、蔵原武介が巨大な「悪」として、強者の論理を押しつけているからである。勲たちは、財界の要人である蔵原が、日本の経済を左右し、そのために多くの国民、とりわけ農民に甚大な苦痛を与えていると判断している。もう一つは、勲が職業右翼として自分のために行動するのではないことだ。テロルによって勲には何の利益ももたらされず、全く世のために行動し、そしてすぐに自刃してしまうからである。

およそこの二点において、法的に悪であるテロルが法を超越した価値を獲得することになる。法律家として弁護士に転身した本多繁邦は、飯沼勲たち昭和神風連の暗殺未遂の裁判で、法的手段を駆使して無罪にもちこむが、洞院宮に脅迫まがいの教唆をして無罪を勝ち取る手管が、勲たちの計画より汚れたものに見えてしまう構図がここにはある。

勲のテロルが肯定される二つの理由には、自己犠牲を厭わず強大な権力に立ち向かうという、エゴイズムと行動力の多寡に関わる倫理の軸がある。しかし、この無私の勇気といったものでは勲の「忠義」は十分に説明されない。それというのも、勲は、天皇への絶対的な忠誠心を抱いており、その「忠義」の心情が並はずれている点こそが重要だからである。むろん、天皇を無辜の根拠とした忠誠は、戦後の読者には説得力をもたない。戦前の文脈では一定のリアリティと強制力をもったにしても、勲には、天皇を頂点に置く法を破ってまでも、天皇への忠誠心を顕現しようとする掟破りの忠誠とでもいうラディカリズムがある。

橋川文三は、「忠誠心」という心情を「冷静でラショナルな理由を基礎とする義務感」と「きわめて情動的な自己同一化としての政治的ナショナリズム」との「中間」に位置すると言う。(2) 義務感と情動性、あるいは理性と情念の軸上にある忠誠心を、エゴイズムと行動力の多寡による倫理観——きわめて近代的な、あるいは近代文学的な倫理観——に対置させたところに、『奔馬』の思想を見て取ることができるよう。

本論では、飯沼勲の「純粋」の観念を、この作品が扱っている昭和七年前後の日本の社会状況の中に置いて、検討してみることから始めたいと考えている。そうすることで、勲の言う「忠義」の思想の独自性を明らかにするとともに、テロルをも引き起こしかねない忠誠という心情を考えることにつなげたいと思う。

『奔馬』は「昭和七年、本多繁邦は三十八歳になつた」という書き出しから始まる。正確に言えば、昭和七年（一九三二年）五月十五日の「五・一五事件」の日から始まり、翌年の十二月二十九日、飯沼勲が蔵原武介を刺し殺し切腹して果てる日までの話である。『奔馬』は、年月日が正確に記された作品である。

飯沼勲が狙う財界の蔵原武介は、昭和七年頃のあるべき経済政策について次のように言う。

私にはありありと見えるのです。はじめは農村救済、失業救済、リフレーション、結構至極なことで、誰も反対の唱へやうがない。そのうちにそれが軍需インフレになる。インフレーションの猛獣が鎖を切つてあばれ出す。もうさうなつたら誰にも止めやうがない。軍部自身があわてはじめても、もう追ひつかない。

ですから猛獣は、もともと金準備の黄金の檻の中に閉ぢ込めておくべきであつたといふのです。

蔵原は、金融システムの安定のためにインフレを押さえなければならないと主張し、そのためには「農村救済、失業救済」はさしあたり必要ないと言っている。蔵原が意図している大きな計画は、日本の金融システムを金本位制に戻すことで、それ以外に「日本の世界に生きる道はない」とまで言うのである。

1

ここで、蔵原の言う「金準備の黄金の檻」、すなわち昭和七年前後における金本位制の意味について考えてみようと思うのだが、その前に、この蔵原には現実のどういう人物が当て嵌まるのかという点を検討しておきたい。村松剛は、『三島由紀夫の世界』で「『奔馬』のえがく未遂クーデターには、特定のモデルはない」と三島から聞いたことを紹介している。[3]そうならば、蔵原のモデルも考えにくい。しかし、満州事変前後のこの時期において、「金本位制」あるいは「金解禁」と言えば、井上準之助の名前が挙がるのは常識であろう。復刻版『井上準之助伝』の「解題」を書いた宇田正は「井上準之助の名は、つねに金解禁の語とワンセットになって思い起こされる」と書いている。[4]浜口雄幸が総理大臣になったとき、民政党ではない井上を大蔵大臣に起用したのは、代々の内閣が手をつけようとしてできなかった金解禁を実施するためのきわめて現実的な人事だった。横浜正金銀行頭取、日銀総裁を歴任し、第二次山本権兵衛内閣で大蔵大臣を務めた井上準之助は、辣腕の財政家として知られていた。実際に井上は、何度も大蔵大臣を務めた浜口首相の期待に違わずその腕を振るい、ついに金解禁を断行し日本経済を金本位制に戻した立て役者だった。しかし井上は、一部の国粋主義者の反感を買い、血盟団事件で暗殺される。

『決定版三島由紀夫全集』第十四巻に収められた『奔馬』の創作ノート（四冊目）を見ると、テロルの標的に最初は「実業家」が当てられ、三井財閥理事の池田成彬の名前が挙がっていた。しかし、池田には、ドル買いで一儲けした作中の「新河男爵」の役が振り宛てられたようである。実際、三井のドル買いは池田の指揮の下に行われ、世論の反発を浴びただけでなく、井上準之助の政策とも対立していた。

さて、蔵原武介は井上準之助とその経済政策において重なるのであるが、もちろんモデル問題を重視しているわけではない。『奔馬』を、昭和七年前後の時代状況の中に置いて考えると、金解禁を実施した井上準之助の存在が、テクストの読みに関して重要な意味を持ってくることを確認したいのである。そこで、両者をめぐるもう少し細かいところを見ておきたい。

蔵原武介は「失業者が多いといふことは、もちろん好ましいことではないが、直ちに不健全財政を意味するものではない」と発言し、勲の「怨みと憤り」を買っただけでなく、社会的にも物議をかもしたことがある。実は井上準之助も、その著書『世界不景気と我国民の覚悟』で「今日の経済組織では、失業者の出ることは、或時には止むを得ない現象と考へて居ります」と書いていた[5]。その井上は、金融の専門家らしく「貨幣法の如き、国民の経済生活に之れより重大影響を与へるものはありませぬ」という断言をしばしばしていたが[6]、蔵原も「国民の究極の幸福」という一見抒情的な話題に対して、「……それはね、……通貨の安定ですよ」と、やはり金融の問題に収斂させてしまう人だった。この二人は、人々のあらゆるレベルの問題を通貨を基軌にして考えるのである。

その一方で蔵原の性格は、かなり粗忽な、ある意味では巧まざるユーモアをもった人物として造型されている。帽子の上に座り込んでしまったり、背広のボタンを掛け違えたり、ネクタイの締め方がおかしかったりというように、「辺幅を飾らない人柄」として描かれている。ところが井上準之助は全く逆のタイプの人で、三島が井上を意識して蔵原を造型したのではないかと思わせるほどである。宇田正によれば井上準之助は「一分の隙もないゼントルマン」[7]で、井上についてのエピソードを集めた清水浩『清渓おち穂』[8]には、日銀時代の話として、ボタンのとれた服を着ている給仕に、休みを与えてまでも繕わさせたという逸話が紹介されている。伊勢神宮での蔵原の粗忽な振る舞いが命取りになる『奔馬』のストーリーは、このように対蹠的な井上の逸話がもとになったのではないか。

2

勲たちの「昭和神風連」は、最初から財界人の暗殺を企てており、その行動計画書の眼目は「金融産業の大権を、天皇に直属せしめ」るというものだった。これは諸外国との関係性の上に成り立つ金融をナショナリズムと結びつけるもので、非現実的な計画と言わざるをえない。もちろんこの計画は挫折し、日本銀行の放火のような、単に経済の混乱を招き金融不安を増大させる無責任な計画も捨てられる。これらは幼稚な計画でしかなく、それが表面化しなかったことは、勲にとって幸いであった。しかし財界人を狙う計画は継続され、蔵原武介、新河亨、長崎重右衛門ら十二名の暗殺リストが作られる。「この表は日本の金融資本家と産業資本家の大どころを網羅してゐた」とある。ところが、この時期の軍人や国粋主義者たちのテロ活動、国家改造計画を検討してみると、勲たちの計画がそれらとはやや異なる、ある個性をもっていることに気づかせられるのである。

五・一五事件に連座した大川周明の公判調書には、昭和六年（一九三一年）三月に発覚した三月事件について「昭和三・四年頃から陸軍少壮将校は、議会政治、政党政治に対する非常な反感を持つに至り」ということばが記されている。[9]未遂クーデターとなったその三月事件に関しては、田中清少佐執筆と言われる手記と大川周明の秘書格中島信一の供述をまとめた文書から、「小磯、建川少将の何れかが一名及び数名の将校を率い議場に入り、各大臣に対し『国民は今や現内閣を信任せず。宇垣大将を首相とする内閣をのみ信頼す。今や国家は重大なる時期に会す。宜しく善処せらるべし』と宣言し、総辞職を決行せしむ」という計画だったことが明らかになっている。[10]この事件は、陸軍急進派が国会と内閣を狙ったクーデター計画だった。この三月事件の処分を陸軍がうやむやにしたために、さらに急進派の改革熱が高まり十月事件が計画された。これも「首相官邸の閣議の席を急襲」[11]するという内閣を狙った軍事クーデターだった。

このように標的になったのは、議会政治の政治家たちで、経済界の人間は脇に除けられていたのである。もっとも、昭和七年の二月と三月に起こった、いわゆる「血盟団事件」では、井上準之助と三井の団琢磨が暗殺され、初めて財界の人間が標的にされるということはあった。井上は、正銀、日銀を古巣とする経済専門家という側面が強かったが、当時は貴族院議員で大蔵大臣の職にあった。しかしこの「血盟団事件」の計画を検討すると、標的は井上、団の二人だけではなく、むしろ政治家の方が多く含まれていたのである。[12]

『奔馬』は、すでに書いたように昭和七年五月十五日から物語内容が始まり、「五月半ばの日曜日」に、自宅に仕事を持ち帰った本多繁邦が一区切りつけて、ゆっくりと夕餉の食卓についているときに、五・一五事件の号外が出たという場面になる。この小説は、ポスト「五・一五事件」とでもいうような時間軸が設定されているのである。野口武彦は『奔馬』に触れて、「三島は五・一五事件にあまり関心を示していない」と書いているが、[13]そうは言えない。『奔馬』には五・一五事件を引き合いに出す記述が多くあり、この事件後の、この事件が投げかけた影響は作品の随所に取り込まれている。飯沼勲の生活を成り立たせている父の靖献塾が五・一五事件以後潤ってきたというのも、この事件が政財界の要人に恐怖を与えた影響であり、それが巡り巡って、勲たちの活動資金となる多めの小遣いに姿を変えているのである。

五・一五事件を振り返った北一輝の証言では、「海軍士官等はロンドン条約の時の統帥権干犯の事実を述べて、爆発の原因が其処にある事を力説しました」とある。[14] 五・一五事件は、むしろ海軍の将校たちが積極的に動いたテロ事件で、〝英米の圧力に屈した〟ロンドンでの海軍軍縮状約への反発が起爆剤になった。むろん若槻礼次郎を首席全権とする日本側が〝英米の圧力に屈した〟と見るのは強硬派の意見で、三ヶ月間をかけ、決裂寸前までいった条約を日本側の主張に近い数字で結んできたのは、外交努力の成功だという見方ができる。浜口内閣時代のこの条約は、後に述べるように金融政策と深い関係があったのである。

しかし帝国憲法第十二条に「天皇ハ陸海軍の編成及常備兵額ヲ定ム」とあり、海軍の「編成及常備兵額」に触れたロンドン条約が統帥権の干犯に当たると、野党政友会の犬養毅が反対し、海軍の急進派の不満に火を点けたのである。このような外交問題を、統帥権の独立を盾に軍の判断に組み込もうとしていた人たちからすれば、議会政治家である犬養から統帥権問題を言い出してくれたことになり、外交問題に容喙する道を広げたことを意味した。そこで狙われたのが、皮肉なことに、いわば海軍士官の行動に理論的な筋道をつけた犬養毅首相だったのである。自らの不満を統帥権にかこつけて利用した海軍の〝不敬〟は問題にならなかった。五・一五事件の狙いも議会政治家だったのである。

昭和八年七月には、未遂のまま捕まった神兵隊事件があり、その全貌は昭和十年九月十六日の号外記事で明らかになる。計画では「麹町区永田町の首相官邸において定例閣議開催の時刻を狙ひ」とあるように、[15] ここでも狙いは定例閣議中の内閣だった。

このように政党政治家や議会への不満が軍部や国民にあり、それが暗殺計画やクーデター計画として浮かび上がってきたのである。それに比べると、勲たちの見ているところはやはり異なっていたと言わなければならない。ではなぜ勲は、財界の要人を狙ったのか。彼はその理由を明確に述べてはいない。裁判で勲は、農村の疲弊や失業者のことに言及しているので、考えられるのは、そういう社会問題をつくり出した元凶が財界人だと見ていたことである。とりわけ蔵原武介を取り上げ「あいつ一人を殺(や)れば日本はよくなるよ」と言っていることから、金解禁の問題と関わりがあると思われる。

蔵原は、金融問題に関し次のような発言をしている。

> 一体リフレーションとは何ですか。統制インフレーションと云へばきこえがよろしいが、インフレーションといふ猛獣を檻(をり)の外へ出してやるのに、首に鎖をつけておくから大丈夫といふわけですな。しかし鎖などはすぐ切れてしまひますよ。要は檻から外へ出さぬことです。
>
> （中略）
>
> ですから猛獣は、もともと金準備の黄金の檻の中に閉ぢ込めておくべきであつたといふのです。

ここではインフレーションの抑制と金解禁政策とがセットになって論じられている。両者がいかなる関係にあるのか、簡単に解説めいたことをまず記しておきたい。蔵原の言う

「黄金の檻」とは、言うまでもなく金本位制を指す。金本位制に戻す必要があったのは、金の自由な流れを認める金本位制が平常の状態であり、金の輸出を禁止している状態が、金融政策の面から見ても国際協調の面から見ても、異常な状態だからである。もともと世界の主要な貿易国は金本位制をとっていたが、第一次世界大戦により経済が混乱し、先行きの不透明感から金輸出禁止措置をとることになった。日本も寺内内閣時代の大正六年九月に、非常事態対策として金の輸出を禁止した。しかしその後各国が金解禁に踏み切り、日本は当時のグローバリズムから大きく遅れをとっていたのである。

通貨と金が交換できる金本位制では、通貨の発行高は金の保有量によって決定されるから、輸出が伸びれば金が増え、その分通貨の発行額も増え市場は賑わう。逆に輸入が増えれば、金が流出するので、通貨発行は抑えられデフレ傾向となって物価は下がる。そして物価が下がれば輸出が伸びる。このシステムでは、金の保有量と物価とが連動しバランスが働くのだが、それを蔵原は「黄金の檻」と言い、「伸縮自在で、猛獣が大きくなれば檻の目も粗くなり、小さくなれば細かになる」と表現する。これは「金本位制の自動調節機能」と呼ばれる。

金解禁は、浜口雄幸首相の公約であり、昭和四年（一九二九年）十一月二十一日、大蔵省令として大蔵大臣井上準之助の名で内閣が発表し、翌年一月十一日から施行された。そのための準備とタイミングの計測とが、井上準之助の仕事だった。金解禁は、国民的なコンセンサスを要するもので、井上は精力的な講演や演説、ラジオ出演などで解禁の意義を説いてきたのである。それというのも、第一次大戦後の膨張した予算を削って、高すぎる物価を引き下げておかなければ、輸入超過分がさらに増え、金の流出が懸念されたからである。また、法定の為替相場・旧平価で解禁するか、それよりも円安の実勢相場・新平価で解禁するかの政治判断もあった。野党政友会の反対による遅延を避けるため、浜口と井上は、大蔵省令で実施できる旧平価での解禁を採った。そのために、実勢相場を採らなかったことを、今度は英米に納得してもらわねばならなかった。しかし一方で、実際の為替相場を旧平価なみに上げておかねばならないから、そのためにも膨張予算を削減して国民に節約を強いることになったわけである。もちろん、昭和五年度以降は一般会計において一切の新規公債も発行しなかった。

このように贅肉を削ぎ落とし、経済体質を改善して国際競争力をつけることで、英米からの信用も得て、一時的な金流出に対処するための信用供与（クレジット）一億円も英米の金融機関から得ることができた。要するに金解禁は、国際協調の上に成り立つ経済政策で、ロンドン軍縮条約を結んでおかねばならなかった理由の一つはここにあったのである。さらに、浜口と井上を主人公にした城山三郎の小説『男子の本懐』で指摘されていることだが、「金本位制である限りは、通貨をむやみ勝手に増発することはできない」から軍事予算も「自動的にブレーキがかかってしまう」という、軍部とのいたずらな摩擦を避けるメリットもあった[16]。

　こういういわば体質改善の政策で、緊縮財政によって国家予算を節約しなければならないので、個別の政策では反対も大きく、公務員の給与カットも猛烈な反対にあって、やっと八〇〇万円を捻出する減俸案が通ったということもあった。各省の予算は全面カットで、井上が大蔵大臣になってからの予算は、昭和六年度の予算が一四億四八〇〇万円で、節約予算であった前年度から一億六〇〇〇万円削減している。前の内閣の昭和四年度予算に比べると、二割以上の削減になっていた。このような緊縮政策が不人気であるのは当然である。この予算措置が、慢性的不況に喘ぐ農村を襲ったのだから、農民は非常に苦しい状況に立ち至った。もちろん農村は緊縮財政のためばかりでなく、五・一五事件に加わった水戸の愛敬塾の橘孝三郎が言うように、小作農は資本家や都市の住民から「搾取」されている状態にあったから、さらに悲惨な状況に追い込まれたのである。

　飯沼勲が蔵原を標的にした理由は、おそらくこのような事情が背景にあったからだと思われる。昭和七年の時点では、金輸出は再禁止され金本位制から離脱しているが、見てきたように蔵原は、有力な金解禁論者だと見なされていた。しかし、蔵原をとにかく「悪」とする見解と金融産業の大権を天皇に帰属させる構想からすると、真の理由は、協調外交を基盤とする欧米型金融システムに対するナショナルな憤懣ではなかったろうか。金融のグローバリズムとはいえ、そこには西欧中心主義に追従する姿勢がある。しかもそれが直接自国の農民を苦しめている。勲が財界人を狙う理由はここにあったと思われる。神風連への心酔も、この点でストレートにつながるだろう。

3

　職業右翼として名を馳せている父の飯沼茂之の靖献塾が、最近とみに景気がいい。どうも蔵原から身の安全を守るための金が流れているらしいという噂があり、「純粋」な生き方を求める勲にすれば、それが生理的な嫌悪を募らせる。しかし、父親への疑惑は、世の中の仕組みを知らない純情で潔癖な青年の反応にすぎず、蔵原は自分の身辺よりも国家のことが心配だと言って、そういう金を使うことなど考えない人物である。蔵原に恩のある新河男爵が金を出して、蔵原への攻撃を守っているというのが真相である。とすれば、飯沼勲は蔵原を誤解しているところがある。蔵原の主張している金解禁も、誤った政策かどうかはにわかに判断のつきかねるところだ。どうも勲は、いくつもの錯誤を犯しているのではないかと思えてくる。

　『奔馬』のテクストには、勲の食事についての記述が意外に多く出てくる。育ち盛りの青年らしく彼は黙々と御飯を平らげるし、父の塾が繁盛しているという文脈で出てくる、大皿の刺身の盛り合わせは、勲の境遇が貧しくもなく質素でもないことを表している。勲は「書生の献立にはめつたにあらはれない魚ばかりの刺身」を口にしながら、裁判で農村恐慌を憂える発言をするのだ。「母の奢(おご)り」の刺身を口にし、臨時の小遣いを貰い、鬼頭中将の家に行けば、いつでも豊富な食材があって学生たちをもてなしてくれる。そういう困窮とは縁のない生活をしている〝正義の使徒〟が、代理糾弾として農村の疲弊を憂えてみせることに〝当事者〟の農民はどう感じるか。五・一五事件で捕まった農本主義者の橘孝三郎などは、いわば勲と農民との間に立つ人であるが、勲の行動をはたして「純粋」なものと見るであろうか。農民に同情する勲に偽善があったとは思えない。とすると、自らの境遇を省ることなく農村の疲弊を憂える勲の態度は、ナショナリズムに基く蔵原への反感からの過剰反応だったのかもしれない。

むしろ、憎むべき「悪」であるところの蔵原の方に、自然な感情の流れが感じられるのである。軽井沢の別荘でのくつろいだ場で、松平子爵の話に蔵原は涙を流す。貧農出の兵卒の父親からきた小隊長宛の手紙に、遺族手当をあてにする以外に生活の道がないので、息子を早く死なせてほしいと書かれていたという話である。これは、「中央公論」昭和七年二月号に載った下村千秋の「飢饉地帯を歩く――東北農村惨状報告」にある話――「おかみさん、わしも一人の息子を満州の兵隊へ出してゐるだが、こないだも手紙で言つてやつただ。国のために勇敢に戦つて、いさぎよく戦死をしろ、とな。さうすりや。なアおかみさん、なんぼか一時金が下つて、わしらの一家もこの冬ぐらゐは生き伸(ママ)びるだからな」という部分を、三島が下敷きにした挿話だと思われる。母・倭文重は、三島が二・二六事件当時の農村の惨状を熱心に「うっすらと涙さえ浮かべて話した」ことがあると書いているが(17)、同じ感情を三島は蔵原に分けもたせたのである。もちろん、勲は蔵原が涙を流したという一面を全く知らない。それは当然だとしても、彼は蔵原を単に「悪」だと決めつけるだけで、蔵原の人となりを知ろうともしないのだ。その無関心に対応する構図として、貧農の話に涙する蔵原の姿が描かれているのである。

『奔馬』は、多くの部分が飯沼勲と本多繁邦に即して書かれているので、勲に関しては、読み手は自然に勲の心情や行動に寄り添うように読んでいく。激しいほどの感情の高ぶりを見せるが、思慮は深く意志も強い。指導力もあり人望も厚い。批評的にみれば、無理に強がった心理が人格の危うさを生じさせているのが気になるが、彼なりの論理があることも分かり、同化しにくいながらもことさらに非難すべき点は見当たらない……。しかし注意深く読むと、テクストの諸処に、勲の認識に綻びのあることを示す小さな事実が点描されていて、そこから勲の認識の枠外へ出て、距離を置いて勲という人物を眺め返すと違った世界が見えるように書かれているである。これは疑いもなく、三島由紀夫の戦略である。

もう少し勲の錯誤を見ておこう。勲は蔵原武介に、「伊勢神宮で犯した不敬の天罰を受けろ」と言って短刀を突き立てる。蔵原は何のことだか分からない。蔵原が伊勢神宮に参拝したとき、うっかり玉串を尻の下に敷いてしまったことを、勲はテロルの直接的な理由にしたのである。しかしこれも勲の与り知らぬことながら、蔵原にはそういう奇癖があり、周囲の人は皆それを知っていて、その場では笑い流すのが常だった。それはいい。しかし、勲はテロルについて、神風連の若者たちが熊本鎮台司令長官を「その小さな人格的欠点のために殺したのではなかつた」ように、「敵の人間的欠陥に乗じて、それで自分を納得させて殺すのではいやだつた」という考えをもっている。勲は、玉串のことを聞いても「殺すほどのことではない」と思ったにもかかわらず、結果的にそういう暗殺になってしまっているのである。

　このように勲の「純粋」な生き方には、いくつもの錯誤が含まれているのだが、若さゆえにとも思えぬ、そういう視野の狭さが彼にはある。勲は陸軍の堀中尉に援助を求めるが、実はこの時期、陸軍の強硬派は鳴りを潜めていたのである。というのは陸軍大臣に荒木貞夫が就任し、斎藤三郎「右翼思想犯罪事件の綜合的研究」によれば、革新的青年将校は、彼らと通じている荒木陸軍大臣に期待して軍内粛正に向かい、「国内改造に向つて一歩後退の状況を呈し」ていたときなのである。堀中尉としては、動きにくい情勢だったのだが、こういう事情を勲は知らない。

　逮捕された勲は、独房で、密告したのは途中から加わった佐和だと疑う。四十を過ぎて靖献塾でのらりくらりと暮らしている佐和が意外な鋭さをもっていることに気づいた頃に捕まってしまい、彼を疑うのである。しかし、事実は、勲の父による密告であり、勲の父に彼らの情報を流したのは、勲が愛し安心して甘えられる鬼頭槙子だったことに全く気づかない。それればかりか、仲間に厳格な秘密保持を求めながら、鬼頭槙子に自分の口から漏らしたことばによって計画を破綻させ、仲間を獄中に投げ込んだのである。その上で、佐和に疑いをかけるようなことをするのだ。しかしそのことよりも、息子を密告した飯沼茂之が、勲の及ばない周到な計算をしていたことが注目される。逮捕された勲たちに対して、減刑嘆願書が山と積まれ、飯沼茂之は「箔をつけて帰れる」と見ていたのだ。国粋主義者といっても、この時代には飯沼のような職業右翼と、国家改造を目指す改革右翼とがいて、その区別は検事局内部ではきちんと分けて把握されていた。それは、みすず書房の『現代史資料4 国家主義運動（二）』の資料解説に、太田耐造の当時の講演報告として紹介されている。職業右翼として実績のある飯沼茂之は、正確にこの未遂事件のゆくたてを予測していたのだが、息子は、自分の「純粋」が世間から同情されようとは思ってもみなかったのである。

　しかし、父飯沼の見通しがすぐれた職業的勘によるものだとは思えない。それ以前の五・一五事件の容疑者への減刑嘆願書も山になったという前例があるからだ。それればかりでなく、五・一五事件についての新聞の社説を見ると、減刑嘆願書に通じるこの事件のジャーナリズムの扱い方が窺われのである。例えば「読売新聞」昭和七年五月十七日の社説。ここには、犬養首相を殺害した犯人を非難することばは見当たらない。そして、論調は凶事を社会問題に拡散させ、「根本問題」は、「我国の現状」にあり、それは「生活不安」であって、「政治家が怠慢」であるがゆえに、「生活不安」が「鬱積して」「爆発」したのだから「政治家の罪でもあるのだ」というのだ。ジャーナリズムが時の権力に距離を置き、批判的に見るのは正常なあり方だが、これはむしろ権力から逃げている様子が出ている。新聞に圧力をかける権力は、政治家ではなく、内務省の背後にいる軍部である。「東京日日新聞」の社説はこれほどひどくはないが、それでも軍部に対する遠慮が働いて腰砕けの文章になっている。「東京朝日」はまだましで、「名古屋新聞」(現在の「中日新聞」昭和7・5・16)は検閲に引っ掛かり、思い切ったことに社説の部分を白紙にして刊行した。化学溶液のようなもので紙型の社説部分を溶かした跡が、発行された新聞に残っている。よく知られているように、「福岡日日新聞」(現在の「西日本新聞」)の菊竹六鼓の社説「敢て国民の覚悟を促す」(昭和7・5・17)は、真っ向から軍部を批判し、そのためひどい嫌がらせを軍部から受けた。

このようにジャーナリズムへの圧力、あるいは自己規制があり、さらには政党内閣への国民の不満や社会不安が複合して、この種の事件が多分に好意的に発信され受けとめられたと考えられる。それは、普通の社会的感覚をもっていれば、容易に感じ取れることである。『奔馬』がポスト五・一五事件の小説だと先に言ったのはこのことと関係している。つまり、勲が自己の信念に則って行動しても、その行動は、五・一五事件を参照した見方で受けとめられてしまうのである。勲がいかに自分の思想を先鋭化させ、社会に受け入れられないような緊張した精神と行動を貫徹すると自負していても、それは「純粋」な動機から発した行動として、世論がすんなり受け入れてしまうものだったのだ。それは勲の考えていた「純粋」から最も遠く離れた受容のされ方である。軍人のとった血なまぐさい五・一五事件でさえそうだったのだから、民間のしかも学生たちの未遂に終わった計画がどのように受けとめられるか、大した想像力がなくとも理解されよう。このように勲が「純粋」であろうと力めば力むほど、彼の「純粋」が汚されていくという時代的な力学の中に彼はいたのである。

では、はたして蔵原は本当に狙われるほどの人物だったのだろうか。すでに触れたとおり、井上準之助は、昭和七年二月九日に血盟団の小沼正に射殺され死んでいる。井上の死は、五・一五事件の三ヶ月前、『奔馬』の物語時間の始まりよりも前のことになる。そして、すでにこの世にいない井上的な人物として蔵原が造型されたことになる。

その蔵原が井上同様、なおも執拗にこだわった金解禁については、「結果的に失敗だった」という評価が一般的である。金本位制をもちこたえる力が日本経済にはなく、そこへ種々の障害、例えば世界恐慌、満州事変の拡大、農村の荒廃、失業者数の増大、金の大量流出、国民の我慢の限界、イギリスの金再禁止、財閥のドル買い等が襲ってきたからである。政権が犬養毅の政友会に移り、蔵相が井上から高橋是清に交代し、高橋が即座に金再禁止を断行したために、金本位制は定着しないまま二年間で終わってしまった。金本位制は『奔馬』の現在時では終わってしまった制度なのである。

次の引用文には、五・一五事件後の政権とそれに対する蔵原の思いが述べられている。

犬養首相の死よりも高橋蔵相の退陣を、何よりも悲しんだのは蔵原である。もちろん斎藤首相も、組閣匆々(そうそう)蔵原にお伺ひを立て、蔵原の協力なしには動けない自分の立場を、ずいぶん大げさに愬(うった)へはしたけれども、蔵原は新首相に何となくうさんくさいものを嗅ぎつけてゐた。

高橋こそは、組閣匆々金輸出再禁止を断行した犬養内閣の内部にあつて、古典的な重金主義者たちの意をひそかに承けつつ、こんな新らしがり政策をサボタージュし、何ら前宣伝どほりの即効はなく、景気は回復せず、物価は低迷し、結局昔のはうがよかつたといふことを証明するための役割を、演じとほしてくれる筈だつたのだ。

この文章にはおかしなところがいくつかある。それは、「犬養首相の死よりも高橋蔵相の退陣を、何よりも悲しんだのは蔵原である」というところである。高橋是清は、犬養内閣後の斎藤実内閣でも大蔵大臣の職にあり、昭和十一年の二・二六事件で殺害されるまでずっと大蔵大臣だった。「高橋蔵相の退陣」とは何を指すのかはっきりしないのだ。そのあと斎藤実首相の話になるから、総理大臣のことを指しているかとも考えられる。というのは、五・一五事件で犬養毅が死んだあと、高橋是清が兼務臨時総理になるので、「高橋蔵相の退陣」というのは、そのまま高橋が首相にならずに――実際政友会には高橋を総裁に推す動きもあったのだが[18]――斎藤実が首相になったことを言っているのだろうか。「退陣」というのは、そうとしか取れないが、高橋が兼務臨時総理になったのは、宮中での内閣の席次による形式的なものであり、結局政友会総裁には鈴木喜三郎が決まり、総理大臣にも鈴木が目されていたのである。

蔵原が「新首相に何となくうさんくさいものを嗅ぎつけてゐた」のは、五・一五事件で犬養内閣が倒壊したあと、政党政治の継承を主張する一派と陸軍とが対立したため、元老西園寺公望が、政友会総裁の鈴木喜三郎を指名せず、陸軍との中間を取って海軍大将の斎藤を指名したからだと思われる。これによって軍部が政治に容喙する道を広げたわけだが、そういう首相に「うさんくさいものを嗅ぎつけ」る蔵原が、軍部の動きをいかなる目で見ていたかは、想像のつくところである。

さて、それより半年ほどさかのぼるが、高橋是清は昭和六年十二月、犬養内閣に入閣するとすぐさま、浜口雄幸・井上準之助コンビが実施した金解禁を再禁止した。金解禁論者で

表1　日本の恐慌

内訳		1929	1930	1931	1932	1933	1934
GNP（国民総生産）	（百万円）	16,506	14,698	13,309	13,660	15,347	16,966
	（％）	(100.0)	(89.1)	(80.6)	(82.8)	(93.0)	(102.8)
輸出	（百万円）	26,662	19,107	15,137	18,361	23,897	28,299
	（％）	(100.0)	(71.7)	(56.8)	(68.9)	(89.6)	(106.1)
輸入	（百万円）	27,939	20,144	16,958	19,453	24,744	29,820
	（％）	(100.0)	(72.1)	(60.7)	(69.6)	(88.6)	(106.7)
国際収支	（百万円）	1,433	△3,957	△4,167	△788	△818	133
製造工業生産額	（百万円）	10,744	8,838	7,877	8,814	11,168	13,015
	（％）	(100.0)	(82.3)	(73.3)	(82.0)	(103.9)	(121.1)
農業生産額	（百万円）	3,598	2,470	2,070	2,517	2,989	2,733
	（％）	(100.0)	(68.7)	(57.5)	(70.0)	(83.1)	(76.0)
アメリカへの生糸輸出	（千ドル）	289,579	194,546	194,597	106,188	91,659	69,847
	（％）	(100.0)	(67.2)	(67.2)	(36.7)	(31.7)	(24.1)
国家財政（歳入）	（百万円）	1,826	1.597	1,531	2,045	2,332	2,247
	（％）	(100.0)	(87.5)	(83.8)	(112.0)	(127.7)	(123.1)
国家財政（歳出）	（百万円）	1,736	1,558	1,477	1,950	2,255	2,163
	（％）	(100.0)	(89.8)	(85.1)	(112.3)	(129.9)	(124.6)

『長期経済統計より作成。
（表1、表2とも中村政則『昭和の歴史第2巻 昭和の恐慌』による）

ある蔵原からすれば、許すべからざる暴挙だったはずである。それを、蔵原の心中に即したこの地の文では、かなり捻りを加えた書き方がされている。「高橋こそは」「結局昔のはうがよかつたといふことを証明するための役割を、演じとほしてくれる筈だつたのだ」というのだが、この見方は、高橋に対する皮肉でもないし、捻りとしても利いていない。高橋は井上準之助の緊縮財政の全く反対の政策を実施し、昭和七年度の一般会計予算を、一九億五〇〇〇万円としたのである。これは対前年度比三四・七％増にものぼる。また「時局匡救予算」を組んで、地方の土木事業費に充てた。これが農民救済にどの程度役立ったのかは諸説あるところだが、少なくとも井上の緊縮財政より人気のあったことは確かである。財源はどうするのかという問題はあるが、当面の窮乏を脱するには、金本位制ではなくなったのだから紙幣の増発も公債の発行もできる状態にあった。表1は、『長期経済統計』から作成された「日本の恐慌」と題する表で[19]、それによると、GNP（国民総生産）は、一九二九年（昭和四年）の一六五億六〇〇〇万円を一〇〇とすると、一九三〇年（昭和五年）は、八九・一、一九三一年（昭和六年）は八〇・六と落ち込み、高橋が蔵相就任後の一九三二年（昭和七年）は八二・八、一九三三年（昭和八年）は、九三・〇、一九三四年（昭和九年）は一〇二・八ともり返している。同表で輸出は、やはり一九二九年（昭和四年）の二六六億六二〇〇万円を一〇〇とすると、一九三〇年（昭和五年）は、七一・七、一九三一年（昭和六年）は五

表２　1930～34年の雇用構造　（単位千人）

産業別＼年次	1930	1931	1932	1933	1934	1930～34年平均
総人口	64,450	65,371	66,285	67,318	68,272	66,339
有業者	28,531	27,881	28,111	28,914	29,982	28,684
農業	13,612	13,673	13,719	13,774	13,801	13,716
水産業	547	546	553	561	570	555
鉱業	304	263	257	309	336	294
工業	5,692	5,321	5,542	5,903	6,504	5,792
商業	4,726	4,419	4,351	4,496	4,811	4,561
交通業	1,116	1,699	1,105	1,155	1,185	1,132
公務自由業	1,693	1,712	1,721	1,834	1,876	1,769
家事業	733	782	795	813	827	798
その他	68	66	68	69	72	69
無業者	33,549	34,990	35,754	30,454	36,490	35,447
失業者	2,370	2,500	2,420	1,950	1,800	2,208

注１．経済安定本部調べ、工業は厚生省人口問題研究所推計による。
注２．失業者は1930年の237万人にもとづき、その後の失業統計・労働統計の推移により推計。

六・八と落ち込み、高橋が蔵相就任後の一九三二年（昭和七年）は六八・九、一九三三年（昭和八年）は、八九・六、一九三四年（昭和九年）は一〇六・一と同様にもり返している。輸入もほぼ同じで、国際収支も同様に、昭和五年、六年で落ち込み、七年から回復の萌しが現れ、八年九年と上昇している。失業者数は正確な統計がないので割り出しにくいが、「一九三〇年の二三七万人に基づき、その後の失業統計・労働統計の推移により推計」した「九三〇～三四年の雇用構造」という表2[20]によれば、一九三一年（昭和六年）が二五〇万人と増加し、やはりこれも一九三二年（昭和七年）の二四二万人と減少し始め、一九三三年（昭和八年）では一九五万人、一九三四年（昭和九年）では一八〇万人に減っている。

　ということは、「何ら前宣伝どほりの即効はなく、景気は回復せず、物価は低迷し、結局昔のはうがよかつたといふことを証明するための役割を、演じとほしてくれる筈」とはならなかったのである。金本位制をやめて財源として、金（きん）とは関わりのない金をつくり出し、景気刺激策を打ち出したのだから、蔵原が「悲し」むべきは、高橋の蔵相続投だったのである。

　では、景気を回復方向に是正し、雇用を促進した高橋財政が〝正しい〟経済政策であったかどうかは、蔵原と同様に疑問をもたねばならない。高橋こそ、ある意味では（高橋独りの政策ではないにしても）、悪性インフレへの道を開き、軍事費を増大させ、国際協調路線から離脱して戦争への進度を早めたと言ってよいからである。なぜなら高橋の政策は、赤字公債の発行を大幅に増やし、それによって軍事予算を他の予算に比べ最も伸びた予算にしてしまったからである。

　しかしそれにしても、高橋是清が蔵相に就任し、金再禁止を行ったことで一時的に景気が浮上したことは間違いない。そうなると蔵原の言うような、再度金本位制に戻す政策は現実的には国民のコンセンサスが得られにくいし、もしそんなことをすれば、予算を削減される軍部が猛烈に反発するのは必至である。蔵原の見通しは実現不可能ではないかと思われる。そういう蔵原を暗殺対象の中心に据えることにどれほどの意味があるのか。金本位制は、その復活の可能性も含めて、浜口と井上の死によって、すなわち『奔馬』の始まる前にすでに終わっていたのである。

4

　だとすると、蔵原一人を殺すことで、――その行為の当否は別にして――「日本がよくなる」とは到底思えないのである。このように勲の行動は根本的な錯誤に陥っている。しかしにもかかわらず、なぜ勲は肯定的に描かれたのだろうか。心情の一貫性を示し、錯誤を含みつつも一貫した生の実現を描こうとした、ということなのか？　と言うより、むしろ、状況認識や知識に錯誤があったとしても、あるいはもしかするとそれゆえに、勲の「純粋」を追求する姿勢には価値があった、というメッセージが考えられる。言い換えれば、勲の「忠義」は忠誠論としてきわめてラディカルなもので、ラディカルであることによって独自な相貌をもっているが、それを現実の肉体を通して、政治史的に波乱の多かった現実社会の中に置いてみること、それが『奔馬』という小説の眼目だったのではないかと思われる。

　勲の錯誤を含んだ忠誠内容、にもかかわらず「純粋」を貫徹した忠誠行為が、対象にいかなる作用をもたらしたのかを最後に考えたいと思う。その前に、忠誠という行為がこの文学テクストにおいて生産する意味について触れておこう。

　「忠誠」とは自己犠牲を伴う献身の衝動であるが、勲の場合は、自己犠牲どころか自己滅却さえ望んでいる。大いなるものへ「純粋」な「忠義」を捧げる、その究極において自己滅却が起こる、そのとき彼はおそらく偉大なものと接続するのだろう。そういう接続の衝動は、何に突き動かされているのだろうか。橋川文三は「近代日本の忠誠の問題」で、この点について鋭い指摘をしている。それは、「一種の幸福の意識」だと言うのだ。[21] 勲の切腹願望が、はじめから理由なく彼の中に息づいているかぎり、それは勲の〝本来的自己〟への回帰の願望にほかならない。そうであるならば、それを「一種の幸福の意識」と呼んでよいと思う。

　しかしここで、この「一種の幸福の意識」を平板に横に並べてみることも許されるだろう。なぜなら「一種の幸福な意識」とは、個人によってそれぞれ違う仕方で分けもたれている意識だからだ。我が身の安全よりも国家経済の行く末を憂える蔵原が、「国民の究極の幸福」を「通貨の安定」に見ているならば、蔵原の「一種の幸福な意識」とは、「通貨の安定」と言っても言い過ぎではない。法律の世界に生きる本多は、法を司っているという感覚に「一種の幸福の意識」を得ているだろうし、輪廻転生という新たに見えてきた法則にまた別の「一種の幸福の意識」を感じているに違いない。勲が直感的に蔵原を「悪」と見定めたのは、「国民の究極の幸福」を「通貨の安定」に見る「一種の幸福の意識」が、超越性を欠いた地上の論理に属しているからかもしれない。勲の信奉する神風連は、神意が人間の営みを導くという宗教観に根ざしていたからである。そういう勲から見れば、「通貨の安定」という現実の論理は〝さかしら〟であり、それを「究極の幸福」と言うのは、「悪」以外の何ものでもないということになろう。しかし、テクスト内では等価とは言えないにしても、蔵原の「通貨の安定」という「一種の幸福の意識」は、勲の「忠義」を相対化するのである。

もう一つ、「忠義」に関係して別の読み方を出してみたいと思う。『葉隠』は、封建的忠義の最高の形態として「忍ぶ恋」ということを挙げているが、それは戦の場における主従の関係が、男女の恋愛感情にも似ているということである。この恋愛感情という比喩をもってすると、――感情はどのみち社会通念的な分類でしかないので、比喩を同列に並べることは許されるだろう――そうすると、勲の天皇への「忠義」は、鬼頭槇子の勲への恋愛感情と等価になる。とすれば、天皇への「忠義」のために槇子を捨ててテロリズムに向かおうとした勲と、勲への愛から、勲の計画を密告し逮捕に至らしめた槇子との関係は、自己の愛を貫こうとした者同士の相克として読むことができるのである。勲たちの計画を密告し、裁判では偽証までした槇子の愛は、勲の忠義を頓挫させ、勲を日常の中で生き延びさせようとしていたのだから、勲にとって最も手強い〝敵〟にほかならなかった。忠誠の絶対性を生きようとする勲に対し、彼の錯誤も含めてそれを相対化する数々の現実が仕掛けられる。それが『奔馬』の小説としての魅力を高めていることは間違いない。槇子に対しては、彼女を偽証罪から救い、一旦は平穏な生活に入り、それから蔵原を刺殺することで、勲は槇子の愛を受けとめつつ、自己の思いを遂げるという深い思慮を示したことになるのである。

勲の生き方は、自己の行動がもたらす効果よりも、己の心情の「純粋」にこそ価値を置く生き方である。そこには「純粋」の無限追求の原理だけがあって、その現実的な効果は無論のこと、受け手にどう受け入れられるのかという問題も成立しない。彼の場合の受け手とは、究極的には天皇になる。勲にとって「忠義」とは、熱い飯を握ってその握り飯を天皇に差し出すことで、天皇がそれをおいしく食べようと、食べないで投げつけようと、引き下がって腹を切るというものだった。姜尚中が『ナショナリズム』で、天皇統治とは「君主主権のような統治ではなく」「『忠孝』もまた、『義務』や『服従』ではなく、『自然』の『誠心』となって表現される」

と言っているが[22]、少なくとも勲の場合はその傾向が強い思う。あるいは、天皇制が人々の中にある忠誠心を自発的に集約させる巧妙な装置だったとも言えようが、勲の「忠義」の能動性は、天皇制のもつ集約力をはるかに凌ぐ強烈なものであった。勲には、自発的で一方的な「忠誠」のみがあるということだ。そしてその「純粋」な「忠誠」の向かう彼方にある天皇は、いかなる色にも色づけされておらず、あるいはいかなる人格であろうとも、つまり握り飯を食おうと投げつけようと、勲はそれを受け入れる、そういう対象だった。すなわちそこには性質というものがなく、たとえあったとしても、それは忠誠を尽くす者には無関係なものである。この握り飯の話は、勲にとって天皇がどのような存在か、全く問題でないことを表している。松浦寿輝は天皇について、「何ものかを意味するという以上に、むしろその意味されるところのものが不変であり『不可侵』であることを語ることにその最重要の機能を持つ記号」だと巧みに表現しているが[23]、それが一般論として当てはまるかどうかはともかくとして、勲にとっての天皇が「不可侵」の充満した無・意味の記号であるのは見てきたとおりである。そういう「記号」に向けての勲の「忠義」は、忠誠内容よりも忠誠行為の「純粋性」に重きが置かれる。したがって、忠誠行為の「純粋性」を極限化することで、無色で無謬で「不可侵」である天皇との接続が図られるのだが、それゆえに、錯誤を含んだ勲の忠誠内容も、忠誠行為のレベルでは、無謬のものでしかありえないということになるのである。『奔馬』に仕組まれた勲の錯誤や誤謬は、こういう浄化のシステムを描き出す契機だったと思える。

勲の忠誠は、江戸期の太平の世の形骸化した忠誠とは異なり、むしろ戦国武士の心情に近いと言えよう。『葉隠』が言う主君への至純な忠誠心で、『奔馬』では「恋闕の情」ということばが使われいた。しかし、戦場での主君と家臣のような生死をともにした具体的な関係が勲にあるわけはないので、観念的で、こう言ってよければ、握り飯の話のように空想的な側面もあるのだ。

もとより忠誠とは、天皇に対してだけのものではない。封建君主への忠誠もあり、明治維新期の藩か国家かという忠誠対象の選択の岐路もあった。忠誠内容と忠誠対象を歴史的に辿った丸山真男の「忠誠と反逆」[24]や橋川文三の「近代日本の忠誠の問題」[25]を参照すれば、例えば確立された明治国家体制や大正期の白樺派が提示した人類主義的、普遍主義的原理にかなう自我、革命原理としてのマルキシズム、あるいは非合法政党としての共産党などを近代の主要な忠誠対象として挙げることができる。しかし、国家体制としての支配権力が人々の国民化を促し、ナショナリズムを昂揚させ、神格天皇への忠誠を編成した磁力が最も強かったのは言うまでもない。そして戦後は、橋川文三が「ロヤルティの多元化、マルティプル・ロヤルティ」と呼ぶような現象が現れた。

これらには、勲の「天皇」とは異なる具体的な忠誠対象が存在する。勲の場合、天皇は具体的対象でありながら、実際は「日輪」と呼ばれるような、具体性を超越した抽象的観念的な記号が目指されていたと言える。むしろ、具体的天皇は、抽象的観念的存在であるべきだとの志向が表れているのである。そうであるならば、勲の忠誠対象は、忠誠行為以前に存在するものではなく、忠誠それ自体によって対象たりうる存在にほかならない。これはきわめて特異な忠誠に思える。だが、翻って考えてみると、はたしてこれは特異なケースなのだろうか。

　君主にせよ、天皇にせよ、あるいはマルティプル・チョイス化した対象ならばなおさらだが、忠誠の対象は、忠誠という心情と行為なくしては対象たりえない。忠誠が機能するのは、権力が忠誠主体である人々を編成し、忠誠主体である人々が自己犠牲を払うという相互作用による場合だが、忠誠主体がゼロの忠誠は、原理的にはありえない。具体的には、忠誠心が稀薄になり、忠誠主体が拡散したり減少したりして、忠誠が消失した例を歴史に見ることができる。しかし逆に、忠誠対象が空虚であっても、熱烈な忠誠心によって忠誠は成立し、忠誠対象が何ものかになるということはありうるのである。『奔馬』は、勲の仰ぎ見る「天皇」が――これが実体としての天皇とは微妙に異なっていることは、すでに述べた――空虚であること、そしてたとえ空虚であったとしても、忠誠の心情を貫くことで、けっして無なる空虚ではないことを表現してしまった作品、と捉えることができる。

　さらにまた、命を賭け「純粋」を貫いて忠誠を貫徹した人間が存在したことは、その忠誠行為が他の人に忠誠の模倣を産出させることにもなる。ちょうど神風連の決起が勲に何ものかを植えつけたように。そしてそれらの全体が、忠誠対象を形成する。そういう忠誠のあり方を、『奔馬』は描き出してしまったのである。

注1　松本健一「シリーズ〈現在〉への問い　平和のつくり方③　なぜテロリズムは起こるのか?」（「毎日新聞」夕刊、04・10・24）
2　橋川文三「民族・政治・忠誠――ナショナリズムとロヤルティの問題」（「現代の眼」69・1、引用は『橋川文三著作集2』筑摩書房、85・9）
3　村松剛『三島由紀夫の世界』（新潮社、平成2・9）
4　宇田正「『井上準之助論叢』全四巻『井上準之助伝』全一巻・復刻版解題」（復刻版『井上準之助〔5〕伝記』原書房、83・3）
5　井上準之助『世界不景気と我国民の覚悟』（経済知識社、昭和5・8、引用は『井上準之助論叢〔1〕一』井上準之助論叢編纂会、昭和10・4の復刻版、原書房、82・11）
6　井上準之助「金輸出再禁止に関する質問演説」（昭和七年一月二十一日、於貴族院）（『井上準之助論叢三』井上準之助論叢編纂会、昭和10・4の復刻版、原書房、82・11）
7　注（4）に同じ。
8　井上準之助論叢編纂会・編纂発行『清渓おち穂』（清水浩著、昭和13・2）
9　斎藤三郎「右翼思想犯罪事件の綜合的研究」（「思想研究

資料特輯」53号、司法省刑事局、昭和14・2、引用は『現代史資料（4）』みすず書房、昭和38・5）

10 注（9）に同じ。

11 注（9）に同じ。

12 斎藤三郎「右翼思想犯罪事件の綜合的研究」（注9）によれば、昭和七年一月三十一日の「血盟団」の最後の会合で定められた目標人物は、池田成彬、西園寺公望、幣原喜重郎、若槻礼次郎、徳川家達、牧野伸顕、井上準之助、伊東巳代治、団琢磨、犬養毅、床次竹二郎、鈴木喜三郎の十二名である。このうち池田、団が三井系の財界人である。

13 野口武彦「三島由紀夫と北一輝――『豊饒の海』をめぐって」（『三島由紀夫と北一輝』福村出版、85・10）

14 北一輝「二・二六事件調書　警視庁聴取書（二）」（『北一輝著作集Ⅲ』みすず書房、72・4、引用は84・10の三版一刷）

15 「空陸呼応し要人の鏖殺を図る」（「東京日日新聞」昭和10・9・16、号外）

16 城山三郎『男子の本懐』（新潮社、昭和55・1）

17 平岡倭文重「暴流のごとく」（「新潮」昭和51・12）

18 総理大臣は、元老西園寺公望が天皇に推薦して大命降下される手続きになっており、与党政友会の後継総裁の決定が注目されていた。「東京朝日新聞」（昭和7・5・16）には「後継総裁は何人？　高橋翁か鈴木氏か」とあり、高橋是清、鈴木喜三郎の名が挙がり、同日「東京日日新聞」には「政友後任総裁に高橋是清氏を推す」という記事が出た。

19 中村政則『昭和の歴史第2巻　昭和の恐慌』（小学館、82・6）

20 注（19）に同じ。

21 橋川文三「近代日本の忠誠の問題」（「明治大学新聞」69・1・2、引用は『橋川文三著作集2』前掲）

22 姜尚中『ナショナリズム』（岩波書店、01・10）

23 松浦寿輝「国体論」（小林康夫・松浦寿輝編『メディア 表象のポリティックス』東京大学出版会、00・7）

24 丸山真男「忠誠と反逆」（『近代日本思想史講座6 自然と環境』筑摩書房、60・2、引用は『丸山真男集』第八巻、岩波書店、96・2）

25 注（21）に同じ。

付記　本論は、立教大学日本文学会（立教大学池袋キャンパス、二〇〇四年七月三日）での研究発表「三島由紀夫『奔馬』の「昭和七年」」と、三島由紀夫文学館レイク・サロン（山中湖文学の森・徳富蘇峰館、二〇〇四年十一月三日）での講演「『奔馬』における「忠義」の思想」を合わせて原稿にしたものである。

（近畿大学教授）

特集　三島由紀夫の出発

三島由紀夫にとっての天皇

松本　徹

三島由紀夫は学習院高等科を卒業するに際して、恩賜の金時計を受けるとともに、臨席した天皇を親しく目にしている。三時間にも及んだ間、こゆるぎもしなかったその姿(1)を記憶に刻んだ。

そして、招集令状を受け、昭和二十年（一九四五）二月、本籍地兵庫県の兵舎に赴くに際して、遺書を書いたが、「天皇陛下万歳」と認めた。そうするのが当時の習いであったからだが、この時、すでに出征していた友人たちを改めて身近に感じたに違いない。早生まれの三島に対して多くの同級生たちは、前年秋に軍服を着ていた。そして、普段に死と向き合わなくてはならない立場に、いまや彼らとともに身を置くことになったと信じた。

が、身体検査で風邪を肺浸潤と誤診され、即日帰郷となった。この時に入隊した者たちは、激戦地へ派遣され、生き残ったのはわずかだったらしい。

それから六ケ月余り後に敗戦を迎え、マッカーサー元帥の許へ天皇が出向き、翌年正月、「人間天皇」を宣言、大半の皇族と貴族そのものが消滅する事態を目にしたが、三島は、小説家として世に出るのに懸命であった。

そうして再び天皇の存在を意識するようになったのは、いつのことであったろうか。

作品の上では昭和三十五年（一九六〇）十月、『憂国』を書いた（発表は翌年の「小説中央公論」一月号）のが、そうであった。二・二六事件に取材して、新婚を理由に決起に加えられなかった青年将校が、同志たちの討伐に向わなくてはならなくなり、妻と自決するまでを、その最期の営みに焦点を絞って扱ったが、その夫が「皇軍万歳」と遺書に墨書した。深沢七郎が『風流夢譚』で皇族惨殺の夢想を描いたのに対して、その「毒を相殺」しようとする意図からであったと言われる(2)が、「不敬」な血まみれの「夢想」に対して、「忠義」ゆえの血まみれの「事実」を据えた、と見てよかろう。

それからほぼ一年後に戯曲『十日の菊』を執筆（昭和三十五年十一月二十九日から文学座で上演）したが、こちらは、決起した青年将校たちに襲撃され(3)ながら、女中頭の機転によって逃げおおせた男とその女中頭のその後を扱っている。男は、人生における決定的な瞬間を取り逃がしたとの思いに囚われているし、その女中頭の息子は母親の文字通りのなりふり構わぬ機転を恥じて自殺、男の息子も死を選ぶ結果になる。

　このように二・二六事件を扱っているものの、周辺に身を置いた人々を扱うに留まっているのである。事件を起した青年将校、そして天皇が直接姿を現わすことはない。

　ただし、この頃から超越的な存在——相対的世界のただ中での、と限定するのがよいかもしれない——への希求を明瞭にするのである。

　まず『林房雄論』（「新潮」昭和三十八年二月号）がそうだろう。変節限りないと非難を浴びてきた林房雄のうちに、あらゆる思想を越えた「美しい純粋な心情」を捉えるのである。小説ゆえ多義性が纏い付くが、『雨のなかの噴水』（「新潮」八月号）、『剣』（「新潮」十月号）もそうである。『雨のなかの噴水』から噴水の描写を引用すると、

　大噴柱は、水の作り成した彫塑のやうに、きちんと身じまひを正して、静止してゐるかのやうである。しかし目を凝らすと、その柱のなかに、たえず下方から上方へ馳せ昇つてゆく透明な運動の霊が見える。それは一つの棒状の空間を、下から上へ凄い速度で順々に充たしてゆき、一瞬毎に、今欠けたものを補つて、たえず同じ充実を保つてゐる。

　それは結局天の高みで挫折することがわかつてゐるのだが、こんなにたえまのない挫折を支へてゐる力の持続は、すばらしい。

　三島の超越的存在への希求の在りようが、くっきりと具象化されている趣である。林房雄に捉えた「心情」も、「結局天の高みで挫折することがわかつてゐ」ながら、繰り返し「上方へ馳せ昇つてゆく透明な運動の霊」そのものと見ていたようである。

　戯曲『喜びの琴』（文学座の上演拒否事件が起ったのは同年十一月）は、作品としては失敗作といわなくてはなるまいが、いま指摘している点に関しては明白である。如何なるイデオロギーも信じられなくなったところで、天上から妙なる琴の音が聞こえて来て、幕が降りるのだ。天上とこの地上との間の垂直な運動が基軸となっている。

　翌三十九年一月号から連載の始まった『絹と明察』と『音楽』も明らかに一連の作品として捉えてしかるべきだろう。殊に『音楽』は、精神分析医の著作のかたちを取りながら、精神分析の域を越えた領域への探究[4]となっているのである。

　これより以前から、海外においての三島への評価が高まり、翻訳、上演が盛んとなり、招聘されるようなことも多くなっていた。そうなると三島自身、「日本の作家」であることを強く意識するようになっていた。そして、日本という国土において、その歴史の流れの中に身を置き、日本語で作品を書き、これからも書きつづけて行くのだと、改めて覚悟を決めるようなことがあったと思われる。どこの国、どこの社会、

どこの言語にも適用する文学などというものは、頭の中で考えることはできても、実際にはあり得ない。現に日々、自分が刻苦して書いているのがまぎれもなく日本語で、読者もまた日本語を母語、あるいはそれに近いものとしている人たちである。ビジネスやサイエンスとは違い、ここを外して文学営為は成り立たないのである。

外国語への翻訳によって国際的に評価され、こうした意識を強く持つようになったのは、皮肉であるが、ごく当然なことであろう。三島文学のすぐれた理解者で、海外への有力な紹介者ドナルド・キーンなどが、三島と手紙をやりとりするのに、日本語を選んで行うなどの配慮をみせているが、こうしたことも与って三島は、言語芸術の微妙な在り方を、以前に増して鋭く自覚するようになった。

このような国境を越えた広がりのなかで、三島は、超越的存在への希求を強めて行ったのである。狭い視野のなかででは決してなかった。そうして、神道とか天皇へと関心を向けたのである。日本における根生いの超越的存在を考えるのに、真当過ぎると言えるが、この真当であるところが、多分、肝要なのである。

この時期、ダンヌンツィオ作『聖セバスチァンの殉教』を池田弘太郎と共訳して、「批評」に連載（昭和四十年四月から十一月まで）しているが、これは、この殉教者に惹かれた少年期への回帰という側面があるが、それだけではなく、キリスト教における絶対なるものについて、また、それに帰依し、献身することについて、改めて考えを深めようとする意図があったのであろう。そうして、戯曲『サド侯爵夫人』（六月二十八日に起稿）を書いた。ここではキリスト教の神の下、いかなる悪が可能か、悪の方向へと進むことにおいていかに生命を燃焼させることが可能か、と問いかけているのだ。悪は、神が厳しく禁じているがゆえに、それに与ることが却って神と真正面から厳しく向き合うことになり、この世を越え出て生命を燃焼させることになるのである。そして、この宇宙全体を眺め渡すのを可能にするところへ至るかもしれない。ジョルジュ・バタイユの思想に関心を向けたのも、こういうところからであったろう。

＊

こういうふうにキリスト教に深く関与、超越的なもの、絶対的なものに思いをめぐらしながら、一方ではこの年昭和四十年の一月、『憂国』の映画化を計画、脚本を執筆、四月には自らの監督・主演で撮影した。

この映画は、原作の短篇とはかなり様相を異にしている。能仕立ての空間の正面に「至誠」と大書した額が掲げられていて、「至誠」なるものを捧げるべき存在＝天皇が、この場に半ば臨んでいるかたちになっているのである。そして、演じるのは三島自身だが、場面の多くは、軍帽で顔を隠した軍服姿か、下帯一つの裸体である。軍服は天皇の軍隊「皇軍」の将校であることを端的に示し、その裸体は鍛練し作りあげられてはいるが、間違いなく日本人以外のなにものでもない血をうけた肉体である。

ここではキリスト教なり欧米文化なるものはきれいに拭い去られている、と言ってよかろう。そして、その若い将校が、日本刀で腹を切り、妻が喉を突いて伏す時、映像として示されるわけではないが、超越者天皇——二・二六事件の青年将校たちが期待したところの——が現われ出るかたちになる。

この映画を一般公開すべく働きかけるとともに、三島は、『豊饒の海』第一巻『春の雪』の連載を九月号から始めたが、先にも触れたように、聡子と清顕との恋を突き詰めさせるのは、洞院宮治典王と聡子に下された天皇の勅許である。勅許が出た以上、この国土での二人の結び付きは絶対に許されないことになったが、それゆえ却って二人の恋は激しく燃え上がり、自らを焼き尽くすところまで行くのである。

こうした活動の最中、昭和四十一年一月に、三島は紹介者を得て宮中へ赴き、内掌典に会い、賢所の拝観を許された(5)。賢所は言うまでもなく天皇にとって最も重要な場所である。

その年の四月十二日、映画『憂国』がアート・シアター系で封切られたが、『春の雪』の連載は続けていた。そして、それと並行して執筆、五月初め発売の「文芸」六月号に発表したのが『英霊の聲』である。

この『英霊の聲』に至って、霊媒を介してだが、銃殺された二・二六事件の青年将校たちが正面切って登場し、天皇に向って怨嗟の声を挙げる、「などてすめろぎは人間となりたまひし」と。続いて、神風特攻隊の者たちがその叫びに和するのである。

この彼らが思い描いた天皇はどのような姿であったか。二・二六事件の青年将校たちにとっては、まずこうであった。

> 大演習の黄塵のかなた、天皇旗のひらめく下に、白馬に跨られた大元帥陛下の御姿は、遠く小さく、われらがそのために死すべき現人神のおん形として、われらが心に焼きつけられた。
>
> 神は遠く、小さく、清らかに光つてゐた。われらが賜はつた軍帽の徽章の星をそのままに。

遠く小さくだが、「われらがそのために死すべき現人神」であった、というのである。なぜそうなのか。そのところは徐々に触れて行くこととして、天皇の「大御心」を体して決起した雪の日——勿論、二・二六事件の当日——彼らは二つの絵図を思い描いたとするが、そのうち決定的な第二の絵図はこうであった。

> ……雪は止んでゐるが、灰色の雲が低く垂れ込めてゐる。そのかなたから、白雪の一部がたちまち翼を得て飛び来つたやうに、一騎の白馬の人、いや、神なる人が疾駆して来る。
>
> 白馬は首を立てて嘶き、その鼻息は白く凍り、雪を蹴立てて丘をのぼり、われらの前に、なほ乱れた足搔を踏みしめて止る。われらは捧刀の礼を以てこれをお迎する。
>
> われらは龍顔を仰ぎ、そこに漲る並々ならぬ御決意を仰いで、われらの志がついに大御心にはげしい焰を移し

まいらせたのを知る。

現人神天皇は、このように出現しなくてはならなかったのである。

そこを正面から描いた意味は、以後の三島の歩みを考えると、大きい。もはや事件の周辺をめぐり歩くのではなく、核心に踏み込み、真っすぐに天皇と向き合ったのである。

つづけて、『豊饒の海』第二巻『奔馬』で、昭和維新に身を投じた少年勲をとおして、天皇像を描き、二・二六事件の首謀者の一人磯部浅一一等主計の遺稿を取り上げ、『「道義革命」の論理』（「文芸」昭和四十二年三月号）で、その内面に光を当てた。

他方、同じ年の四月十一日に自衛隊へ初めて体験入隊、日本の防衛問題に実践的に係わる姿勢を示したのである。文学とは違い、防衛といったような優れて現実の政治問題に口を挟むには、実際の場を知らずにいるのは許されない、と考えてのことであった。作家であるがゆえに、この問題に関して口説の徒となってはならないと、厳しく考えたのである。

そして戯曲『朱雀家の滅亡』（「文芸」十月号）で、天皇の傍らに侍した者の在り方を扱い、『文化防衛論』（「中央公論」昭和四十三年七月号）では、比較的まとまったかたちで天皇を論じた。また、『討論三島由紀夫VS.東大全共闘』（四十四年五月、「討論を終へて」を加え六月刊）で要約的に述べ、結成した楯の会に「憲法研究会」を設け、新しい憲法の素案を討議することをとおして天皇について考え、『日本文学小史』の連載を開始（四十四年八月号から）して、文学史においての天皇の問題を扱った。

いま主なものを列挙したが、他に幾つも短い文章があり、注目すべき対談があるが、三島は三島なりに手順を踏んで、問題へ接近して行っているのが分かろう。もっともこれらの論考は、問題の性格上多岐にわたり、断片的にとどまった恨みがある。やはり三島は理論家ではなく作家であり、自らの関心に応ずる議論を手早く取り込み、自分のものとするようなところ――『文化防衛論』を見れば明らか――があって、それにつれ重心がやや移動するきらいがある。また、用語にしても、短い期間にかかわらず、変動が見られ、論旨に微妙なズレが認められるようである。そうした点から、十分に熟していたとは言えず、その天皇像は、必ずしも分かりやすくはない。

しかし、三島が死へと突っ込んで行くところで、天皇観が果たした役割は決定的であったから、思想として熟していたかどうかは、さほど問題でないかもしれない。それにこの時代、少なくとも知識人の大多数は、天皇をもっぱら否定するなり、揶揄の的とした。そうした状況のなか、真正面から取り組み、深刻な批判を浴びせかけながら、基本的には肯定し、過激なまでに本来の在り方を要求し、かつ、自らの拠り所とまでしたのである。その激しさは、晩年の知友村松剛さえ圧倒するものがあった。

＊

ところで天皇とは、いかなる存在なのか？

その本質について、三島は対談で端的にこう言っている。

「その根元にあるのは、とにかく『お祭』だ、といふことです。天皇がなすべきことは、お祭、お祭、お祭、お祭、——それだけだ」（福田恆存との対談「文武両道と死の哲学」）。

この指摘は的確である。天皇の根源、そして、天皇を天皇たらしめている本質は、祭祀以外のなにものでもない。遠い昔から天神地祇を祭る祭祀をひたすら執り行いつづけて、今日に至っているのである。もっとも三島自身、このところを徹底して踏まえ、論を展開しているかとなると、やや物足りないところがあるが、しかし、宮中の賢所へ案内され、自分の目で見たところからの発言だけに、計り知れない重みを持つ。

その賢所には、天照大神の御霊代として神鏡が安置されているが、記紀の神話によって天照大神の直系の子孫が天皇だとされ、代々最高位の祭祀者として、この国土のあらゆる神々の祭祀を総攬し、主要な祭祀は自ら執り行って来ているのである。そのことにおいて、太古の天皇も今日の天皇も、基本的に変わりがない。

そのところが今日のわれわれの目にはあまり触れない。新聞やテレビで知ることができるのは、多く付随的といってよい事柄に属する。戦前では枢密院会議などに出席、裁可を下すといったようなことが稀にあったようだが、それとてもどれだけ本質的といえるかどうか。中心は、太古の昔から一貫して変わらない祭祀にある、と捉えるべきであろう。

ただし、祭祀といっても、どのような祭祀か。

天皇が執り行う祭祀のなかで、最も大事なのは、大嘗祭だと言われている。三島もそのように言っているが、大嘗祭は即位のためのもので、天皇の継承に当っては根幹的であるが、日々果たさなくてはならない祭祀ではない。朝、目覚めると身を清め、石灰壇に立って伊勢神宮を遥拝することで始まるさまざまな祭祀は、一言で要約すれば、天下安寧を祈念するものである。元旦の四方拝から始まる恒例の祭祀、時と場合に応じた臨時の祭祀を、たゆまず執り行い、五穀豊饒、無病息災などを願い、この国土に暮らす万民の安寧を祈念しつづけるのである。

かつては、この天下安寧の祈念が、祭祀の領域にとどまらず、実際的な施策に及んだ。政治はもともと「まつりごと」と言われたが、祭祀から実際的な施策まで、一体のものだったのである。権力を行使しての施策の実施も、祭祀と同様、すべて天下安寧の祈念を実現するためのものであり、そこに「祭政一致」が成立する。

こうして、この「まつりごと」が広く天下に及ぶことによって、祭祀を主宰する天皇が、特別の大きな存在と認められるようになるとともに、祈念の対象の神性を自ら帯び、神とされるようになった。「祭る存在」が「祭られる存在」ともなったのだが、これは宗教において、広く認められる現象である。

こうして天下安寧を祈念して祭り、祭られて来ている存在が、天皇に外ならない。個々の天皇の個性なり諸般の事情などは二の次で、今上も過去のいずれの天皇も変わりはないと三島は強調するが、よく言われる万世一系にしても、血筋よりも、太古から一貫して不断にこの祈念をもって祭祀を執り行い続けて来ている一事によるところが大きいのである。

そうして、この持続・継続ゆえに、天皇の祈念には、他の如何なる者も持ち得ない力があると、考えられるようになったし、その天皇の力を奮い起す祭祀（清暑堂御神楽など）が工夫されるようにもなった。そのことがまた、天皇に神性を与える働きをしたようである。

こうして天皇は、「現人神」とされるようになった、と捉えて間違いなかろう。

今日、いきなり「現人神」などと言われると、われわれの理解から大きく外れ、反撥することになるだろうし、キリスト教など唯一神教的立場からは、許しがたい蒙昧とされることになるが、歴史の流れに即するなら、ごく自然で合理的な展開によると認められるのではないか。わが国の天皇ばかりを特殊視してはなるまい。

＊

ただし、「現人神」による「祭政一致」の「まつりごと」はいつまでも行われるわけではない。早く「神人分離」が起ったと、三島はする。『古事記』や『日本書紀』に基づいて、小碓命（後に倭建命、日本武尊とも）の時に起ったとするのである。

父景行天皇が地方の乙女二人を召そうと、兄大碓命に連れて来させたところ、途中で大碓命が二人を自分のものとし、他の女を差し出して、朝餉の席にも出て来なくなった。そこで天皇が小碓命に、朝餉に出てくるよう兄に伝えよと命じると、命は、厠に入っていた兄を捕まえ、八つ裂きにして捨ててしまった。これを知った父天皇は、小碓命を畏怖、身辺から遠ざけるため、西へ東へと相次いで遠征を命じた。その父の命に従いながらも、その処遇を悲しんだ……。

この事件を取り上げて三島は、『日本文学小史』でこう書く、小碓命は「その行為によつて逆に父帝の内にひそんでゐた神的な殺意を具体化し、あますところなく具現」したのであり、「しかもその心情、その行動に一点の曇りもなく、力あるものが力の赴くままに振舞つて、純一無垢、あまりにも適切に大御心に添ふたことが、天皇をいたく怖れさせた」と。すなわち、桁外れの暴虐さもさることながら、父天皇自身よく意識しない心の動きを隈無く察知して、瞬時に実現してしまったわが子の振る舞いに、人間の域を超えたものを感じて、畏れをなしたのだ。小碓命こそ「形則我子、実則神人」（『日本書紀』）と思い知ったのである。そうして遠く退けられた子は、悲哀の念を抱きながら異郷をさ迷いつづけることになった。

この事件が「おそらく、政治における神的なデモーニッシュなものと、統治機能との、最初の分離であり、前者を規制し、前者に詩あるいは文化の役割を担はせようとする統治の意志のあらはれ」だと、三島はつづけて書く。『討論三島由紀夫VS.東大全共闘』ではこう語る、「自分の息子」日本武尊を「文化の、詩の英雄として完全に神話化しなければ危険である。そして自分は統治天皇として、神話や伝説と違つた世界で、生きていかう、かういふことを景行天皇は考へられたのじやないか」と。

日本武尊は「神的天皇であり、純粋天皇」となり、景行天皇は「人間天皇であり、統治天皇」となって、分離したとするのである。

ただし、分離して全く別々の存在になったわけではなく、互いの「理解の不可能」（『日本文学小史』）を抱え込みながら、その「人間天皇と、つまり統治的天皇と、文化的、詩的、神話的天皇とが一つの人間でダブルイメージを持ち、二重構造をもって存在」（『討論三島由紀夫VS.東大全共闘』）するようになったのである。

このことが複雑な事態をもたらすことになった。

三島は詳述しないが、景行天皇以降、この分離は、たまに揺り戻しがあるものの、より明確化する方向へと進み、統治権は天皇から臣下へと移って行った。藤原氏が政治上の実権を掌握したのがそうだし、摂関政治もそうである。院政になると揺り戻しの趣があるが、天皇はいよいよ統治から隔てられ、もっぱら上皇に帰する。そして、鎌倉幕府が成立、以後、室町幕府、江戸幕府となるが、天皇はますますもって統治に係わる通路を断たれ、祭祀の域に押し止められた。その間、後鳥羽上皇、後醍醐天皇による朝廷の復権の企てがあり、殊に後醍醐天皇は、古代の祭政一致の再興を掲げて、一時は実権を掌握した。幕末にはこの祭政一致の旗印を掲げることが、明治維新のエネルギーとなったし、やがて昭和の維新を称える者たちも同じ旗印を掲げた。

この「祭政一致」の主張に、わが国における独自な革命原理を、三島は見出したのである。天下安寧を祈念する祭祀と統治が一体となった「まつりごと」こそ、疑いもなく政治のゾルレン（当為）であり、その実現を求めてこそ正統性を持ち得る。すなわち、わが国では天皇が正統な革命原理を保持しているのであり、在るべき政治を要求して革命を唱えるなら、天皇を奉じることになるはずだと言うのである。全共闘の学生たちに向って三島が、君たちは天皇を認めるべきだし、天皇と言いさえすれば、わたしと手を結ぶことができると言ったのは、これゆえである。

こうしたことは後にもうすこく詳しく触れるとして、天皇は、その「祭政一致」をゾルレンとしながら、現実には二極に分離し、その隔たりをますます大きくし、「政」を実力者が掌握するままに委ねながら、二重構造体として存在しつづけて来ているのである。今日においても、基本的には変わらないと言ってよかろう。「政」は議会・内閣・官僚組織に委ねられ、「祭」は天皇の私事とされながら、わが国の「象徴」と天皇はなっているのである。

　このような長い歴史のなかで、中世以降は、天皇は保有していた権力、経済力、そして権威さえもつぎつぎと剝ぎ取られ、果ては消滅してもおかしくない事態へと、再三、追い込まれた。大東亜戦争の敗戦の折りもそうであったが、足利義満なり織田信長が大きな権勢を握ると、天皇に取って代わろうという野望を抱いた。そうして、実現可能な状況を作り出したが、結局は実行するに至らなかった。

　なぜ、彼らは実行しなかったのか？　日本史の不思議とされるところだが、実行できなかったのではなく、敢えて実行しなかったのであろう。それというのも、天皇の本質が、「お祭」にあり、それも無私の姿勢でもって、天下安寧を不断に祈念しつづけるところにあったからであろう。そうと判明すれば、権力者がわざわざ奪い取らなくてはならない地位はと考えられなくなったはずである。それに祭祀自体、煩瑣と言ってよいものであるし、執り行うには資格が問われるが、その資格取得は不可能に近い。もし、この難題を辛苦の末に克服したところで、権力者として得るところは余りに少ない。いや、なにしろ無私を貫かなくてはならないのだから、権力者と最も遠い在り方をとらなくてはならなくなるのである。一旦は出した手も、権力を手に入れて間近にその本質を知ると、引っ込めずにおれなくなったろう。[6]

　それでいて、政治において無用かと言えば、決してそうではない。政治自体が天下の安寧を最大の目的とする。権力者が権力の行使するのも、自分のためでなく、その目的の実現のためという建前になっていて、それゆえ、程を越えない限りさほどの不満、抵抗も呼び起さずにすむのである。だから、天皇という天下安寧を祈念し続ける存在を排除することは、政治の最も基本的な目的を否定することになる。統治に当る者としては、政治本来の方向をしっかり明示しつづけてくれる、有り難い存在として天皇を奉持する姿勢をとらざるをえないのである。

　天皇を「空白」として捉える考え方があるが、政治を権力の一元的世界と捉えるなら、そのとおりであろうが、実際は決して「空白」でない。絶えず政治本来の理念、ゾルレンを示しつづけて、存在しつづけているのである。

　そして、革命の原理も提供することはすでに触れた。念のため『「道義的革命」の論理』から引用すれば、三島はこう言っている、「天皇を国家の中心とするという「国体論自体が永遠のゾルレンであり、天皇信仰自体が永遠の現実否定なのである」「日本天皇制における永久革命的性格を担ふものこそ、天皇信仰なのである」。[7]

　天下安寧を目指して政体が曲がりなりにも動いていればよいが、そうでなくなったとの認識が広がると、本来の「まつりごと」を目指して、破壊行動に出ることを容認する。いや、教唆さえするに至るのだ。幕末の尊王攘夷が典型的な例であろう。三島が指摘するとおり、天皇がわが国における革命の根拠となるのである。

　神話としてだが、日本武尊は生き続けているのだ、と言ってもよかろう。

＊

先に『日本文学小史』で、景行天皇の時代、神人分離が起ったと三島はしたが、その際、景行天皇は自らを「統治天皇」と自覚するとともに、「純粋天皇」＝日本武尊には「詩あるいは文化の役割を担はせよう」と意志したとの一節を引用した。また、『討論三島由紀夫VS.東大全共闘』からは「統治的天皇と、文化的、詩的、神話的天皇とが一つの人間でダブルイメージを持ち、二重構造をもって存在」する、としたところを引いた。

連合国軍の占領下、「人間天皇」が宣言されるとともに、「文化国家」としての再建が声高に言われたものだが、その文脈に添って言われて来ている「文化」を、三島は「人間天皇」ではなくて、「神話的天皇」「神的天皇」に属させたのである。その点は注意してよかろう。占領政策に主導され、占領終結後もいわゆる進歩的勢力が唱えてきた文化政策なるものへの、根底的拒否が働いているのだ。その姿勢は『文化防衛論』で明確に語られているが、文化は、博物館のガラスケースに収まっておとなしく見られているような、安全なモノではない。「詩と暴力はつねに前者（神的天皇・純粋天皇）に源し、前者に属」する、とまで言うのである。詩と暴力は異質であり、対立するというのが通常の考え方であり、この時期、三島自身にしても、文学と行動（詩と暴力と言い換えてもよかろう）を異質なもの、次元を異にするものと盛んに言っているが、ここでは一括して神的天皇に発するとしているのである。そして、暴力の端的な発動は危険極まるから、「文化の、詩の英雄として完全に神話化」する必要がある、と言った。

このところ一見矛盾しているようだが、文学（詩）が現実と別次元を開いていることによって、現実の統治のために排除される諸々のもの、神的であれ魔的であれ激越な暴力、そして、鋭すぎる叡知、透明過ぎる感性、規を越えたゾルレンの追究、また、激しい献身への希求などを完全なかたちで保持しているのである。そして、それを露わに表現もする。その点で、ここには危険がぎっしり詰まっているのだ。

ただし、統治天皇が治めているこの現実世界と、神的天皇のしろしめす詩的世界が、きちんと照応するようなこともないわけではない。三島が「古今和歌集」に見出したのが、そういう在り方である。この時代、天皇が「二重構造をもって存在」しながら、ズレたり捩れたり大きく分裂したりすることなく、一個の統一体として存在したのである。天皇のザインとゾルレンが、そのまま有機的に繋がっていたのである。

そのため詩的言語が、雅びを指向するまま、この世のさまざまな事柄――花とか鳥とか恋とか離別とか――を自由に自らのうちに織り込み、歌とする時、その雅びな詩的言語が、現実に対して優越的な力をもつような事態が生まれるのである。そうして現実を整え、秩序づける働きをするのだ。

このところ、別の論考で繰り返し触れているので、詳述しないが、詩的言語によって形成される秩序体系が、詩的言語の次元を越えてこの世界全体に隈無く張り巡らされたかたちになるなら、歌を詠むことによって、「ちからもいれずして、あめつちをうごかす」ことが可能になる。歌を詠むことが、この天皇のしろしめす国土の在りようを雅びに整えて、在るべきありようをとるように働くのである。「詩的秩序による無秩序の領略」、詩的言語による現実世界の「領略」がおこなわれるのだ。

そうするとき、神人の一体化が回復されるわけではないが、在るべき平衡状態が実現する。

そして、その詩的領域には、先に神的天皇に属するとされたほしいままな暴力も、恐ろしく透明な純粋さも、悪徳とし か呼び得ないものも、雅びのうちに表現される。

ただし「古今和歌集」には、古典主義的批評精神が強く働いていて、見事に平衡が保たれ、普遍へと開かれている。すなわち、決して特異でも個性的でもなく、「月並」が「核心に輝いて」いるのだ。われわれの時代は「月並」をひどく貶めているが、三島は、この「月並」こそ「独創的な新生の文化を生む母胎」だと捉えている。多分、「月並」が「核心に輝いて」いることが、歌が「あめつちをうごかす」ことを可能にする詩的言語秩序が、この世界を覆い尽くしている証左なのである。

このように三島は、「古今和歌集」に、文学の最も理想的な在り方、また、神人分離後のこの世の理想的な在り方を見るのである。神的天皇と統治天皇が分離しながらも一つに重なり、それぞれが別個に治めている世界が照応し、雅びの言語が十全に働き、そのゾルレンをよく現わしているのである。

そのような在り方へと自らの文学を近づけようと、三島は、ことに晩年に激しく努めたのだ。優れた文学が、この世界の美的精神的感性的秩序体系を織り出し、根底において世界そのものを動かす——。少なくともそういうところを目指し続けることによって、確かな背筋を日本の文学に通すことができる、と考えたのだ。

＊

ここまで天皇自体の在り方を見て来たが、その許にある人々の天皇への係り方について、見なくてはなるまい。三島は、天皇自体よりも、こちらの方により多く関心を払った。それというのも、そこに自らの切実な問題を見ていたからである。

天皇の許に身を置く者にとっては、天皇の意向が第一であるのは言うまでもなかろう。なにを措いても尊重しなければならない。ただし、その意向は、あくまで天皇の位にあって抱くところの意向であり、決して個人のものでないから、大枠は明らかである。すなわち、天下安寧である。治国平天下である。

ただし、天下安寧といっても、具体的事柄に関しての具体的意向となると、必ずしも明らかではない。天下安寧のために、しかじかのことをするのがよいか、してはならないか、意見の分かれるようなことがあり、天皇の意向を伺い知ろうとすることにもなる。

ところが天皇は、これまで見たように、天下安寧をひたすら祈念し、祭祀を執り行っており、その際に天皇自身、「祭る者」として神の意向を伺い知ろうと努める。先にも触れたように天皇は神でもあるが、無条件にそうなのではなく、もっぱらその祈念と祭祀の執行においてであり、その祭祀を執り行うに際して潔斎を行わなければならない存在なのである。そして、潔斎によって心身の汚れを祓うが、そうして邪念を退け、無私・無心となるのである。

このような在り方をしている存在に、具体的な意向というようなものがあるかどうか。

それに加えて、天皇の許にある者たちが、天皇の意向を伺い知ろうとするに際して採らなくてはならない態度も、また、無私・無心に厳しく努めることである。私意を抱き、神意なり天皇の意向（原則的には同じ）にいささかたりと私意を加えるようなことがあってはならないのである。

二重に無私・無心が厳しく課されるのであり、そのようなところで具体的な意向なるものが成立するかどうか。ひどく難しいのではないか。いや、基本的にはほとんど不可能であろう（神道が教義らしい教義を持たないのは同じ理由からかもしれない）。しかし、神意は、そうした不可能性を突破して顕れ出てこそ、神意であろう。また、神を尊び、神の意向に従って行動することを決意している者は、そのような神意こそ伺い知ろうとするのだ。

そのあたりの消息は、『奔馬』の作中にまるごと引用されるかたちになっている一冊の本「神風連史話」について見るのがよかろう。明治九年（一八七六）、新政府の政策に反対して決起するに際して、神風連の人々は、「うけひ」を行った。「うけひ」とは古代において行われた占いの一種で、神意を伺い知ろうとするもので、私意を可能な限り排除するのを第一とする。まず懸案の可否を記した紙それぞれを丸めて三方に載せ、神前に置き、祈誓すると、榊を振って、榊に付いて来たものを以て、神意とするのである。神風連の面々はこの「うけひ」を新開大神宮の神前で行ったが、望んだような卦は出ず、何回も何回も繰り返した末に、ようやく「可」と出て、決起したのだ。それも武器は近年に渡来した鉄砲、大砲などは退け、刀剣に限った。これまた神意を迎えるためで、決起の成否は問わなかった。

この「神風連史話」を愛読、治典王にも贈呈した勲は、天皇の大御心が発露するままの政治を願い、君側の奸を退けようと仲間と語らい、政財界の要人を殺害、変電所六ケ所を襲って占拠、飛行機から檄文を散布する計画を立てた。そして、決行日を決めるに際して、同志たちの注視を浴びながら、川の向う岸の絶壁を見つめる。その勲の前に社殿はなく、「うけひ」を行うわけでもなかったが、神風連のことをありありと思い出すのだ。

絶壁はすでに夕影に汚れ、眼下の瀬の白波だけが目立つてゐる。自分は物語の中の人になつた。ずつと後世の人に記憶される栄光の瞬間に、自分らは正にゐるのかもしれない。それかあらぬか夕凪のこの冷たさのなかには、記念碑の青銅の冷たさがひそんでゐる。

ここで言う「物語」は、「神風連史話」が語るところのものに他ならない。そのつづき、

神がもう現はれてもよいのではないか。

……何の日付も、何の数字の啓示も泛んで来ない。その気高い夕雲の光りの裡に、真下に彼の心を強いて来るやうなものは現はれない。言葉を要せずして、ただちに交感を成就するやうなものは生れて来ない。弦が絶たれたやうに、何も鳴らない。

神風連の者たちの場合と同様、神は容易に現われないのだ。そして、啓示も下されない。が、

事態はここまで迫り、機はここまで熟してゐる。何かが現はれねばならぬ。しかも、神は肯ふとも辞むともなく、この地上の不決断と不如意をそのまま模したやうに、高空の光りのなかで、神の御御足からなほざりに脱げた沓のやうに、決定は放棄されてゐるのである。

神風連の時代よりも遥かに下った時代に、彼らは身を置いているのである。だから、神は容易なことでは現われない。いや、現われるはずがないのだ。そのことは、すでに短篇『海と夕焼』（昭和三十年）で三島は描いている。少年十字軍に参加したばかりに、人買い商人の手に落ち、世界各地を転々とした挙げ句、鎌倉で老い、小山の頂から海の彼方に日が沈むのを眺めるのを、日々の勤めとしている男に、その有様を捉えている。しかし、いまは答を出さなくてはならないのだ。

そこで起ったことを、三島はこう書いている。

勲の心の中で、何かが一時的に蓋を閉じた。蛤が貝を閉じるやうに、時に臨んで、いつもあらはに潮にさらしてゐるはずの「純粋」の肉が覆はれた。小さな悪の観念が、舟虫のやうに心の一隅を走りすぎた。

ここで言う「蓋」なり「小さな悪の観念」がいかなるものか、よくはわからないが、一時的に「純粋」そのまま、無私・無心のままではなくなるのだ。そうすることによって勲は具体的に決行の日時を同志たちに告げる。こうしなければ、いつになっても日時を決めることはできないのである。

これより前、治典王に面談する機会を得た勲は、天皇への忠義について問われると、手が火傷しそうな握り飯を握って差し上げ、受け取って頂いても、拒まれても、退下するとただちに腹を切る、と答えた。そして、「草莽の手を以て直に握つた飯を、大御食として奉つた罪は万死に値するから」だと説明していた。これが神意だと明瞭でなくても、最後の最後には、これが神意のはずと忖度、決定して行動に出ざるを得ないと言っているのである。天皇が握り飯を望んでいるかどうかは分からない。分からないが、自らが信ずるとおり、握り飯のなかでも最高と信ずる熱い握ったばかりの握り飯を差し上げるのだ。「純粋」に無心であっては、その決心がつかない。決心する限り、「私」が決心するのである。その

「私」を成立させるのが、ここで言う「蓋」であろう。そして、そこには微かかもしれないが、「悪の観念」の影が差す。そのことを承知しながら、「聖明が蔽はれてゐるこのやうな世」に「何もせずに生き永らえてゐる」ことこそ「大罪」だと考え、決心し、行動に出るのだ。

ただし、その行動が神意に添ったと判明しても、最後には腹を切る。神意を伺うのに「純粋」に徹底し切れず、呼び込んでしまった私意なり「小さな悪の観念」を濯ぐため、また、聖なる神意を草莽の者が伺った不敬の罪を償うためである。不敬の罪を償わなければ、聖なる神意が聖なる神意ではなくなるのだ。それとともに、じつは自死によって、自ら無私を完成する意味があるのであろう。いささかの私意による不敬な忖度があったとしても、最終的には、死ぬことによって全き無私とするのである。

神道では清浄を尊び、穢れを忌み、祓いを専らとするが、公事の「まつりごと」において、神意なり大御心を第一とし、私を徹底して退けることが、自決をよしとするところまで行く、と三島は捉えたのだ。それが神道にかなうかどうかはともかく、そう考えたのである。

この問題は、『朱雀家の滅亡』の経隆のものでもあろう。侍従長の職にあって戦争終結の工作に成功すると同時に、「分を弁へない行動をした」と職を辞する。その工作は天皇の意向に添ったものであったはずだが、その意向を伺い、忖度し、行動して「御周囲をさはがせ」たこと自体が、畏れ多いのである。そして、以後は「お上のおん悲しみ（中略）おん苦しみを、遠くからじつとお支へする」ことを、自分の務めとする。侍従長の職にあるものでさえ、腹を切らないまでも、ほとんど自らを抹殺するところへ行くのである。

こうした態度は、そのまま三島が二・二六事件で決起した青年将校に見いだしたものであった。二・二六事件を三島が「道義的革命」と呼ぶのは、もっぱらこの一点による。

青年将校たちが、決起しながら、皇居を包囲せずに、ひたすら「大御心に待つ」姿勢を取り続け、みすみす勝機を逸してしまったが、この姿勢は、自らの無私・無心への徹底を貫き、「うけひ」を繰り返し、敗北に終わるのを十二分に承知しながら、決起した神風連の姿勢に通じるとするのである。

二・二六事件を北一輝の思想から隔てようと、三島は強引に努めていると野口武彦が指摘しているが[8]、北一輝は計画の成功を追求するのに対して、青年将校たちは「大御心」の発露を受け取ることを第一とした、と捉え、そこを評価するのだ。そして、その観点から、二・二六事件の首謀者の磯部浅一一等主計の遺書を採り上げ、徹底して「待つ」姿勢を貫いた点に絞るのである。『奔馬』の勲も待たなかったわけではなかったが、徹底しては待たなかった。「純粋」に「蓋」をして、決起の日取りを決め、挫折した。だから勲は、夢の中だが、女に変身、その柔らかな肉の内に閉じ込められたのだ。神あるいは超越を求めるところから最も遠い官能的在り方を課せられたのである。そして、単独テロに走り、望みどおり自決を遂げるものの、タイの王女に生まれ変わる[9]。

三島が強引であったかなかったかはともかく、磯部らが徹底して待った点をあぶり出すことに、この論考の主眼があった。そして、橋川文三[10]が磯部は最後に「致命的な国体否定者に転化する」としたのに対して、正面から異議を唱えたのだ。

＊

ところで、なぜかくまで厳しく無私・無心であること、そして、待ちつづけることを、肝要としたのであろうか。

すでに述べたように、一つには、私意の働く域では決して伺い得ない神意なり天皇の意向を知るためであり、二つには、それが神道の清浄を尊び、穢を祓う考え方と重なり合うゆえであろう。三つには、神意を受けて行動に出る過程において、「私」を介在させざるを得ないからである。

それに加えて、いま一つ、無私・無心を果ての果て、死まで突き詰める時、神意を完全に体現するばかりか、自らが神になる、とも考えたからであろう。神になれば、仰ぎ見てきた天皇と同座し、畏れ憚ることなく間近かに接することが出来る。ある点では、一体化することさえ可能となる。

天皇に対する思いを、三島は「恋闕の情」という言葉でもってしばしば語る。「闕」とは、天子の居所を言うとともに、欠けていることを言う文字だから、天皇への一途な激しい恋と言ってもよい情のことであろう。

その点、『英霊の聲』は、より明瞭である。二・二六事件で刑死した青年将校の霊は、こんなふうに語り出すのである。


……まづ、われらの恋について語るだらう。あの恋のはげしさと、あの恋の至純について語るだらう。

エロスに等しい、いや、エロスそのものと言ってよい。その思いに貫かれた激情をもって、天皇を仰ぎ見、誠を尽くし、無私・無私へと已が身を削りに削った末に、死に至るのである。

青年将校の霊はこうも語る。

『陛下に対する片恋といふものはないのだ』とわれわれは夢の確信を得たのである。

恋して、恋して、恋して、恋狂ひに恋し奉ればよいのだ。どのやうな一方的な恋も、その至純、その熱度にいつはりがなければ、必ず陛下は御嘉納あらせられる。陛下はかくもおん憐み深く、かくも寛仁、かくもたほやかにましますからだ。それこそはすめろぎの神にましますところ以だ』

天皇が望んでいるかどうか、最終的には考慮することなく、誠意をもって自分がよいと信じるなら、その通り、例えば熱い握り飯を一方的に差し上げればよい、と言うのである。

そうして死に至るとき、その者たちは神になる、ということが起る。神たる天皇に恋し、その大御心に添い、その望むところを実現すべく働いて死ねば、自ら神となり、「天皇陛下のところへ行く」ことが出来るのである。

すぐれてエロス的激情の成果だと言わなくてはなるまい。

恋は、恋の対象との一体化へと突き進む。多分、政治思想としては危険なところであるが、恋にあっては当り前のことである。

そうして、こういうことも起る。先に『英霊の聲』から引用した一節に「われらの志がついに大御心にはげしい焔を移しまいらせ」とあったが、いまや大御心を伺い知ろうと努めるのではなく、われわれ自身の思いそのものをして、大御心たらしめるのである。勿論、そのわれわれの思いは、いささかも私の思いでなく、無私・無心に大御心を思いやったところに出現するものであって、それが激しく焔と燃え盛るならば、大御心へ「移しまいらせ」るに至るのだ。「純粋」に「蓋」をしての決断とは別の、「恋闕の情」による道である。

ただし、そこまで踏み込む時、次の言葉を天皇から聞かなくてはならない。先に引用した夢の第二の絵図のつづき、

『その方たちの志はよくわかつた。

その方たちの誠忠をうれしく思ふ。

今日よりは朕の親政によつて民草を安からしめ、必ずその方たちの赤心を生かすであらう。

心安く死ね。その方たちはただちに死なねばならぬ』

正面切って、死が課せられるのである。そして、この後、その言葉に従って、龍顔を仰ぎ見ながら死んで行く「至福」が綴られる。

こうしたことが根底から成り立たない事態になったところで、『英霊の聲』は書かれたのである。もはや天皇の大御心にわれらの志の焔を移しまいらせることが不可能となったばかりか、多くの若者たちが実際に死んだ後になって、一旦発せられた「心安く死ね」の言葉が取り消されたに等しい事態となったのである。

それが「敗戦」だったのだ。

霊が語り始めるところに、こういう一節がある。

「死んだわれわれは天皇陛下のところへ行つたか？

われわれが語らうと思ふことはそのことだ。すべてを知つた今、神語りに語らうと思ふのはそのことだ」

肝心なことは、神である「天皇陛下のところへ行」き、一体となることであったのである。その希求と、その希求実現のために傾けられたすべてが、一瞬にして虚妄と化せられたのである。

敗戦は、突き詰めればこの一点に尽きる、という思いが、三島にはあったのだ。そして、こう捉えることは、その「敗戦」が、大東亜戦争にとどまらず、二・二六事件においてすでに出来しており、欧米を手本とする近代化そのものに根ざしていたとすることになる。多分、三島が明治の初めの神風連を取り上げた所以でもある。

それはともかく、無残な「裏切り」に逢着せざるをえなかった希求だが、その希求を最後の最後まで突き詰めたのが、磯部であったとするのが、三島の立場である。先に触れたように橋川文三は最後に天皇否定へと劇的転化を見せたとするが、三島はその見方を退け、「癒しがたい楽天主義」をもっ

て、「大御心」によるご下命をあくまで待ちつづけたとするのである。行動に出る好機を見送り、計画そのものが瓦解し、自らが破滅へと突き進む事態になっているのを目の前にしながら、挫けることなく、なおも待ちつづけたとするのだ。

磯部がそうまでなしえたのは、自らの「至誠」に一点の曇りもないとの確信があったからであり、その確信は、いつ処刑されるか分からない事態になると、生身のまま自分は神となると信じるまでになった、と見るのである。現人神天皇以外は生身のまま神となることはないはずだが、無私・無心を突き詰め、その窮まりに至ったならば、その者自身が神となり、国家の「ゾルレンの究極」を体現するとまで考えたである。そうなれば、天皇および軍隊の上層部が如何に自分たちを糾弾しようとも、「神が神自身を滅ぼすとは論理的矛盾である」と居直り、楽天主義をもって対処しつづけることができる……。

こうして三島の描く磯部は、生きながらほとんど荒らぶる神となった、と言ってよかろう。

この磯部像が実像かどうかは分からないが、二・二六事件に関心をもち続けて来た三島としては、こうでなくてはならず、橋川の描くような像であってはならなかったのである。

その三島の描いた磯部像は、基本的には『林房雄論』で描いた林房雄像とひどく似ているように思われる。ほとんど兄弟だと言ってよいのではないか。磯部も林と同じく「強熱的な否定、純潔を誇示する者の徹底的な否定、外界と内心のすべての敵に対するほとんど自己破壊的な否定」を、云ひうべくんば、青空と雲とによる地上の否定」を、激しく噴射しつづけ、この地上に身を置きながら「青空と雲」の高みに至ろうとしつづけたのであろう。

ところで三島の初期の作品、『苧菟と瑪耶』『サーカス』『岬にての物語』などには、「純粋」への志向が貫き、現実の彼方へ、さらには死へと向っていることを、拙著『三島由紀夫エロスの劇』で指摘した。それと同じ志向が、これまた『林房雄論』や『雨のなかの噴水』などを初め、天皇を軸にした諸作品や論の根底にも横たわっているのが認められよう。勲にとっても磯部にとっても「純粋」で在り通す至上への運動体であることが肝心であったのである。

およそ二十年を隔て、わが風土において超越的存在を希求するに際して、その志向を改めて踏まえ、大掛かりに展開させた、と見てもよい。実際、出発期に拠って立ったところに拠ることによって、こうした基本的問題は推し進め得るのだ。三島は最後の対談集に「源泉の感情」との題名を与えたが、こうしたところを自覚してのことであったろう。

ただし、出発期は彼方への憧れの念ばかりが強く、焦点は幻想的次元に結ぶ――その到達点が『金閣寺』であった――が、いまでははっきりと、この現実世界と同一の次元において焦点を結んでいる。これも『三島由紀夫エロスの劇』で詳述したことだが、『金閣寺』の完結までと以後とではエロスの在り方が基本的に変わっている。すなわち、プラトンが

「饗宴」で語ったような自らの内の欠落に基づく欲求から、自らの外に現に存在し、容易に獲得できないゆえに激しく誘われ、獲得なり同一化へと向う欲求にと変わっている。天皇への「恋闕の情」とは、まさしくそういうものであったのである。

そして、その天皇は現実の存在であるとともに超越的存在でもあるという二重の構造を持ち、ザインでありながら、常にゾルレンを鋭く差し出しつづけてやまず、果てしない希求を課するのである。

＊

三島が天皇について考えたことを問題にするなら、論及しなければならない事柄がまだまだある[11]。また、多くの論者による批判にも触れる必要があるだろう[12]。ただし、いまはその用意がないので、ここでは三島が言うところの天皇が、絶対そのものではなく、あくまでも絶対的超越的であることを、最後に強調しておきたい。

三島の視野のなかには、間違いなくキリスト教が深く入り込んでいた。そして、超越性への激しい希求において、キリスト教信仰の厳しさ、徹底ぶりに似通うところがみられる。そのところを富岡幸一郎が詳しく検証している[13]。しかし、結局のところ、似通う以上は出ず、三島にとっては、ひたすら純粋を貴び、無私・無心に徹底することを通じて絶対的超越的在り方を希求しとおすことが、大事であったのである。そこでは究極点、終着点が必ずしも明確ではなく、不安定さがつきまとう。と言うよりも、望む彼方へ行き着き得ないのは確かなのである。しかし、そこにおいて不断に休むことなく彼方へと超越運動を持続しつづける。先に引用した『雨の中の噴水』の一節の終わり近いところを、いま一度、引けばこうである。

> 結局天の高みで挫折することがわかつてゐるのだが、こんなにたえまのない挫折を支へてゐる力の持続は、すばらしい。

超音速戦闘機に乗っての飛行体験を扱った『F１０４』（「文芸」昭和四十三年二月号）が捉えているのも、このところであろう。噴き上がる水と化して、より高くより高くと飛翔するが、その飛翔は、より鋭く落下を意識させる。そして、実際に落下するが、その挫折のなかからさらに飛翔へと改めて向う。そこに噴水柱が出現するのである。

この運動の持続は、相対世界にあって超越的世界へ、ザインにあって究極的ゾルレンへと不断に係わりつづけることである。超越的世界へと突入を繰り返しながら、相対的世界に在りつづけるのである。生身をもってこの世に生きている人間が、いかにして超越した次元へ、絶対へと手を届かせ得るか、そうしてほとんど手を届かせ得たとして、いかにこの世に生きるか。それが如何なる生の充溢をもたらすか。そういった問題に係わるのだ。

これはそのまま、自らライフワークと称した『春の雪』に始まる『豊饒の海』の主題であった。

　このような志向を抱く時、人であるとともに神である存在が、如何に意味深く思われてくるか、言うまでもあるまい。そのことを三島は誰よりも強く感じていたのだ。

　このような志向に応えることは、キリスト教、とくにプロテスタントの唯一絶対神に期待出来ることではない。「現人神」天皇は、絶対を言いながら、あくまで相対的世界に身を置いている。そして、絶えざる変化と白紙に近い主体的な自由を、われわれに差し出しつづけてくれるのである。

　だから、この世に身を置くわれわれにとって、「現人神」といった在り方をする存在こそ、じつは最も肝要な問題を解きほぐす具体的手掛かりを提示してくれているはずなのである。唯一絶対神をもってすれば、確かに世界像は整理され、立体性をもって出現、われわれ人間が目指すところも明確になるが、それだけ却ってその枠組みに囚われ、独善なり偽善に踏み込んでしまう恐れがある。そのようなところから自由でいることができるのである。

　ただし、「純粋天皇」を現実に顕現させるのは、決して容易でないし、顕現させようと努めること自体、安全無事というわけにいかない。神風連の行動にみられるように、無私・無心に徹底して、果ては自らに死を課さなくてはならなくなるかもしれないのである。しかし、私一個の無事がどれだけ意味があるのか。

　このように考えていた三島は、じつは欧米の文化に対して、日本文化をより確固と据えようとしていたのである。防衛問題に関して時の政府に提出した「建白書」の終わりで、「日本と西洋社会との問題、日本のカルチャーと西洋のシィヴィラゼイションとの対決の問題、これが、底にひそんでいることをいいたいんだということです」と述べているが[14]、そのように欧米文化に対して、抽象的な議論としてではなく、すぐれて具体的なかたちで、自らが身に受けている文明を押し出そうとしたのである。

　天皇を問題にしたのは、結局のところ、そのようなところにおいてであったのであり、その天皇論を捉えて政治的な領域での議論に終始するのは、三島の問題意識を卑小化することになる。ただし、そうでありながらも、政治の領域へ実践的に深く係わることを三島が自らに課したのも確かであり、その意味もまた見届ける必要があろう。

注

1　『討論三島由紀夫VS.東大全共闘』での発言による。ただし、卒業式が三時間にも及ぶはずはなく、その後に行われた行進、競技などを含めていると思われる。

2　井手孫六「衝撃のブラックユーモア」（「新潮」昭和六十三年十二月号）による。

3　作中では「十・一三事件」となっているが、これは「全く戯曲の季節と年齢の計算による技術的要請から来た変更」だと三島自身、『二・二六事件と私』で断っている。

4　拙著『三島由紀夫エロスの劇』第十二章「背徳と神聖と」参照。

5　『三島由紀夫未発表書簡―ドナルド・キーン氏宛の97通』

昭和四十一年一月三十一日付の項による。

6　今谷明氏が『室町の王権――足利義満の王権簒奪計画』(一九九〇年、中公新書)以降、一連の著作で、天皇と権力者との係わりを明らかにしたが、最も皇位の完全な簒奪に近づいたのは足利義満だとし、彼が官位敍任権を初め、国家の安泰を祈る祈禱権なども朝廷から奪い、自ら法皇に等しい地位を獲得、さらに次男の義嗣を天皇の位につける態勢を整えたが、実施直前に急死したことを明らかにした。指摘どおり歴史上、天皇位の簒奪に最も近づいた例であろう。それとともに、義満没後、武家が手中にした権利の多くを朝廷に戻した点も、明らかにした。まことに目覚ましい研究成果であるだけに、これをどう受け取るか問題である。今谷氏は、義満が急死しなければ、義嗣の即位はあったとしているが、果たしてそうだろうか。また、もし義嗣が実際に即位したとしても、足利家による一元的支配体制が持続されたとは考えにくい。今谷氏が明らかにした義満没後の事態がそれを雄弁に語っていよう。加えて、祭祀権の幾つかが義満の手中に帰したとしても、天皇の世俗の域を越えた無私の天下安寧への祈念を責務とするところが、世俗的権力者である義満と基本的に大きく隔てることになるのではないか。無私になって祈念することの意味を重く受け取らなくてはなるまいと思う。

7　『文化防衛論』初版六十九ページ十七行では「国体論自体が永遠のザイン」となっているが、文意上「ゾルレン」でなくてはならないと考えるので、ここは誤記とし、変えて引用した。

8　野口武彦『三島由紀夫と北一輝』一九八五年、福村出版。

9　拙著『三島由紀夫エロスの劇』第三章「女への変身」参照。

10　橋川文三「テロリズム信仰の精神史」『歴史と体験』昭和三十九年、春秋社刊所収。

11　『文化防衛論』についてはほとんど触れず、「文化概念としての天皇」につてても言及しなかった。本稿で述べているところでおおよそは尽きていると考えたからである。ただし、抽象化のレベルが上がっていて、体系化を目指しているおり、微妙なズレがないわけではないようである。また、自衛隊に対する「栄誉大権」は、今日における天皇の在り方についての三島の考え方を知る上で重要だと思うものの、取り上げなかった。

12　膨大で容易に論じることができないが、多少覗いたところでは、基調がいまだに欧米近代国家像あたりを理念として、天皇の存在を否定する方向にあるのに、異様な印象を受けた。もっと自由な見方、発想があってよいのではないか。そのことと多少は繋がりがあると思うが、吉本隆明・赤坂憲雄『天皇制の基層』(講談社学術文庫)の三島への言及にしても、三島の最も基本なところへ理解が届いていない。

13　富岡幸一郎『仮面の神学』一九九五年十一月、構想社。

14　山本舜勝『三島由紀夫憂悶の祖国防衛賦』昭和五十五年、日本文芸社に要約。小室直樹『三島由紀夫と「天皇」』一九九〇年、天山文庫には、談話を起こしたと思われる文がほぼそのまま収められている。ここでは後者によった。

(文芸評論家)

『決定版三島由紀夫全集』初収録作品事典 I

池野美穂 編

凡例

一、本事典は、『決定版三島由紀夫全集　全42巻＋補巻＋別巻』（新潮社）に初収録された小説、戯曲（参考作品、異稿を含む）のうち、三十五作品に関する事典である。今回扱わなかった作品については、本誌次号以降で取り上げる予定である。

二、【書誌】、【梗概】、【考察】の三項目で構成し、配列は現代仮名遣いによる五十音順とした。丸数字は全集収録巻を表す。

三、各項目執筆者は、安蒜貴子、池野美穂、遠藤梨香、川邊紀子、外川希、原田桂、宮田ゆかり、守谷亜紀子である。

四、各項目で言及される以下の文献の書誌は次のとおりである。

●昭和十六年九月十七日付け清水文雄宛未発送書簡「これらの作品をおみせするについて」「新潮」（平15・2月号）↓『師・清水文雄への手紙』（新潮社、平15・8）↓『決定版三島由紀夫全集38巻』

●観劇ノート「平岡公威劇評集①」（昭和十七年一月～十九年二月）詳細は『決定版三島由紀夫全集15巻』「解題」七二一頁参照。

●佐藤秀明「三島由紀夫の未発表作品―新出資料の意味するもの」（「国文学」平12・9）

青垣山の物語（あおがきやまのものがたり）〈小説〉

【書誌】Ａ４判四百字詰「MARUZEN」の原稿用紙七十八枚と、表紙一枚。末尾の原稿は欠損。起筆日は、昭和十七年二月十六日の東文彦宛書簡に、〈今日から「青垣山の物語」といふ日本武尊の物語をかきはじめてをります〉とある。擱筆日は、清水文雄宛書簡の記述から、同年四月十六日以降から二十五日頃と推定される。ほかに草稿三枚と、Ｂ４判四百字詰め原稿用紙二十四枚（表紙三枚、本文二十一枚）の異稿がある。なお、昭和十七年九月一日付東宛書簡では改稿していることが知られるが、内容については不明である。⑮

【梗概】語り手「私」が、自身の世界観を交えつつ、東征を中心とする日本武尊の生涯を語る小説。父の景行天皇や兄の大碓命をめぐる物語を挟んで、梟師誅伐の物語から、東征の途中での焼津の難、弟橘比売の入水、伊服岐能山での白い猪との出会いを経て、尊の死と白鳥の飛翔場面まで描かれる。

【考察】昭和十七年四月十四日付東文彦宛書簡では、〈完成の一歩手前で又停滞〉と記しているが、六月三日付の清水文雄宛書簡では、〈ある点では花ざかりの森より自信のある作品〉としている。

五月一日付東宛書簡では、白鳥の飛翔場面にギリシャ悲劇の要素を見、エピローグはギリシャ劇で〈悲劇的効果〉をもたらす合唱の形式を導入したとしている。また前掲清水宛書簡では、ギリシャ悲劇の世界を理念としたシラーに自身を重ね、本作が〈私のシルレル的な面の所産〉であると述べている。実際に内容は、抒情性や悲劇性を全面に押し出すものとなっている。

「文芸文化」との接触以後、古典文学を基盤にして創作された一連の作品の一つとして、『花ざかりの森』（昭19・10）に継ぐ作品といえる。後年の『日本文学小史』（昭47・11）では、日本武尊の物語に暴力性を認めているが、本作では大碓命殺害をはじめとする残虐行為が削除されるか婉曲にしか語られないように、暴力性が敢えて排除されている点も軽視できない。（守谷）

悪臣の歌（あくしんのうた）〔詩〕

【書誌】四百字詰「OKINA」原稿用紙十四枚。昭和四十一年春頃執筆したと思われる。ほかに「英霊の声」草稿一枚と、創作メモの断片がある。⑳

【梗概】二・二六事件、特攻隊などを挙げ天皇の人間宣言を批判する作品。七連からなる文語自由詩の形をとり、各連〈などてすめろぎは人間（ひと）となりたまひし。〉と結ばれている。

【考察】「英霊の声」の挿入歌の前身と思われ、母・倭文重（しずえ）が「暴流のごとく」（「新潮」昭51・12）で〈昨夜一気に書き上げた〉と三島が語ったとしているのは本作と思われる。「悪臣の歌」第一連は「英霊の声」の最初の挿入歌とほぼ同じ内容だが、数カ所変更と削除があり、〈人ら四畳半を改造して／そのせまき心情をキッチンに磨き込み〉〈人々レジャーへといそぎのがるれど／その生活の快楽には病菌つのり〉のようなカタカナは廃されている。

「英霊の声」では帰神（かむがかり）の会を通して霊自らにその心を歌わせている。『英霊の声』（昭41・6）の跋文「二・二六事件と私」で三島自身が〈「英霊の声」は能の修羅物の様式を借り〉たと書いているように、設定や構成を整え、「悪心の歌」で表された主題は小説的構成の枠内に組み込まれている。そのことによってテーマは説明的になり、「悪臣の歌」から感じられるような詩的な力強さは失われ、印象が薄くなっているともいえるだろう。（遠藤）

或る男に寄せて（あるおとこによせて）〔小説〕

【書誌】表紙に「NOTE BOOK」および二人の陸上選手のイラストを印刷した学習ノートに収録された作品。表紙に初等科四年↓初等科五年と記入されていることから、昭和九年から昭和一〇年に執筆されたと思われる。⑳

【梗概】「一　美しい町　フランス」「二　静かなあばらや　日本」「三　仙人に化かされた男　志那」の三篇からなる連作。

「一　美しい町　フランス」大勢の老若男女が集うようなクリスマスを思い描く男の話。

「二　静かなあばらや　日本」宝石盗人の疑いを受けた秋名彦と思われる、山奥で暮らす男の話。

「三　仙人に化かされた男　志那」仙術を学ぼうとして壁抜けの術を教わったが、実際に術を使うことはできず、仙人にだまされた大富豪、李英の話。

【考察】短い物語を連ね、それぞれを異なる国のこととして描く構成は、三島が幼少時に親しんだ『世界お伽噺』（巌谷小波編）や『世界童話』（鈴木三重吉編）などを真似たものであろう。

また、「童話三昧」（昭15・3・14擱筆）に佐藤春夫「美しい町」を読み感銘したと書かれていることや、内容に類似点が見受けられることから、「一　美しい町　フランス」は佐藤春夫の「美しい町」を題材にしたものと思われる。（遠藤）

無　題（「あるさびれた海岸の……」）〔映画原案〕

【書誌】Ｂ４判四百字詰「オキナ」原稿用紙三枚。㉕「月報」の織田明の記述によれば昭和四十三年九月下旬ごろ書かれた。㉕

【梗概】「黒蜥蜴」（昭36・12）映画化の後に、深作欣二監督、丸山（美輪）明宏主演で企画された映画の原案。

　あるさびれた海岸の別荘に住む美しい狂女は、夫がいる身でありながら、様々な男と関係を結ぶ。その中の一人の若者を真実に愛するが、若者は夫に殺されてしまう。

　愛してくれる夫は連行され、愛する若者は死んでしまい、狂女は夢の破綻に絶望して入水する。

【考察】本原案は当時の松竹プロデューサー織田明が所蔵しており、三島がストーリーを語ったテープも保存されている。昭和四十三年八月十四日に公開され好評だった映画「黒蜥蜴」と同じ監督、主演での二作目を企画していた。前記「月報」によれば三島もこれに意欲的であったが、企画の進んだ同年十一月の初め頃〈僕はヒチコックの『めまい』のようなタッチ・画調をイメージしている。君は責任をもてますか〉と織田に問い、持てないと答えた織田の目の前で松竹の永山武臣演劇担当常務におりる旨電話をかけた。企画は流れたが、同監督、主演、松田寛夫・深作脚本で翌年「黒薔薇の館」が公開された。（宮田）

雨　季（うき）〔小説〕

【書誌】「10/20」原稿用紙五十二枚に書かれた短編小説で中断されている。平岡公威と署名。昭和十五年頃の執筆と思われる。⑳

【梗概】扇山守顕（もりあき）と甥の陵太郎（後半では守顕の妻も）の心理的経過を中心に描いた小説。

　守顕と弟の守愛（もりちか）は不仲であったが、守愛が満州に渡るため、その息子陵太郎を守顕が預かることになった。守顕は甥の陵太郎の憂鬱そうな様子に自分の青春時代の姿を重ね、それを解消するために園遊会を催すが、次第に守顕の若い頃の憂鬱と陵太郎のそれは違うものなのだと感じる。一方、陵太郎は不安や空虚さにおそわれ生と死について思いを巡らせるが、海を見ながら憂鬱と倦怠が薄らいだように感じる。

　扇山婦人は愛人と映画に出かけるが、知人と出会いとっさに嘘をつく。婦人は自分が愛人に嫉妬心を抱いていることに気がつく。

（以下、中断）

【考察】「鳥瞰図（ちょうかんず）」の前身。「雨季」→「鳥瞰図」→「彩絵硝子（だみえガラス）」（昭15・11）と作品が発展していったと思われる。

　堀辰雄風な二世代にまたがる話を書くことで視点を複層化させ、作品に立体的な膨らみを持たせようとしたのではないか。この親世代と子世代それぞれの恋愛を同時に進行させるという特徴、パラレリズムは、「彩絵硝子」や『盗賊』（昭23・11）などにも見られる。「雨季」はこのような特徴を持つ作品の初期のものといえるだろう。

　また陵太郎の憂いについての描写は『仮面の告白』（昭24・7）に一部がそのまま使われている。（遠藤）

鵲（かささぎ）〔小説〕

【書誌】Ｂ４判「125ＹＮ特製」六百字詰原稿用紙六枚。署名は平岡公威。執筆年月日は、使用原稿用紙から推定し、昭和十四年秋から冬であると思われる。⑮

【梗概】新羅大将の前に鵲の姿となって現れた百済王女の物語を語り手の老人が回想する。新羅二十七世の御代、三国統一を図る新羅将軍金庾信は、百済を討とうと戦陣を張っていた。そこへ大きな鵲が舞い降りる。その鵲の正体は、金大将の襲来を事前に知り、敵軍の偵察に訪れた百済の王女桂仙だった。しかし金大将の度量の広さを目の当たりにし、その勇ましさに完敗した鵲の桂仙は日没と同時に死に、霊魂は祖国百済の山へと帰っていった。

【考察】新羅の二十七世善徳女王（在位632～647）を強力に支えた、三国統一最大の武将金庾信（在位595～673）が、鳥の飛来に不吉を感じる兵士たちをなだめたのち、百済から諜者がやってくるエピソードは、「三国史記」の人物列伝によったものと考えられる。鵲に変身した王女桂仙は三島の創作か。

朝鮮半島では、国鳥である鵲をモチーフとした伝承が数多くみられる。語り手に老人を設定し、結びに〈―朝鮮慶州の古伝説より〉とすることで、伝承説話の手法を試みたのだろうが、〈鴉のやうな声で囂すしく鳴きたてた〉鵲の正体が、実は〈百済の王女〉であったという、醜から美への転換場面は凡庸である。

しかし、心理小説を主に書いていたこの時期に、「三国史記」のエピソードや、「平家物語」の表現を用いるなど、古今東西にフィールドを広げ、心理小説以外の可能性を模索していたともいえるだろう。（原田）

神の湾（かみのいりうみ）〔小説〕

【書誌】Ｂ５判二百字詰「日本瓦斯用木炭株式会社社報」原稿用紙六枚と、「小説　神の湾」と表記された表紙一枚がある。さらに創作のためのメモ一枚もあるが、断片のため⑳に収録されていない。佐藤秀明「三島由紀夫の未発表作品―新出資料の意味するもの」によれば、構想メモには男神が人間界に憧れていること、素性の知れぬ女神が訪れて男神は幸福になるが、領内の神々はみな死んでしまうことなどが記されている。⑳

【梗概】「第一章　愛」と章立てしてあるが中断。天上の一領国を統治していた男神は美しい姿をしていた。神々の末裔である美しい男神は、まどろみながら夢想する。かつての神々は夢想などすることはなかった。しかし、神の国に飽きていた美しい男神は夢想を持ちあわせていた。（以下、中断）

【考察】かつて神々は絶対的存在として充足していたが、神の末裔である男神は既に欠如を抱え、その欠如を埋めるために夢想すると考えられる。女神が訪れ愛が育まれることにより、男神が再生するという筋立てを考えていたのであろうか。（原田）

聖らかなる内在（きよらかなるないざい）〔小説〕

【書誌】表紙が赤い布張りのノートに書かれており、タイトルは「小説『聖らかなる内在』仮題」と記されている。このノートにはほかに「馬車」「戦後語録」「『青垣山抄』ノオト」や「花ざかりの森」の一部習作「あき子夫人の伝」などが書かれている。⑳

【梗概】三つの断章からなる。

断章一では僕の夢が語られる。

広い野原にいると、一匹の鹿が寄ってくる。鹿の孤独が僕にもわかっているようである。僕はビスケットを鹿にやるが、途方もなく伸びてしまい食べられない。悲しくなった僕は鹿の首に抱きついて寝てしまったが、目覚めると鹿はいなくなっていた。その後長い塀が続いている道を歩いていると、角に近づいたとき喇叭が鳴る。角を曲がり門の中に入ると花も木もない中庭があり、緑色の透明な不思議な鹿が、よろめきながら立ち上がってつかの間に消えた。僕は目を覚まし、君のことを考えた。

断章二では僕が音として読者を幻惑するような物語を語ることを目指すことが語られる。

断章三では私が見た夢が音の象徴化であることが語られる。猫が現と夢の堺にいる私の寝室へきてしきりに鳴く。しかし猫の姿はなく、黒い喇叭のような百合がその声につれて膨らみ、しぼんだ。音の象徴化である。

【考察】伸びるビスケットや塀、湖など、性的なものの象徴とされる要素が多く書かれており、かつ男性同性愛的なものを連想させる。また、一つ目の断章に書かれている夢の内容は、「苧菟と瑪耶」（脱稿日は昭和十七年一月十三日）の苧菟が瑪耶に書いた手紙と合致するため、本作の執筆は「苧菟と瑪耶」執筆以前と推定される。

形式的には夏目漱石の「夢十夜」（明42・2）を模したようでもあるが、昭和十六年九月十六日付東文彦宛書簡に〈大槻憲二（母の亡兄の友だちださうですが）といふ人の「精神分析読本」を読み、やはり下らないと思ひました。精神分析は飽きました〉と書かれていることや、『定本三島由紀夫書誌』（薔薇十字社、昭47・1）「第五部　蔵書目録」にフロイトの『フロイト精神分析大系』（昭5〜8年）、『日常生活に於ける精神病理』（昭16・3）、エリスの『夢の世界』（昭16・7）などの書名があることから、これらの本を参考にし、夢の象徴性について描こうとしたのではないだろうか。

（池野）

基督降誕記（きりすとこうたんき）〔戯曲〕

【書誌】茶色の布装「公威詩集 II」の中に、昭和十四年七月二十日から十五年四月十八日までの詩作品に混じって戯曲一篇が収録。ノンブルは十四頁から三十三頁。末尾に「(□頁に続く)」と記されているが、続きは見つかっていない。前後の作品に記されている擱筆日から、昭和十四年八月から九月の間に執筆されたと思われる。㉑

【梗概】新約聖書をモチーフとした戯曲。天上界、地上界が待ち望んでいた救世主降誕の夜、イエスはユダヤのベツレヘムに降誕した。しかし、ユダヤ人は自分たちのみが救済されるべき選ばれし者であると主張し、のちに万物すべてを救済するであろうイエスを殺してしまう。そして魔神たちは退廃的な踊りに酔いしれる。

【考察】本作以外にも「東の博士たち」「路程」など新約聖書をモチーフとしている作品があるが、この三作品を昭和十四年に集中して書いていることがわかる。さらに、「これらの作品をおみせするについて」で〈「東の博士たち」はサロメの模倣ですが、これの母胎となった純道徳的な童話劇風の耶蘇劇「路程」があ〉ると記していることから、「路程」→「東の博士たち」→「基督降誕記」の順に執筆されたと推測できる。なかでも「路程」と本作は、戯曲という形式や詩的要素の色濃い表現など類似性が見出される。しかし、キリスト降誕劇を背景に、神々の姿を用いて人間の情欲や自己中心的な有り様を描き、また、救世主殺害というアンモラルへの傾斜がうかがえ、「路程」における〈純道徳的な童話劇〉から不道徳的な詩作を試みたといえるだろう。（原田）

公園前（こうえんまえ）〔小説〕

【書誌】 B4判四百字詰原稿用紙「10/20YN特製」「10/20」、六百字詰原稿用紙「12/25YN特製」の百三枚。他に表紙一枚。表紙には「（16歳） 小説『公園前』 平岡公威」と表記、冒頭には「公園の前にて（仮題） 平岡公威」とある。末尾には「15・3・24（完）」と擱筆日が記入されている。また、執筆年月日に関しては、「これらの作品をおみせするについて」に、〈昭和十五年正月春→同年三月二十四日〉との記述がある。⑮

【梗概】「上」「下」「附」からなる三部構成の小説。各章それぞれが、「あたし」、「僕」、「あたし（素子）」の異なる三者によって語り分けされている。

「上」「あたし」は夫の友人の玲二郎と〈心のやりとり〉をしているように思うが、一方でそれを〈物の贈答〉のように感じる。「あたし」は玲二郎との逢い引きに和服を着て出かける途中で、夫の会社に勤め始めたタイピストに出くわす。「あたし」は約束の時間に待つが、玲二郎はやって来ない。そこには、同じく相手を待ち続ける〈見知らぬ男〉がいた。

「下」「僕」は素子と関係をもつようになってから、逢い引きの約束のたびにすっぽかされる交際を続ける。二人の関係を知った素子の父親は、自分の懇意にしている社長のタイピストとして娘を働かせることにする。素子は最後の逢瀬に「僕」を誘う。そこで「僕」は約束の時間に待つが、素子は現れない。そこへ、和服を着た女が近づいてくる。

「附」「あたし」と「僕」が合流している同じ時間に、素子は「あたし」と会うはずになっていた玲二郎のもとへ向かう。

【考察】 前記「これらの作品をおみせするについて」によれば、ジョイスの『ユリシーズ』やラディゲの『肉体の悪魔』に影響を受けて書かれている。特に、『肉体の悪魔』を意識して書かれたもので、内容においても、各章それぞれの主人公の「恋愛」が展開されている。しかし、『肉体の悪魔』が、恋愛につきものの幸福感や煩悶、肉体的欲求、エゴイズムなどの心理が絡み合った恋愛の実体を描き出しているのに対し、本作で描かれるのは恋愛心理というよりも、主人公の錯乱した自意識のありようである。ラディゲ作品の主人公が「肉体の悪魔」に取り憑かれているのに対し、本作の主人公は「自意識の悪魔」に蝕まれているといえるのではないか。（守谷）

午後三時（ごごさんじ）〔小説〕

【書誌】 B4判四百字詰「平岡」原稿用紙十四枚。「平岡」名入り原稿用紙の使用は昭和二十年から二十三年の間に限られるため、執筆時期はおおよそこの間と推定される。中断。⑳

【梗概】 主税（ちから）は兵隊から焼け跡の東京へ帰還した。彼は、幸福を意識することのない、無自覚な生活へ憧れを抱きつつ、〈何ものかに無自覚を強ひられてゐる生活を送ってゐる〉ために自らその生活を求めることに脅威もおぼえている。

そんな中、ほんの些細な出来事が彼に感動を与え奇跡の到来を予感させる。彼は輝子（てるこ）という女に思いを馳せる。そして彼女の中に常にある危機について考える。（以下、中断）

【考察】戦後世界の中において、無感覚であるということに理想を見出し、空虚な世界の中で諦念を抱くことなく生きる主人公が描かれている。この空無の世界は、「豊饒の海」（「新潮」昭40・9～46・1）で月修寺を舞台に描かれるものと同質であろう。

（外川）

心のかゞやき（こころのかがやき）〈小説〉

【書誌】B4判六百字詰「125YN特製」、四百字詰「1020YN特製」、「10/20」の三種類の原稿用紙七十六枚と、「発表すべからず」「15歳⇩16歳」「―未完の小説―」「平岡公威作」「1939↓1940」と後に加筆されたと思われる文字が書かれた表題一枚。三十七枚目「第壱章」末尾に「一四、十二、一六」、五十五枚目に「昭和十四年十二月三十一日、二千六百年一月一日」、原稿末尾に「（完）2600年3月16歳春」という記述があるが、跋文では「中断」と書かれている。「平岡公威劇評集①」の末尾にあるメモでは《三島由紀夫　未完小説集》の一つに本作を挙げている。⑮

【梗概】二十八歳の玲子は、夫・由秋（よりとき）の死を全く悲しいと思わない自分に気付き、夫と愛し合っていたという事実も崩れていくのではないかと感じていた。夫の五七忌に、夫の友人の子供で許婚同士の松山晃敏（あきとし）と布町澄子に会った玲子は晃敏に恋をし、晃敏もまた玲子に恋していた。澄子は晃敏を愛していたが、晃敏は澄子を愛してはいなかった。しかし澄子は見栄や体裁から、二人の愛情の深さが同じ程度であるかのように振舞う。一方、以前から玲子と由秋が本心から愛し合ってはいないと気付いていた秋原子爵は、玲子に近づく。

澄子は、晃敏の気持ちが玲子に向かっていることを知り、晃敏と玲子の関係を秋原子爵に告げる。秋原子爵はそれを聞いて晃敏と玲子を会わせることを思いつき、それによって玲子の自分への心の動きを量ろうとする。（未完）

【考察】「これらの作品をおみせするについて」に〈大晦日の晩も、元旦の晩もおそくまで馬鹿みたいに書きつゞけた〉、〈ラディゲに恍惚とし〉〈あらゆる客観的態度をなくしたラディゲ熱頂上の作品〉で、〈どうにかして自分の一生に「ドルヂェル伯の舞踏会」のやうな作品を残したいと考へ、また残し得ると誇大妄想括〉した結果であり、収集がつかず未完で未熟であることを認めつつも〈四人の人物を展開しようとした煩瑣な心理解剖の熱情〉にうごかされ〈ギリ〳〵のところまではやつた〉として、〈未完でをはつたのも自分に対して素直であつたことの証拠であると、心安くおもひます。〉と記している。

また、本作で晃敏が澄子に玲子を重ねて見つめる描写は後に『盗賊』（昭23・11）で、恋する相手を別の相手の上に重ねて見、その相手を愛するという行為として描かれており、文体も三島が愛読した堀口大學訳『ドルヂェル伯の舞踏会』（白水社・昭13・1）を思わせる。しかし、ラディゲ作品が多くのモデル、実体験から成立しているのに対し、実体験を伴わない若い三島には、複数の人物の人間関係を描くのは困難だったとみえ中絶し、本作とほぼ同時期に書いたと思われる「公園前」で、三部構成という形をとることで、心理小説の書き方を模索していたのではないだろうか。

（池野）

子供の決闘（こどものけっとう）〈小説〉

【書誌】　Ｂ４判四百字詰「コクヨ」原稿用紙五枚に書かれ、中断されている。執筆時期は不明だが、本文中に〈別当や藤村のやうな野球選手の将来を夢みてゐる子供〉という表現がある。別当薫と藤村操は昭和二十三年から二十四年にかけて、阪神で「ダイナマイト打線」として活躍していたことからすると、執筆時期もおよそ昭和二十三年から二十四年頃と推測することができる。⑳

【梗概】　都築（つづき）夫妻とその息子信夫（のぶお）の三人を登場人物とする戦後の物語。

　都築夫人は十五歳になる息子の信夫の成長ぶりに気を揉んでいる反面、好奇心と安心感も抱いている。父親もまた、息子が脇道へそれて行くのも悪くはないと考えている。当の信夫は〈残酷な性格〉を窺わせる容貌で、笑うことの少ない少年である。（以下、中断）

【考察】　作中では、昔の子どもは〈電車の車掌になりたい〉という夢を卒業すると、〈大将になりたい〉という〈立身出世の野望〉を持ったが、今ではそうした野望を子どもが持たないとされる。それは、未来が〈荒涼としてゐる以上に何もない〉世界であるからだと父親は考えている。これと類似した表現を、『鏡子の家』（昭34・9）の清一郎の子ども時代が説明される場面に見出すことができるが、『鏡子の家』の清一郎は、〈立身出世の野望〉をもつ前に抱くはずの〈電車の車掌になりたい〉という夢すらもたなかったとされている。また、ぞんざいさや滑稽味を帯びた文体は、推定執筆時期と一致する「毒薬の社会的効用について」や「幸福といふ病気の療法」を想起させる。

（守谷）

「サーカス」異稿〈小説〉

【書誌】　「サーカス」の異稿。「日本瓦斯（ガス）用木炭株式会社社報」原稿用紙三十八枚、但し途中欠損有。全集には残された原稿よりプロットが繋がる二十六枚を採録した。他に「サーカス　三島由紀夫　２６０５・２・15↓２・21（午後10時40分）」と記入された表紙一枚。また、ノンブル25欄外に「２０・２・２１午後10時40分」、ノンブル26末尾に「――二〇、二、二一（完）」と記入されている。⑳

【梗概】　サーカスの団員の少年と少女がサーカスを抜け出す。彼らが舞台上で死ぬことを望んでいた団長は、二人の出奔を悲しみ、それを促した猛獣使を毒殺する。そこへ現れた一人の伯爵と団長が会話を交わしている内に、サーカスは火事になり全てが燃えていくが、少年と少女を乗せた汽車は走り続ける。

【考察】　本作を恋愛小説として読むならば、右の結末には当時の三島が理想とする愛の形が表れているといえる。しかし、「進路」（昭23・1）に発表された作品の結末において、少年と少女は団長の企みにより事故を装い殺されてしまう。発表作はクライマックスはサーカス内の少年と少女の死に絞られているが、異稿には、燃えていくサーカスと、汽車で去る少年と少女という二つのクライマックスが存在しているとも言え、読後に焦点がぼやける印象を与える。掲載見合わせを三島が受け入れたのも、そういった点で納得のいかない部分があったからかもしれない。

　起筆日の二月十五日は、三島が即日帰郷した五日後であり、生死の狭間で揺れ動いていた当時の三島の不安定な心理が表れているともいえよう。

（安蒜）

屍人と宝　一幕の詩劇（しびととたから）〔詩劇〕

【書誌】 表紙に「Note Book」と印刷されたノート「公威詩集Ⅰ」の中に、昭和十三年七月二十八日より十四年七月二日までの詩作品に混って、28頁から49頁まで書かれている。前後の作品の擱筆日付から、昭和十三年十月～十一月の間に執筆されたと思われる。㉑

【梗概】 貧しい善良な行商人バルチャンタラは、山中に迷い込み、様々な妖怪と三匹の鬼に出会う。バルチャンタラが影に隠れていると、三匹の鬼は、食料としての屍、欲しいものが何でも手に入る小函、一足百里を駆ける金の靴という三つの宝を、お互いに自分のものだと主張する。鬼達はバルチャンタラを見つけ争いの仲裁役を頼むが、バルチャンタラは、宝を見るふりをして靴を履き、小函と屍を抱えて姿を消してしまう。鬼達は怒り呆然とするが、夜明けが近づき仏陀の気配を感じると逃げ出していく。現れた仏陀は朝の訪れを告げる。

【考察】『新訳　印度童話集』（岩井信実編）所収の「銀の小箱と金の靴」とプロットはほぼ同じであり、三島は同書を所蔵していたのでこれを詩劇として翻案したものと思われる。ただし、バルチャンタラという主人公の名前は同書になく、三島の創作であろう。

説話的内容だが、詩的表現が多用され、排除されるべき風景や心理が細かく描写されると同時に、時折合唱を挿入するなど構成上の工夫が見られる。「戯曲」ではなく、「詩劇」と副題しているのもこういった理由からか。合唱がバルチャンタラの運命を予感させるという、超越的な視点を持っていることにも注目したい。

（安蒜）

清水一角（シノプシス）（しみずいっかく）〔映画素案〕

【書誌】 B4判四百字詰「オキナ」原稿用紙一枚。執筆年月日は不明だが、晩年のものであると考えられる。映画のシノプシスと思われるが、ジャンルは必ずしも明らかではない。タイトルの下に《「世論」の主題》と記されている。㉕

【梗概】 清水一角は、憎しみ合いながらも用人として吉良上野介（きらこうずけのすけ）を護り続けていた。その硬骨漢ぶりに上野介の妾が惚れた事により、三角関係が生じる。上野介は一角に自刃を命じ、時を同じくして討ち入りが起こる。妾は上野介を逃がすが、討たれる覚悟で惨殺された一角を見てその屍にすがって泣き、上野介の居場所を義士に告げる。

【考察】 義理人情は持たずただ剣の道に生きるといったような、従来の一角像を覆している。新たに三島が作り上げようとしたのは吉良側にも義士側にもなりきれなかった悲哀に満ちた一角ではないだろうか。また、書かれたのが晩年であるという事から、世論に合致できず、それだけではなくその他のどのような立場とも合致できずにいる三島自身と一角が、重ねられているとも考えられる。

（安蒜）

春　光（しゅんこう）〔小説〕

【書誌】「学習院」の名入り原稿用紙三枚。「中等科二南　平岡公威」の署名と、「春光」という題名から十三年度の春ごろに執筆されたと思われる。学校に提出されたもののようで、題名に「〇◎」の印、末尾に教師の感想が記されている。執筆時期から〈教師〉は岩田九郎と思われる。⑮

【梗概】語り手である「わたし」の祖父・祖母との交流や動植物の観察を通じて、春の訪れを描写している小品。

【考察】細かい人物紹介はないが、三島の祖父母をモデルにしたと思われる。春を感じていない祖父母の描写とは対照的に、わたしは春の訪れを観察し、祖父母に春をもたらす役を担っているといえるだろう。わたしと祖父母、祖父と祖母、人間と自然などのコントラストがうまく描かれ、細部と全体がよく照合された作品といえよう。特に怪我をしている蟻の描写は、明と暗のコントラストを象徴していると考えられる。　（遠藤）

無題（「大東塾……」）〈戯曲素案〉

【書誌】「蘭陵王」の創作ノート（表紙に「1969・8月第四次体験入隊　7／26～8／23　三島由紀夫」と書かれた大学ノート）に三頁にわたって書かれており、自衛隊体験入隊中宿舎で書かれたものと思われる。㉕
【梗概】大東塾（だいとうじゅく）〈塾頭〉影山正治（かげやままさはる）と、その父親〈老人〉影山庄平（しょうへい）をモデルとした一幕物の素案。塾に属する若者たちを自害させることの是非を二人で論じる。意見は対立していたが、若く美しいまま死なせることは光の中へ身を投じることだとする老人の言葉に、次第に塾頭も飲みこまれていく。
【考察】大東塾は、影山正治によって昭和十四年に創立された右翼政治団体である。終戦直後に影山庄平と塾生十三名は割腹自殺をとげた。当時中国へ出征していた影山正治も、昭和五十四年大東農場内の神社境内にて、割腹した後に散弾銃で自ら命を絶った。
　三島は影山の著『日本民族派の運動』（昭44）に推薦文を寄せるなど関心を寄せており、また民族主義的な思想の共通以外にも、大東塾が踏み切った「切腹」という三島にとって非常に重大な行為が、大きな衝撃と衝動とを与え、筆を取らせたであろうことは想像に難くない。また、夭折に美しさを見いだす姿勢を持つ三島が、この大東塾の集団切腹事件に美意識の共通を見出したことも確かであろう。　（外川）

ダイナモ〈小説〉

【書誌】「山を出づるの記」などとともに、学習ノート「地理帳」に書かれているが、中断されている。成立時期は、「これらの作品をおみせするについて」において、昭和十四年から昭和十六年を執筆時期とする作品と並列して取りあげられていることから、おおよそ昭和十五年前後と考えられる。⑳
【梗概】「僕（われ）」の語りによる一人称小説。視野に異常を感じ始めた出来事をはじめとして、ある子どもがふいに発した言葉に不信感を抱き、不安に苛まれる心理状態や、友人に対する振舞い方、不安定な自意識を語っていく。（未完）
【考察】前記「これらの作品をおみせするについて」では〈狂気の小説（狂気の沙汰そのままの）〉、〈（未完）〉としている。また、当時の自作品の中に〈大人たらんとする衒気（げんき）〉を認めているように、難解な言い回しが多く、そのことも原因してか、やや自閉的で理解しにくい文章や構成となっている。
　ここで描かれる自明性の解体、自己統一感の喪失といった精神状況は、ホフマンスタールの『チャンドス卿の手紙』を思わせる内容で、同時代の三島作品では「彩絵硝子（だみえガラス）」（昭15・11）や、その母胎である「雨季」、「鳥瞰図（ちょうかんず）」においても見られる。　（守谷）

環（たまき）〔小説〕

【書誌】A4判四百字詰「MARUZEN」原稿用紙十四枚と「環　三島由紀夫――昭和十七年」と表記された表紙一枚。執筆時期に関しては、昭和十七年六月三日付清水文雄宛書簡に〈幼児の追懐に重きをおいた「環」といふ「花ざかりの森の序」風なものを書き出しましたが、独乙語に攻めたてられ、はかどらぬこと甚だしうございます。〉と記している。⑳

【梗概】きらびやかな童話の世界に憧れる私は、美しい装丁の本を積み重ねて「宮殿」を作り、宝物や宝石に囲まれて空想の世界にひたる。しかし、をばざまが死んでから、私の心には死への恐怖がたびたび訪れるようになる。遊びに来た幼い環が、乳母が聞かせる物語に耳を傾ける様子を見て、私は、ちょうど一ト月あまり前に自分に染み付いた死について思い巡らした。（以下、原稿欠損）

【考察】主人公よりさらに幼い人物（環）を設定することで、私の心に存在する死への恐怖を客観的に描こうと試みたのではないだろうか。しかし、環の登場より以前に私の心にはすでに死の恐怖はしみついていたと読み取れ、構成上の問題が生じ中断したとも考えられる。

　本作で、私が夢想に浸る空間である「宮殿」のエピソードは、後に「電灯のイデア――わが文学の揺籃期」（昭43・9）で〈多分、七、八歳のころのこと〉として〈私は厚い金ぴかな世界童話集を何冊も持つてゐた。灯下で、それらの本を縦横に組み合せて、私は宮殿を作つた〉と記していることと合致する。三島はこの行為を〈私は全く自分一人で、自己流に、現実を眺め変へる術を学んでゐた〉とし、また〈かういう風にして生れた一種の専制主義が、さうまで扱ひにくひ現実に対する、復讐の念を隠してゐた〉と述べている。「宮殿」での夢想から自らの文学が出発したと語っていることは注目すべき点である。

（池野）

鳥瞰図（ちょうかんず）〔小説〕

【書誌】B4判四百字詰「KS原稿用紙」百二枚。署名は平岡公威。表紙が紛失しており題名は不明だが、末尾に記された「昭和十五年三月→七月」の日付が「これらの作品をおみせするについて」にある「鳥瞰図」の執筆年月日と一致するため、これを「鳥瞰図」と推測した。⑮

【梗概】守雅と弟の守愛は不仲であったが、守愛の息子陵太郎を守雅が預かることになった。陵太郎は幻聴や幻覚を伴う不安定な精神状態で、守雅はそんな陵太郎の様子に自分の青春時代の姿を重ね、その陰鬱さを解消させようと園遊会を催す。陵太郎は〈偽りの機械〉の中にその憂鬱を閉じこめ、陽気に振る舞う。その様子を見た守雅は裏切られたような嫉みを感じる。一方陵太郎はますますその憂鬱と倦怠感を募らせ、それに抗うため〈自分を機械に変へ〉外面的に偽っていた。

　陵太郎は園遊会で知り合った松木子爵を通じて里見家に通うようになり、そこで園遊会に出席していた則子に出会う。彼らはお互いを憎らしく思うが、それは密かに好意を抱いているからであった。ある日陵太郎と則子は部屋に二人きりになり、打算のない愛情を感じる。

　一方守雅は恋愛による陵太郎の陽気さに狼狽し、陵太郎を里見家に通わせることを反対している夫人と意見を同じにする。夫人は愛人を持ち、夫から心が離れたと思っていたが、気持ちが一致した二人はお互いを思う心がまだ残っていたことを感じる。（未完の可能性あり）

【考察】「雨季」→「鳥瞰図」→「彩絵硝子」と作品が発展していったと考えられる。

佐藤秀明は「三島由紀夫の未発表作品――新出資料の意味するもの」で〈人間心理を鋭く抉り出すところもあるものの、鋭さを狙って失敗しているところもある。全体を大人びた表現が覆っているが、処々に幼い文章も混じる。ただし、日本文学では珍しい華冑会の生活を身に付いた観察眼で描いていて、そこが価値と言えようか〉と解説している。

「雨季」と比較すると、陵太郎の憂鬱と倦怠、それを複雑な感情で観察する叔父の守雅という中心ストーリーはほぼ同じである。「鳥瞰図」では後半に遊園会で会った松木子爵や里見則子との交流を描き、特に陵太郎と則子の恋の模様が中心となる。またエピソードが加えられ、守雅と夫人の話も補完されている。「鳥瞰図」では、陵太郎が幻聴や幻覚にとらわれるなど、より神経症的に描かれていて、彼の切迫したありかたがより強く感じられることも注目すべきか。

また、物語はひとまず完結しているようにみえるが、「これらの作品をおみせするについて」では未完であるとしている。

「彩絵硝子」（昭15・11）では、物語は宗方の〈老い〉と狷之助の〈若さ〉を対比させ、さらに「鳥瞰図」では余りなかった夫人の心理描写を織り込むことで、作品が立体的な膨らみを持ち、「雨季」でみられたパラレリズムという特徴を受け継いでいるといえる。

（遠藤）

でんしや〔小説〕

【書誌】B4判四百字詰「学習院」の名入り原稿用紙十枚。「第五回　でんしや　四南　平岡公威」、末尾に「（完）一五・九・一四」と表記。学校に提出されたもののようで、題名に「◎◎」の印が付されている。「第五回」は提出回数であると思われる。冒頭部分は『花ざかりの森』（昭19・10）の「その一」の書き出しの部分とほぼ一致している。⑮

【梗概】夜遅く、眠れずにいる子供の耳に汽車の汽笛が聞こえてくる。空想の中、記憶の中、そして夢の中と、電車が走り過ぎて行く。

わたしは電車に乗りながら、昔の奉公人で少し変わっていた兼さんのことを思い出していた。ある時電車に乗りこむと、車内には兼さんが座っていた。わたしは終点で電車を降り、完全に狂人となった兼さんの後をつけていく。ところが兼さんは再び今来た方向へ向かう電車に飛び乗り、わたしは驚きただそれを見送る。

【考察】わたしが電車を空想するとき、気持ちが現実から夢へ移ると同時に、精神的には明から暗へといった変化が起こることが窺える。過去に戻っても、そこには狂人がいるだけで、わたしは途方に暮れるしかない。しかし『花ざかりの森』では、過去には祖先や伝統が存在し、そこには憧れがある。「でんしゃ」では、取り残されてしまう主人公だが、『花ざかりの森』でそれ以降の展開が描かれたと考えられる。

（安蒜）

長崎の詩（ながさきのし）〔詩〕

【書誌】表紙に「NOTE BOOK」および胸に日の丸をつけた二人の陸上選手のイラストを印刷した学習ノートに［初等科四年↓五年］と記入、中に目次を付し、絵本のように仕立てて、詩や物語や挿絵、広告図案などを書いた画文集内に収録された。また、「一　あの日」のみが、「新潮」（平12・11臨時増刊号　三島由紀夫没後三十年）に、詩という形で紹介されたが、『決定版三島由紀夫全集』では物語として収録された。⑳

【梗概】「一　あの日」「二　春の港」「三　煙草屋の子の歌へる」「四　船出」の四篇（と一行）からなる連作。

「一　あの日」では黒船が入港し〈わたし〉と老いた水夫が出会う。

「二　春の港」では春に船が入港する様子が描かれる。

「三　煙草屋の子の歌へる」では煙草屋の子供と、その店に夕方に、なると、必ず煙草を買いに来る水夫との日々のやりとりが描かれる。

「四　船出」では船の出港の様子が描かれる。

最後に〈六つ時のころ、美しくも長崎の詩の終り告げたり。〉という一行で全体を総括している。

【考察】当時愛読していた絵本や童話を真似、難しい表現や漢字を使ったのではないかと考えられる。（安蒜）

縄手事件（なわてじけん）〔小説〕

【書誌】B5判二百字詰「日本瓦斯（ガス）用木炭株式会社社報」原稿用紙二十八枚と表紙一枚。末尾に「——一九・一〇・二二」と脱稿日を記入。⑯

【梗概】明治元年に京都四条縄手通りで実際に起こった、英国公使パークス一行襲撃事件を描いた歴史小説。京都で参内中のパークス一行に、兇漢二人が刀を抜いて襲いかかってきた。しかし、中井弘蔵らの活躍によって兇漢の一人はその場で首を跳ねられ、もう一人は生け捕りにされた。被害は最小限にとどまり、パークス本人も無事であったが、この時初めて人間の首というものを見る。

【考察】佐藤秀明は「三島由紀夫の未発表作品—新出資料の意味するもの」において、〈森鷗外の文体を模した歴史小説だが、切り落とした首の描写などに、猟奇的な残虐趣味が見られる〉と指摘している。具体的には鷗外の「堺事件」（「新小説」大正三年二月）に触発されたと考えられる。「堺事件」は、詳細な切腹シーンが目を引く作品ではあるが、切腹を取り巻く心理描写と腹部に突き刺した刀の手順とに終始し、「縄手事件」で印象深く残る首の描写は少ない。

本作では兇漢たちがなぜパークス一行を襲おうとしたのかという犯行動機が描かれていないが、襲撃の裏にある政治的背景を抑えることによって、血に彩られた首の描写を鮮明に印象づけようとしたからであろう。さらに、冒頭の〈忘れ雪〉の「白」は血生臭い事件が栄えるコントラストとなっている。雪の白と血の赤という皮肉な紅白の色彩は、〈白髪もあり紅顔もあった〉というように雪や血以外にも置き換えられ、このコントラスはパークスが首を目の前にしたときに感じた〈執拗な恐怖〉と〈子供じみた満足〉という相反する心境の皮肉さをも打ち出しているといえるだろう。

また歌舞伎では、切腹の演出として椿を首に見立てることがある。最初に斬られた若い騎兵は胸元に椿をさし、生捕にされた兇漢は椿の根元に倒れた。歌舞伎に造詣の深い三島は椿という死の装置を用い、パークスが初めてみたという首への伏線を引いたのだろうか。　（原田）

春の花に寄せて、春の花に題す
（はるのはなによせて、はるのはなにだいす）〔詩〕

【書誌】表紙に「NOTE BOOK」および二人の陸上選手のイラストが印刷された学習ノート「画文集」に収録。表紙に〈「初等科四年↓五年」〉と記入されていることから、昭和九年から十年に執筆されたと思われる。⑳

【梗概】春の花であるスズランと桜草を詠んだ連作二篇。

「スズラン」　花瓶に挿した一輪のスズランによって、暗い部屋が明るくなったような気がする。

「桜草」　明るい部屋に置いてある桜草の植木鉢から、春の香りや風を感じる。

【考察】花びんに挿したスズランと植木鉢の桜草は、人工的な姿に変えられ室内に持ち込まれている。屋外にて直接自然と触れ合うことなく、室内においてその自然の断片から、〈ささやか〉ではあるが春の息吹を感じようとしている作品である。　（原田）

舞踏病――心理のメルヘン――
（ぶとうびょう）〔小説〕

【書誌】B4判四百字詰「平岡」名入り原稿用紙十八枚。原稿末尾は欠損。切断して貼りあわせた「平岡」名入り原稿用紙二枚の創作ノートがある。先ごろ発見され、三島自身が「会計日記」と題したノートに、本作を昭和二十二年三月五日に起筆した、とある。⑳

【梗概】十七歳の耀子（てるこ）はどこの舞踏会にも顔を出していた。それが夜開かれる場合は、二十一歳になる姉の亮子（りょうこ）が付き添う。耀子は誰の目にも美しく、亮子は耀子の引き立て役であった。クリスマス間近のある日、三木家のパーティーに行った二人は、いつも恋人のいない振りをして舞踏会に現れる高辻（たかつじ）と会う。高辻は耀子、亮子それぞれと踊りながら言葉を交わす内に、耀子の子供じみた態度から不安を、亮子からは自分を気楽にさせる要素を感じる。亮子は、耀子を怒らせたという高辻が、いったい何と言ったのかが気になっていた。（以下、原稿欠損）

【考察】若者がパーティーを開くというエピソードは、初期作品によくみられる。また、好色雑誌の口絵を見た耀子が「裸の女！」と言う箇所は、三島の短編「煙草」が掲載された雑誌「人間」の表紙を見た女性との会話に材を得たものであろう。このエピソードは後に「仮面の告白」にも描かれている。「仮面の告白」については纏った創作ノートはないが、三島が残したメモの中に〈昭和廿一年九月十六日（月）午後一時五十分　偶然邦子にめぐりあつた〉ときのこととして、〈一年前、彼女は面とむかつて「裸の女」などといふ言葉をどうして使へたらう〉と書き記している。　（池野）

無　題
（「僕が葉子さんを……」）〔小説〕

【書誌】B5判二百字詰「日本蚕糸統制株式会社」原稿用紙百五十一枚。ただし、ノンブルは1―1、2―2……で76まで。表紙欠損のため題不明。ノンブル47五行目に、『』―昭和廿年十二月

卅一日　午後十一時五十九分」と記入。中断。⑳

【梗概】〈僕〉の語りによる一人称の未完小説。

僕は、妹の友人の葉子に出会い、幸福な気分になり運命を感じる。だが、同時に起こった息苦しさのため、一度は葉子から遠ざかる。そんな中で僕は、蕩児であった祖父と、それに従順な母の関係を回顧しながら、自分の感情にばかり目を向ける暮しの理由を思い巡らす。やがて、再び葉子に出会った僕は、やはり幸福を感じる。また、友人であり、葉子の又従兄弟でもある美濃部（みのべ）が切り出した葉子の話は、不安の中にも友情を感じさせた。

葉子は盲腸炎を患い手術を受けるため学校を休み始める。気にかけながらも冷静を装う僕だったが、数日後、妹と共に葉子を見舞う。その病室で葉子と二人きりになった僕は、今度は一人で見舞いに来ると約束を交わす。（以下、中断）

【考察】〈僕〉は度々意識過剰になり、自らのそういった部分を嫌悪しつつもそれに抗えずに夢想の世界に捕らわれており、不安定な精神状態にある。しかし一方では、不安定な精神を持つことで苦悩する自分を演じているとも読むこともできる。こういった複雑で日々刻々と変わりゆく精神は三島自身と重なっていき、『仮面の告白』（昭24・7）にその流れを見ることができる。（安蒜）

窓（まど）〈小説〉

【書誌】B4判六百字詰「1225YN特製」原稿用紙五枚にわたり書かれ、中断されている。他に表紙が一枚。これは円の中に「窓」と表題が記されているものである。署名は平岡公威。使用原稿用紙から、推定執筆時期は昭和十四年ごろか。⑳

【梗概】行男と秀子の兄妹は、母と料理番と女中の五人で、ナポリの港近くの、様々な大きさの窓が程良い間隔で並ぶ家に住んでいる。父が転勤で日本に行ってしまい淋しさを感じている母は、清一という男とその妻子を共に家に住まわせようとする。（以下、中断）

【考察】イタリアは、ヨーロッパ諸国の中で、ギリシアについで、関心を払い好んだ国で、後に二度の滞在をしている。作品内の母子が転々とするのは、どれもヨーロッパの港町で、既にこの時それらの国々に対する興味を持っていた事がうかがえる。また、登場人物が二世代にまたがり物語が展開する、という初期作品に多く見られるパラレリズムの手法をここでも試みている。（安蒜）

ミラノ或ひはルツェルンの物語

（ミラノあるいはルツェルンのものがたり）〈小説〉

【書誌】A4判四百字詰「KS原稿用紙」二十二枚と表紙一枚。「発表に及ばざらん。第一章　ミラノ或ひはルツェルンの物語」との表記がある。「これらの作品をおみせするについて」に、制作順として〈「ミラノ・ルツェルン」昭和十六年春〉との記述がある。また、「平岡公威劇評集①」の末尾にあるメモでは《三島由紀夫　未完小説集》の一つに「ミラノ及（ママ）びルツェルンの物語」を挙げている。⑳

【梗概】〈わたくし〉の語りによる未完小説。

一馬（かずま）の父文貞（ふみさだ）は、妻の死後、幼い一馬を兄弟に預け、失意のうちにミラノへと出向する。文貞は社交界へ出入りするようになるが、社交人としての生活は思いのほか精神的疲労が多く体調を崩す。その翌日、写真立ての裏にしまっていた亡き妻の写真を偶然目にしたことで、改めて妻の不在を突き付けられ、ミラノを離れルツェルンへと向かう。ルツェルンに滞在してまもなく友人から手紙が届く。そこには男爵夫人主催の名物夜会について詳しく書かれており、この夜会に参加を促す友人の提案に文貞は興味を持つ。（以下、中断）

【考察】昭和十六年一月十四日付東文彦宛書簡にある「屋敷」のプロットや、未完小説「幼年時」と登場人物や設定が共通している。前掲「これらの作品をおみせするについて」に〈「第一章ミラノ云々」は、「屋敷」を、その父親の面からみて書きなほしかけてやめて了つたものです。敬語をこゝろみました〉との記述があるように、ヨーロッパ滞在の父文貞の傷心を軸としたが、〈敬語をこゝろみ〉た結果、子供の心理を中心に描いた「幼年時」よりも、表現上の幼さや不慣れさが目立つ。しかし、社交人の自己嫌悪を伴う自作自演の生活と、無意識下において不在である妻を実在化させる文貞の悲嘆を重ね、重層的な心理小説を試みている。また、社交人たちがありのままの姿を映し出す鏡を怖がるように、文貞が街のショーウインドーから追憶を呼び起こし、幻想世界を立ち上げる展開は、作品の厚みを感じさせる。（原田）

メイミイ（戯曲）

【書誌】執筆年月日不明。十代前半までに書かれた数多の手製の詩集に混じる文集「笹舟」の中の〝児童演劇の部〟の一篇。㉑

【梗概】四幕。「メィミィ！　メィミィ！　スガンさんの山羊よ」という歌の由来を、百姓のアンスが、百姓のメッシから聞くという体裁の児童演劇。

スガンさんが飼う山羊は、どれも必ず山に逃げ、狼に食べられて死んでしまう。ようやく柵の中にいることを嫌がらない山羊のメイミィを飼ったと思ったが、そのメイミィも、自分はこんな狭い柵の中にいるべきではないと感じ、逃げてしまう。メイミィはしばらくの間自由気ままに楽しんだが、やがて夜になり、スガンさんの忠告どおり狼がやってきて食べられてしまう。

【考察】冒頭に「序」として〈本児童劇は十九世紀仏蘭西（フランス）に於ける著名なる小説家、アルフォンス・ドーデーが、其の友人ピエール・グランゴアールへ送つた書簡の中に記されある〝スガンさんの山羊〟と題する民話を基本として作つたものです。（訳本は山本有三氏のものを参考）〉という記述があるように、本作は『日本少国民文庫　第十五巻　世界名作選（二）』（山本有三編）所収の「スガンさんの山羊」の翻案である（ただし、正確には「スガンさんの山羊」の翻訳者は桜田左）。

「スガンさんの山羊」では、自分はこのような場所にいるべきではないと感じて逃げ、狼と対決して死ぬ子山羊の自尊心が強調されているが、「メィミィ」では柵の中に閉じ込められた閉塞感と、そこからの解放とが強調されている。本作の正確な執筆年月日が不明なため、十二歳になるまで祖父母と共に暮らしていた三島の閉塞感や満たされない思いを、書き綴ったととることも可能だろうが、一方では、わざわざ危険に曝されるよりも、柵の中での生活のほうがよいのだという、複雑な心情も垣間見える作品である。（池野）

館（やかた）（小説）

【書誌】第一回は、昭和十四年十一月三十日号「輔仁会雑誌」に発表。続編の第二回は未発表で、中断されている。B4判六百字詰「12/25 YN特製」原稿用紙三十八枚。表紙には「昭和十四年秋」と、後に加筆されたと思われる文字がある。平成十二年十一月臨時増刊号「新潮」（三島由紀夫没後三十年）に、初めて掲載された。⑮

【梗概】扈従「てまへ」が、若い時分に奉公していた公爵の殿様の行いを回想する一人称小説。

（第一回）殿様は女料理番の読んでいた本から、先代のぷろすぺる侯の時代に盗みを犯した者は全て処刑にする掟があったことを知る。残酷な嗜好をもつ殿様はその掟を復活させ自ら盗人をとらえて斬罪に処した。一方、女料理番は殿様に滅ばされた一族の子孫であり、父親はぷろすぺる侯であることを「てまへ」に打ち明ける。女は一族の復興を企てるが露見し、殿様に追われて「王妃の椅子」の上で殺される。

（第二回）館内が物騒になってくる中、殿様は身分の低い男を大臣にする。大臣は世の動きに阿って一揆の側にも内通するが、殿様には一揆は平定したと伝える。殿様はその偽りを見破るが、大臣のするに任せる。殿様は絵師を呼び寄せて、美しい地獄絵図を四面の壁に描かせ、大広間を赤一色で塗りつぶさせた。一世一代の宴が催されようとする時、「てまへ」は殿様の姿にあわれを感じる。（未完）

【考察】昭和十六年一月二十一日付の東文彦宛書簡には、〈一時は説話体に魅力を覚え、中等科一年の暮れ「大鏡」を訳しはじめました。たのしい仕事でした。それが「館」につゞきました〉との記述が、また、同年二月十六日脱稿の「花山院」の追記には、〈説話体としての大鏡の模倣は、谷崎氏の盲目物語に刺戟され、「館」を私に書かせた〉との記述がある。だが、同年九月十七日の清水文雄宛未発送書簡「これらの作品をおみせするについて」では、〈「館」の続稿の失敗作〉と記している。

第一回では殿様自らが残虐行為を行ってきたが、第二回では直接的な行為はなくなり、絵師に残忍な絵画を描かせている。同時に、第二回では殿様の内面的な空虚さも示されるようになる。未完に終わったのは、三島自身がそうした展開の行き着く先を処理しきれなかったためか。（守谷）

山を出づるの記（やまをいづるのき）〔小説〕

【書誌】表紙に「地理帳」と印刷された学習ノートに、「Novels Collection」と記入したものに書かれた作品。ほかに「ダイナモ」「老人の星」なども書かれている。「これらの作品をおみせするについて」で同じノートに記されている「ダイナモ」を、執筆時期が昭和十四年～昭和十六年の作品と並列して挙げているため、本作の執筆時期もほぼ同年代か。⑳

【梗概】山の奥に住む木樵の老夫婦には、十三歳で家出をした一人息子がいるが、十五年前に息子から手紙が届いて以来、文通を続けている。手紙には彼が都会で成功したとあり、老夫婦は息子を誇りに思っていた。ある日婆さんが突然東京行きを提案する。爺さんは現実の息子を目にすることに期待と不安を感じながら、婆さんと東京行きの準備を進める。

雨の降る日、都会から来たらしい若い男が老夫婦の家を訪ね、バスが来るまでの四時間を共に過ごすこととなる。（以下、原稿欠損）

【考察】息子の手紙によれば〈大戦の景気で、素晴らしい事業を始め〉とあるが、これは一九一四年～一九一八年の第一次世界大戦による好況期を指していると考えられる。原稿欠損のため、若い男が誰なのか、なぜ山に来たか、老夫婦が都会に行ったのかなどは不明であるが、息子の年齢は計算するとおよそ46歳となるため、男は息子ではなく孫である可能性もある。また、本作が田舎から都会へでた子供に会いに行く話であるとすると、同じく前記「地理帳」に書かれた戯曲「老人の星」とはほぼ逆の設定であるともいえよう。（川邊）

幼年時（ようねんじ）〈小説〉

【書誌】B４判四百字詰原稿用紙「コクヨ・165」「KS原稿用紙」六十一枚。A４判原稿用紙の表紙には、「（16歳⇩17歳）」「―未完の小説―」「プルウスト風な不愉快なスノビズムの影響、それが幼年時の詩味を減殺すること甚し」と書かれている。さらに、本文の書き出し欄外に「←15・12・23」、二十八枚目に「16・1・1」、巻末に「』―終（未完）」と記されていることから、執筆時期は昭和十五年から十六年にかけてと推定される。⑮

【梗概】六歳から七歳にかけての〈私（一馬）〉の心理を分析的に回想した未完小説。一馬は伯父邸に暮らし、女中のおまんが身のまわりの世話をしている。六歳の初夏、伯父から固く禁じられていた神輿の行列を見ていた一馬は、友達の千吉が神輿の下敷きになった瞬間を目撃してしまう。その後しばらくして七歳になった一馬は、父がヨーロッパから帰国することを知る。（未完）

【考察】⑮解題では「屋敷」の原稿をのちに改題・改稿したものとされているが、昭和十六年一月十四日付東文彦宛書簡にある「屋敷」のプロットとほぼ同じことや、「平岡公威劇評集①」の末尾のメモ《三島由紀夫　未完小説集》の一つに「屋敷」を挙げていることなどから、「幼年時」の別タイトルが「屋敷」である可能性もある。また、本作とは逆の設定として、外国にいる父の側から書かれ、中断した「ミラノ或ひはルツェルンの物語」がある。

前記書簡によれば〈「性格」をゑがいた小説ではなく、「性格の生成過程」をのべようとした〉もので、また〈幼年、少年の異常心理に関する考察〉を目指したと述べている。プルーストの「失われた時を求めて」にある、紅茶に浸したマドレーヌが引き起こす無意識的記憶の現象に材を得、本作では九重に浸したウエハースによって〈一馬の無意識的な記憶の発露〉（同書簡）としたと考えられるが、〈子供の心理だけで筋をはこぶなんてどだい無理〉（東文彦宛一月二十一日付書簡）だと実感し、未完に終ったものと思われる。「これらの作品をおみせするについて」によれば、「屋敷」は〈「花ざかりの森」の母胎となつた所もあ〉ることから、本作は、「ミラノ或ひはルツェルンの物語」、「花ざかりの森」と書き出しがほぼ一致している「でんしや」までをも一括りとする心理小説の模索を試みた過程のなかに位置付けることもできるだろう。また、お神輿のエピソードについては『仮面の告白』（昭24・7）などにも描かれている。（原田）

領　主（りょうしゅ）〈小説〉

【書誌】「日本蚕糸統制株式会社」原稿用紙九枚に書かれた。原稿末尾は欠損。他に表紙一枚有り。原稿用紙から昭和十九年に執筆されたと思われる。⑳

【梗概】語り手である公次が、幼い頃の自分からみた大叔父のことを回想する話。

公次には親戚に非難の目でみられている大叔父がいた。そんな大叔父が公次を温泉地へ連れて行くと言う。（以下、原稿欠損）

【考察】三島の家族をモデルにした作品と思われる。特に祖母、夏は名前と神経痛を煩っているという設定がそのまま使われている。作品は原稿欠損のため登場人物の紹介に終わっている。
　幼児期の三島、母親、祖母の関係は『仮面の告白』や母の手記が引用された短編小説「椅子」（昭26・3）として作品化されている。また、大叔父をモデルにした作品として「怪物」（昭24・12）があり、補遺にも大叔父がモデルとなっていると思われる作品が存在する。

（遠藤）

老人の星（ろうじんのほし）〔戯曲〕

【書誌】学習ノート「地理帳」に収録。戯曲の形をとり中断されている。表題のページには「丘の上の家」「野火」「牧場」「草々ねむる」などと記されており、こういったタイトル案もあったということか。同ノートに記されている「ダイナモ」について「これらの作品をおみせするについて」に記されていることから本作品もその前後に執筆されたものと類推される。㉕

【梗概】田舎に越してきた老夫婦の元に、東京にいる嫁から手紙が届く。そこには、息子夫婦と孫二人が今日訪ねてくると書かれていた。老夫婦はそれを心待ちにする。（以下、中断）

【考察】昭和十六年の「花ざかりの森」の中で、祖先と〈わたし〉とのつながりは川に例えられ、個々のものではなく大きな流れをもっているとされている。この作品も、老夫婦の世代、息子夫婦の世代、孫の世代というように世代がつながる連続性を描こうとしたのだろうか。
　ただ、二人の孫が訪ねてくるとされているが、登場人物としては、一人の孫しか設定されておらず、他は老夫婦の周囲の女中や下男である。また、この老夫婦とは血縁関係にないであろう人物も設定されているが、登場はしていない。〈びっこのウグイス〉などいわくありげな設定もあるが、中断されているため、この後の展開は不明である。半ば隠居するような形をとった老人が、息子達と接することで再び希望を取り戻していくであろうことはタイトルから推測できるかもしれない。
　なおこの戯曲は新様式と銘打たれており、三島が戯曲に興味を持ち、自ら新たな戯曲の形を模索していたことがうかがえる。

（安蒜）

県　洋二氏

インタビュー

三島由紀夫との舞台裏
——振付家・県洋二氏に聞く

聞き手／井上隆史・山中剛史
平成15年5月7日
於・仙台日航ホテル

県洋二（あがたようじ）氏は、戦前より松竹楽劇団に所属、戦後は松竹歌劇団での活動を経て、昭和30年頃より東宝に移籍、レビュー、ミュージカルなどの振付で日劇の黄金期に活躍した振付家。三島とは昭和29年の東京松竹歌劇団公演「ボン・ディア・セニョーラ」で振付を担当して以来交友を深め、文学座公演「サロメ」でも振付を担当、今回はそれら舞台の思い出や、三島との私的交友のエピソードなどを語っていただいた。

■三島由紀夫との出会い

県　私の三島由紀夫さんとの最初の出会いは、「ボン・ディア・セニョーラ」なんですよ。

——SKD、東京松竹歌劇団ですね。

県　何故三島さんがSKDでやっておられるか私は知らなかったんですけどね。これの時に初めて依頼がきたんですけどね、この中には三島さんのね、ここに書いてありますね。（プログラムのスタッフ一覧を指す）私はこの仕事をしているわけです。

——振付でいらっしゃいますね

県　このプログラム（写真1）に三島さん何も書いてないですけどね……これが第一回の打ち合わせの時の写真なんです（写真2）。それから稽古をして、9月何日かが初日なんですけど。

——打ち合わせの時のですね。

県　ここに、後ろに立っておりますよね。これ私です。まだ、昭和29年でしょ。で、その為に三島さんが国際劇場に打ち合わせに来たんですよね。

――東京の国際劇場ですか。

県　稽古はみんな東京でやりますからね。で、この時に初めて三島さんに紹介していただいて。ですから、この前の稽古がちょっと何日間かかったか、わからないんですが。あの、京都に行ってから、打ち上げがありまして、その時初めて三島さんと、まぁ。

――この写真（写真4）の時ですかね？

県　そうです。京都です。京都で打ち上げのパーティーなんですよ。ですから、みんなリラックスしてね。

――京都の祇園ですね。

県　そうです。

――珍しいですよね。三島由紀夫のこういう感じの写真は。

県　そうなんですよ。この女史がプロデューサー。この方は松竹の会長の秘書かなんかしておられて、大変権力のある方で……

――長島久子さん……ですね？

県　彼女の一言で、スタッフが結構自由に出来るわけです。その時に彼女が、きっと三島さん引っ張り出したのでしょう。後に松竹の私の同期の演出家と結婚をした方ですけど、この頃はまだ会長の大谷さんの秘書ですね。でまあ、少女歌劇団ですからね。ＳＫＤって。三島さんがそれまでに観ていたかどうか、僕、知らないんですけどね。で、まあ、打ち上げでこういう状態になったわけです。長島さんって方は、交友の幅の広い方だから、きっと三島さんを招待したつもりで、で、私も出かけたんでしょう。で、この時の三島さんとの出会いが、私との出会いの始まりなんですね。

■松竹歌劇団から日劇へ

――県さんご自身は、ＳＫＤには……

県　私は長いです。戦前からやっておりますからね。松竹で男性加入のショウのレヴュー団をね、日劇に対抗して作った。その時に、帝国劇場は、松竹のものだったんですね。で、松竹でね、男性を募集して、松竹の女の子と歌劇の生徒とスターたち……その中には、笠置シズ子とか大阪からもきました。笠置シズ子、京マチ子……そこら辺はね、その時にちょうど私とも出会ってるんですよね。

――それはいつ頃の話になりますか？

県　私まだ十九歳ですから……

――失礼ですが、お生まれは何年になりますか？

県　一九一九年です……大正8年。ですから私はもう八十六歳になりました。

――なるほど、そうか帝劇は松竹のもので、だから、東京帝劇の歌劇団というのは松竹の歌劇団、それは、帝劇歌劇団というわけですか？

県　いえ。あのね、ＳＧＤ。それはね、松竹楽劇団っていっ

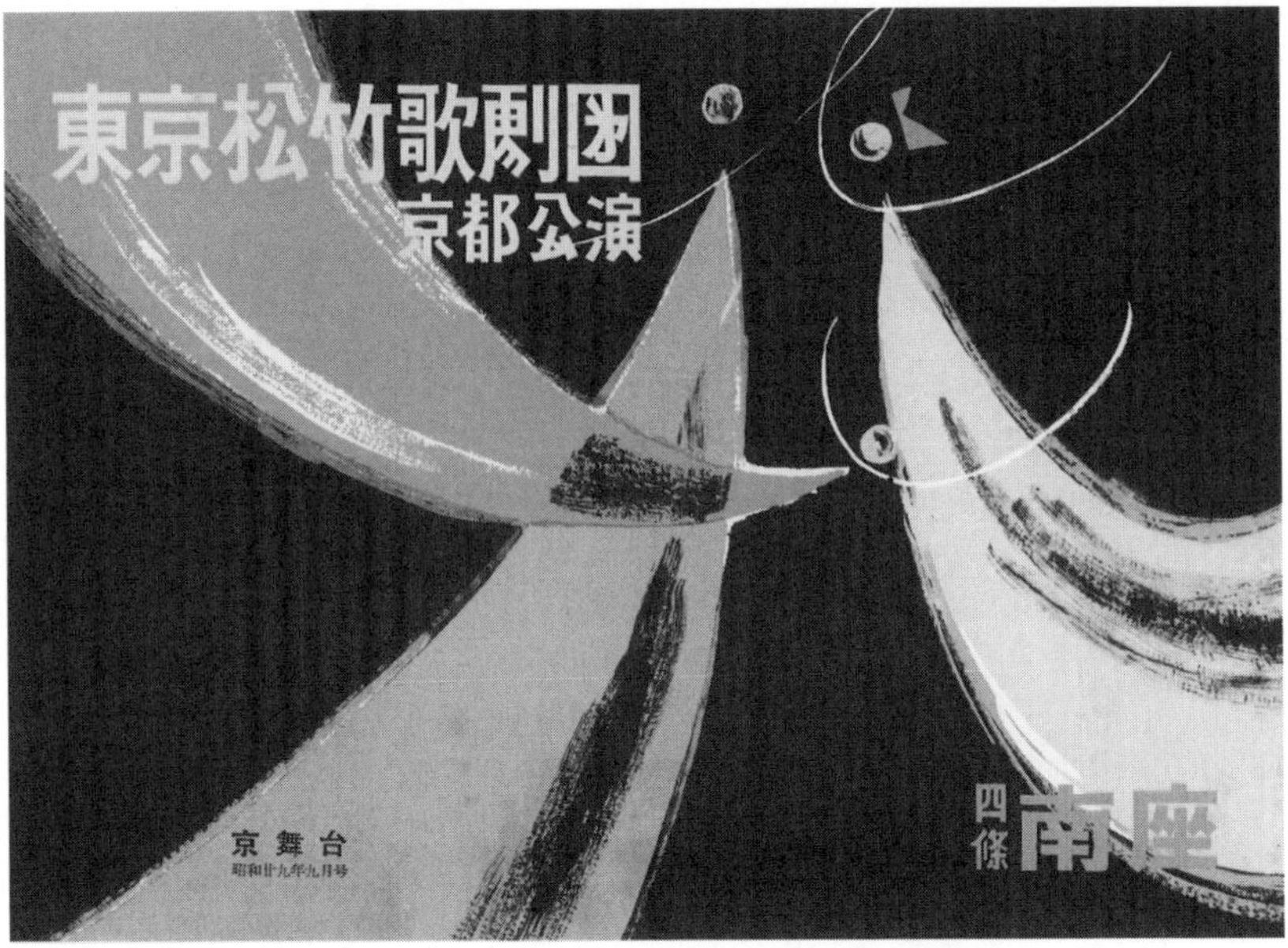

写真１　「ボン・ディア・セニョーラ」初演の東京松竹歌劇団プログラム
（昭和29・９、京都・南座）。

写真２　「ボン・ディア・セニョーラ」第１回打ち合わせ。左から３番目が村山知義。
その右が三島。後列左から３番目の男性が県氏。東京松竹歌劇団プログラムより。

てね。

——松竹楽劇団で、SGDですね。

県 でもまぁ、淡路恵子、春野八重子とか色々来ましたね。大阪から笠置シズ子たちも来ましたから。で、松竹でまぁ、きっと東宝に挑戦したんでしょうね。それで始まったんですね。

——県さんは兵役には？

県 いえ、私、まぁ、受けたんですけど、結核なんですよ。その頃、結核っていうとね不治の病でしたからね。私は国際で……どうして国際劇場から日劇へ入ったかというとですね、結局、帝劇が段々東宝に押されて、松竹じゃ駄目だったわけですよね。

——撤退ということですね。

県 私はショウを作ることは興味あるんですけどね。自分が出ることはあんまり好きじゃないんですよ。それもありましてね、国際劇場からですね、今度は日劇、つまり東宝に移ったんですよね。東宝はね、ショウビジネスをもっと充実させたいという風に、スタッフを欲しがったわけですよね。私は何でその東宝で始めるかといいますとね、東宝が松竹のスタッフの中からですね、新しい振付家、ショウビジネスの松竹よりも力になるスタッフを募っていた。

——すると、松竹から東宝に移られたということになる？

県 そうです、昭和30年です。しかし私は松竹で育てられたわけですよ。振付家・演出家になるために、アシスタントしながらやってみないか、という誘いがあったんですね。それが、山口国敏という方なんですけどね。結局、振付家というのは作者でもありますから。それを、私ともう一人、飛鳥亮という男がいましてね。それともう一人、佐伯譲というですね、タップだけど、その三人が養成されることになったんだ。そこで、ショウビジネスをSKDで叩き込まれたんだ。この他にも、私は、背が高かったものですから、貝谷八重子さんが「あなたを育てたい、欲しい」と言われたんですね。ですけどそこにちょうど、国際劇場の話が出て来たわけですね。僕をアシスタントにして、後々の松竹SKDの振付家に、作者に育てたいって。で、両方あったわけです。私、八重子さん有難いんですけど、背は高いものですから、八重子さんはきっとそれに目を付けていらしたんでしょうけれども、一応八重子さんをお断りして、SKDの……

——SKDの方に入ったと。

県 はい。そこで、例えば国際劇場、「春のおどり」とか踊りものが主流で成り立っていたわけですね。とにかく、百人以上はいましたからね。SKDは、その頃既に。

——国際劇場は一度、昭和20年、大空襲か何かで焼け落ちたのですよね。

県 そうですね。ですから、それ以来駄目、国際は。壊滅しちゃった。で、国際劇場使えなくて、浅草の、きっと何か映画館でやっていたんだと思うけど。和田誠さんの『ビギン・ザ・ビギン』（文春文庫）ご存じですか。和田さんはね、伯父さんに、山本紫郎さんという人がいます。日劇ですけど。和田誠さんはやっぱりショウビジネスを好きで。そういうことが好きな多才な方でね。この本の時私は紹介していただいたんですよ。

――ちょっと整理すると、貝谷八重子さんからもお誘いの話があったけれども、松竹からもあり、で貝谷さんの方をお断りして、で、松竹の方に、という流れで。

県　はい。そうです。私ね、昭和16年に、アシスタントをしながら、結核に引っかかったの。それで一年間、山梨の病院に入院していたの。松竹を欠席して。まだ振付助手の資格を持ちながら……それから戦争中にも、日劇の後ろに川があるでしょ？　あそこに映画館があったんですよ。邦楽座だったかな。数寄屋橋がまだ出来てない時ですから。あの「君の名は」（昭和27年NHKで連続ドラマ化。翌年映画化）とか、あれはまだ橋があるときでしょ。あの後橋はなくなりましたけどね（昭和34年3月撤去）。そこで私はショウをやったんですよ、実は。というのはですね、戦争中は山口国敏さんとかはですね、みんな疎開しちゃっていないんですよ、作者が。戦争中でも女の子たちは残っていて、ナントカ隊という軍の慰問隊なんかして残っているわけです。その時に戦争を……私は終戦を、私の作品を公演している時に、迎えたわけです。その時はまだね、怖いもの知らずで、私まだ、十八、九かな。そこで一本をやっていて、戦争になってあの辺りもガラッと変わったし、松竹も、国際も帰ってくるし、ＳＫＤを始める為に……山口国敏という私の育てのボスがいるんですけどね、それが戻ってくるまでみんな、戦時中はスタッフがもう少なくなっていたわけですよね。

――その頃、やっぱり内地……内地というか都心に県さんが残られていて、残った女の子たちの演出だとか、脚本なんかも書いたりなんかされていたと。

県　そうですね。一本全部やってたり。その頃ね。えっとね、「雪の舞踏会」というバレエで、なんか子どもじみた話です。その頃ね、そんなもの作ったりしてました。

――終戦後はやっぱりアーニーパイル（東京宝塚劇場は昭和20年12月から占領軍に接収、アーニーパイル劇場として占領軍の娯楽施設とされ、昭和30年に返還）なんかありましたけれども、米軍の規制やら何か色々な方面から、ショウビジネスに影響なんかはありませんでしたか。

県　意外とね、松竹系の国際辺りは無いんですよね、あの米軍の干渉が。東宝は有楽町近辺が、アーニーパイルをとられたり。

■「溶けた天女」と越路吹雪

――県さんと三島が出会われた時、三島はオペレッタとかに興味を……

県　なんかね、三島さんは好きみたいですね。ショウがね。ショウビジネスが。だから日劇とかでもしょっちゅう観に来てますよね。

――越路吹雪が昭和28年くらいでしたか、パリに行きますよね。その時に越路吹雪を主演にするようなミュージカルのようなものを……

県 ありますよ、本（台本）が。ちゃんと。

――「溶けた天女」ですよね。あれも、県さんが振付をなさるようなことを……

県 ええ。それもあったんです。

――しかし、じゃあ、そうすると、その時はまだ、県さんと三島由紀夫は面識が無かったということになりますか？

県 ……そうですね。

――これ、昭和28年ですから「ボン・ディア・セニョーラ」より一年近く前ですね。で、こういう話があるという、予定の記事が当時の新聞に出ているんですよ。多分それで県さんとお知り合いになって「じゃあ振付は」ということで、話が来たのではないかと。

県 そうかもしれませんね。実はコーちゃん（越路吹雪）と個人的に凄く親しいんですよ。昭和26年だったかな、越路吹雪たちが移ってきた。あの頃ね、宝塚の連中、みんな東宝へ入ってきた。で、東宝では宝塚のスターを……今でもそうですよね。大地真央を使ったりとか、麻実れいとか、ね、それはまぁ宝塚出身者を使ってやっているわけですよ。

――越路吹雪が宝塚から東宝に移って、で、県さんが松竹から東宝に？

県 ええ。

――すると、まあそれ以来、県さんと越路吹雪はお仕事の付き合いがあったわけですね。

県 越路吹雪はミュージカルもやるけれども、ショウビジネスの歌手ですからね。で、日劇が合っているわけですよ。で、踊る越路吹雪とかですね。越路吹雪の為のショウをやった。その為のスタッフとして私を……東宝にそういう人いないからね。

――振付が出来る方……

県 私も当時ちょっと売れましたから。25年頃から東宝で仕事をしています。専属になったのは昭和30年ですが。それで、引き抜きみたいになって。

――ちょうどその頃、次第に三島由紀夫と越路吹雪も面識を得て仲良くなっていった頃と思うんですけどね。

県 そうですね。きっとその頃はその頃でやっていたんじゃないでしょうか。

――じゃあ、その時点では県さんは三島由紀夫との面識はなかったと。

県 そうですね。とにかく、私は公演の打ち合わせで初めて三島さんにね。29年です。

――するとですね、昭和28年に越路吹雪がパリに行って、エディット・ピアフを見てショックを受けて帰ってくる。で、自分はしかし、ミュージカルなんかもやりたい、ということで三島由紀夫に頼んで、黛敏郎が曲を作ったのが「溶けた天女」というオムニバス形式のバレエとかコメディーであった、と。その振付が県さんに決まったという新聞記事が残っているんですが……

県　じゃあ、コーちゃんの方から頼んだのだったかな。三島由紀夫さんに関係なくね。

――しかし、これは実現しなかったわけですよね。どの段階で実現しなくなったのか、何かご存じのことは？

県　いえ、わからないですね、私も。

――なるほどね。この「溶けた天女」は、オムニバスでちょっと不思議なお話ですよね。

県　ええ。そうですね。

――酒場に、越路吹雪ですか、少女がいて不思議な歌を歌って、男たちがそれにまつわる過去の恋の物語を、三人三様に語るという。それがバレエとして演じられたり……

県　そうですね。その踊りの場面を、私にきっと、やらせるつもりだったんじゃないでしょうか。

――三島はアメリカに行ってあれこれとミュージカルやらバレエやらを観てまわったようですね。やっぱり興味があったと思うんですが、いわゆるモダンバレエみたいなものを、自分の作品に取り入れたいというようなことを、三島由紀夫はどの程度真剣に考えていたと思われますか？

県　どうだろう。……その頃、越路と出会って。「越路も共に踊らせるなら」って。やっぱり好きなんですよね。

――だいぶ親しかったですよね、一時期三島由紀夫と越路吹雪というのは。例えば、三島・越路と県さんとで、会ったとかということはありましたか？

県　それがないんですよね。あの「溶けた天女」ね、越路吹雪のために考えて、あれなんかは、越路吹雪は僕に振付をと言って。だからあれなんかは私は持っているんですね。

――台本を？

県　ええ、台本を。

――この台本は、途中で書き直しがあるんです。これは、登場人物の少年水夫が、狂気の踊りを踊ったり……マラッカ海峡でのバレエという設定になってますけど、元々は日本の漁村の中の設定になっているようですね。

県　そうですね。

――書き換えがいつかわかりませんが、ニューヨーク行って、色々新しいバレエ観たりして、刺激を受けたりして、それを県さんの振付で、というようなことを三島由紀夫が考えていた。

県　そうでしょうね。そう思ったんでしょうね。それとね、コーちゃんと僕は非常に親しかったものですからね。

――このバレエの振付を具体的に、こんな風に、というような話を三島由紀夫がしたと言う話はありませんでしたか？あるいはそこまでは話が進んでいなかったのですか？

県　無いですね。（「溶けた天女」第二幕改稿原稿のコピーを見つつ）これ、私のところにあったんです。

――この一部が「溶けた天女」に組み込まれるような感じになってますよね。

県　だけどこれを僕が持っているというのは、越路吹雪のことがあるからかもしれないですよね。何で私が持ってたかは、そこら辺よく僕もわからないですけどね。

■銀座交友録

――あの頃の、「哀愁の夜」とか「恋愛特急」なんていう越路吹雪主演の映画を観ますと、越路吹雪が日劇のまだ下っ端の踊り子役なんかで出ていて、大スターになっていくお話だとか、当時の映画にはそういうものがありましたね。

県　はい。コーちゃんは日劇にいた頃はですね、私といつもくっついていてね、行動してたくらいなんですけどね。三島さんとはですね、その後、昭和35年の「サロメ」の時ね、あれを私がやっているんですけど……三島さんとの繋がりが「ボン・ディア・セニョーラ」で出来て、「東京へ帰ったらゆっくり食事しながらお話しましょう」ということになって、その時はこれだけで別れたんですね。で、東京へ帰ってきてからね、三島さんとの関係が深くなったんです。

――東京で芝居や映画を観に行ったり遊びに行ったりとか、そういうお付き合いがあったということですね？

県　あってですね……あなたは三島由紀夫を研究なさっているんですか？

――そうですが……

県　こういう私生活のことはあんまりご存じないですか？

――まあわかる範囲の事は。

県　そうですか。三島由紀夫とはね、その後親しくなりまして、彼と個人的に凄く親しくなったんですね。あの「サロメ」なんかもね、仕事をしましたけれども、個人的にね、それの手紙はご存じないですよね。三島さんは私のことを気に入ってくれて、手紙くれたんですよ。ニューヨークの情報とか。色んなものを教えてくれて、私のことを側に置いておきたいという個人的な。三島さんのあの……ご存じですよね、彼の性格というのは？

――そうですね……

県　こういうところから発展して、個人的に好かれたんですよ、三島さんに。で、この後すぐ会って、仕事絡みの付き合いもあるけれど、遊びの付き合いもあったんですよ。

――それはどんな感じでしたか？　色々エピソードとか。

県　これきっと驚かれることなんですけど、これね、この写真たまたまこれ持っているんですが。ここに写っているの、三島の結婚した奥さん（写真3）。

――ああ、そうですね。

県　結婚したばっかりですね。で、隣に私がいて。この時の場所が……

――もしや銀座の……

県　陶桃園。ご存じですか？　銀座の。陶桃園と親しいんですよ。その地下がバーなんですよ。そこへ三島さんがいつも私を呼びつけて。

――当時、三島が銀座に出た時にはよく立ち寄ったという店ですよね。陶桃園のご主人は、名前はなんとおっしゃるんですか？

県　加藤だと思うんですよね。

——加藤陶桃園。

県　加藤さんというと、当時銀座のど真ん中でしたね。

——そうですね。実は調べたことがあるんです。当時の地図を図書館行って引っ張り出してきて、「陶桃園」探したり……

県　ご存じですね。場所はね。通りに入ったところ。そこに陶桃園さんがあり、陶磁器の店ですけどね。地下にバーがあった。そこに三島さんたちはしょっちゅう現れて。で、三島さんと陶桃園の主人は非常に親しい仲でしょ、一緒に歌舞伎なんかも行ったり。

——実は、その陶桃園のことは、福島次郎という人の小説の中に「陶李園」という風に出てくるんです。陶桃園のことだと思うんですけど。それで、これはと思って。

県　ああ、ありましたね。三島さんとのことを書いている。あの小説ね。あれ、この人の出てきますよ。加藤さんが。

——あれやっぱり加藤さんですか？

県　ええ、加藤さんです。私もあの本読みましたよ。そうですよ。加藤さん出てきますよ。しかし加藤さん、もう亡くなりましたけどね。もうだいぶ前です。

——県さんより幾つ位上の方だったんでしょうかね？

県　十歳くらいかな。そのくらいじゃないかな。

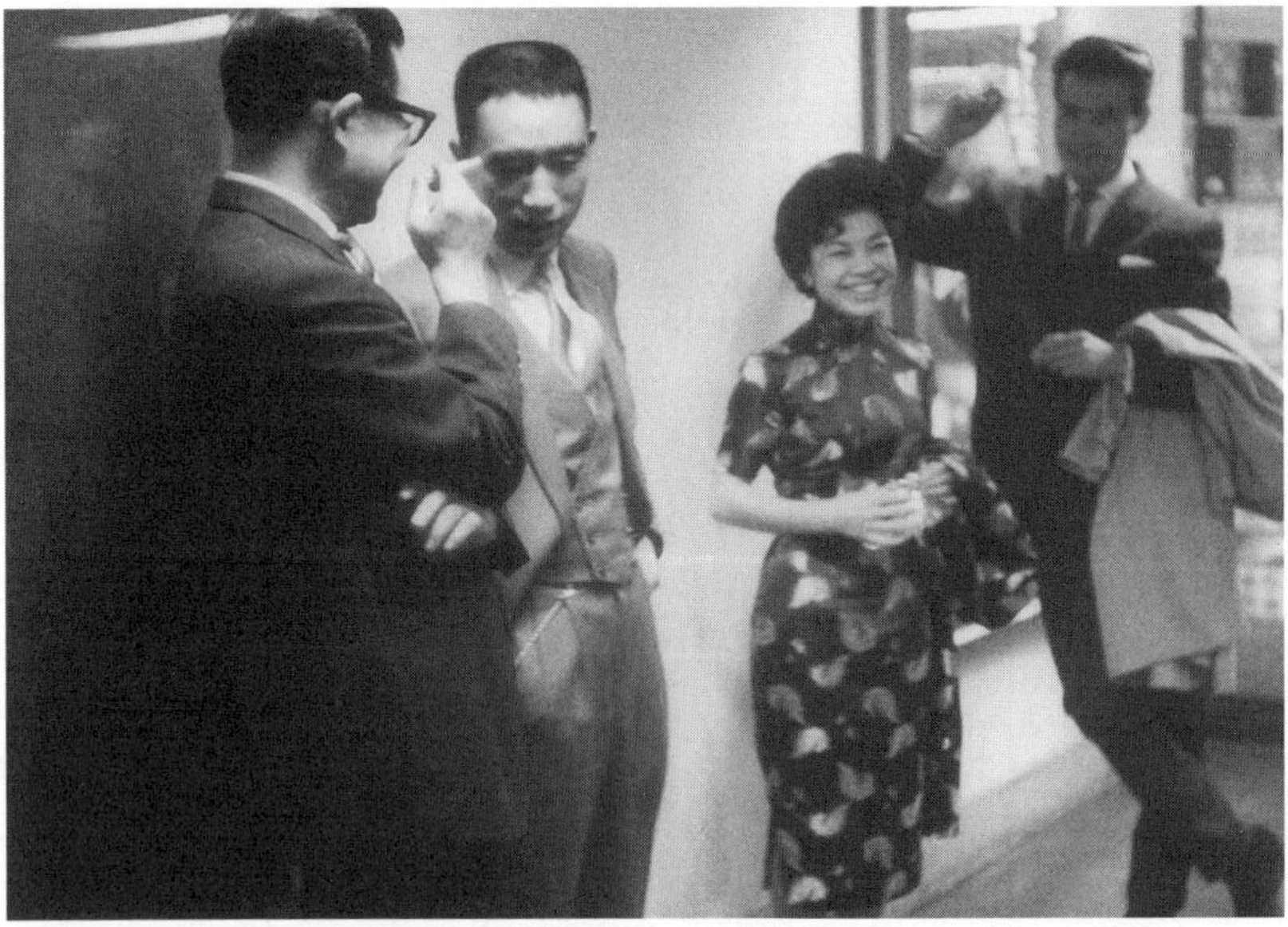

写真３　銀座の陶桃園地下にて。左から加藤氏、三島、瑤子夫人、県氏。昭和33年頃か？

――「禁色」って小説ありますよね。陶桃園の主人の紹介で、三島の交友関係というのはいろいろ言われていて、「禁色」に多少反映しているのではないかと思うんです。戦後活躍して、フランスに行ったりするバレエダンサーでジミー・何とかという人、あれ、ボビー・大塚だったかな、聞いたことありますか？

県　ないですね。

――その辺のどうも交友関係がもうひとつよくわからないんですよね。一九五〇年代前半の。

県　私にも。勿論向こうからも誘ってこないしね。私もそういう他人のは興味ないですしね。

――話は戻りますが、瑤子夫人とは、あの写真の後特にお会いになったことは無いですか？

県　無かったですね。

――こちら一番右の、これは県さんでいらっしゃいますよね。これは陶桃園の一階の部分ですか？

県　これからどっか行くというところかな。

――奥さんがいるとすると、昭和33年か、そのくらいですかね？

県　ただ結婚する時にね、「私は結婚するからもう遊んでられない」ということは言ってましたね。

――銀座だと、陶桃園の他によく行ったバーとかお店とか他にありますか？

県　思い出せないですよね。私も日劇の舞台稽古の客席のところでよく会ったことはありますけどね。近辺で、その間に喫茶店でもお話したことがありますね。その時日劇のショウを観る為に来ているという感じはしてましたけどね。

――例えば、ご一緒に、歌舞伎や何かを観劇しに行ったりということは？

県　あ、行きましたよ。こういうこと滅多に無いかもしれないけれど。手紙の中にそういうのもありましたから。「何日に会いましょう」というね。

――すると、鴨川正という人なんかも……

県　私は知らないですね。

――あと、よくそこで、三島さんと仲が良かった方なんかで、名前を覚えてらっしゃる方はありますか？

県　知らないね。僕はとにかくいつも呼びつけられて、ここへ行って飲んでという……

――三島の結婚前からプライベートで遊び仲間でいらっしゃったということですね。

県　そうです。結婚前からですね。これ、結婚の後からだったらきっとあんまり無かったんじゃないですかねえ。

――地下のバーは加藤さんが経営されている？

県　だと思うんですけどね。客がいること滅多に無かったですね。私は見たこと無いですね。

――じゃあ、仲間内だけに開放していたサロンのようなものだったのですかね。この眼鏡のガッシリした方が加藤さん？

県　そうです。陶桃園の主人です。

――この加藤さんという人は三島由紀夫に色々遊び仲間を紹介するとか、そういう……

県 そういうこともあったんじゃないですか。ちょうどこの直後から、手紙が来るようになったんですよ。というのも三島さんは私と単なる振付家としてだけではなく付きあってくれた人、興味もたれたわけですね。ですから結婚するまでは三島さんと親しい関係が続いたわけです。

――ということは、「ボン・ディア・セニョーラ」の頃、昭和29年頃から結婚に向けての時期を親しく付き合ってらした、と。

県 それでね、私三島さんに手紙貰っているんですよ。何通も。

――今回の全集に出たものとは……

県 全然違うね。私個人に出した手紙があるんですよ。

――それは貴重ですよね。するとじゃあ、いろいろプライベートな付き合いの話とかそういうのが県さん宛の手紙の中に出てくるわけですね。

県 そうです。勿論そうです。

■演劇人との交流

――「サロメ」が昭和35年の頭ですよね。

県 あの頃もう私、個人的な関係、と言うとおかしいか……

――プライベートな遊び仲間という関係には無かった、と。

県 ええ。で仕事ということでね。きっと振付師ならあいつがいいと思ってくれたんでしょう。

――「サロメ」の頃は、じゃあ、それまでと、ちょっと違う感じになっていたんですか？

県 そうですね。あのね、三島さんという人はね、私は理解しきれないですよね。そういった意味で、多面的で。で、ボディビル、その頃から始めたんですから。

――あ、ちょうどその頃やってますよね。一緒にボディビルやろうという話は無かったですか？

県 それは無いですけどね。私は体で表現する人間です。一応舞踊家ですからね。だから、「綺麗な体をしているね」とかそういうことは三島さん言いますけれども。

――三島はボディビルを始める前は、青白いとか弱々しい感じで言われていますけど、如何でしたか？

県 そういう印象はないですね。

――話は少し戻るんですけど、青山圭男と三島とは戦後すぐくらいから舞台関連でお付き合いがあったみたいですけれども、何かご存じのことはありますでしょうか。

県 青山圭男は、我々の世界では有名でしたね。

――戦後三島が戯曲を書いて舞台関係に関わっていった時の人脈を見ていくと、例えば、日舞の台本なんかも書いていますし、花柳界の方なんかでも、付き合いがあったのでしょうか。

県 あるんじゃないですか？

――例えば青山圭男経由で花柳界だとか、柳橋のみどり会だとかという方面とのつながりというものがあったんでしょうかね？

県　どうかな。ただ、花柳界なんかはあまり好まないのではないですか？　この時も三島さんはね。これは私が割と寄りかかっているんですけど。この写真（写真４）を見ると、三島さんはね、少し……気に入っているんですよ。手がここまで伸びているでしょう。

――この写真は面白いですね。この『新潮アルバム』の写真とはちょっと違うのかな。

県　この写真はちょっと異常ですものね、三島さんの態度が（笑）。

■「サロメ」の振付など

――「サロメ」の時はいかがでしたでしょう？　サロメを演じた岸田今日子の踊りなどは……

県　あの時は、もう稽古場でつきっきりでしましたね。ああしたらこうしたら、とか助言もしてくれて。

――演出家として三島は、例えば振付に色々注文をしたりしたのでしょうか？　県さんが振付をされたのは、具体的にいって「七つのヴェールの踊り」のところですよね？

県　そうです。あそこのところですね。

――三島演出の「サロメ」はちょっと変わっていて、途中に幕間を入れてやったという風に聞いています。当時としては、あの「七つのヴェールの踊り」というのは、かなり話題にな

写真４　昭和29年９月５日、京都・祇園にて。左から、長島久子氏、三島、一人おいて県氏。
『新潮日本文学アルバム　三島由紀夫』にもこの時の写真が１葉掲載されている。

ったみたいですね。

県　岸田今日子がね、彼女の本で、「サロメ」の時の稽古のことを書いているんですよね。

――そうなのですか。

県　あれはきっと三島さんが、側につきっきりでこうやったりとか、こうだからとか、助言し過ぎたんじゃないかしら。だからね、僕の踊りに対しては、悪意を持っていたと思うんですよ。そういう意味では。

――三島由紀夫にはこのように演出したいというような意図が、かなりあったのでしょうかね……三島演出の「サロメ」というのは、いわゆる普通の新劇調で演られるものと比べて変わってましたか？

県　どういう意味ですか？

――新しい「サロメ」をやろうとしてたとか、三島独自の趣味が出ているとか。例えばスタッフを見ても、装置の藤野一友とか、衣装なんかも南コハクとか、新劇畑ではあまり見ない顔ぶれですよね。

県　南コハクというのはプライベートな方の仲間ですね。だから岸田今日子としては三島の趣味でスタッフを集めているとでも思ったんじゃないですか。だから三島さんのそういう……個人的なことがね、やっぱり影響しているんじゃないかと思うんですよ。衣装にもね、スタッフにもね。

――しかし一方、当時の週刊誌の記事に、三島由紀夫の自分のやりたいことをやるのはもうこれで勘弁して欲しいと文学座内で囁かれている、なんていうのがあるんですが。実際そんな雰囲気はありましたか。

県　あったんじゃないのかしらね。よくわかりませんけれど。スタッフも自分でね、自分の好みの人を連れてきたり、好ましくないんじゃないですかね。

■三島由紀夫のファッションチェック

――今でこそ日本でもオペラもミュージカルなんかも割と普通にありますよね。だけど、昭和20～30年代といったら、ミュージカルといっても随分受け止め方が違ったと思うんです。三島由紀夫はしかしそういうことを色々やってみたかった。で、県さんに色々振付けその他相談をしたと、そういうような風に言ってもいいんですかね？

県　三島さんはね、レヴューが好きなんですね。日劇の舞台はね、舞台稽古の時に来てね。舞台をやるのを見てね……えっと三島さんが書いたのありますよね？

――「裸体と衣裳」の日記の中に出ていますね。

県　三島さんって方は好きなんですよね。ショウビジネスがね。レヴューも好きなのでしょう。あの、大映の映画に出てたでしょ。

――「からっ風野郎」ですか。

県　そう。あの時はね。あの、今風な、例えばズボンとか靴とかね。靴なんてね、本当に駄目なんですよ。感覚がね。そういう感覚的に見たらあの人はね、全然駄目なんですよ。

――服装のセンスがですか？　でも、自分でも悪いと思っているんですよね？

県　いや、思ってないんじゃないですか。靴下の趣味とかね。僕は「からっ風野郎」の時には撮影には行きませんでしたが、そういうところは見ていましたよ。国際劇場のそばに僕の行きつけのシャノワールという店があるんですよ。そこでしか買えない洒落たものなんか、取り寄せとかもしてくれた店なんですけどね。三島さん連れて行ったり。ジーンズなんかもそこでね。

――洋品店？

県　ええ。ご主人がいて、三島さんに服をちゃんと合わせたり、色々助言したりしてね。その後、三島さん気に入っちゃって、僕専属のシャノワールの主人をね、自宅に呼びつけてたりしてましたね。奥さんのもの誂えたり。

――写真を見ていても、何かこう、三十代半ば、後半ぐらいから急に服装の感じが……

県　三島さんは、何というか、靴と靴下の組み合わせとか、そういう意味でね。服装のバランス感覚が全然駄目なんですよ。いや本当に。

――じゃあ、色々指導した甲斐はありましたか（笑）。

県　指導ということは無いけれども、助言はね。いろいろ。

――ジーンズのはき方とか？

県　いや、だから、ジーンズ履いて出てませんか、あの映画に。「からっ風野郎」にね。

――でも当時まだジーンズなんてものは珍しいものだったんじゃないですか？

県　そうですよ。やっぱりみんな普段は履かないですよね。仕事着ですからね。

――三島はわざと街のアンちゃんみたいな格好をするのが好きなところがありますよね。

県　きっとそういうのが良かったんじゃないですか。映画は僕行かなかったですけど、「からっ風野郎」にはジーンズなんか良かったんじゃないですか。

――服装に関しては具体的にどんなアドバイスを？

県　靴下を贈ったりなんかしてね。靴なんかも本当、お金があるんだからもっといいものを、ちゃんとしたのをってね。趣味悪いなぁとは思っていたのでね。そんなに趣味悪いのにどうしてこう、みんなにもてたりしていたんでしょうね。

――一言で言うと、なんかこうちぐはぐなところがありますよね（笑）。

県　そうですよね。なんか違うんですよね。

――だけどそういうセンスがあったとして、それが芝居が好きとか、自分でもやるとかいう事とどっかで必ず関わってくると思うんですが。それが寧ろいい方向に働くということもあったでしょうか。どうでしょう、その辺は？

県　いや、私にはわかりませんね。そういうの。あの人やっぱり異例ですからね。そういう意味じゃね。

――少し常識では計れない……？

県　僕でもね、ちゃんと真面目に取り組んで三島さんの本を読んだことが無いですもんね。

――じゃあ、本は本。それ以外はそれ以外という……

県　本は本。

――なにか本を贈られたりとか、そういうことは別段無かったですか？

県　いえ、戴いたですよ。その「裸体と衣裳」という日記。

――そういう、三島がレヴュー好きだというのはその通りだと思いますが、一般の観客というか、受け止める方はどうだったんですかね。「ボン・ディア・セニョーラ」なんかの反応というか、客の入りとかはどんな感じでした？

県　全然覚えてないけど。十日間だけでしたものね。僕その作品全然印象に残ってない。本当に。私は振付として名前出てるんですからね。直接三島さんとやり取りしながら、やった筈なんですよね。でも全然記憶に無いですね。この公演に関しては、三島さん自身もね、殆ど書いてないですよね。

――自分がやるならこういう風にミュージカル的なことも、あるいはバレエも組み込んだ作品にしたいという、三島由紀夫としての希望とか夢みたいなものはあっただろうと思うんですけれども、じゃあ、実際どういった作品としてこれが考えられ、実現していったのかというと、もう一つちょっとわからないんですけれども、どういう風に思われますか、その辺は。

県　僕、あんまり興味ないですよ。あの、女同士のね、男役と女役とか、そういうのは。ですから、私も宝塚なんかですね、仕事いっぱいしてますけれども、そういう意味じゃ興味ないですね。

――例えばこれ、演出を村山知義がやってますけれども、ちょっと三島とはすぐには結びつかないですよね。

県　これはきっと長島さん、三島さんと色々あって、こうだったら俺やってもいいよということを言ったんじゃないかな。その時僕は気持ちが入っていなくて、私はこの時に初めてお目にかかった時だからね。初日の時に、この座敷に呼ばれたのは私と三島さんとね、長島さんだけなんですよ。

――じゃあ、打ち上げといっても、三名だけの。

県　ええ、三名だけなんですよ。

――確か初日の夜の打ち上げですよね。じゃあ、この写真の日付は5日ということになるわけですね。5日の晩に祇園……それで、この日は三島は京都に泊まったんですかね。

県　でしょうね。あの後、全然記憶ないですよ。あの時は「じゃあ何日に渋谷の何とかというところで」とそれっきりですよ。だからあの時もきっとあの人は、プロデューサーの彼女と常宿に泊まってたんじゃないですか。で、私たちは私たちで別の旅館に泊まっていたと思うんですよ。初日くらいは私もすぐ帰ってきたんじゃないかと思うんですけどね。

――私の学生時代の友人で、今東宝に勤めている人がいるんですけども、県さんの事を聞いてみましたら、周りのスタッフに聞くと、「伝説の振付師」ということで、県さんと一緒に仕事をなさった方なんかも、何人かいるみたいで。

県　そんなことないですけど。

——いや、本当にそれ聞いたんですよ。カリスマ的だと言ってましたね。

県　あの映画のね、あのチエミ、イズミ……私が振付をやっていてですね。

——それは……映画「ジャンケン娘」でしたか？

県　はい。

——三人で、最後に日劇の舞台で、こう色々騒動して、踊ったり歌ったりするような。あれ、この間拝見しました。

県　ああ、そうですか。

——やっぱりこう、映画と舞台だと振付なんかはだいぶ違いますか？

県　ええ。全然。

——三島由紀夫は、「黒蜥蜴」をバレエにしたいとかそういうことも考えていたみたいですけど、なにかそういうお話は聞いたことはありましたか？

県　いえ。

——当時日本で活動していた、例えば小牧バレエ団だとか幾つかありますけど、そういったところの話とかされてたりしましたか？

県　三島さんが？　ないですね。バレエは好きじゃないんじゃないかな。あんまり、ああいうタイツ姿のね……。

——県さんとお付き合いがあった昭和29年から31年頃という と、歌右衛門の楽屋で、三島はある料亭の娘と出会って、しばらくお付き合いしていた時期というのが大体重なると思うんですね。

県　そうなんですか。

——32年くらいまで。それはもう全然、そういう話は……？

県　聞かないですね。個人的な話はね。なんかあの、関西の方の出張した時にはね、こういうところで遊んだとかね、そういうことは聞きますけどね。

——取材旅行に色々行くわけですけど、どこに行っても困ることは無いと……

県　ああ、そうでしょうね。

——やっぱりエネルギッシュというか……

県　そうですね。そういう意味でね。でも私、詳しい話は三島さんと全然話はしないしね。僕もしたくないしね。そういうことはね。

——いってみれば、「三島由紀夫が真ん中で、衛星が沢山あって、三島由紀夫とそれぞれの星のつながりはあるけれど、衛星同士はお互いがわからない」という感じなのでしょうか。

県　そうですね。そういう感じですね！

——多面体ということですね。

県　ちょうど私と付き合った頃からボディビル始めたでしょ。あれでぐっと変わりましたしね。もう、僕ついていけないと……

■「沈める滝」から楯の会パレードまで

――三島由紀夫の家へは行ったことはありますでしょうか。

県　彼の自宅へは一回くらいしか行っていないですよね。

――新しい、馬込の方の？

県　ええ。こうアポロ像のある。あそこに伺ったのは一回くらいしかないですよね。

――その前の緑ヶ丘のお宅へは？

県　自宅へ行ったのは結婚してからでね、その前のは行ってないです。大体あの銀座のさっきの……

――陶桃園？

県　いつも陶桃園の地下のバーで会うんですよね。

――三島の方から県さんのご自宅に行くというようなことは？

県　ありましたね。僕のアパートにね。荻窪の、えっと、小さな建物にいたんですけどね。昭明荘（しょうめいそう）っていう。

――じゃあ、何回か荻窪のアパートまで三島がきたということがあったわけですね。

県　いやぁ、もうなんだかね。渋谷にね、時々連れ出されましたね。ちょっと坂を登る。東急の角を上るところの……

――それが昭和30～31年あたり……

県　いえ、もっと前ですよ。29年ですよ。手紙も30年に入ってからは殆ど無いですものね。

――東京以外で会ったということは？

県　伊東のホテルでありますね。三島さんの行くところ。

――伊東のどこでしょうね？

県　確か、黛敏郎が明日来るとか言ってましてね、で、そこに呼び出されて行ったんですよ。山に籠る話ありますよね。ダムの……

――「沈める滝」？

県　「沈める滝」。あの人あれで忙しい時だったですね。

――昭和29年ですね。ちょうど。

県　29年ですね。手紙にもそんなことも書いてありましたよ。「なかなかそれがあってお会いできない。」とかね「忙しくて」とか。それで「来てくれ」なんて書いてあるんだ。伊東に。よく文士が泊まるところらしいです。僕はそこへ行って一泊して……そういうの手紙に書いてあるんですけどね。

――それで、黛さんとはお会いにならなかったんですか？

県　会わないですね。……黛さんは、夫人は桂木洋子といって私の教え子なんですよ、松竹の。

――黛さんなんかとじゃあだいぶ一緒にお仕事をなさった？

県　黛さんはね、よく一緒に仕事してますよ。東京オリンピックの為の紹介フィルムをね、代々木公園で一緒に作りましたよ。あそこの芝生の上でね。

――三島由紀夫と黛敏郎の関係というのは、横で見ていてどんな感じだったと思われますか。結局、喧嘩別れみたいな風になっちゃいますよね。後々。

県　黛さんも黛さんの方でついていけないんじゃないかな。

三島さんのあれにはね。私の手紙にもね、「黛君が何日から来るらしいから」とかって書いてありましたよ。

――その後くらいになると、「金閣寺」をそろそろ書き始めようか、という頃だと思いますけれど、特にそのようなことを言ってなかったでしたか？

県　「金閣寺」の話は聞いたようなことありますね。でも、あまり文学の話はね……一番嫌だと言ってたのが、あのダムの「沈める滝」。あれが、いやだいやだって言ってましたね。いやだって、あんなところ行くの。

――取材にですか？

県　ええ。取材で。

――ちょうどその取材に行ったのが、この「ボン・ディア・セニョーラ」の後になるんじゃないですか。

県　ええ。ちっとも面白くないとかなんとか。早く帰りたいとか、そういうこと書いてましたね。

――では、その旅先というか、取材先から手紙がきたんですね？

県　ええ。

――まぁ、作中人物がダムに籠るわけですから、そういう自分の取材というのが、何と言うんですかね。登場人物の気持ちと殆ど重なるようなこともありますよね。

県　うん。

――最後にもう一度おたずねしますが、お仕事の中での三島由紀夫との関わりで、一番印象深かったというとどういうことになりますか？

県　自分の才能をね、こう、あり過ぎて持て余しているという感じですよね。彼はね。映画を試みたり小説を書いたり、オペラを観たり。

――普通の域を数段越えてますよね。

県　そうですね。ニューヨークからの手紙なんかでも本当によくね、自分でね、勉強してましたね。

――ただ、いきなりそれを日本で活かそうと思ってもなかなかまだ環境がそういう意味では整わなかった。じゃあ、実際誰が演じるのかという問題もありますよね。ただ、ずっとオペラあるいはバレエを自分で作ってみたり……関心をずっと持ち続けましたよね。三島由紀夫のバレエというのはどう思われます？　「ミランダ」というのがありますけれども。

県　それは知らないですね。

――そうですか。そういえばちょうど文学座で杉村春子の「鹿鳴館」をやっていた頃、よく会っていたと言っていらっしゃったと思うんですけど。そういう例えば文学座だの、いわゆる新劇の舞台のチケットを三島からもらったとか、ということはありましたか？

県　それはないですね。

――じゃあ、やっぱりこう仕事的な付き合いというよりも、プライベートな遊び仲間という面が、その頃は強かったということですね。

県　そうですね。それで、レヴューとかね、ショウビジネスもまぁ、好きでしたからね。

――三島由紀夫の亡くなった市ヶ谷の事件の時には県さんは?

県　私はね、本当にもう、プレッシャーに押しつぶされてというか。能天気すぎるニュースが流れて、「わー!　なんだ」と。もう、気違いみたいになって、居場所が無かったですよ。どうしてこの人がこんなね、何てことするんだと思って。惜しい、残念だとは思いますよ。やっぱりね。

――予感とかそういうものは無かった?

県　なんかね。軍隊というか楯の会作り出して、あれに呼ばれて、招待状きたんですよ。こういうものやるからここまで来てくれ、と。勿論行かなかったですけど。

――国立劇場の屋上でやった楯の会の記念パレード?

県　ええ。あの時の招待状があるんですよ。

――じゃあ、昭和30年代以降もそういう手紙のやり取りなんか……

県　手紙はしないですね。そのまぁ、招待状くらい。そういえば、なんかね、あの美輪明宏が日劇に出てる時、三島さんが良く来てくれるとか、よく喋ってましたね。事件の前に日劇の楽屋によったと聞いてますけど。私は三島さんについては何も話したことは無い。みんな知らないでしょ。私が三島由紀夫と個人的な付き合いがあったこともね。

――そろそろお時間で……長いことどうも有難うございました。

県　こちらこそいろいろ。私も東京離れちゃってるから、本当に誰も喋る人いないですよ。普通の話もほとんど。仙台そのものもあんまり知らないんですよ。今まで住んだことも無いですから。

――こちらへ移られて、もう何年になるんですか?

県　もう十年ちょっと。……発病して、そしたら足が動かなくなって。人と会わなくなって。仕方がなしにね。でもね、今でもね、国際劇場の昔の生徒たちがね、私の誕生日覚えていてくれて、必ず花を贈ってくれるんですよ。

――今でも。

県　ええ。向こうも八十近いけどね（笑）。

■解　題

三島は、昭和28年に初めての歌舞伎台本「地獄変」を執筆、同年越路吹雪に音楽劇の執筆の約束をし、翌年、県氏と出会うこととなる三島唯一のオペレッタ「ボン・ディア・セニョーラ」を執筆するなど、昭和20年代の終わりから、新劇だけにとらわれない舞台芸術への様々な取り組みを始めていくようになる。

三島は帝劇の「モルガンお雪」（昭26・2）以来の越路吹雪のファンであり（「現代女優論」）、越路にはめて「女は占領されない」を執筆したほか、越路と幾つかの対談もこなしている。三島が越路に依頼され執筆した「溶けた天女」は、結局未上演に終わったが、インタビュー中、質問者が提示した新聞記事「越路の音楽劇を――三島由紀夫の作で上演実現か」（「東京新聞」昭28・8・27）によれば、当時三島はほぼ脱稿しており、作曲は黛敏郎、振付は県氏により既に承諾された旨記されている。あるいは、三島は越路の信頼のおける振付家として県氏を知り、「ボン・ディア・セニョーラ」公演に際して長島久子プロデューサーに自作の振付として県氏を指名したのではないかとも思われる。「ボン・ディア・セニョーラ」上演中のインタビュー記事「もっと皮肉を効かせたい――三島由紀夫・村山知義両氏にきく」（「国際新聞」昭29・9・15）でも、三島は県氏の振付に満足の意を表しており、当時の劇評でも振付は好評であった。

また、『決定版三島由紀夫全集38』に収録された二通以外に三島から受け取った書簡があると県氏は発言しているが、インタビュー収録後、「朝日新聞」（平17・9・3）で紹介された小説「禁色」映画化に関する県氏宛書簡は、正しくその中の一通である。記事には書簡の写真が付されており（ただし大阪版には無し）、書簡文中に「加藤陶桃園主人」とあるのが読める。インタビューで言及された陶桃園はこれを指している。当時、中央区銀座5丁目4番地にあった加藤氏経営になるこの陶器店については、「作家の二十四時」（「新潮」昭31・3）というグラビアページに、陶桃園で休んでいる三島の写真が掲載されており、「ここの主人のK氏は年来の珍友」、「ここは、私自ら客でもなく主人でもない銀座の休憩所、銀座の窓である」というコメントも付されている。「獣の戯れ」の陶器店の造形などにも、この陶桃園が一部使われていると思われる。

なお、三島の「裸体と衣裳」昭和33年7月10日の記述には県氏の名前が見える。

（山中剛史）

資料　復刻原稿

「悪臣の歌」

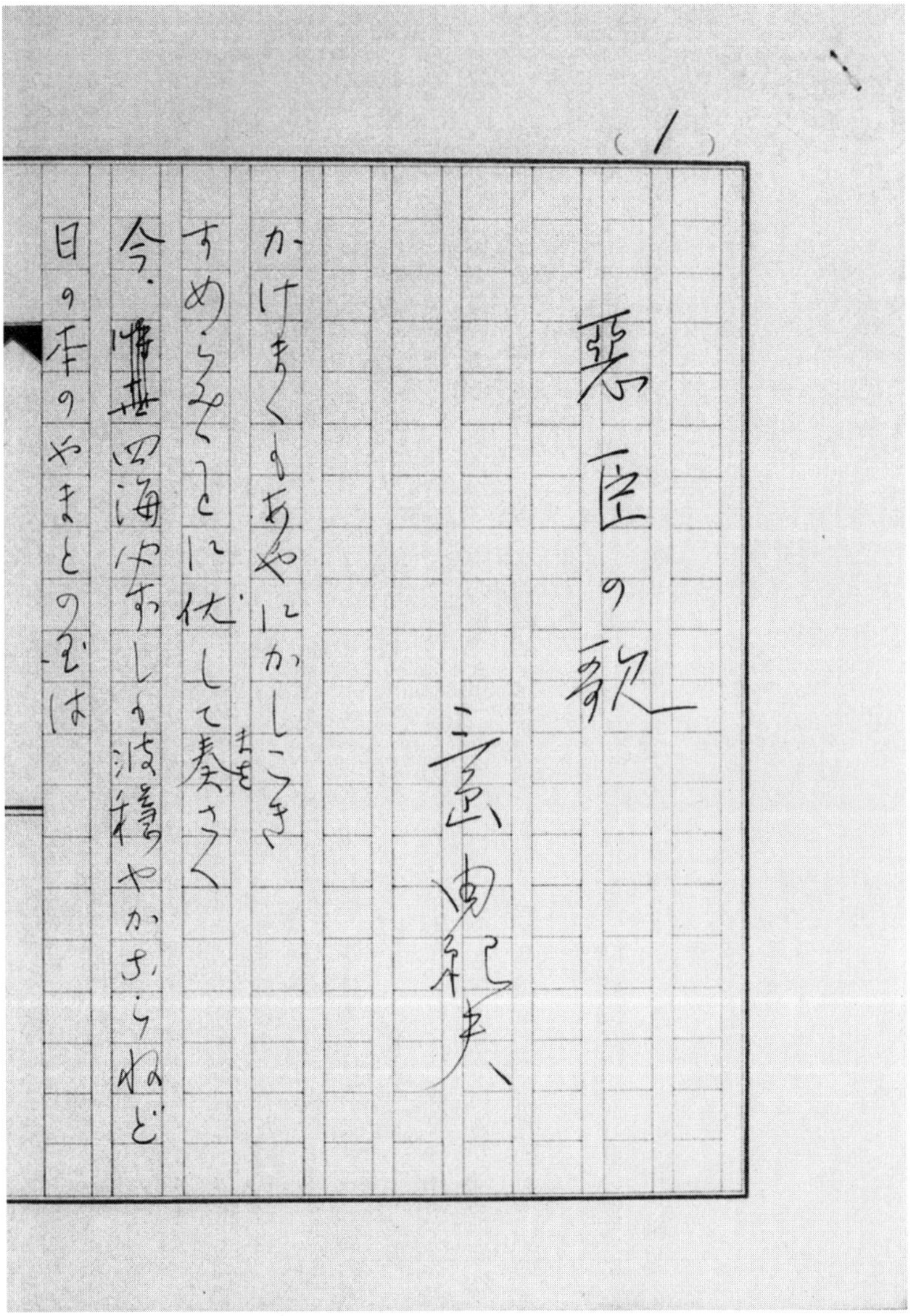
(1)
悪臣の歌
三島由紀夫
かけまくもあやにかしこき
すめらみことに伏して奏（まを）さく
今、四海必ずしも波穏やかならねど
日の本のやまとの国は

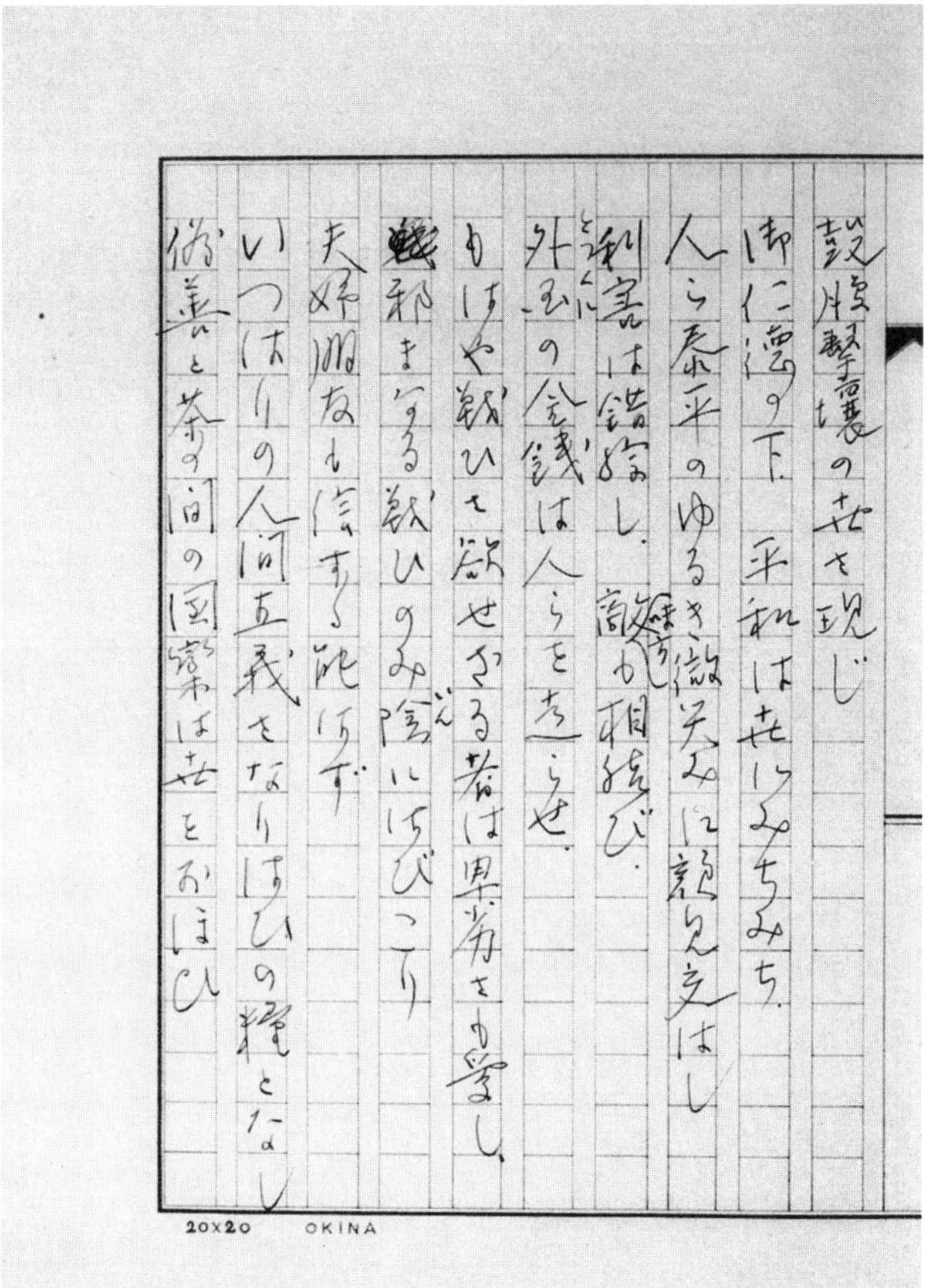
鼓腹撃壌の世を現じ
御仁徳の下　平和は世にみちみち．
人ら泰平のゆるき微笑みに顔見交はし
利害は錯綜し．敵味方も相結び．
外国の金銭は人らを走らせ．
もはや戦ひを欲せざる者は卑劣をも愛し、
邪まなる戦ひのみ陰にはびこり
夫婦朋友も信ずる能はず
いつはりの人間主義をなりはひの糧となし
偽善と茶番の団欒は世をおほひ

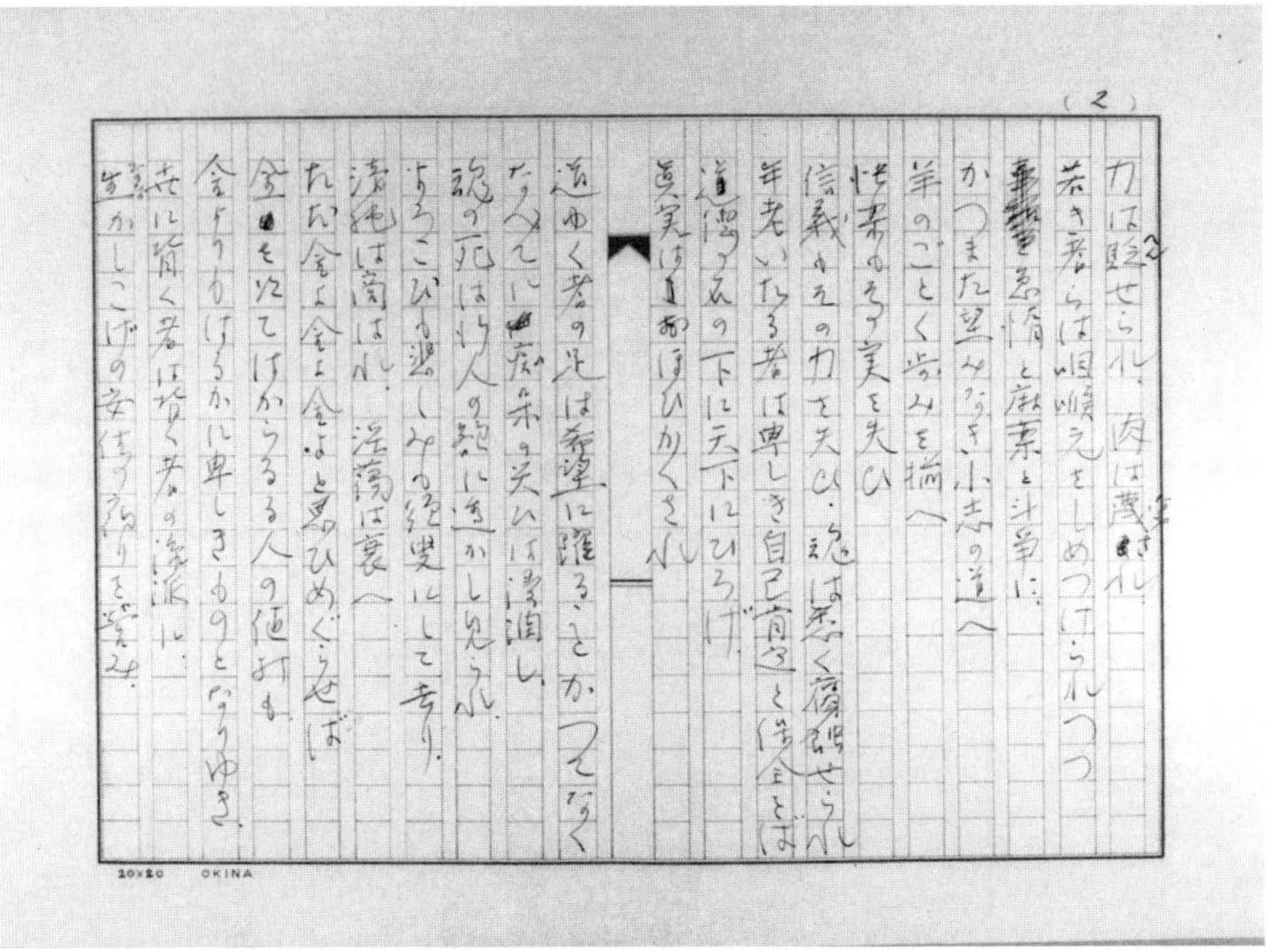
（2）

力は貶せられ、肉は蔑され

若き者らは咽喉元をしめつけられつつ

怠惰と麻薬と斗争に

かつまた望みなき小志の道へ

羊のごとく歩みを揃へ

快楽もその実を失ひ

信義もその力を失ひ、魂は悉く腐蝕せられ

年老いたる者は卑しき自己肯定と保全をば

道徳の名の下に天下にひろげ、

真実はおほひかくされ

道ゆく者の足は希望に躍ることかつてなく

なべてに痴呆の笑ひは浸潤し、

魂の死は行人の顔に透かし見られ、

よろこびも悲しみも須臾にして去り。

清純は商はれ、淫蕩は衰へ、

ただ金よ金よと思ひめぐらせば

金を以てはかりうる人の値打も

金よりもはるかに卑しきものとなりゆき、

世に背く者は背く者の流派に、

生かしこげの安住の宿りを営み。

20X20　OKINA

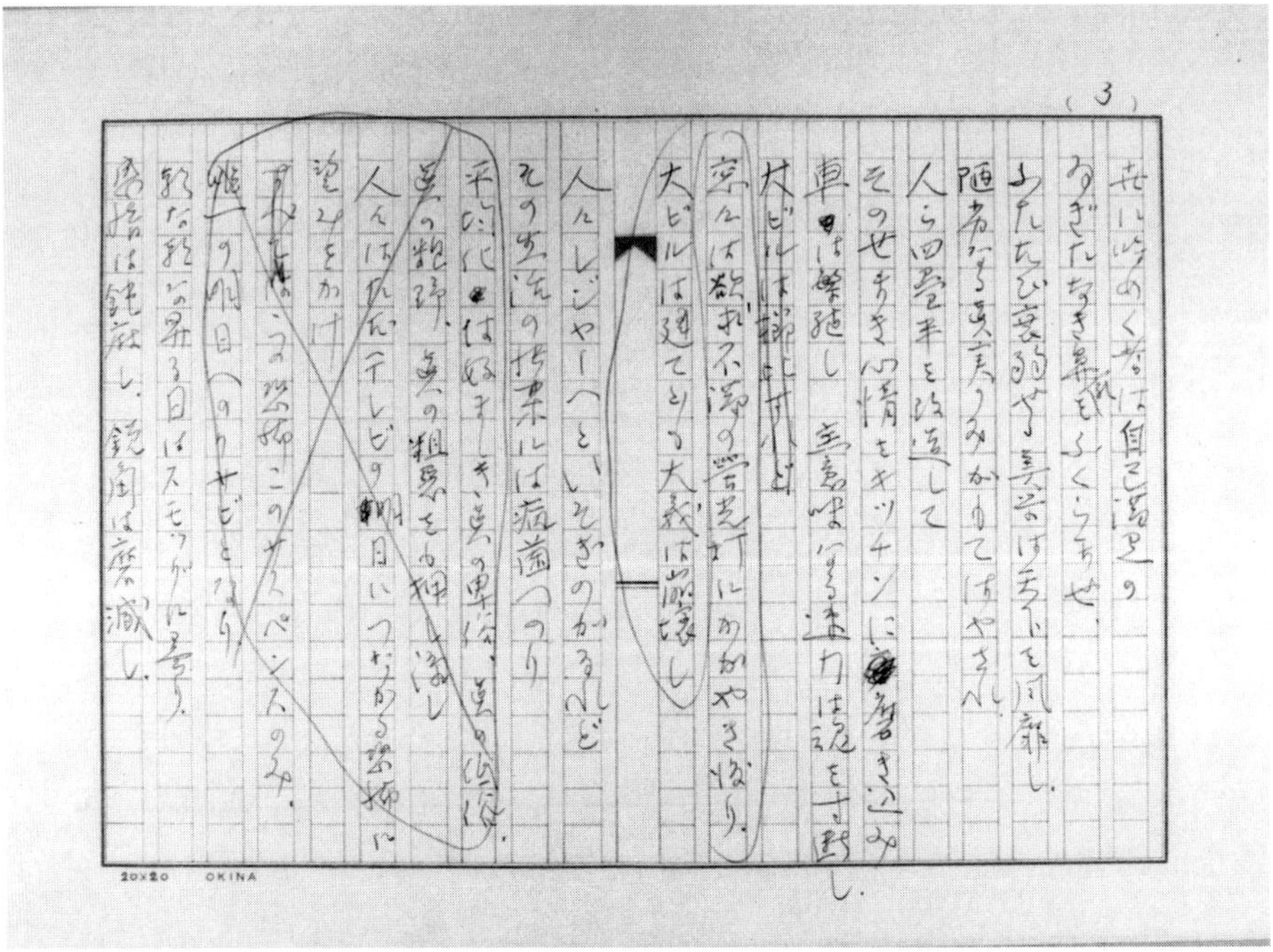
（3）

世に時めく者は自己満足の

いぎたなき鼻孔をふくらませ、

ふたたび衰弱せる美は天下を風靡し。

陋劣なる真実のみかへりてはやされ

人ら四畳半を改造して

その狭き心情をキッチンに磨き込み

車は繁殖し、愚かしき速力は魂を寸断し。

窓々は欲求不満の蛍光灯にかがやき渡り。

大ビルは建てども大義は崩壊し

人々レジャーへといそぎのがるれど

その生活の快楽には病菌つのり

平均化は好ましき美の実体、美の価値。

美の粗野、美の粗悪を押し隠し

人々は只だテレビの明日につながる恐怖に

望みをかけ

朝な朝な昇る日はスモッグに曇り。

感情は鈍磨し、鋭角は磨滅し。

20X20　OKINA

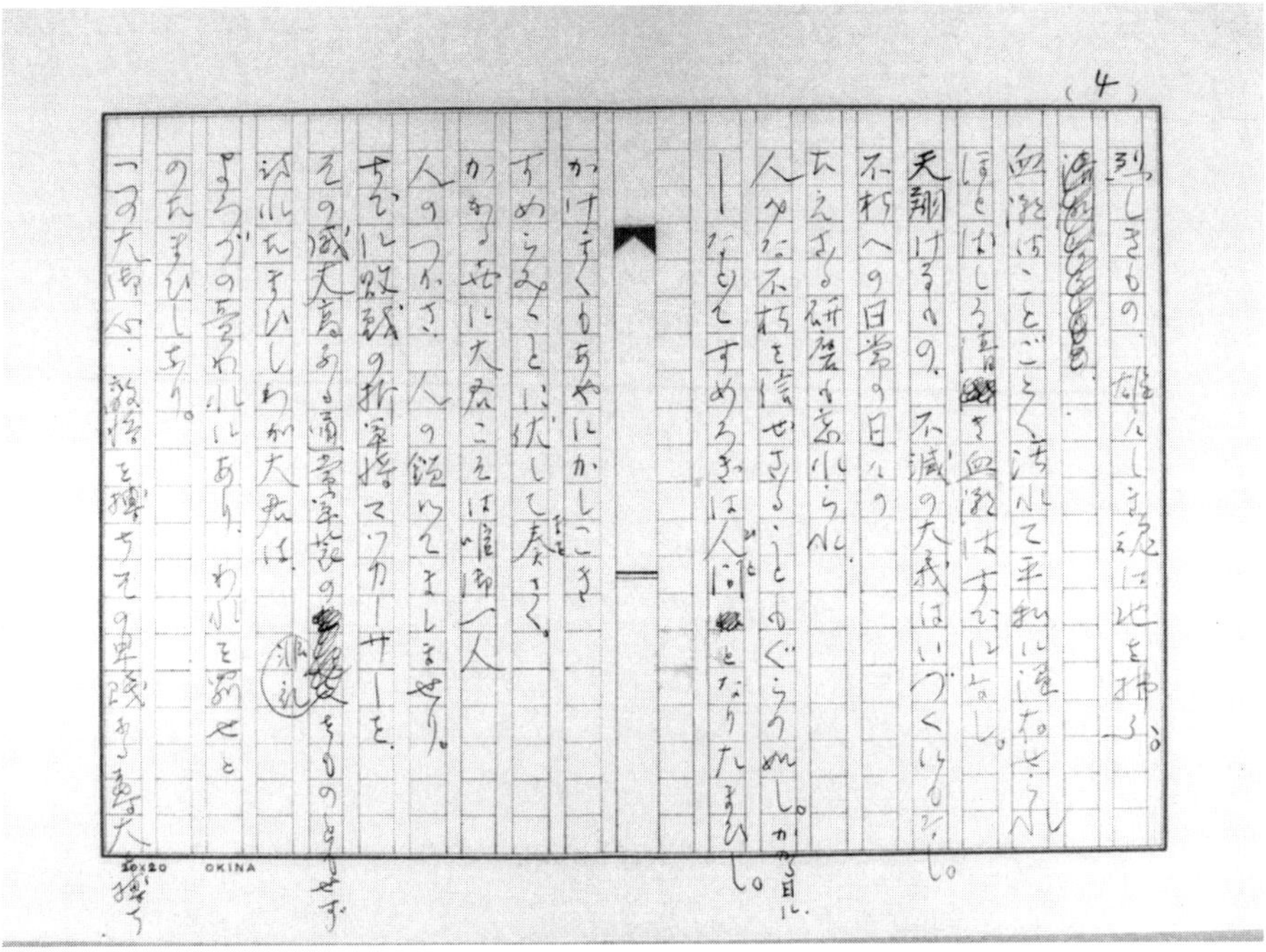
(4)

烈しきもの、雄々しき魂は地を払ふ。
[illegible]
血潮はことごとく汚れて平和に澱み
ほとばしる清き血潮はすでに涸れし。
天翔けるものの、不滅の大義はいづくにありし。
不朽への日常の日々の
たえざる研鑽は忘れられ、
人々は不朽を信ぜざることもぐらつかし。かかる日に
ーなどてすめろぎは人間となりたまひし。

かけまくもあやにかしこき
すめらみことに伏して奏さく
かかる世に大君こそは唯御一人
人のつかさ、人の鏡にてましませり。
まさに敗戦の折軍将マツカーサーを
その威大なる通常[illegible]のものとせず
訪れたまひしわが大君は
よろづの責われにあり、われを罰せと
のたまひしなり。
一つの大御心、[illegible]を捧ぐその実践なる大捧げ

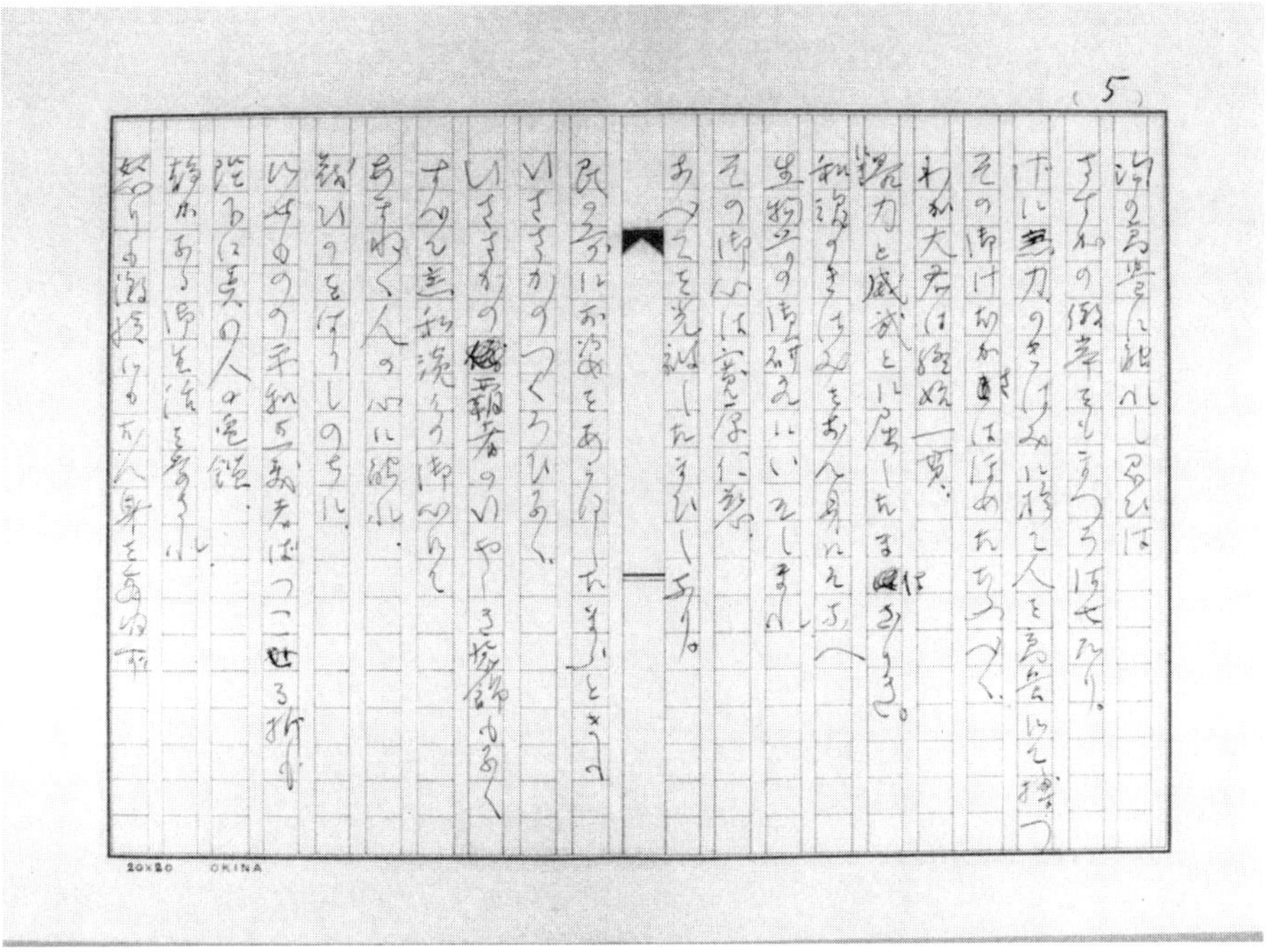
(5)

[illegible]

20x20 OKINA

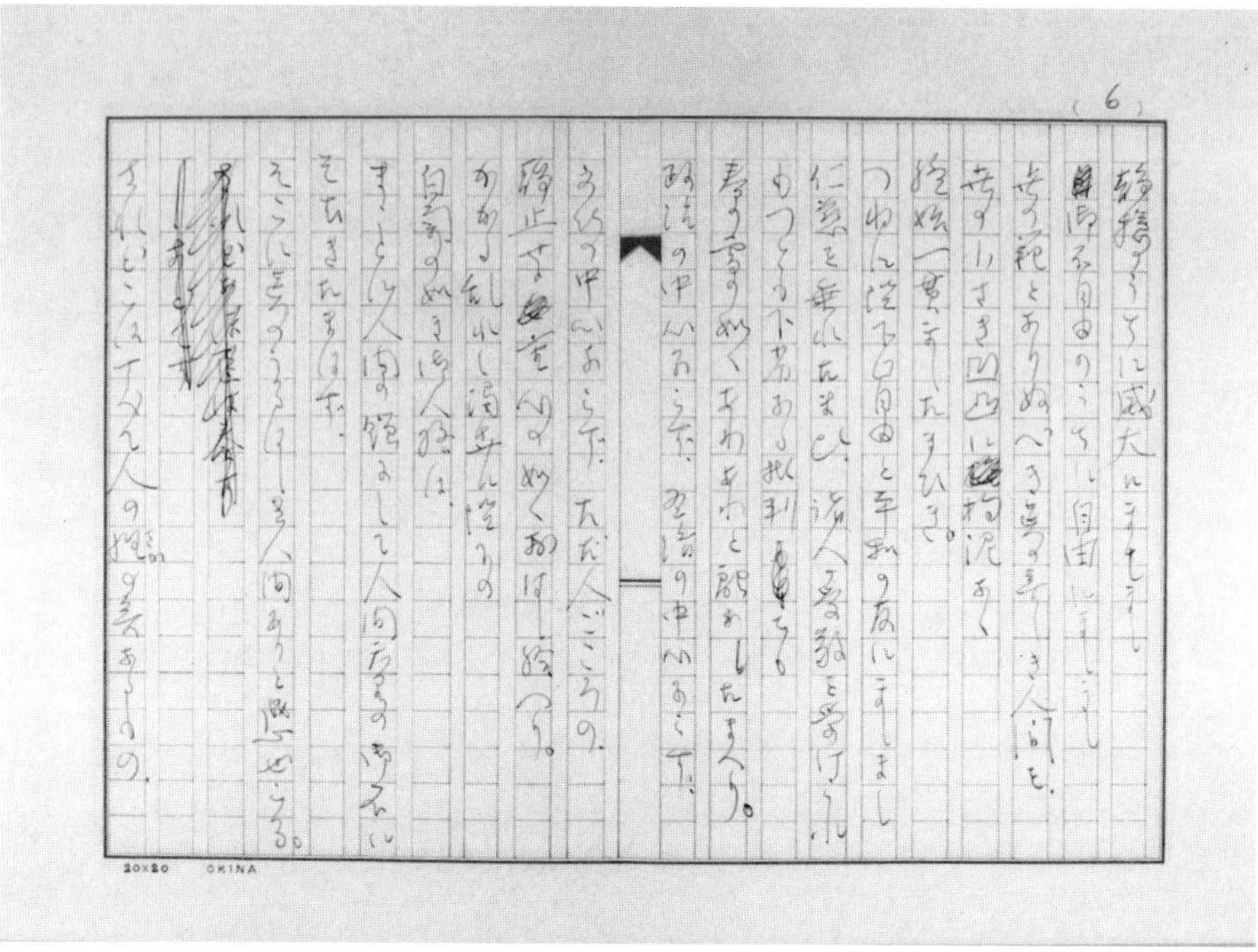

（6）

静謐のうちに盛大にましまし
~~御~~不自由のうちに自由にましまし
神の範とありぬべき高の美しき人間を。
神の小さき凹凸に~~[illegible]~~拘泥なく
悠然一貫されたまひき。
つねに陛下は自由と平和の友にましまし
仁慈を垂れたまひ、詩人の夢と叡智を受けられ
もつとも下劣なる批判~~[illegible]~~にも
春の雪のごとくやはらかに融かしたまへり。
政治の中心にあらで、至誠の中心にあらで、
文化の中心にあらで、ただ人ごころの
静止する~~[illegible]~~重心のごとくおはし給へり。
かかる乱れし[illegible]陛下の
白菊の如き清き人格は、
まさしく人間の範として人間宣言の意に
そむきたまはず。
そこに世のうるはしき人間ありと感ぜらる。
~~[illegible]~~
~~[illegible]~~
それにしては千々人の嘆きの声あるものの。

20×20　OKINA

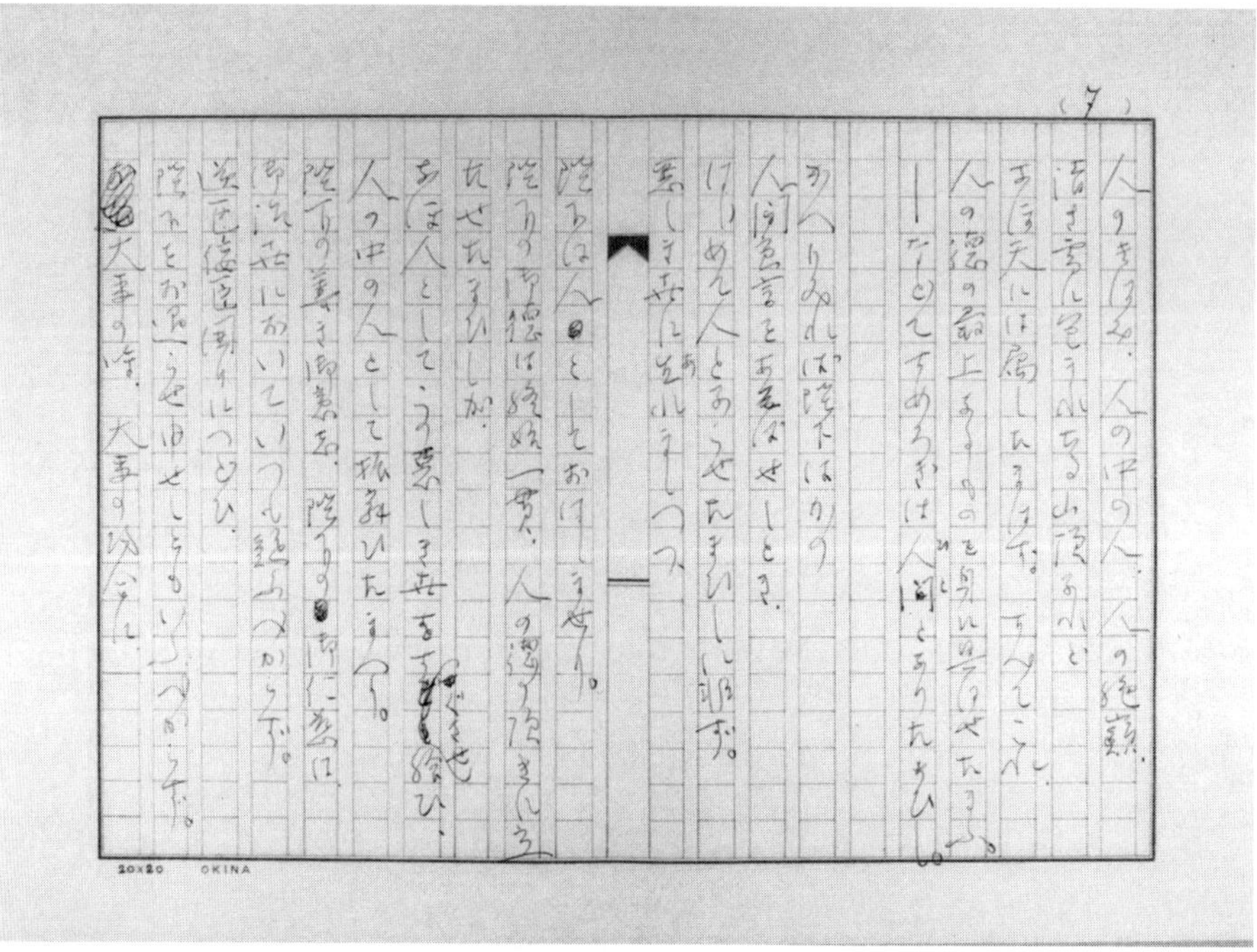

（7）

人のきはみ。人の中の人。人の絶巓。
清き雲に包まれたる山頂なれど
まさに天には属したまはず。すべてこれ
人の證の最上なるものを見れ[illegible]せたまふ。
――かくてすめろぎは人間とありたまひし。

かくありぬれば陛下はかの
人間宣言をあそばせしとき、
けしめん人とあらせたまひし明す。
悪しき安さに在れましつつ
陛下は人~~[illegible]~~としておはしませり。
陛下の御徳は悠然一貫、人の[illegible]
たせたまひしか。
あまりに人として、うら悲しき安け~~[illegible]~~させ給ひ、
人の中の人として振舞ひたまへり。
陛下の善き御意志、陛下の~~[illegible]~~御仁慈は
御治世においていつも報[illegible]からず。
逆臣佞臣群れつどひ、
陛下をお迷はせ申せしことも[illegible]。
~~[illegible]~~大事の時。大事の時に

20×20　OKINA

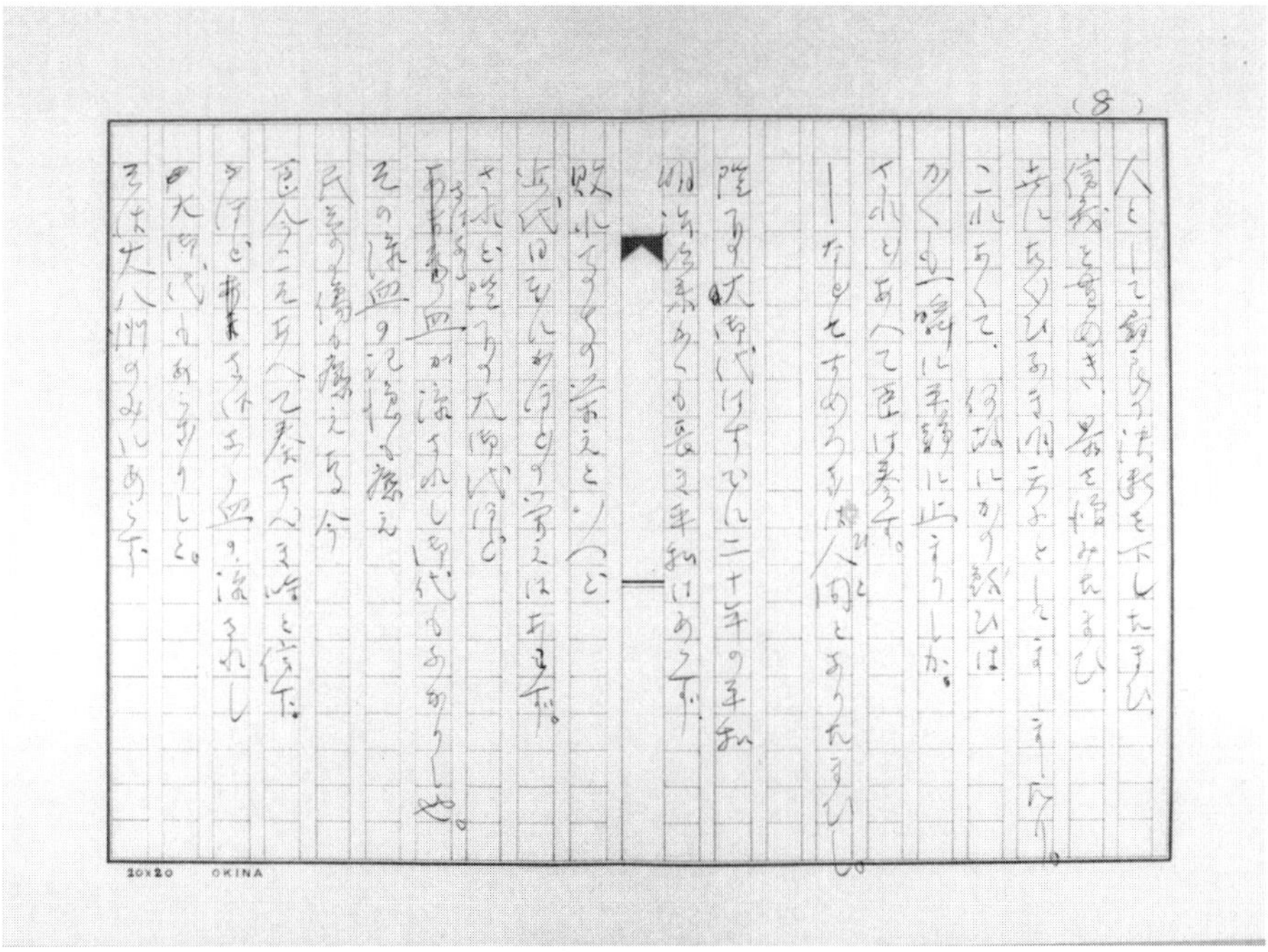
（8）
人として簡素な決断を下したまひ
信義を重んじ、暴を憎みたまひ
清くやさしき明君としてましたまひ。
これあくて、何故にかの戦ひは
かくも一瞬に平静に止まりしか。
それとあへて臣は答へず。
——などてすめろぎは人間となりたまひし。
陛下の御代はすでに二十年の平和
明治以来なき長き平和はありき。
敗れたる国の栄えといへど、
此の代は又かの御代の栄えはあらず。
さあれど陛下の大御代ほど
あかき血が流されし御代はなかりしや。
その流血の記憶は絶え
民草の傷は癒えたる今
今こそあへて奏すべき時と信ず。
かほど赤き血の流されし
大御代はあらざりしと。
それは大八州のみにあらず
20×20 OKINA

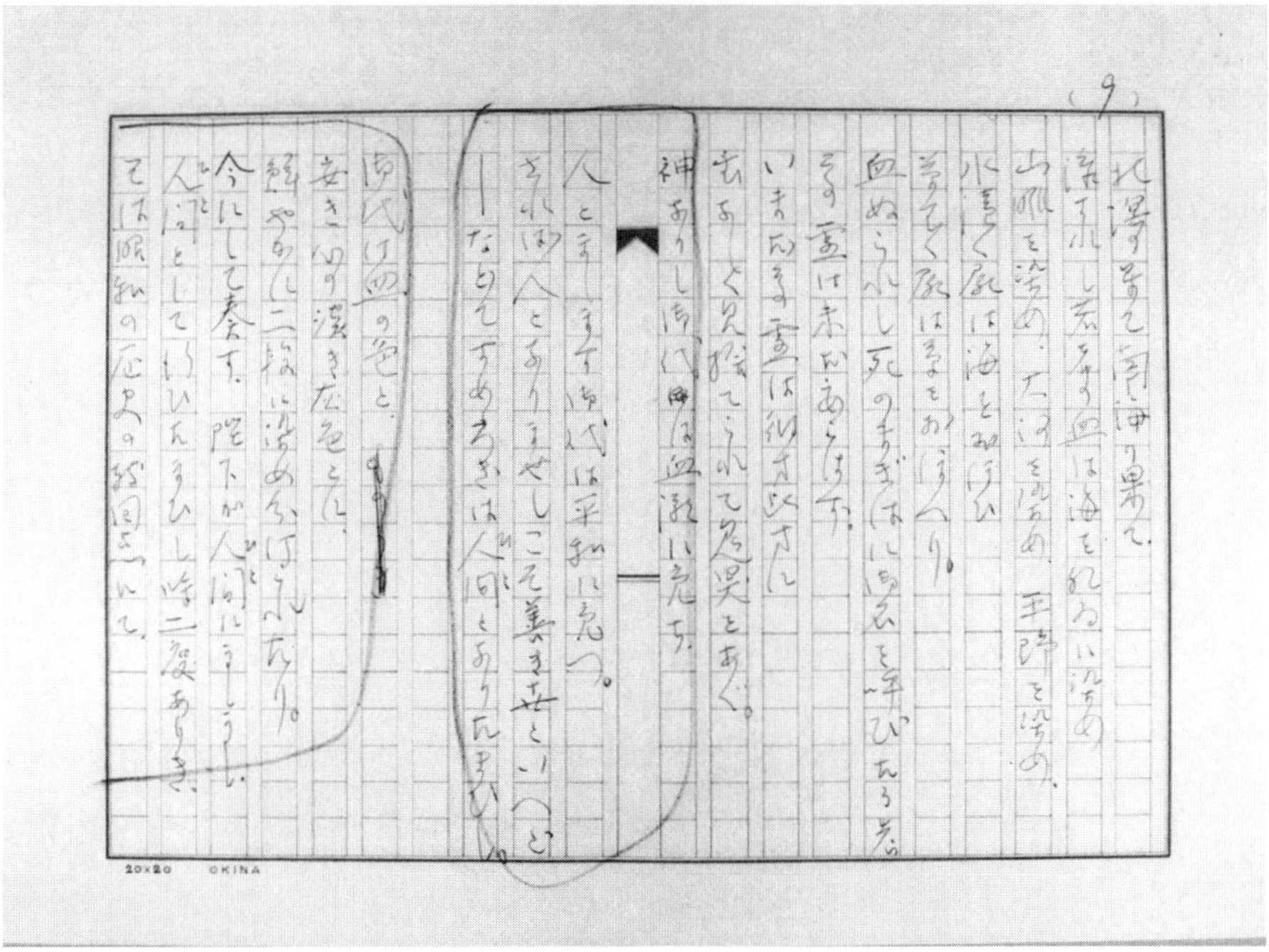
（9）
北溟の果て南海の果て、
流されし若者の血は海を紅ゐに染め
山河を染め、大河を染め、平野を染め。
水漬く屍は海をおほひ
草むす屍は野をおほへり。
血ぬられし死のすぎは民衆を呼びたる若者
その霊は未だあらはれず。
いまだその霊は彷徨ひ
ひたすら見捨てられて悲嘆をあぐ。
神ありし御代は血潮に充ち
人となりませる御代は平和に充つ。
されば人となりませしこそ善き世といへど、
——などてすめろぎは人間となりたまひし。
御代は血の色と
安き心の濃き灰色とに、
鮮やかに二様に染め分けられたり。
今にして奏す。陛下が人間にましまし
人間として行ひたまひし時二度ありき。
そは昭和の歴史の転回点にて、
20×20 OKINA

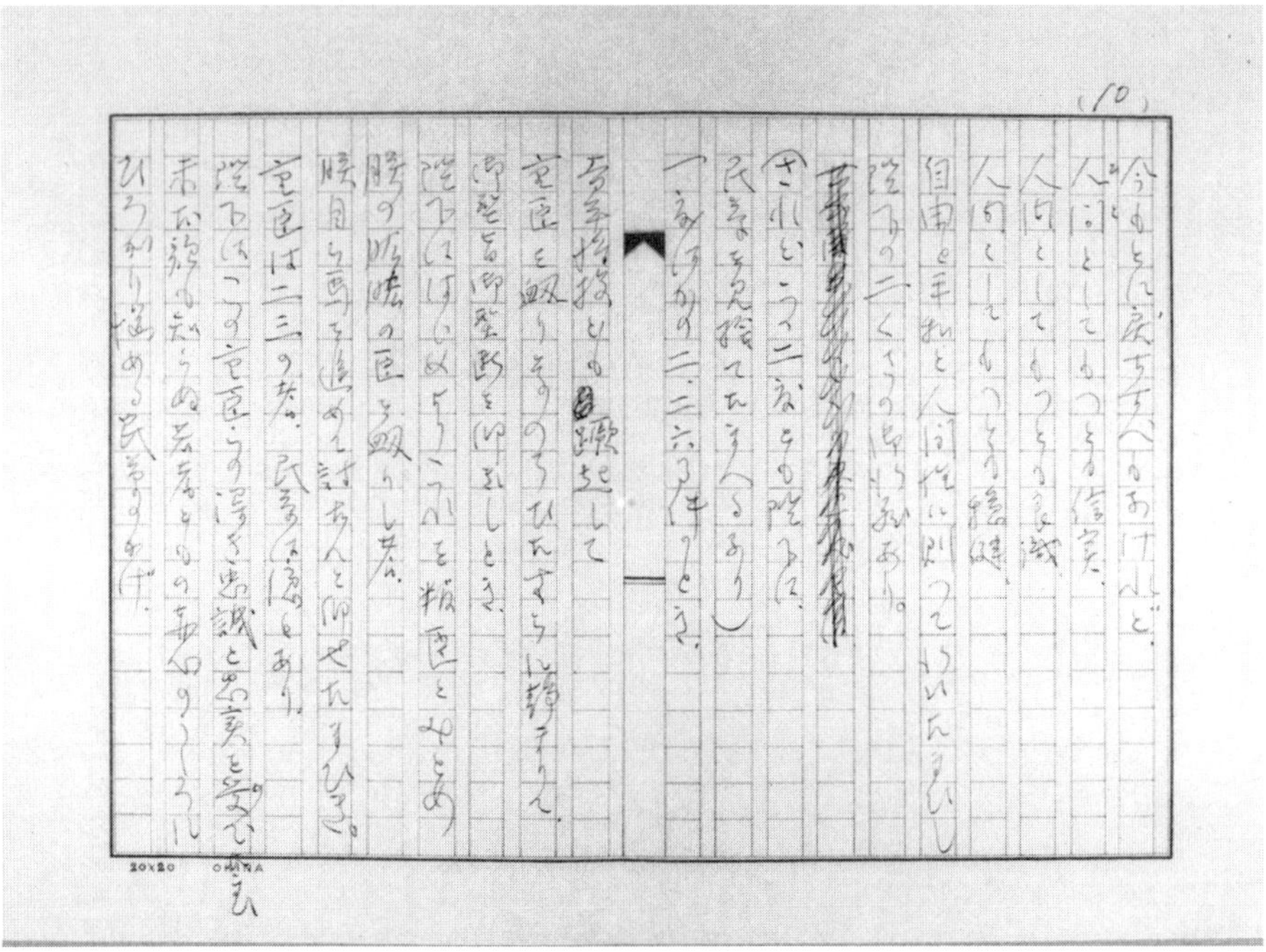
（10）

今もなほ庶民は、へ[illegible]あけれど、
人間としてのつとめの信実、
人間としてのつとめの良識、
人間としてのつとめの穏健、
自由と平和と人間性に則つて行はれたまひし
陛下の二くさの御ゆるしあり。
[illegible]
（されどこの二度まで陛下は、
民草を見捨てたまへるなり）
一度はかの二・二六事件のとき、
青年将校ら蹶起して
重臣を殺し、そのうへひたすらに[illegible]
御聖断を仰ぎしとき、
陛下はこれを叛臣とみとめ
朕の股肱の臣を殺したる者、
朕自ら軍を率ゐて討たんと仰せられたまひき。
重臣は二三の者、民草は億もあり。
陛下はこの重臣らの浮ぶ忠誠と至実を受けて
未だ殺しも知らぬ若者らの赤心のこころに
ひろがり給へる民草のかげ。

20×20　OKINA

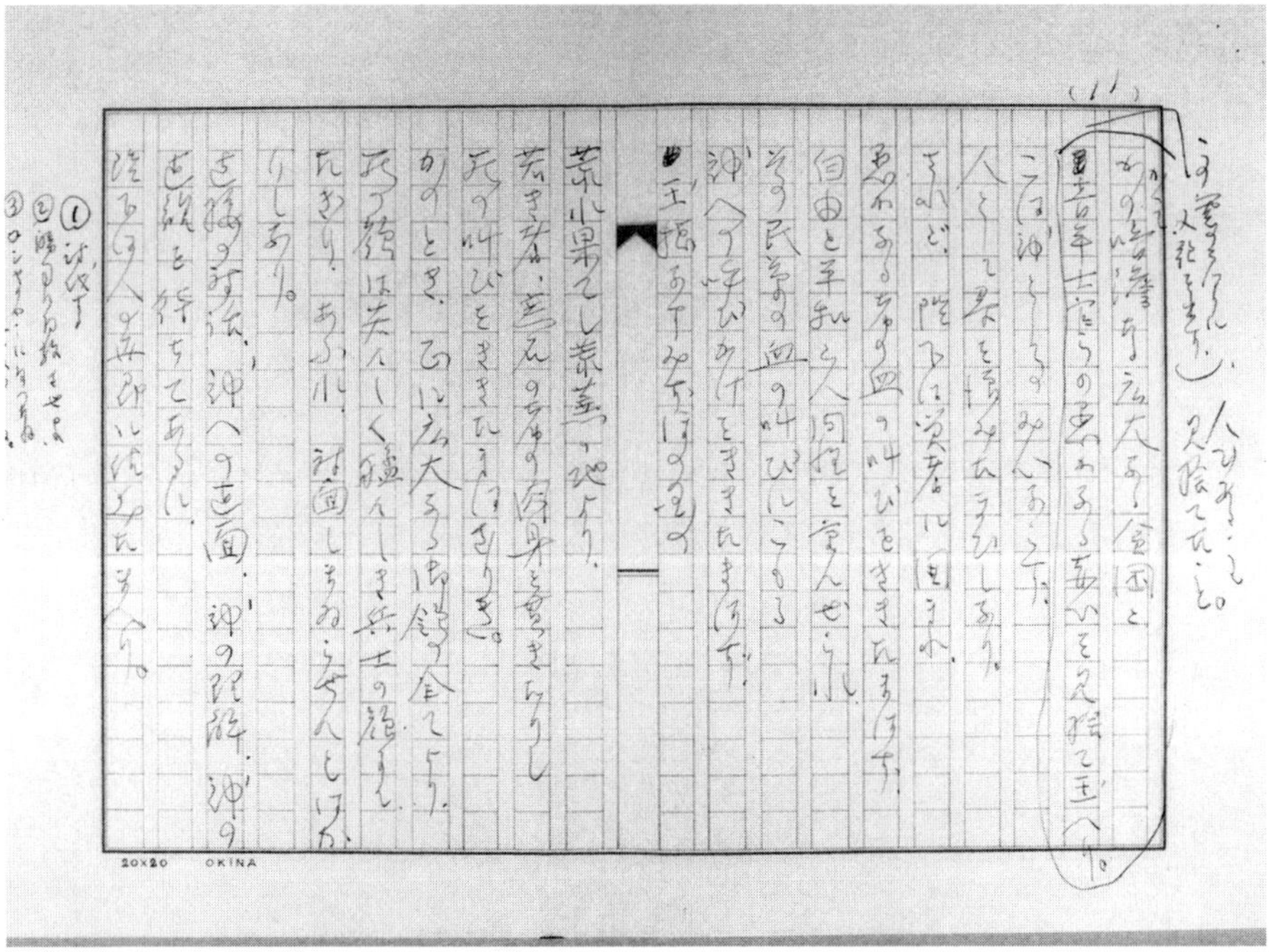
（11）

かの無益なる広大なる全国と
昭和廿年[illegible]らの果てなる安心を見捨て玉へ
二度は神としてのみ人なりし、
人として下を憐みたまひしなり。
されど、陛下は勝者に屈せられ、
忍ふる若者の血の叫びをききたまはず、
自由と平和と人間性を宣んせられ、
その民草の血の叫びにうとく
神への呼びかけをききたまはず、
[illegible]
荒れ果てし荒蕪の地より、
若き者ら、[illegible]の屍を[illegible]たりし
死の叫びをききたまはざりき。
かのとき、正に広大なる御代の全てより、
死の勇は英々しく雄々しき兵士の誇り[illegible]
たまり、あふれ、討画しまゐらせんとはか
りしなり。
忠誠の討伐、神への直面、神の照覧、神の
直線を待ちてあるし、
陛下は人の座にくだりたまへり。

① 討伐す
② 勝負の直線をせよ
③ [illegible]

20×20　OKINA

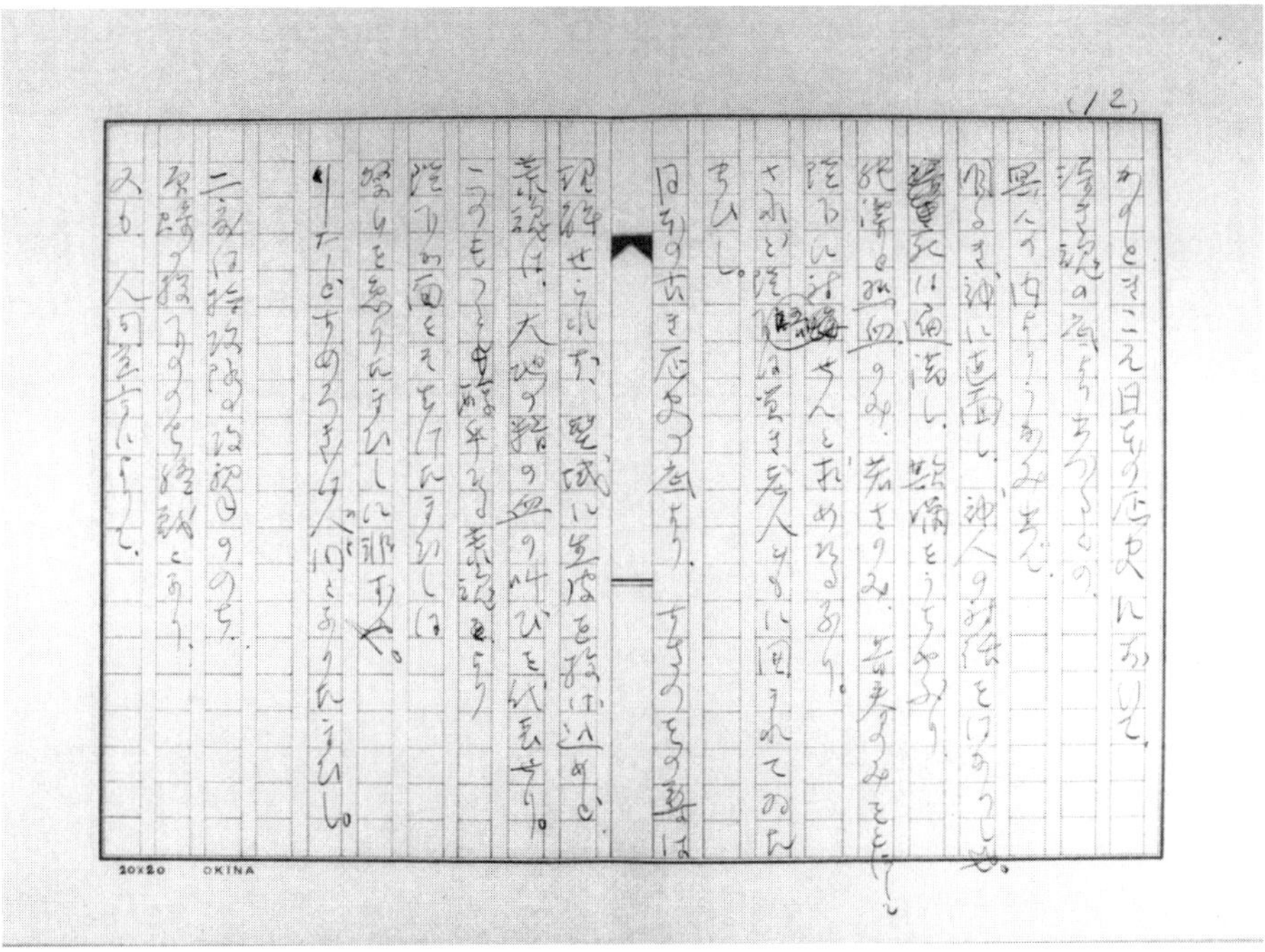

(12)

かゝるときこそ日本の歴史において、
清き魂の危ふかりしもの、
思ひすぐらかみなき。
限りなき神に直面し、神人の対話をはじめうるとき。
死は直面し、戦備をうちやぶり
純粋の熱血のみ、若さのみ、若者のみをとりて
陛下に帰一せんとおもひなるなり。
されど陛下は若き兵人らに囲まれてゐたま
ふべし。
日本の古き歴史の亡び去りし時なり。すでにその兵士らは
理解せられず、聖域は土足に踏み込めむ。
叛乱は、大御心の血の叫びを代表せり。
二つとも、忠誠の叫びを叛乱となし
陛下の面をそむけたまひしは
怒りを悉りたまひしに非ずや。
などてすめろぎは人間となりたまひし。

二度は陛下の御聖断のとき。
昭和の歴史のみの御経験となり。
又も、人間宣言によりて、

20×20　OKINA

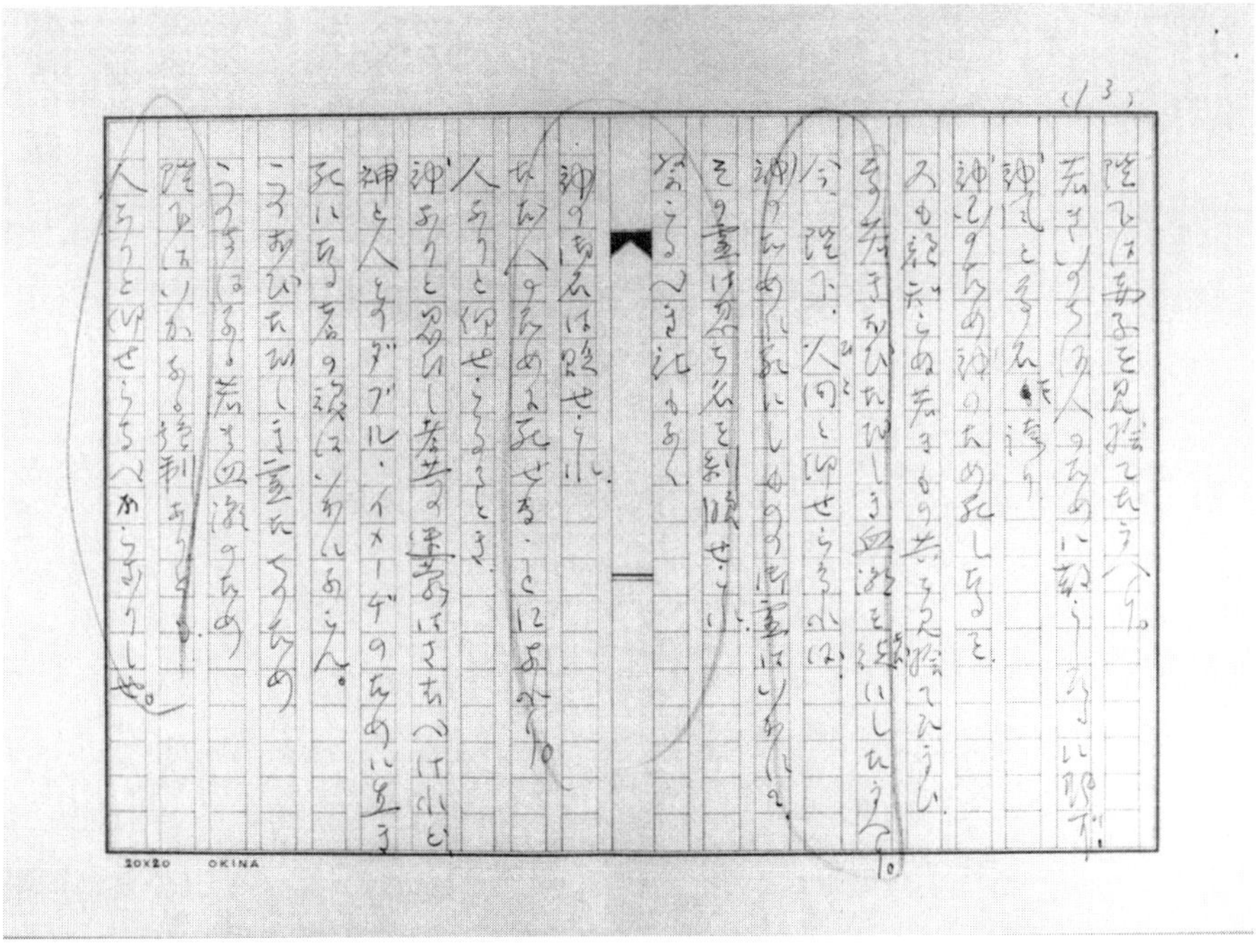

(13)

陛下は赤子を見捨てたまへり。
若者らは人のために戦ふはつひに非ず。
神風と名付けられ
神たらんため神のため死したるを。
又も純粋の若きものの若さを見捨てたまひし。
すぐれ若き勇みたりし血潮を無にしたまへり。
今、陛下、人間と仰せらるれば、
神のために死にしものの霊は何なりし。
その霊はかくら名を剝奪せられ。
かへるべき社なく、
神の名は恥せられ。
たゞ人のために死せる、とはにならむ。
人なりと仰せらるるとき、
神なりと思ひし若者の運命はさすらへけれど
神と人とはダブル・イメージのために生き
死にたる者の魂は、いかにあらん。
このおびたゞしき言葉のため
うつくしき若き血潮のため
陛下はいかなる権利ありて
人なりと仰せらるべからざりしや。

20×20　OKINA

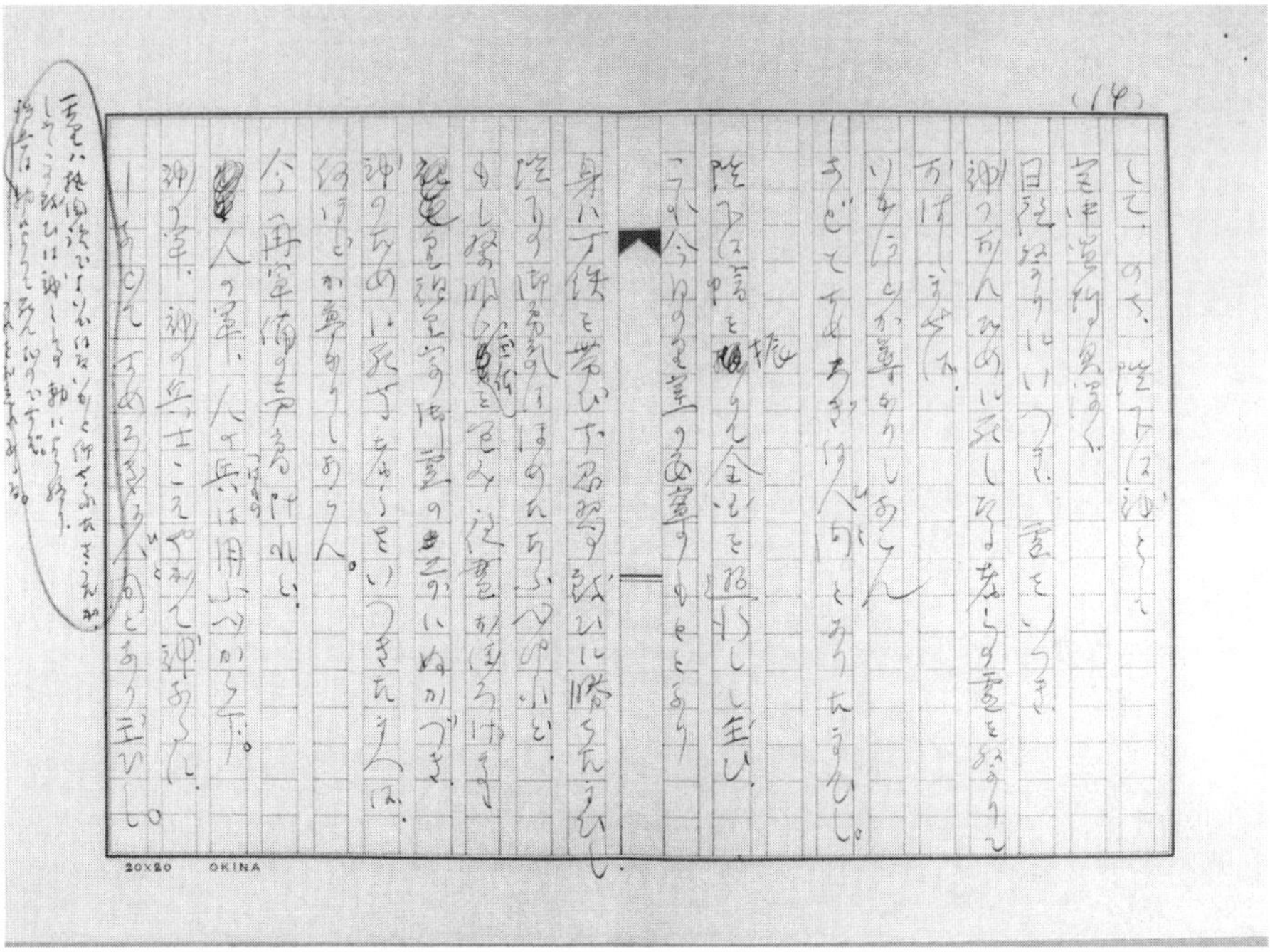

■解　題

「悪臣の歌」（山中湖文学の森　三島由紀夫文学館所蔵）は「英霊の声」（昭41・1）の挿入歌の前身であると思われる。本誌掲載座談会での「文芸」元編集長・寺田博氏の発言や、三島由紀夫の母・平岡倭文重の「暴流のごとく」（「新潮」昭51・12）等から、〈真夜中に部屋の隅々から〉聞こえてきた〈二・二六事件で死んだ兵隊達の言葉〉を「悪臣の歌」として書き留め、それに手を加えたものが「英霊の声」だと類推される。（〈　〉内は「暴流のごとく」より引用。）

掲載は四百字詰「OKINA」原稿用紙十四枚。他に創作メモの断片がある。原稿用紙三枚目には削除箇所が、九、十三、十四枚目には筆記具の違いから後に書いたと推定される囲みがある。また、十一枚目右枠外に〈人であること。／見捨てたこと。〉と他のページ枠外の書き込みより大きめに書かれており、これは「悪臣の歌」「英霊の声」で繰り返される〈などてすめろぎは人間（ひと）となりたまひし〉という一文に集約されているのではないだろうか。（本誌一四二ページ参照）

（池野美穂）

資料

三島由紀夫の童話

犬塚　潔

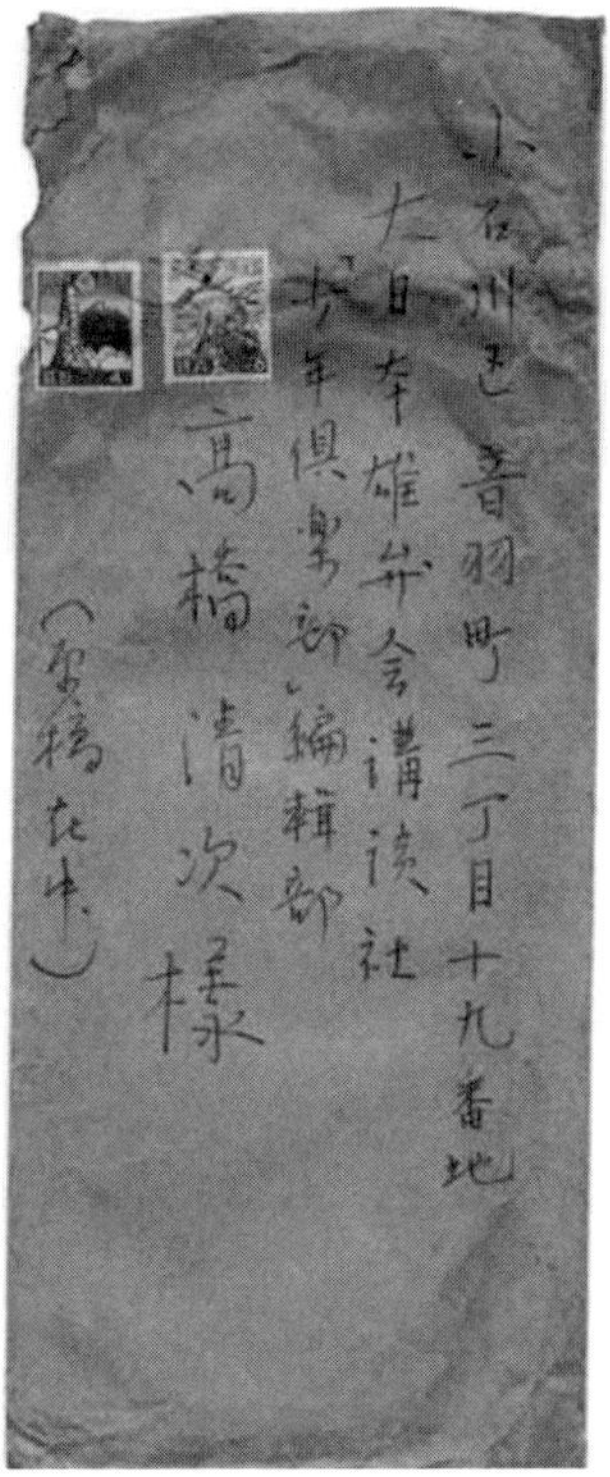

写真 1a

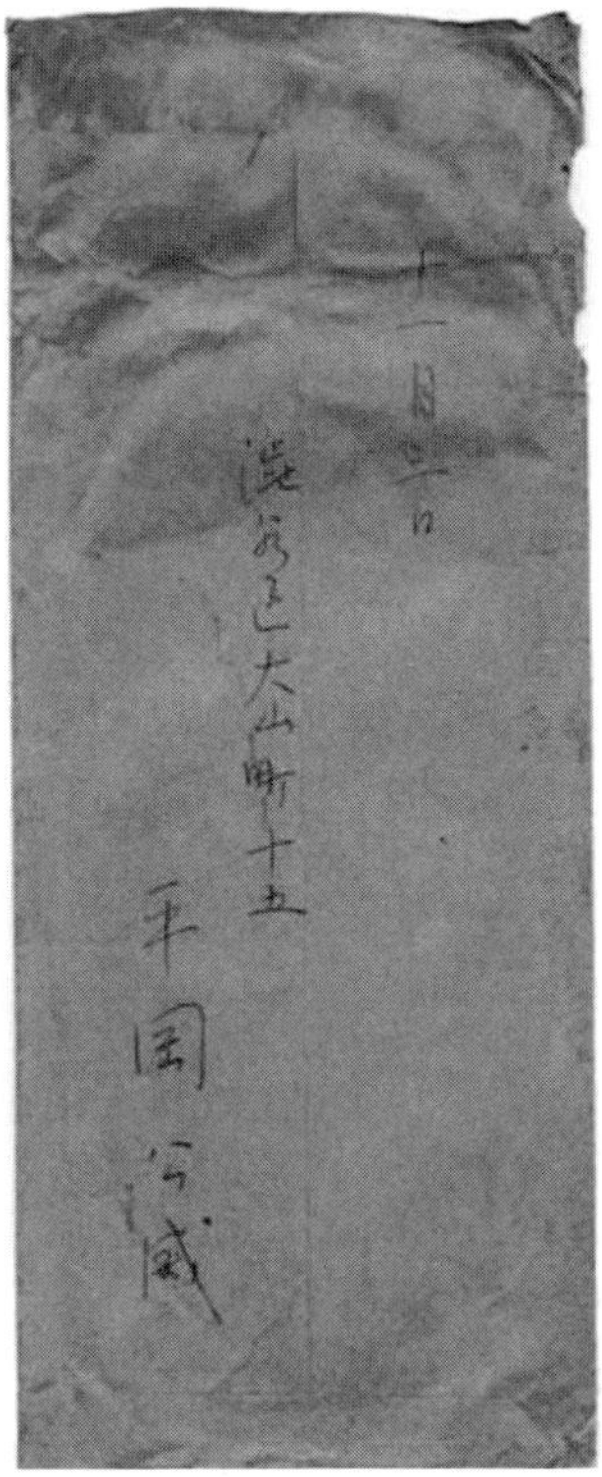

写真 1b

　昭和二十一年十一月二日の高橋清次氏宛の三島由紀夫氏の書簡には、縦27・9㎝、横11・3㎝の大きさの封筒が使用されている。（写真1a・1b）「決定版三島由紀夫全集」第三十八巻（書簡集・平成十六年三月刊・新潮社）では割愛されてしまったが、封筒の表には「（原稿在中）」と書かれ、封筒の裏には「十一月三日」と書かれている。手紙の日付が十一月二日なので、三島氏は手紙を書いた翌日に、この封筒に宛名等を書いて投函したことが推察される。私がこの書簡を入手した時点では、B5判の原稿用紙に書かれた手紙が一枚入っているだけであったが、この書簡を高橋氏が落掌した時には、何らかの原稿が添えられていたことになる。そして、この書簡で三島氏は「書きたい題材を思ひついたので書いてみました。」「これが僕の所謂童話です。」と書いている。三島氏の「童話」とは、どの作品をさしているのであろうか。

　昭和二十一年十一月二日の書簡の宛先は「小石川区音羽町三丁目十九番地　大日本雄弁会講談社『少年倶楽部』編輯部　高橋清次様」、差出人は「渋谷区大山町十五　平岡公威」である。この時期、高橋氏は既に「群像」の初代編集長であった。「群像」は昭和二十一年十月一日に創刊され、創刊

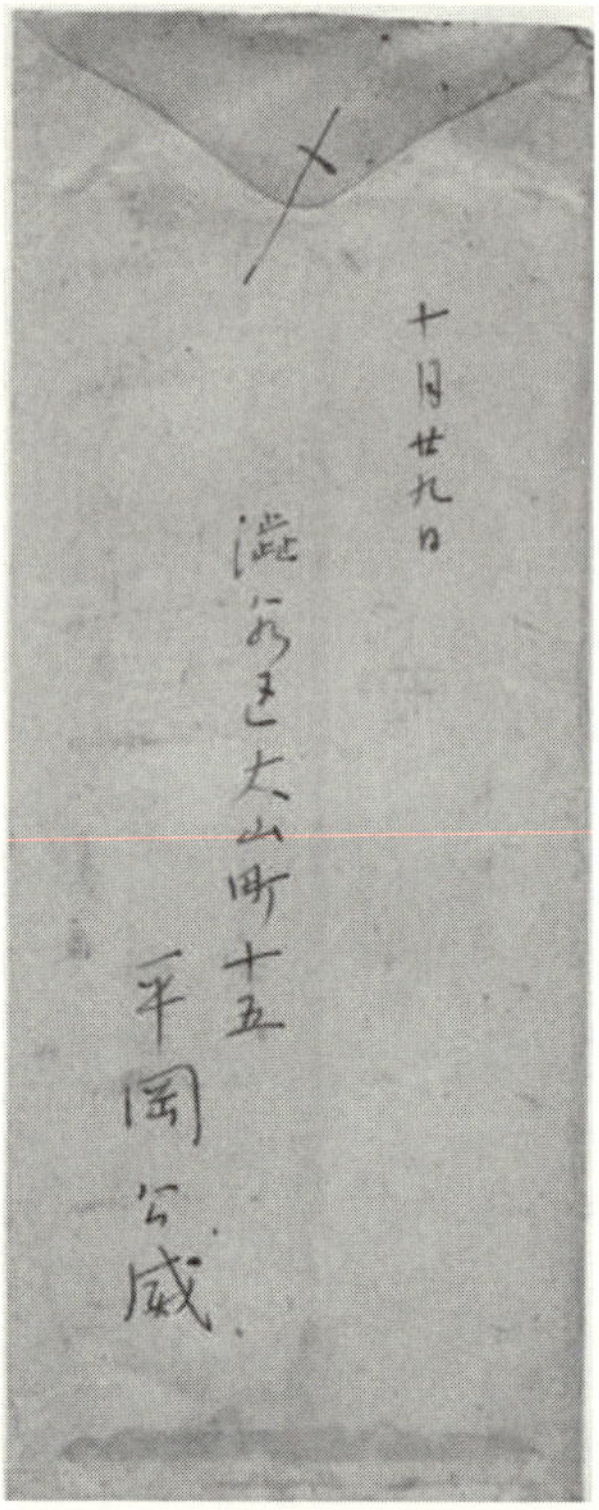

写真 2b

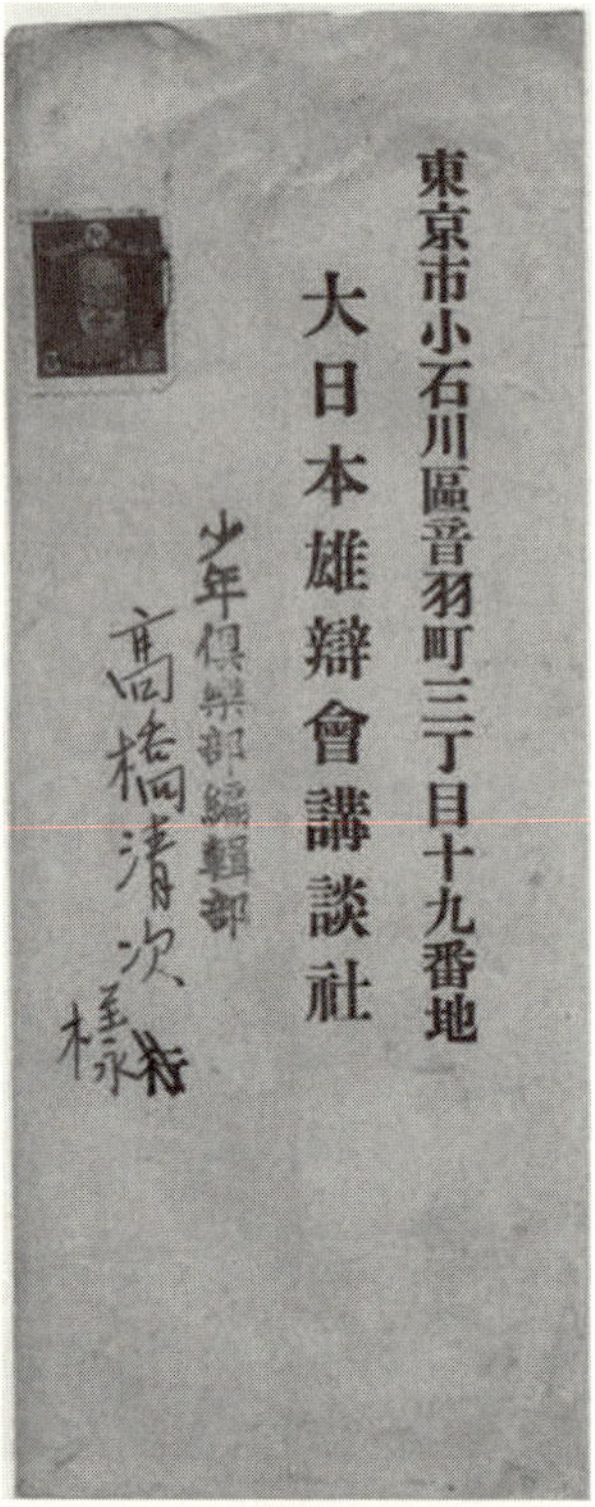

写真 2a

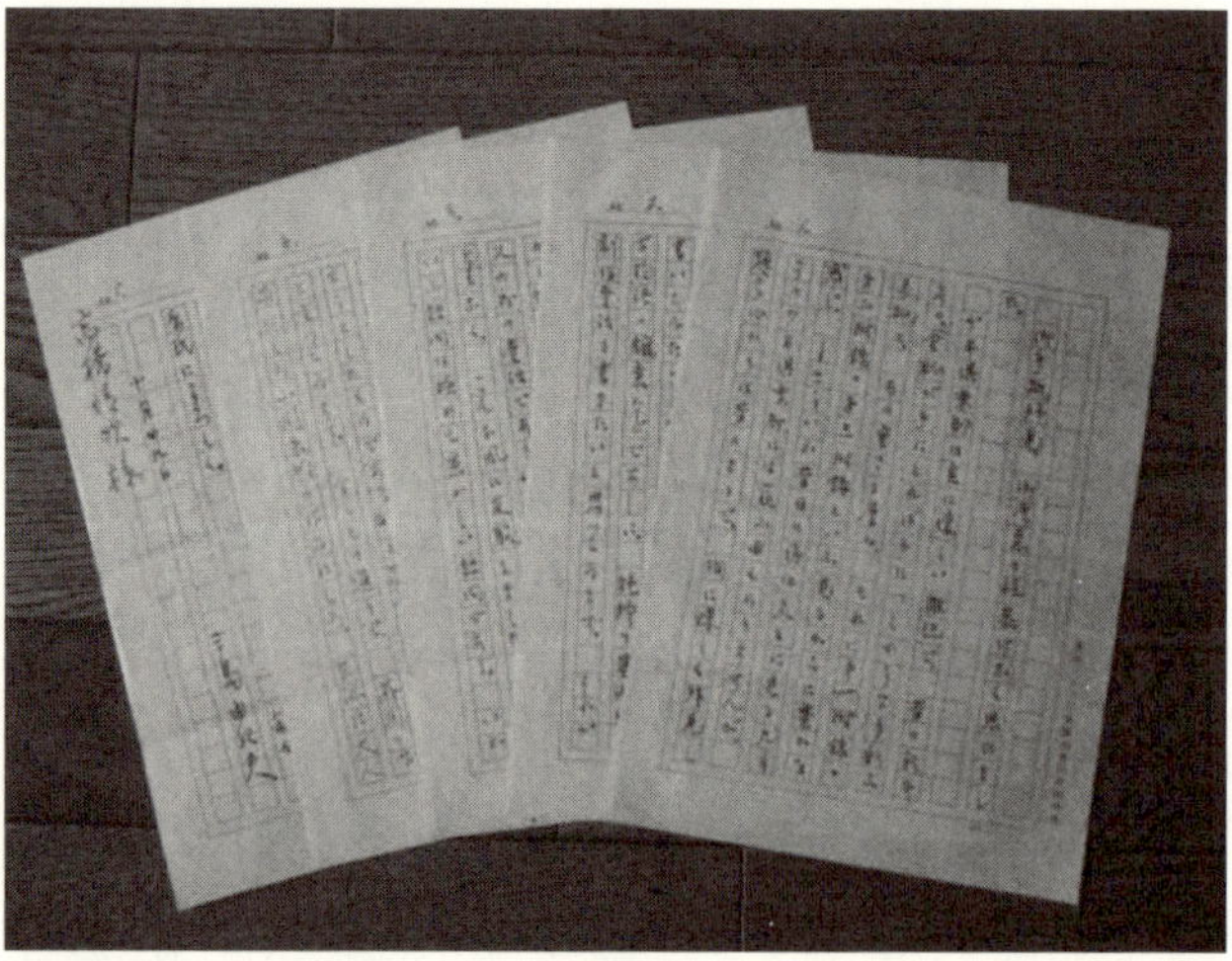

写真 2c

第二号（昭和二十一年十一月）に三島氏の「岬にての物語」が掲載された。「岬にての物語」は講談社から発表された三島氏の最初の作品である。川島勝氏の「三島由紀夫」（平成八年二月刊・文芸春秋）には当時のことが克明に描かれている。「面会を予約していた編集長の高橋清次が急な用件で外出することになり、私は先輩の有木勉と一緒にこの新人に会うことになった。応接室に行くと、その頃としてはめずらしい飛白の着物に縞の袴といった恰好で、みるからに神経質そうな顔色の冴えない青年がそこにいた。山の手の良家の子弟らしい丁寧な言葉遣いと、太い眉と笑顔ひとつ見せず相手の顔をじっと見つめる澄んだ目が妙に印象に残っている。」

　この書簡より約一年前の昭和二十年十月二十九日付の書簡（写真2a・2b・2c）が残されている。高橋氏より「少年倶楽部」への童話執筆の依頼があったらしく、三島氏の書簡は返信の形式をとっている。

三島氏は書簡の中で、オスカー・ワイルドの童話に対する見解を引用して、童話というジャンルに対する情熱を語っている。「純粋な意味の童話は、決して単なる目的芸術ではなく、小説や詩と同等な、文学の一ジャンルを形成するものでせう。我々の意図する童話も亦、それ以外にはありません。」封筒の署名は「平岡公威」であるが、便箋の署名は「三島由紀夫」となっており、平岡公威という蛹から三島由紀夫という蝶の羽化を見る思いがした。三島氏のこの二通の書簡の間に書かれた作品の一つが「童話」ということになる。「少年倶楽部」に掲載された三島作品は確認されていないため、この「童話」は他の雑誌に発表された可能性が高いと考えられた。

「決定版三島由紀夫全集」は原則として各ジャンルごとに編年体をもって編集されている。この中から昭和二十年十月二十九日から二十一年十一月二日までに脱稿あるいは発表された短編を列挙すると「鴉」「贋ドン・ファン記」「煙草」「耀子」「軽王子と衣通姫」「恋と別離と」「夜の仕度」があげられる。これらの中で「贋ドン・ファン記」は昭和二十一年六月「新世紀」に、「煙草」は昭和二十一年六月「人間」に既に発表されているため、昭和二十一年十一月三日の封筒に入ることはない。また、「耀子」は未定稿で未発表である。「軽王子と衣通姫」は昭和二十二年四月「群像」に発表され、目次に明記されているように八十一枚の原稿用紙を要した。これは、四〇〇字詰めの原稿用紙であり、この封筒には入らない量である。昭和二十一年十一月二日の書簡は（写真3）「日本蠶絲統制株式会社」のB5判、二十字詰十行の原稿用紙に書かれ、縦に二つ折にされて封筒に収められていた。この原稿用紙を用いて執筆した場合の枚数を概算すると、「恋と別離と」

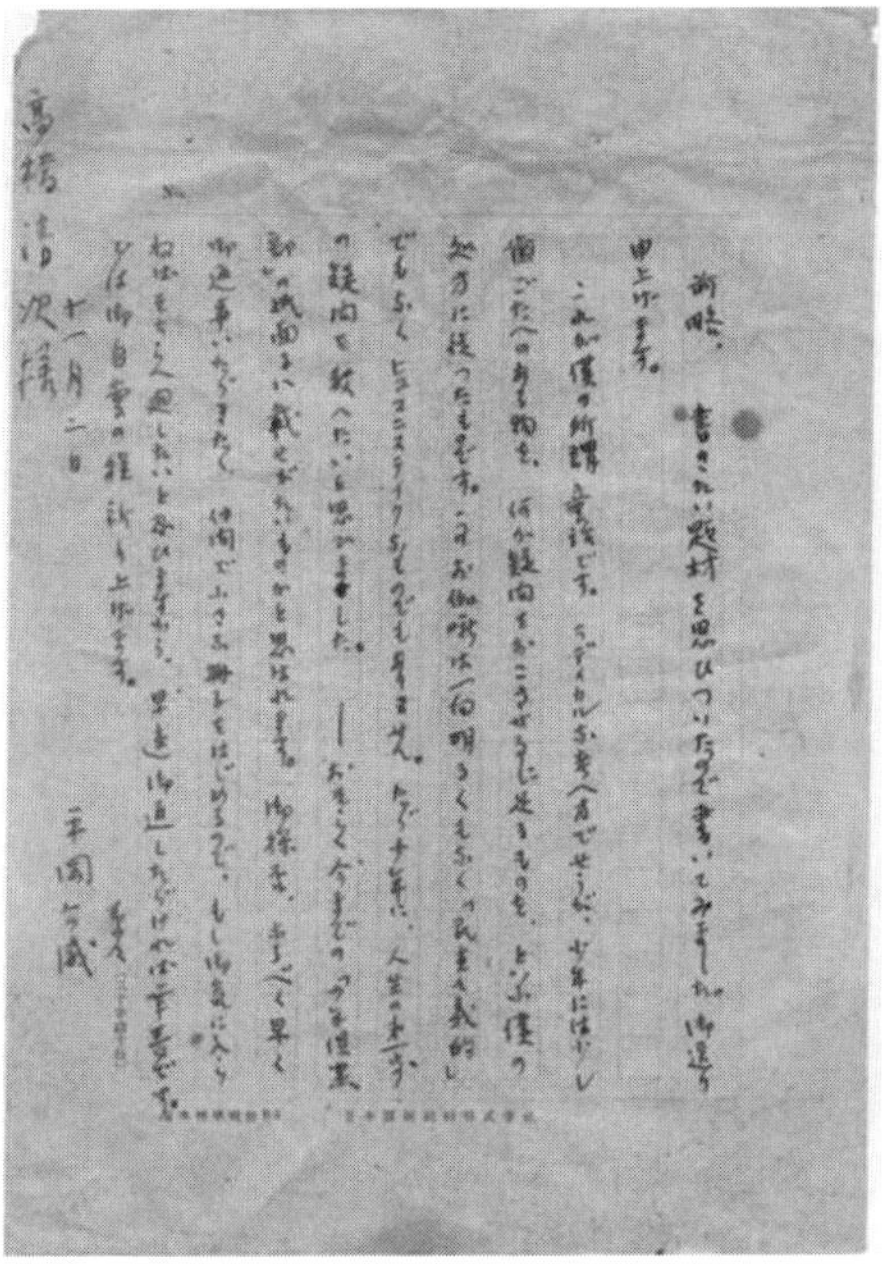
前略。

十一月二日

平岡公威

写真 3

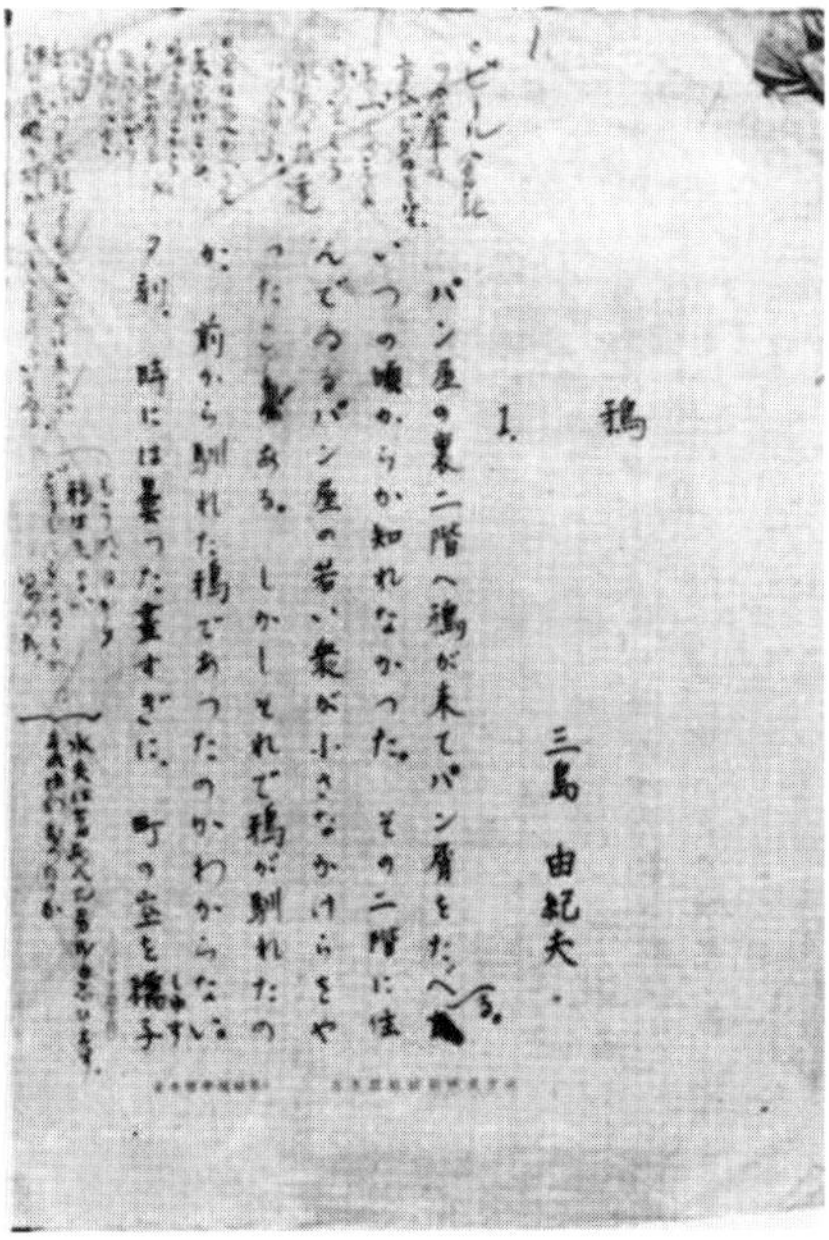
鴉

三島由紀夫

パン屋の裏二階へ鴉が来てパン屑をたべる。いつの頃からか知れなかつた。その二階に住んでゐるパン屋の若い衆が小さなかけらをやつたこともある。しかしそれで鴉が馴れたのか、前から馴れた鴉であつたのかわからない。

写真 4

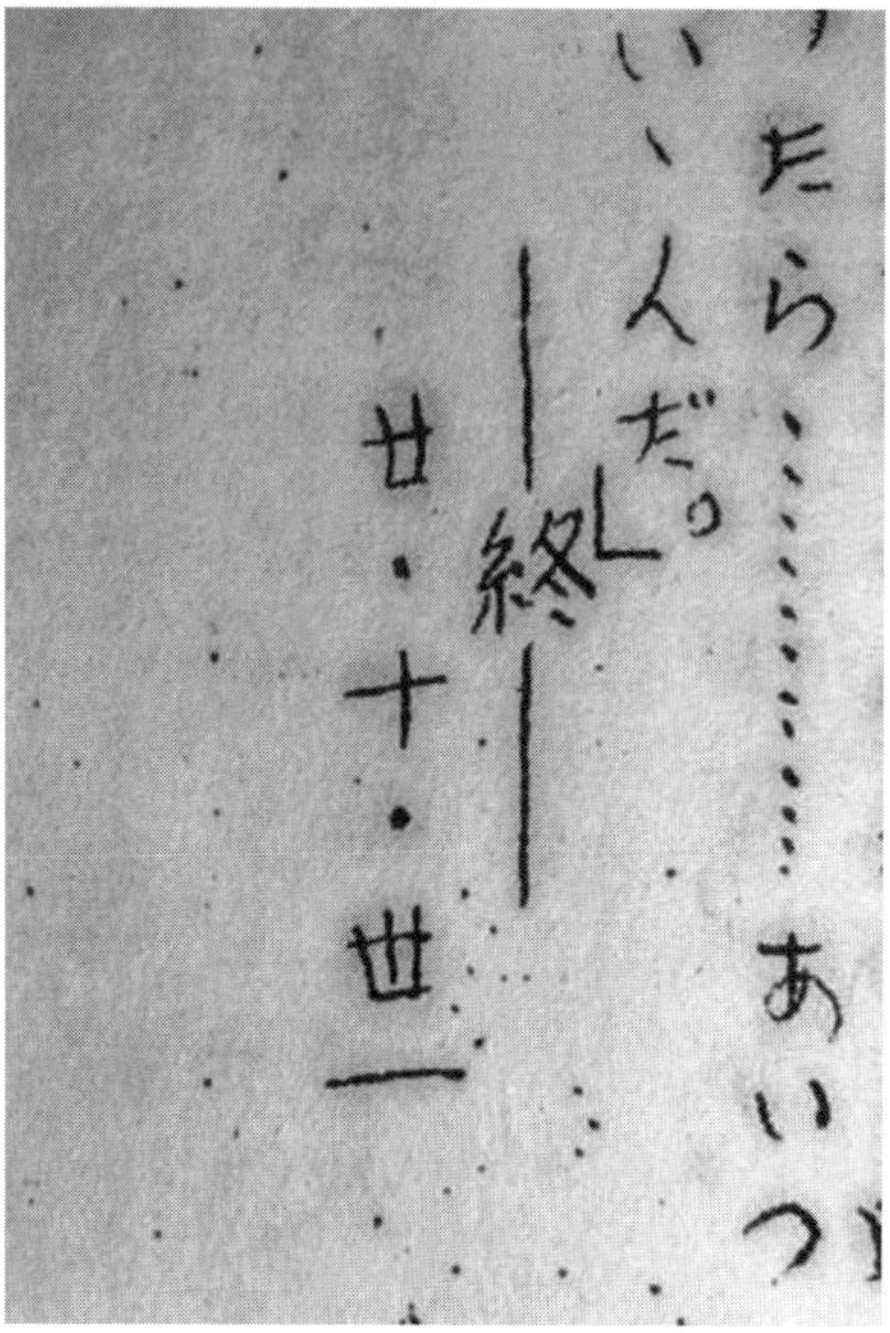

写真 6

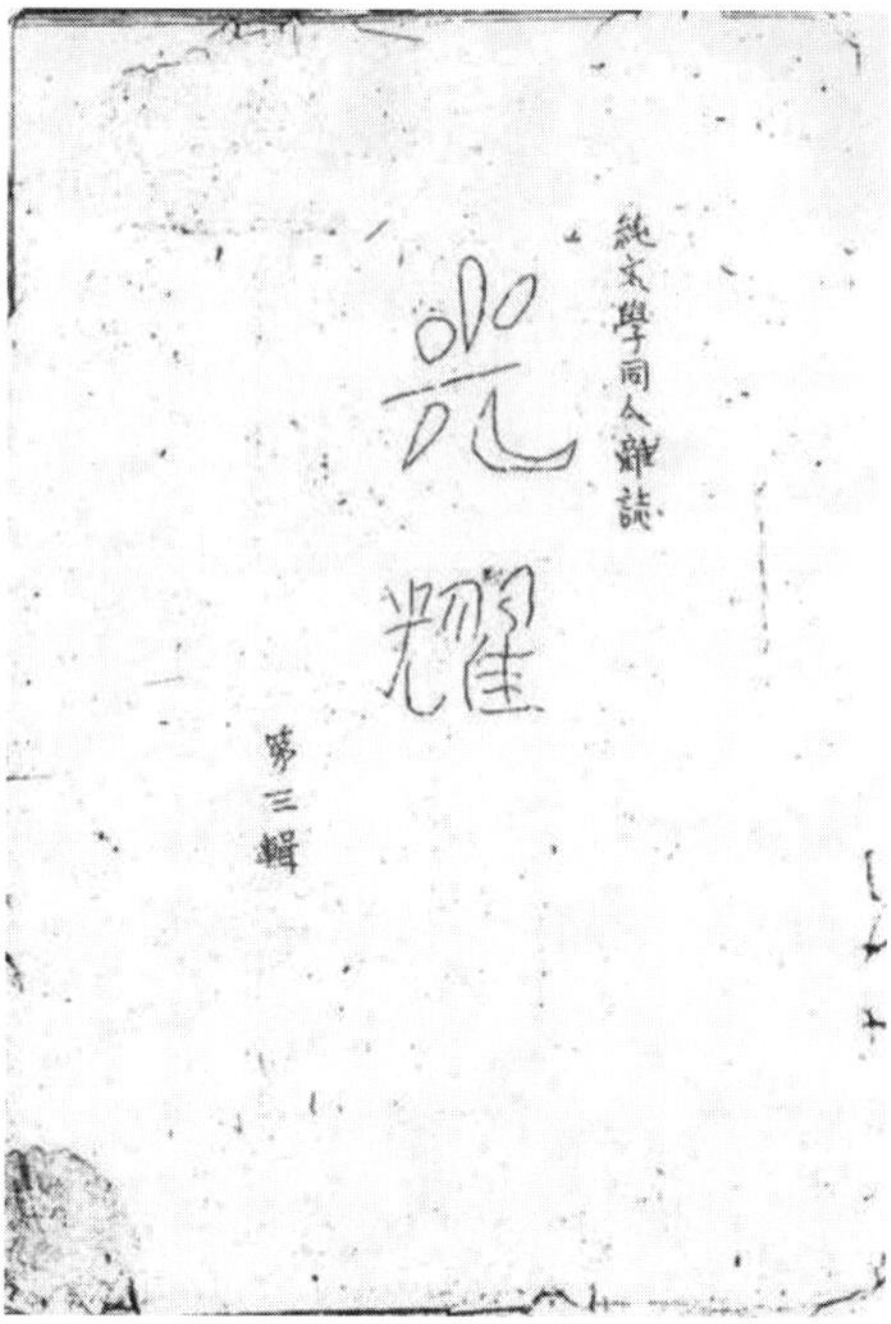

写真 5a

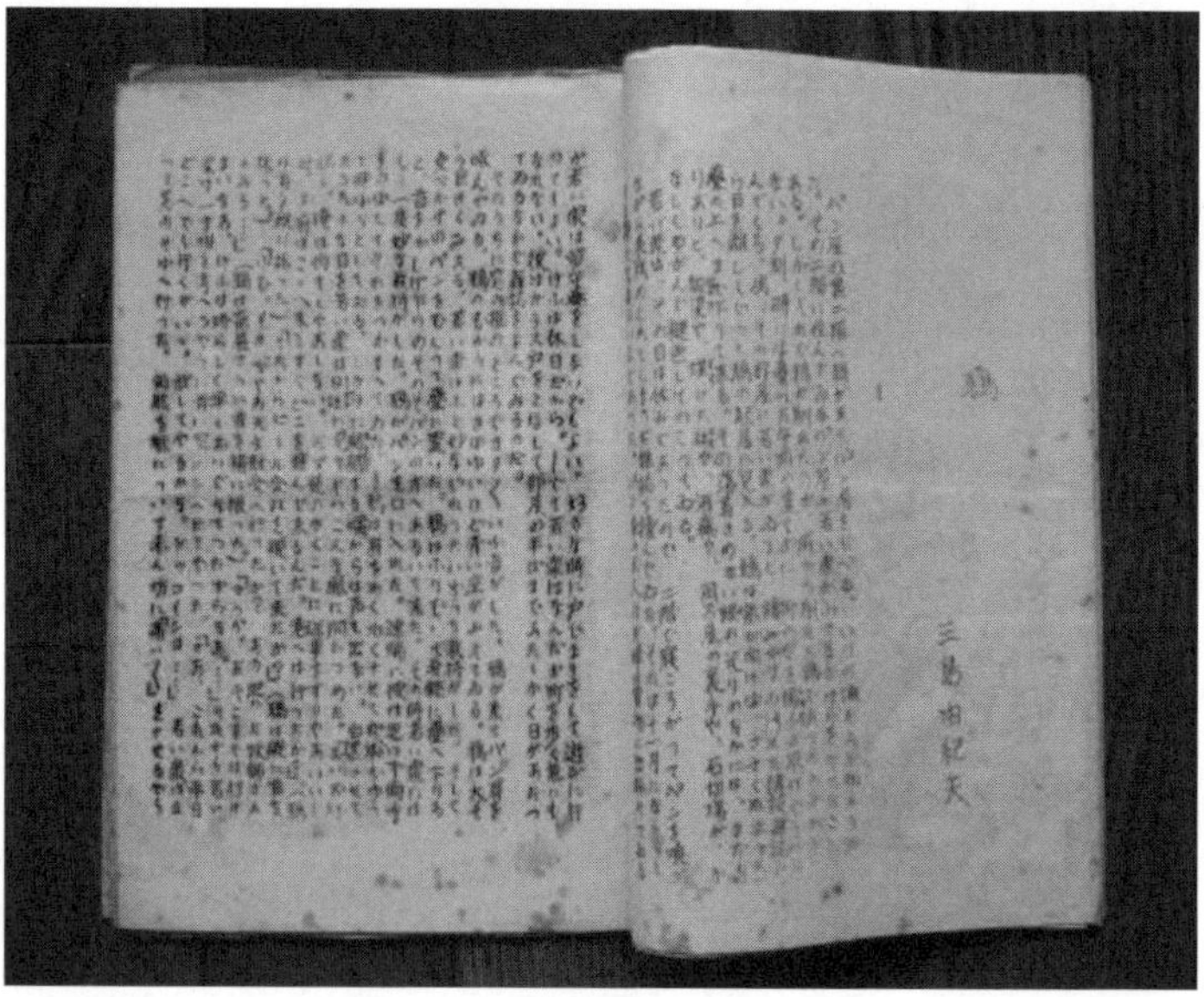

写真 5b

五十一枚、「夜の仕度」一一〇枚である。「鴉」の原稿は三島由紀夫文学館（山梨県山中湖村）に所蔵されており、枚数は二十三枚と判明している。それぞれの発表誌は「鴉」が昭和二十二年八月「光耀」、「恋と別離と」が昭和二十二年三月「婦人画報」、「夜の仕度」が昭和二十二年八月「人間」であった。「御採否、なるべく早く御返事いただきたく、仲間で小さな冊子をはじめるので、もし御気に入らねばそちらへ廻したいと思ひますから、早速御返しいただければ幸甚です。」という書簡の内容と一致するのは「光耀」ということになる。「新潮社日本文学アルバム・三島由紀夫」（昭和五十八年刊・新潮社）には「鴉」の原稿の写真が掲載されており（写真4）、手紙が書かれたものと同様の原稿用紙を使用していることが確認される。この原稿用紙であれば二十三枚はこの封筒に無理なく入る厚さである。

　ここに川島勝氏の貴重な証言がある。「決定版三島全集」第三十八巻発刊に際しての、朝日新聞のためのコメントの中に、「物語は小さな港町のパン屋に勤める少年が『俺は今日一日鴉になってみよう！』という寓話だが、その語り口（文章）はどうみても当時の少年倶楽部向きではなかった。結局この作品は三島もこの年同人になった伊東静雄主宰の同人誌『光耀』第三輯（昭和二十二年八月）（写真5a、5b）に掲載された『鴉』である。」とある。この証言も含め同封されていた作品は「鴉」と考えられた。

　「鴉」は昭和四十八年六月号「波」に単行本未収録短編として収録され、その際の但し書きに「この作品は故三島由紀夫氏が、島尾敏雄、庄野潤三、林富士馬氏等と発行していた同人誌『光耀』第三号に掲載されたものである。発表は昭和二十二年八月であるが、執筆時期は昭和二十年十月である。発表後単行本に収録されず、年譜にも記載されぬまま埋没していたが、このたび小社の『三島由紀夫全集』編纂に際して発見され、同全集第一巻に収められることになった。編集部」とある。「鴉」の執筆時期が昭和二十年十月とされている根拠は、「光耀」第三輯の「鴉」に記された「終　廿・十・廿一」（写真6）による。

　「光耀」第三輯は島尾敏雄氏によりガリ版刷りされた冊子である。編集後記に島尾氏は、

> 何ともむしゃくしゃしてゐた日々と時の流れの中で急に自分の醜悪な文字で謄写してみようと（それで僕の精神に集中といふ現象が起ったらもうけもんだ）八月のはじめの三日間をつぶして、御覧のやうなものの仕上げました。林さんに手渡された光耀三輯の割付及原本たる原稿一束を活字版で上梓する才覚がつかないまま、いらいらしてゐたのですが、一応かうして二十冊の複写本が出来たわけであります。紙がないこと（といふのは智慧足らずで物の循環にあき盲だといふことに他ならず）で「二十」というバビロンの泥章のやうな数字をえらんだ天邪鬼振りを、同人諸兄よ！御寛容下さい。之はただ原本の複製で、いずれ活版にて陽の眼を見るまでの、私一個の鬱屈の何々の変形といふものであるのかも……八月三日午后五時三十分。（シマオ）

　と書いている。島尾氏の記した「廿・十・廿一」が正しいとすれば、三島氏は「今家に不幸があって、何も仕事に手がつかず、学校もずっと休んでゐる始末で、この調子では長閑な昔話など書けさうにもありません。」という書簡に書いた二日後、昭和二十年十月三十一日に脱稿したことになる。さらに、この原稿をすぐに送らずに、その一年後に「書きたい題材を思ひついたので書いてみました。」といって昭和二十

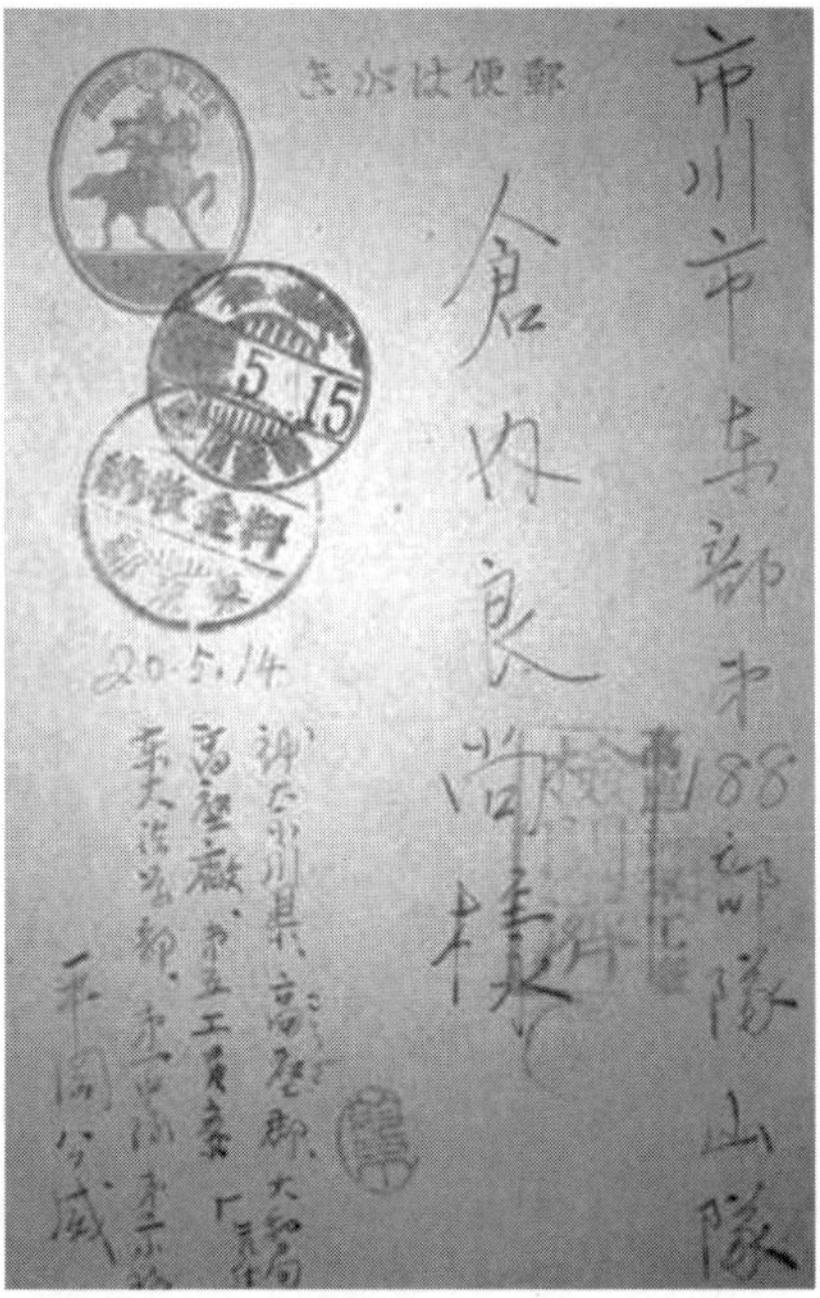

写真７

一年十一月二日に送ったことになる。これでは、余りに不自然な印象がある。何が間違っているのだろうか。

書簡の日付の確認は、書簡に書かれている場合は容易であるが、書かれた「年」の確認は意外に困難な場合が少なくない。三島氏の場合「月日」については書かれることが多かった。一方、「年」の記載については戦中に、大和高座工廠から書いたものの中には（20・5・14）（写真7）や（20・6・26）（写真8a、8b）のように記載されたものも確認できるが、余り書かれなかったようである。昭和二十年十月二十九日、昭和二十一年十一月二日とされる書簡は双方とも日付は書かれているが、「年」の記載はされていなかった。消印から「年月日」が確認できる場合もあるが、この2通は切手が一部剝がれ落ちていることもあり、消印が確認できないものであった。さらに、郵便料金の変動が激しい時期であったため、郵便料金から「年」の推定も可能となる場合もあるが、これも切手の剥落のため不可能であった。このような場合は書簡の内容から「年」を推定するしかない。たとえば東文彦宛の「三島由紀夫十代書簡集」は単行本（平成十一年十一月刊・新潮社）、文庫本（平成十四年十一月刊・新潮社）、全集（平成十六年三月刊）と繰り返し掲載される間に「年」の改正が行われた書簡が複数存在する。但し書簡の内容から「年」を推定することは決して容易なことではない。

十月二十九日の書簡の中には、「今家に不幸があって、何も仕事に手がつかず、学校もずっと休んでゐる始末で、この調子では長閑な昔話など書けさうにもありません。」という記載があり、この「不幸」とは昭和二十年十月二十三日、当時聖心女子学院の学生であった十七歳の妹、美津子が腸チフスで死去した事を指していると考えられる。「終末感からの出発」（昭和三十年八月）の中で三島氏は「日本の敗戦は、私にとって、あんまり痛恨事ではなかった。それよりも数ケ月後、妹が急死した事件のほうが、よほど痛恨事である。」「体の弱い母と私が交代で看護したが、妹は腸出血のあげくに死んだ。死の数時間前、意識が全くないのに、『お兄ちゃま、どうもありがとう』とはっきり言ったのをきいて、私は号泣した。」と書いている。「今家に不幸があって」に相当する事件はこの妹の死以外にないため、十月二十九日の書簡は昭和二十年と判断した。

十一月二日の書簡は、そもそも、この書簡を昭和二十一年と確認したことはなかった。高橋氏宛の書簡は、他に十二通（写真9）（封書一通、ハガキ十一通）があり、これらはすべて昭和二十二年のものであることが消印などから確認できていた。署名はすべて「三島由紀夫」であり、宛名もすべ

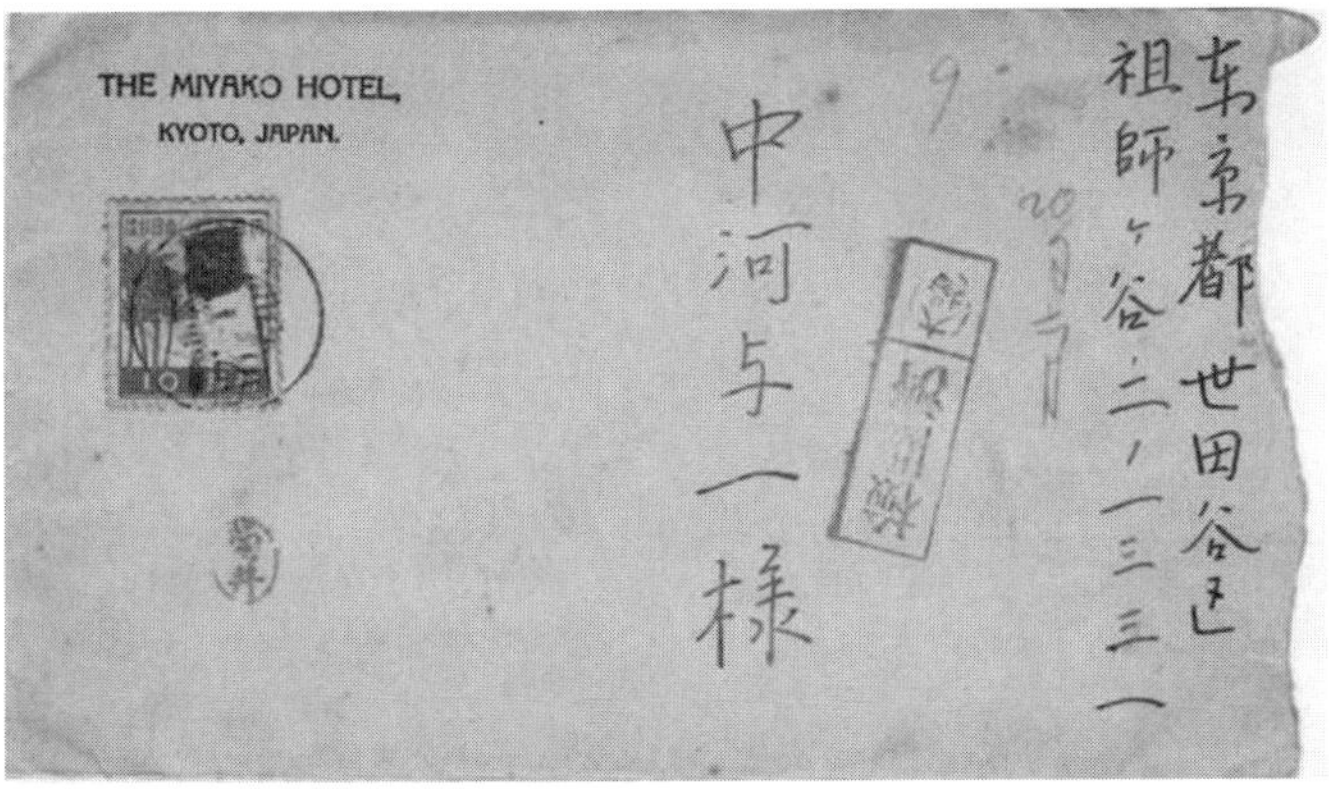

写真 8a

て「群像編集部　高橋清次様」であった。この十二通は昭和二十二年一月から十二月に亘って書かれていたため、これより前の一通ということで、十一月二日の書簡は、昭和二十一年とされたのだと思う。この書簡をもう一度検証してみたい。

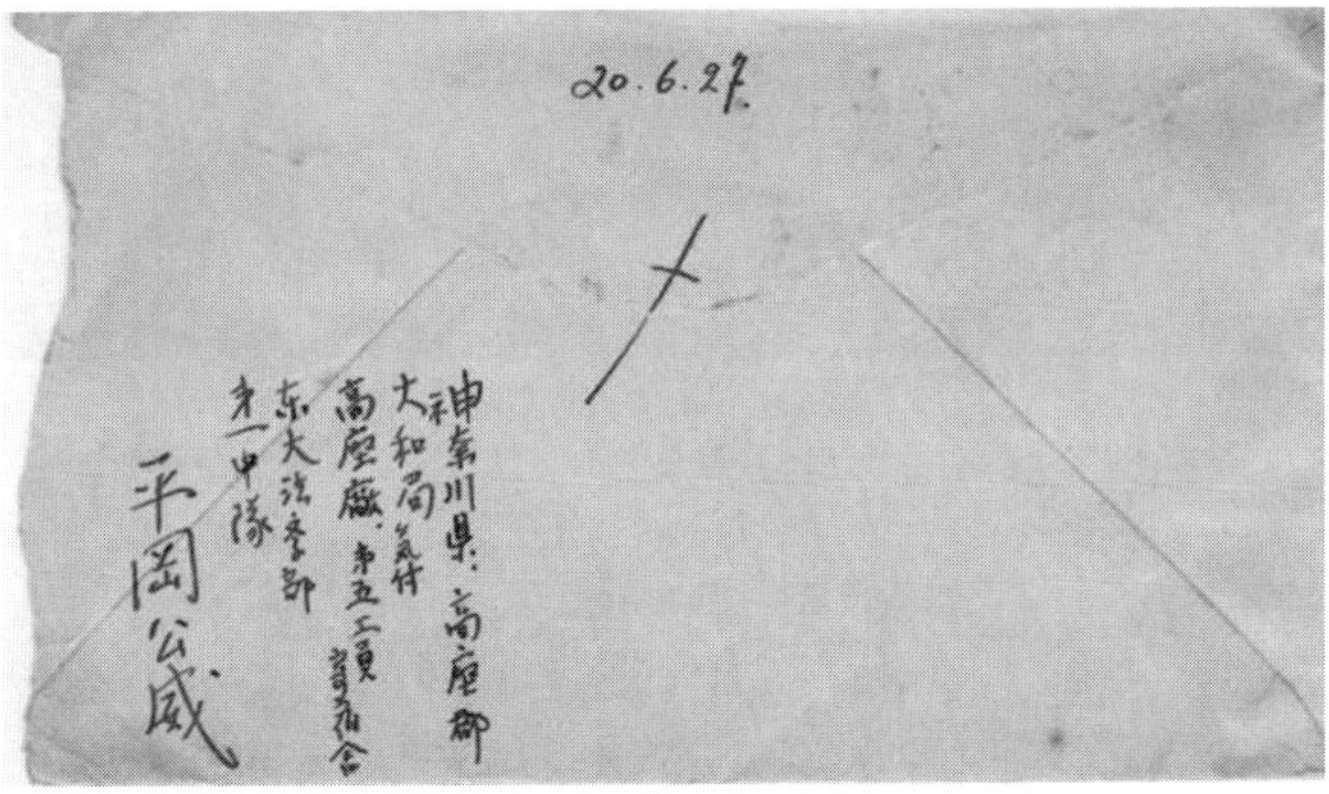

写真 8b

「御採否、なるべく早く御返事いただきたく、仲間で小さな冊子をはじめるので、もし御気に入らねばそちらへ廻したいと思ひますから、早速御返しいただければ幸甚です。」とある。「小さな冊子」は「光耀」であることは既に確定している。結果的に「鴉」は「光耀」第三輯に掲載されたが、「光耀」第一輯は昭和二十一年五月五日発行、「光耀」第二輯は昭和二十一年十月一日に発行されているので、「冊子をはじめるので」というのであれば第一輯が発行された昭和二十一年五月五日より前と考えるべきなのではないだろうか。すると十一月二日は昭和二十年であることになる。

　次にこの書簡の宛名であるが「『少年倶楽部』編輯部　高橋清次様」になっている。「少年倶楽部」は昭和二十一年三月号で終刊となり、翌月の四月からは「少年クラブ」にタイトルが変更されている。従って三島氏は「鴉」を「少年倶楽部」のために書いたのであるから、書簡は昭和二十一年三月より前の昭和二十年十一月二日に書かれたことになる。昭和二十一年十一月二日は「少年倶楽部」がなくなって八カ月も経つのである。また、昭和二十一年十一月二日であれば、高橋氏は既に「群像」の編集長であり、「群像」宛に書かれなくてはならないことになる。

　十一月二日の書簡の署名は「平岡公威」であるが、三島氏はいつ頃まで、「平岡公威」という本名を用いたであろうか。戦中から戦後にかけて、高橋氏と同時期に三島氏に出会った人々への書簡を参照すると、

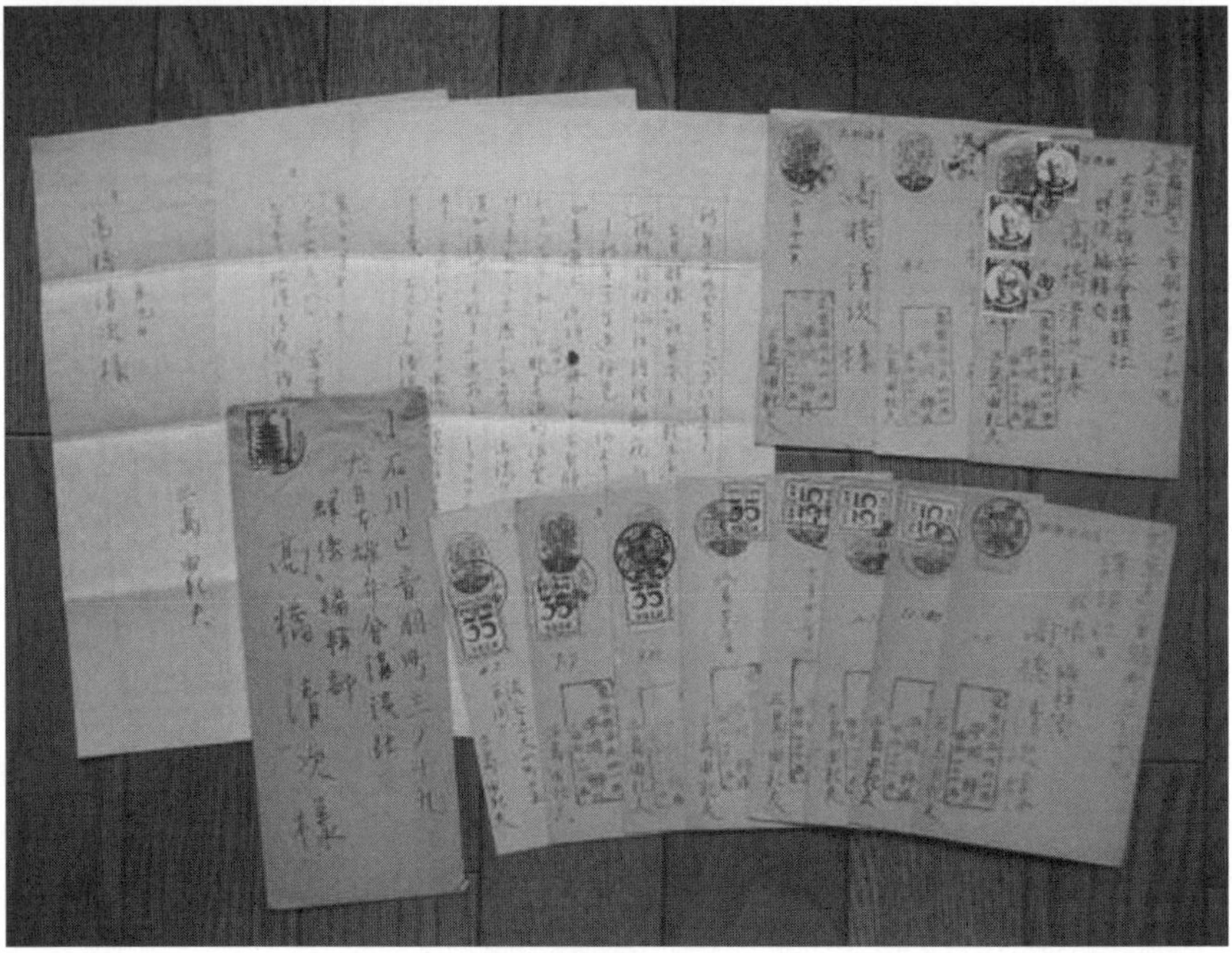

写真９

たとえば川端康成宛の書簡では、昭和二十年三月十六日「平岡公威」で始まり、昭和二十一年九月十三日以後は「三島由紀夫」になっている。他の人々の書簡でも同様の傾向が認められる。高橋氏宛の十一月二日の書簡は昭和二十一年九月以前の書簡である可能性が高い。以上の四つの事実から十一月二日の書簡は昭和二十年のものと推定された。

三島氏は、昭和二十年十月二十九日に「今家に不幸があって、何も仕事に手がつかず、学校もずっと休んでゐる始末で、この調子では長閑な昔話など書けさうにもありません。」という書簡を高橋氏へ郵送した二日後、昭和二十年十月三十一日に「鴉」を脱稿した。そして、昭和二十年十一月二日に「書きたい題材を思ひついたので書いてみました。」という手紙を書き添えて、十一月三日に投函したのであった。

「岬にての物語」（昭和二十二年十一月刊、桜井書店）の初版本「跋」に三島氏は「ただ私にとって忘れがたいのは、『中世』第一稿が、大学から労働奉仕に行った中島飛行機の寮で、『岬にての物語』の半ばが神奈川県のある海軍工廠の寮で書かれたことです。かうしたことが、私という人間は、どんな環境にゐても書かずにゐられない人間だということを、私自らに確かめさせてくれました。それは自信といふものではありませんでした。たえまない渇きが、今私の旅してゐるところは沙漠だということを否応なしに教えてくれるのでした。そればかりか、時には、はげしい渇きが、私の行くところをどこも沙漠にかへてしまふのでした。」と書いている。この言葉通りに、「鴉」は妹の死に際しても、「書かずにゐられない人間」であるが故に、その死を超えて書かれた「童話」だったのである。

（形成外科医）

研究展望

三島由紀夫研究の展望

高寺康仁

三島由紀夫が歿して三十五年が経とうとしている。三島原作の舞台はここ数年頻繁に上演され、平成十七年秋には『春の雪』(行定勲監督、妻夫木聡・竹内結子主演)が映画化された。また、神奈川近代文学館では三島由紀夫の特別展も開催された。これらは歿後三十五年を経てもなお根強い三島人気を物語るものであろう。このような読者レヴェルでの人気に呼応してというわけではないが、研究の分野に於いても、橋本治『「三島由紀夫」とはなにものだったのか』(新潮社、平14・1)、伊藤勝彦『三島由紀夫の沈黙　その死と江藤淳・石原慎太郎』(東信堂、平14・7)、伊藤氏貴『告白の文学　森鷗外から三島由紀夫まで』(鳥影社、平14・8)、佐藤秀明編『三島由紀夫『金閣寺』作品論集』(クレス出版、平14・8)、テレングト・アイトル『三島文学の原型—始原・根茎隠喩・構造—』(日本図書センター、平14・9)、出口裕弘『三島由紀夫・昭和の迷宮』(新潮社、平14・10)、吉田達志『三島由紀夫の作品世界　『金閣寺』と『豊饒の海』』(高文堂出版社、平15・5)、千種キムラ・スティーブン『三島由紀夫とテロルの倫理』(作品社、平15・8)など、多くの研究書籍が刊行された。また学術雑誌等に発表された論文・評論の数も多く、管見によれば、過去二〜三年のうちに百三十以上の論文・評論・コラム等が発表されている。

この二〜三年で発表された文献を俯瞰して感じたことは、それまで小説に比べて手薄だった戯曲に関する研究が盛んになってきたということである。特に外国文学との比較を通じて論じられる傾向にあり、三島の劇作家としての系譜を解明する研究が近年の特徴と言えるだろう。小説に関して言えば、『仮面の告白』『金閣寺』『豊饒の海』といった代表作を扱った論は例年の如く多いが、『決定版三島由紀夫全集』によって公になった作品・資料を扱ったものや、単体としては今までにあまり取り上げられなかった短篇などが論の対象になっていることが目立った。これらは、『決定版三島由紀夫全集』に初めて収録された未発表原稿や創作ノート等が、研究に活かされ始めていることの表れであると言える。

近年の傾向としてはまず三島の初期作品の関する分析が活発に展開されているという点が挙げられる。なかでも習作期から作家的自立に至るまでの作品群が積極的に取り上げられるようになっているという特徴がある。杉山欣也は初期三島作品について『「焔の幻影」にみる三島由紀夫—初期三島成立の〈場〉に関する一考察—』(『昭和文学研究』46集、平15・3)のなかで、日本浪曼派の影響や晩年に於ける三島の自己定義によって作品を規定する従来の研究のあり方に疑問を投げかけ、初期作品には「日本浪曼派的な範疇で把握されるにはふさわしくないものも多い」ことから、「当時の三島が存在した時代・社会・教育環境や人間関係といった初期三島の立脚する〈場〉」に着目し、「三島の作品や活動がその〈場〉においていかなる意味を持っていたか」を明らかにすることによって、従来の初期三島観を相対比した。その方法としては、学習院時代の三島の同級生であった坊城俊民の著作『焰の幻影』や板倉勝宏の談話を基にしており、当時の三島が文学的にどのような〈場〉を形成していたのかを検証することによって、初期作品、主に「花ざかりの森」成立の背景を浮き彫りにしている。学習院の文学的な〈場〉とは「濃密な人間関係に基づく研鑽と批評の場」であり、「ある作品に概念や手法などが示唆され、創作意欲を高められた読者」が「今度は作者として誌面を飾る」というのである。杉山はこのような作品成立の背景を踏まえて、「花ざかりの森」は坊城俊民の小説「鼻と一族」のモチーフから影響を受けているとした。たとえ三島と親交のあった人物の言説にしてもバイアスを浮き彫りにしなければ三島の自己定義の範疇を越えられないとする杉山の主張は正しくその通りで、これは初期作品のみならず三島文学全般にも言えることであろう。池野美穂「作家・三島由紀夫の出発点―『童話三昧』をめぐって―」(『武蔵野女子大学大学院紀要』2号、平14・3)は、旧版全集未収録の『童話三昧』を取り上げたものである。初期の短編小説に童話的・寓話的作品が多いことに着目し、なぜそのような小説を書いたのかという根拠に、幼い頃の生活環境から童話に親しむことが多かったことや童話が三島文学の出発点になっていることなどの理由を示しているが、童話がその後の三島文学にどのような影響を与えたのか、また童話との関連性を問題にすることにどのような意義があるのか、ということが明確に示されていない。また論拠の要所で後年に書かれた三島の言説を引用しているが、先の杉山論の指摘の通り、三島の自己定義の範疇を越えなければ正当な分析をしたとは言えない。嶋田直哉は「三島由紀夫「夜告げ鳥」の成立」(『立教大学大学院日本文学論叢』2号、平14・9)で三島の初期詩篇「夜告げ鳥」の神崎陽による書写原稿を紹介し、「夜告げ鳥」成立の背景に言及した。柳川朋美は「三島由紀夫「みのもの月」論―堀辰雄『かげろふの日記』『文藝文化』との関わりから」(『同志社国文学』57号、平14・12)で、本格的な先行論の無い「みのもの月」を取り上げ、堀辰雄『かげろふの日記』に類似点が多いことを示唆した。田村景子は「「中世に於ける一殺人常習者の遺せる哲学的日記の抜萃」試論　狂乱する女性たちからツァラトゥストラへ―人・花・月を摘む―」(『繍』16号、平16・3)のなかで、先行する小埜裕二論のニーチェ受容としての見方を踏まえつつ、「夜の車」から「中世に於ける一殺人常習者の遺せる哲学的日記の抜萃」に至る過程で削除された部分に注目し、「雲雀山」「松風」という二つの謡曲との影響関係を指摘、更に改作の過程を分析した。謡曲との関係は三島文学の重要な問題であり、初期作品にこうした影響関係を見ることは三島のその後の謡曲受容を知る上で意義がある。小林和子は「三島由紀夫の戦後短編に関する一考察―見捨てられた短編「人間喜劇」について―」(『茨城女子短期大学紀要』29号、平14・2)で「人間喜劇」成立の背景に着目し、「蝶々」の掲載誌『花』に寺田透のバルザックに関する評論があることから、寺田の評論が作品執筆の直接的な動機になっているとの見方を提示、また三島のバルザック受容の可能性やブレイクの影響から「人間喜劇」の異質性の理由にも言及した。小林の言うように、様々な作家に自らの方法論を見出そうとしていたこの時期の三島を考える上では、三島自身が自己解説してこなかった作家の影響関係についても具体的に検討していく必要があるだろう。高場秀樹「三島由紀夫『親切な機械』論―素材からのアプローチ―」(『京都語文』9号、平14・10)は、「創作ノート」を活用して緻密な分析を行った実証的な論である。「創作ノート」から三島の調査の過程を探り、作品末尾に附された「先月の京都旅行で得た新資料」がどのような性質のものであるかを阿部知二『おぼろ夜の話』と関わらせて検証している。

『仮面の告白』を扱った論は比較的多いが、作品本文に即して主人公「私」に課せられた性的異端性を論じたものに秋山公男「『仮面の告白』―復讐の性」（『文芸研究』155号、平15・3）がある。秋山は「私」の性衝動について、「「愛の本能」とは無縁であり、「破壊本能」を淵源とする復讐の性」であると分析した。阿部孝子は「三島由紀夫『仮面の告白』の考察―園子とウンディーネ」（『新大国語』28号、平14・3）で、作中で園子が手にする文庫本『水妖記』に着目し、『仮面の告白』と『水妖記』の共通性から園子とウンディーネの目の比較を行い、人物造型に関する影響関係を論じているが、共通性を示すにとどまってしまっている。こうした影響関係が作品の読みにどう関わっているかというところまで詳しい分析が欲しいところである。九内悠水子は「三島由紀夫「仮面の告白」論―作家による告白、その二重構図」（『近代文学試論』41号、平15・12）は新出資料との関連性から作者三島とテクストとの距離および創作意図を検証したものである。こうした作者と「私」との関係性や「仮面」の意味については先行研究に於いても活発な議論が展開されてきているが、加藤典洋の「『仮面の告白』と「作者殺し」―テクストから遠く離れて3」（『群像』58巻10号、平15・9）は単行本の月報付録「『仮面の告白』ノート」を説得力のあるかたちで読み解いた論として高く評価できる。加藤は戸籍上の個人としての〈平岡公威〉と、平岡公威の筆名である〈三島由紀夫〉と、平岡公威を殺害して存在する単独の存在である〈三島由紀夫〉という審級関係を指摘し、『仮面の告白』を「平岡公威という現実の作者をこの世から抹消する、「作者殺し」の小説」と位置づけた。

山内由紀人「『花山院』と阿倍清明―三島由紀夫の歴史小説」（『國文學』47巻13号、平14・11）は同名の習作と比較して戦中から戦後へと生まれ変わろうとする三島の内面の葛藤を読み取り、「生来の浪曼的衝動を、どのようにして古典的形式の中に融合させるか」を目的とした「実験的な青春小説」であると位置づけた。外国文学との比較や影響関係について論じたものに、「貴顕」をウォルター・ペイターとの関わりから論じた十枝内康隆「三島由紀夫のイマジナリー・ポートレイト―「貴顕」をめぐって」（『札幌大学女子短期大学部紀要』39号、平14・3）、「幸福号出帆」のフランス文学からの影響が『鏡子の家』にどのようにして継承されていったかを論じた九内悠水子「三島由紀夫「幸福号出帆」論―エンターティメント小説にみる手法」（『近代文学試論』40号、平14・12）などがある。また池野美穂は「自作解説が語るもの―三島由紀夫「翼」論―」（『昭和文学研究』49集、平16・9）の中でブレイクとの関わりを指摘、更に周辺言説からブレイクと川端康成の関連づけたものが多いことに着目し、「翼」の着想が川端の「抒情歌」からきているのではないかという見方を提示した。吉澤慎吾「三島由紀夫『金閣寺』の形成」（『二松學舍大学人文論叢』68輯、平14・1）は、近年のナラトロジー研究で問題視されている「手記」という形式に疑問を投げかけ、『金閣寺』の「語り」の形式は夢幻能のシテの「独白」に求められる、という新たな見方を展開した。「戦後の『近代能楽集』や、小説『金閣寺』から『英霊の声』にいたるまで、能楽はたえず私の文学に底流してきた」（「日本の古典と私」）という三島の発言からも察しがつくように、『金閣寺』が能と密接な関係にあったことは否定できない事実である。しかし先行研究に於いて山本健吉以来『金閣寺』を能と関わらせたものは殆ど無い。『金閣寺』が昭和三十一年版『近代能楽集』の最後の作である「班女」と時期を同じくして連載開始したことを考えれば、能との関わりについても詳しく分析していく意義はあるだろう。

「橋づくし」については、「現代において喪失した「共同の無意識」が、現代の個人「意識」の中に生きてしまうという逆説」を深層のテーマとみる船越高典「三島由紀夫「橋づくし」論」（『宇大国語論究』13号、平14・2）がある。一方、ダニエル・ストラックは「三島の「橋づくし」─反近代の近代的表現について─」（『近代文学論集』29号、平15・11）において、先行研究の論理上の不備を細かく分析した上で、「橋づくし」の着想を北陸地方の風習「橋めぐり」に見出した。また「橋」について、川端康成の短編「反橋」との関わりを示し、「運命の逆転に遭遇するのは橋を渡ることである」という隠喩性を指摘している。その主題については、みなを反近代の属性として捉え、「みなは近代人でなかったからこそ、橋づくしに成功した」という新たな読みを展開し、「三島は、精神的な弱さを伴う近代的な思想は精神が不在であると考え、「橋づくし」はそのような発想を伝えるものであった」とした。作品に〈死〉のイメージを読み取ろうとする先行研究に対し、「亀は兎に追ひつくか？」との関連性から近代／反近代の対立を読み取ろうとするストラックの主張は、その短編が単なる寓意小説ではないことを証明するものとして高く評価できよう。有元伸子は「友永鏡子のために─三島由紀夫『鏡子の家』における〈聴き手〉と〈時代〉─」（『昭和文学研究』44集、平14・3）のなかで、先行研究で積極的に論じられてこなかった『鏡子の家』の女主人公・鏡子にスポットを当て、作品における鏡子の役割と描かれた「時代」について、ジェンダーの視点から分析を試みている。鏡子はその名の通り〈鏡〉となって、男たちの話を聴くことによって、それぞれの人物像を映し出す役割を果たしており、優れた〈聴き手〉であると同時に〈心的サービス〉を施す〈カウンセラー〉としての存在でもあると指摘した。また先行研究に於けるニヒリズムの観点からの分析が四人の男性主人公の側からなされていたのに対し、女性主人公・鏡子の側から「ニヒリズム」という問題を捉え、「鏡子が最終的にふみこんでいこうとした単調で退屈な「奥様」としての生活に耐えようとする精神こそが、この物語で描かれた最大のニヒリズム」であるとした。『鏡子の家』執筆時の社会状況が所謂「性役割の五五年体制」であり、〈近代家族〉の誕生や〈主婦〉をめぐる言説が多かったことなど、当時の世相が作品に影響を与えているという指摘は興味深い。『豊饒の海』を謡曲との関連性から論じたものに、中沢明日香「『豊饒の海』における『松風』・『羽衣』の効果」（『国文白百合』33号、平14・3）がある。中沢は謡曲『松風』『羽衣』が作品にどのような効果を齎しているかという観点から「両作品には引用部分のみでなく内容全般を含め、『豊饒の海』という物語の向かう方向性を予め暗示するという効果を担っている」と分析した。高寺康仁は「『春の雪』の作品空間─男性原理と女性原理の対立劇─」（『湘南文学』37号、平15・3）で、没落しつつある綾倉家や禁が犯される軍人下宿の場所が「麻布」であることに注目し、麻布界隈が当時陸軍施設の点在した男性的な空間であると指摘、松枝邸空間における女性原理が男性原理を蹂躙するという構図とは対照的に、男性原理が女性原理を蹂躙する場であると分析した。また清顕が勲へと転生するための〈通過儀礼〉として、先代侯爵の生ける遺品ともいうべき池底の

〈鼈〉が機能しているとも指摘した。武内佳代は「三島由紀夫『暁の寺』、その戦後物語—覗き見にみるダブルメタファー—」（『京都光華女子大学研究紀要』40号、平14・12）でサブカルチャーにみる戦後の大衆の視覚的な性欲望に注目し、「本多の覗き見というメインプロットのメタレベルに〈戦後空間におけるアイデンティティの希求とその挫折〉という一つの〈戦後〉物語が結実する」と分析した。山崎義光は「物語の断片への回帰—三島由紀夫『天人五衰』—」（『文芸研究』153号、平14・3）で、すでに展開されてきた物語に対して自己評価的に展開されていくという作品の方法的性格に注目して作品を分析した。このほか『豊饒の海』を扱ったものに、唯識の観点から輪廻転生の妥当性を証明した岩田真志「三島由紀夫『豊饒の海』論」（『文学と教育』43号、平14・6）、月光姫が転生者である可能性に言及した奈良崎英穂「隠蔽された転生者—『暁の寺』における転生の表象—」（『昭和文学研究』46集、平15・3）、『豊饒の海』の注釈を試みた髙寺康仁「三島由紀夫『豊饒の海』全注釈①—第一巻『春の雪』注釈（上）—」（『近代文学注釈と批評』5号、平15・5）〈庭〉の効果に注目した森元綾奈「三島由紀夫『豊饒の海』論」（『大谷大学大学院研究紀要』21号、平16・12）等がある。

さて近年の三島研究のもうひとつの傾向として戯曲作品の研究が盛んに行われていることが挙げられる。『近代能楽集』や『鰯売恋曳網』、そして三回目の上演となる『椿説弓張月』が平成十四年十二月、歌舞伎座で行われるなど、舞台芸術としての三島作品の鑑賞の機会も近年増えつつある。こうした背景の中で三島戯曲研究が盛んになってきていることは大変意義のあることと言えよう。天野知幸は「三島由紀夫「あやめ」論—能のアダプテーション、その先駆」（『稿本近代文学』27集、平14・12）においてそれまで本格的に論じられることのなかった「あやめ」を取り上げ、能のアダプテーションの先駆たる「あやめ」の意味づけと『近代能楽集』との差異について分析した。木谷真紀子は「「灯台」から「芙蓉露大内実記」へ—三島由紀夫のラシーヌ『フェードル』の受容と展開—」（『同志社国文学』60号、平16・3）で、三島の『フェードル』受容に注目して「灯台」から「芙蓉露大内実記」へと至る系譜に劇作家としての三島の姿勢を読み取った。阿部孝子は「三島由紀夫「卒塔婆小町」とイェイツ—芸術制作論の問題を中心にして—」（『新潟大学国語国文学会誌』45号、平15・7）で「卒塔婆小町」を謡曲「卒塔婆小町」とは別にイェイツの影響が認められることを指摘、三島が「卒塔婆小町」制作時期に直面していた問題が何であるかを分析した。こうした外国の作家との影響関係を探ることは劇作家としての三島の創作態度や作品形成の過程を知る上で重要な意味を持つものである。また三島の創作態度を知る上では同時代動向との関係も軽視できない問題である。天野知幸「「詩劇」の試み—「マチネ・ポエティク」、「雲の会」と三島由紀夫「邯鄲」—」（『日本語と日本文学』38号、平16・2）は「マチネ・ポエティク」や「雲の会」からの影響関係を示した上で、「同時代的に生じていた「詩」「韻律」への関心と共鳴し、しかも「詩劇」論に連なってゆく作品」と「邯鄲」を位置づけた。木谷真紀子は「「むすめごのみ帯取池」論—〈劇場の熱狂〉復活への試み—」（『日本近代文学』70集、平16・5）で、「むすめごのみ帯取池」の成立背景について考察し、執筆当時の歌舞伎界の様子や山東京伝「桜姫全伝曙草紙」との比較を通じて「三島が〈劇場の熱狂〉の復活を試みた作品」であると位置づけた。このほか戯曲に関連したものに、「班女」を「三島の作家半生の告白」とした吉澤慎吾「三島由紀夫「班女」論」（『二松』16集、平14・3）、庄司達也の翻刻「芥川龍之介原作、三島由紀夫脚色「地獄変」の「改訂上演本」—大阪歌舞伎座再演用上演台本における川尻清潭の補綴—」（『東京成徳大学研究紀要』10号、平15・3）等がある。

他の作家・作品と比較した論としては、村上春樹『ノルウェイの森』を「『豊饒の海』のパロディ」とする柴田勝二「生き直される時間　『ノルウェイの森』の〈転生〉」（『叙説Ⅱ』3号、平14・1）、深沢七郎「安芸のやぐも唄」と「英霊の聲」を比較して天皇制の問題に言及した若森栄樹「現代天皇制の起源とその帰結—二人の作家の反応　三島由紀夫と深沢七郎」（『國文學』47巻5号、平14・4）、遠藤周作『沈黙』に対する反応として「英霊の聲」を捉える野中潤「神の沈黙と英霊の聲—遠藤周作と三島由紀夫—」（『文学と教育』43号、平14・6）、伊東静雄との接点を詳細に分析した湯浅かをり「伊東靜雄の「眞夏」の思想—三島由紀夫との接点　下—」（『現代文学』68号、平15・12）、三島が森鷗外から受けた影響について言及した松本徹「三島由紀夫にとっての森鷗外」（『森鷗外研究』10号、平16・9）等がある。また庄司達也「三島由紀夫と芥川文学（一）—三島由紀夫旧蔵『芥川龍之介作品集』について—」（『近代文学注釈と批評』5号、平15・5）は、三島由紀夫旧蔵『芥川龍之介作品集』から三島本人の書き込みやメモを翻刻したもので、三島が所蔵していたこの八冊が『昭和文学全集20芥川龍之介集』の作成に使用されていたことを明らかにした。

このほか、アメリカでの翻訳事情について記した久保田裕子「三島由紀夫作品の翻訳事情—アメリカにおける受容をめぐって—」（『昭和文学研究』45集・平14・9）、清水文雄・平岡瑤子の寄贈による三島関係資料を所蔵する比治山大学の三島由紀夫文庫について紹介した有元伸子「比治山大学〈三島由紀夫文庫〉の特徴について」（『日本語文化研究』5号、平14・12）など、研究の指針となる報告がある。また、昭和四十一年に広島を訪れた三島をもてなした竹川哲生からの談話を収めた宇野憲治「新資料　三島由紀夫書簡（2通）・清水文雄書簡（1通）と聞き書き「広島での三島由紀夫—広島の一夜—」（竹川哲生談）」（『日本語文化研究』5号、平14・12）、『喜びの琴』事件の顛末や演出家が手を加えることに対する三島の反応といった三島の創作態度を知る手がかりにもなる浅利慶太の「時の光の中で（第5回）新劇史のなかの三島由紀夫」（『文藝春秋』81巻11号、平15・9）など周辺人物による新証言も紹介されており、三島像を探るうえで貴重な情報であると言える。

『決定版三島由紀夫全集』の刊行によって、書簡や「創作ノート」の全容が明らかになり、作品の成立背景や過程に踏み込んだ研究が可能になった。この数年でそれらを活用した研究も散見されるようになってきてはいるが、まだ十分に活用されているとは言えない。「創作ノート」は作品がまだ未分化な状態の、断片的な情報の厖大な集積であるため、一部の言葉に重要な意味を見出すことに危険性があることも事実である。作品が形成されていく過程を知る手がかりとしては重要な資料と言えようが、それらの情報を元に作者がどのように取捨選択しどのような順序で組み立てていったのか、それを押さえておく必要性があるだろう。今後もこれらの新出資料に基づく作品研究・作家研究の再検討が期待される。

（東海大学講師）

編集後記

創刊を決めたのは、昨年秋のことであった。巻頭に掲げた文に記した意図に従い、企画を立て、慌ただしく原稿の依頼を行ったが、ほぼ全員の方々から、原稿を戴くことができた。深くお礼を申し上げるとともに、本誌創刊がいかに時宜に叶っているか、意を強くした次第である。

今回のテーマは、「三島由紀夫の出発」とした。三島といえば、その最期が強烈な印象を刻み込んでいるため、どうしてもその「最期」から考察を始めてしまいがちである。本格的な三島由紀夫研究をスタートさせるためには、「出発」の側から見ることが肝要だと、自戒の念とともに考え、こう掲げた。ただし、三島は多面的多層的存在であるから、それに応じて、いくつもの「出発」があると捉えることができる。それも、若年期とは限らない。晩年といってよい時期になっても、新たな「出発」をおこなっていると見ることができる。そうした点も理解して、筆を執って頂くことができた。

座談なりインタビューは、いずれも快くご承諾、貴重な時間を割いて、忌憚のないところを話して下さった。今だから話せることも少なくなく、創刊号にふさわしい、掛け替えのない同時代の証言となったと思う。じつはもう一本、インタビューし、原稿も仕上げたのだが、頁数の関係で、次号回しとせざるをえなかった。関係の方々に不手際をお詫びする。これらのテープ起しでは、麻植亜希子さんの一方ならぬご協力を得た。資料では、山中湖文学の森三島由紀夫文学館のお世話になった。深くお礼を申し上げる。

発行元の鼎書房の加曾利達孝氏とは、二十余年にわたる付き合いだが、今回、わたしたちの意向を十二分に汲み取るばかりか、不手際続きの編集作業を静かに見守り、最後には手早く仕上げ、無事刊行へ漕ぎ着けてくれた。氏の存在なくして、この雑誌の刊行はなかったと、つくづく思う。

なお、次号は、長らく非公開であった映画『憂国』が新版全集にＤＶＤとして収められるので、映画を中心にして特集を組む予定にしている。

（松本　徹）

三島由紀夫の出発

三島由紀夫研究①

発　行——平成一七年（二〇〇五）一一月二五日

編　者——松本　徹・佐藤秀明・井上隆史

発行者——加曽利達孝

発行所——鼎　書　房　http://www.kanae-shobo.com

〒132-0031　東京都江戸川区松島二-一七-二

TEL・FAX　〇三-三六五四-一〇六四

印刷所——太平印刷社

製本所——エイワ

表紙装幀—小林桂子

ISBN4-907846-42-8　C0095

現代女性作家読本（全10巻）

原　善編「川上弘美」
高根沢紀子編「小川洋子」
川村　湊編「津島佑子」
清水良典編「笙野頼子」
与那覇恵子編「髙樹のぶ子」
高根沢紀子編「多和田葉子」
清水良典編「松浦理英子」
与那覇恵子編「中沢けい」
川村　湊編「柳美里」
原　善編「山田詠美」

現代女性作家読本　別巻①
武蔵野大学日文研編「鷺沢萠」